T0267020

SOLO ENCANTADORA

- EL CLUB DE LOS SUPERVIVIENTES -

MARY BALOGH

SOLO ENCANTADORA

TITANIA

Argentina • Chile • Colombia • España
Estados Unidos • México • Perú • Uruguay

Título original: *Only Enchanting*
Editor original: Dell, New York
Traducción: Ana Isabel Domínguez Palomo y María del Mar Rodríguez Barrena

1.ª edición Julio 2023

Todos los personajes de esta novela son ficticios y, por tanto, son producto de la imaginación de la autora. Cualquier semejanza con personas vivas o fallecidas o con acontecimientos es mera coincidencia.

Plaza de los Reyes Magos, 8, piso 1.º C y D – 28007 Madrid
www.titania.org
atencion@titania.org

ISBN: 978-84-17421-87-8
E-ISBN: 978-84-19413-13-0
Depósito legal: B-9.692-2023

Fotocomposición: Ediciones Urano, S.A.U.

Impreso por Romanyà Valls, S.A. – Verdaguer, 1 – 08786 Capellades (Barcelona)

Impreso en España – *Printed in Spain*

1

A la edad de veintiséis años, Agnes Keeping nunca se había enamorado ni esperaba enamorarse…; ni siquiera deseaba hacerlo. Prefería tener el control de sus propias emociones y de su propia vida, como era el caso.

A la edad de dieciocho años decidió casarse con William Keeping, un caballero vecino de modales sobrios, costumbres fijas y modesta fortuna, después de que él hablara con su padre a fin de pedirle su mano de forma correctísima para, acto seguido, proponerle matrimonio a ella con suma cortesía en presencia de la segunda esposa de su padre. Agnes sentía afecto por su marido y también se sintió cómoda con él durante casi cinco años, hasta que murió de uno de sus frecuentes resfriados invernales. Pasó el año de luto sumida en una especie de vacío desolado y lo prolongó un poco más de lo esperado. Todavía lo echaba de menos con tristeza.

Sin embargo, no se enamoró de él, ni él de ella. La mera idea parecía absurda, sugería una especie de pasión salvaje y desenfrenada.

Sonrió al mirarse en el espejo mientras se imaginaba al pobre William preso de una pasión desenfrenada, romántica o de otra índole. Pero después se concentró en sí misma pensó que sería mejor que admirase su esplendor en ese momento, porque una vez que llegara al baile, se haría evidente de inmediato que su aspecto distaba mucho de ser magnífico.

Llevaba su vestido de noche de seda verde, que le encantaba aunque no era nuevo ni mucho menos —de hecho, lo encargó mientras William estaba vivo) y no estuvo de moda ni siquiera recién confeccionado. Era de talle alto; con escote bajo, aunque recatado; mangas cortas de farol, y un festón plateado en el borde de las mangas y en el bajo. No estaba desgastado pese a sus años. Al fin y al cabo, no se usaba el mejor vestido de noche, a menos que la persona en cuestión se moviera en círculos sociales elevado. Algo que no hacía Agnes, que llevaba varios meses viviendo junto con su hermana mayor, Dora, en una modesta casita en Inglebrook, un pueblecito de Gloucestershire.

Agnes nunca había asistido a una fiesta. Había estado en los bailes que se organizaban en el salón de reuniones del pueblo, y se podría decir que una fiesta en una mansión era lo mismo pero con otro nombre. No obstante, lo cierto era que había una diferencia abismal. Los bailes que se organizaban en los pueblos se solían celebrar en los salones que había en la planta superior de una posada. Las fiestas eran entretenimientos privados organizados por personas lo bastante ricas y socialmente importantes como para vivir en una casa con un salón de baile. Dichas personas y casas no abundaban en la campiña inglesa.

Sin embargo, había una cerca.

Middlebury Park, a solo kilómetro y medio de Inglebrook, era una mansión señorial que pertenecía al vizconde de Darleigh, esposo de Sophia, la nueva y querida amiga de Agnes. En el ala este de la mansión y separada del imponente edificio central, se encontraban las estancias públicas, que eran magníficas, o eso le pareció a Agnes cuando Sophia se las enseñó una tarde, poco después de conocerse. Entre dichas estancias se incluía un espacioso salón de baile.

El vizconde había heredado el título después de que su tío y su primo murieran de forma repentina y violenta, y cuatro años más tarde, Middlebury Park volvía a ser el centro social del vecindario. Lord Darleigh se había quedado ciego a la edad de diecisiete año, mientras era oficial de artillería en las Guerras Napoleónicas, y dos años antes de que heredase el título, la propiedad y la fortuna. Había llevado una vida recluida en Middlebury Park hasta que conoció a Sophia en Londres y se casó con ella a finales de la primavera de ese mismo año, justo antes de que Agnes se mudara con su hermana. El matrimonio, y tal vez la madurez, habían infundido al vizconde una confianza que le había faltado antes, y la propia Sophia se había propuesto la tarea de ayudarlo mientras se labraba una nueva vida como dueña y señora de una gran casa solariega.

De ahí la fiesta.

Los vizcondes querían recuperar la antigua tradición de celebrar el baile de la cosecha, que siempre había tenido lugar a primeros de octubre. Sin embargo, en el pueblo era considerado más bien un banquete de bodas, ya que el vizconde y su esposa se habían casado en Londres en la intimidad, apenas una semana después de conocerse, y no había habido una celebración pública de la unión. Ni siquiera habían asistido sus respectivas familias. Sophia prometió, al poco tiempo de llegar a Middlebury Park, que se celebraría un banquete muy pronto, y el baile de la cosecha cumpliría ese cometido, aunque Sophia ya estaba embarazada; un hecho que no se podía ocultar del todo pese a la moda del talle imperio y las faldas amplias. Todos en la zona lo sabían, aunque no se hubiera anunciado oficialmente.

Recibir una invitación no era un honor exclusivo, ya que habían invitado a casi todos los habitantes del pueblo y de las propiedades aledañas. Además, Dora tenía una relación bastante estrecha con los vizcondes, ya que les impartía a ambos lecciones de piano, y también de violín y de arpa a lord Darleigh. Agnes era amiga de Sophia desde que ambas descubrieron la pasión compartida por el arte; Agnes era acuarelista, mientras que Sophia era una habilidosa caricaturista e ilustradora de cuentos infantiles.

Sin embargo, habría invitados al baile de la cosecha mucho más ilustres que los lugareños. Las hermanas de lord Darleigh y sus maridos iban a asistir, así como el vizconde de Ponsonby, uno de los amigos del vizcondede Darleigh. Sophia le había explicado que ambos pertenecían a un grupo de siete personas que habían pasado varios años en Cornualles, mientras se recuperaban de sus heridas de guerra. Casi todos eran oficiales del ejército. Se llamaban a sí mismos el Club de los Supervivientes y acostumbraban a pasar varias semanas al año.

Algunos miembros de la familia de Sophia también asistirían: su tío, sir Terrence Fry, que era diplomático de carrera, y otro tío con su esposa, sir Clarence y lady March, acompañados de su hija.

Todo parecía muy imponente y hacía que Agnes esperase el momento con expectación. Nunca se había tenido por una persona que ansiara brillar socialmente, de la misma manera que no se veía capaz de enamorarse. Pero esperaba con ansia la fiesta, tal vez porque Sophia también lo hacía, y ella le había tomado mucho cariño a su joven amiga. Deseaba de todo corazón que el baile fuera todo un éxito por el bien de Sophia.

Se miró con ojo crítico el pelo, que ella misma se había peinado. Había conseguido darle algo de volumen a los rizos y se había dejado unos mechones sueltos para que le cayeran por el cuello y las orejas. De ninguna manera se podía decir que fuera un estilo recargado. Su pelo no tenía nada de especial, era de un castaño medio de lo más normal, aunque sí tenía un brillo saludable. Tampoco tenía nada de especial la cara que había bajo el pelo, pensó, mientras miraba su reflejo con una sonrisa pesarosa. No era fea, cierto. No podía decirse que careciera de atractivo. Pero no era una belleza despampanante. Y, ¡por el amor de Dios!, ¿alguna vez había querido serlo? Todo eso de asistir a una fiesta con aristócratas empezaba a subírsele a la cabeza y a volverla tonta.

Dora y ella llegaron pronto, como la mayoría de los invitados que no se alojaban en la mansión. Llegar tarde era lo que estaba de moda entre la alta sociedad durante la temporada en Londres, le explicó Dora cuando se pusieron en marcha diez minutos antes de la hora prevista para llegar temprano. O eso tenía entendido. Pero en el campo, la gente tenía mejores modales. así que llegaron temprano.

Agnes se sentía sin aliento cuando por fin atravesaron la puerta del salón de baile. Las estancias públicas parecían algo distintas y mucho más ostentosas con los arreglos florales y las cestas colgantes por todas partes, y con las velas encendidas en los candelabros.

Sophia estaba de pie al otro lado de la puerta de doble hoja, recibiendo a los invitados con lord Darleigh a su lado, y Agnes se relajó al instante y sonrió con calidez. Aunque no esperaba enamorarse, no podía negar la existencia de dicho estado y que debía de ser maravilloso experimentar algo así. El amor romántico que se profesaban lord y lady Darleigh era evidente, aunque nunca demostraran sus sentimientos en público.

Sophia estaba guapísima con un vestido turquesa que combinaba de maravilla con su pelo cobrizo. Un pelo que, el día de su boda, llevaba tan corto como un muchacho. Se lo estaba dejando crecer desde entonces. Todavía no lo tenía demasiado largo, pero su doncella se lo había arreglado de forma muy ingeniosa para que pareciera elegante y, por primera vez, Agnes pensó que su amiga era muy bonita con ese aire de duendecillo. Sophia las miró a ambas con una sonrisa y las abrazó, y aunque lord Darleigh era ciego, parecía que las miraba con esos ojos tan azules mientras les sonreía y les estrechaba la mano.

—Señora Keeping. Señorita Debbins —las saludó—. ¡Qué amables son al venir para que nuestra velada sea perfecta!

Como si sus invitados fueran los que le estaban haciendo un favor. Estaba muy atractivo y elegante vestido de blanco y negro.

No fue difícil distinguir a los foráneos en el salón de baile. Un resultado de vivir en el campo, aunque solo llevara allí unos pocos meses, era que siempre se veía a las mismas personas. Y los foráneos habían traído consigo la última moda y habían eclipsado el mejor vestido de Agnes, tal como esperaba que sucediese. Aunque también eclipsaban a todos los demás.

La señora Hunt, la madre del vizconde, tuvo la amabilidad de encargarse de las presentaciones. Llevó a Dora y a Agnes a conocer primero a sir Clarence, a lady March y a la señorita March, que tenían un aspecto elegantísimo, aunque las plumas del tocado de lady March eran tan altas que resultaban desconcertantes. Los tres las saludaron con rígida condescendencia (las plumas también), y Agnes les hizo una reverencia imitando a Dora. Después les presentó a sir Terrence Fry y al señor Sebastian Maycock, su hijastro, que iban vestidos con elegancia pero sin ostentación. El primero les hizo una educada reverencia y comentó que el pueblo era muy bonito. El segundo, un joven alto, apuesto y agradable, las miró con una sonrisa deslumbrante y aseguró estar encantado. Acto seguido, dijo que esperaba poder bailar con ellas durante la velada, aunque no reservó ningún baile en particular.

Un hombre simpático, decidió Agnes, pero más enamorado de su propio encanto que de los encantos de los demás. La verdad, no debería emitir juicios tan rápidos y severos cuando apenas tenía argumentos.

A continuación, la señora Hunt les presentó al vizconde de Ponsonby, cuyo inmaculado y elegante aspecto (iba de negro absoluto salvo por la nívea camisa, la corbata de complicado nudo y el chaleco plateado) eclipsaba al resto de caballeros, salvo al vizconde de Darleigh. Era alto y de porte atlético, un dios rubio hecho hombre, aunque no tenía el pelo de ese rubio platino ni de ese rubio pajizo que, en opinión de Agnes, no acababa de sentar bien a los hombres. Sus facciones eran clásicas y perfectas, con unos ojos de un intenso color verde. Detectó cierto hastío en ellos, y también un rictus burlón en los labios. En una mano de largos dedos sostenía un monóculo con mango de plata.

Agnes sintió con irritación lo anodina que ella era. Y aunque él no se llevó el monóculo al ojo cuando la señora Hunt hizo las presentaciones (tenía la impresión de que el vizconde era demasiado educado como para hacer algo semejante), Agnes sintió, de todas formas, que la había inspeccionado de pies a cabeza y no le había despertado ningún interés. Pese a ello, les hizo una reverencia, les preguntó cómo se encontraban e incluso escuchó con atención sus poco originales respuestas.

Era la clase de hombre que siempre la incomodaba, aunque ciertamente no había conocido a muchos de ellos. Porque esos hombres tan guapos y atractivos la hacían sentirse insulsa y aburrida, así que siempre terminaba despreciándosea sí misma. ¿Qué impresión quería darle a ese tipo de hombres? ¿Que era una cabeza de chorlito que solo sabía pestañear? ¿O quizá quería que la vieran como una mujer sofisticada e ingeniosa? ¡Menuda tontería!

Se alejó de él todo lo deprisa que pudo para sentirse de nuevo ella misma mientras hablaba con el señor y la señora Latchley, y se compadecía del primero, que había caído del tejado de su granero la semana anterior y se había roto una pierna. El hombre se deshizo en alabanzas hacia los vizcondes de Darleigh, que lo habían visitado en persona y habían insistido en enviarles su propio carruaje para que su esposa y él asistieran al baile. Incluso los habían invitado a pasar la noche en la mansión y regresar a casa al día siguiente en el mismo carruaje que los había llevado hasta allí.

Agnes miró con placer a su alrededor mientras conversaban. Habían pulido el suelo de madera hasta dejarlo reluciente y por todas partes había grandes macetas con flores de colores otoñales. Tres grandes arañas, con todas las velas encendidas, colgaban del techo, que estaba adornado con frescos de escenas mitológicas. La luz arrancaba destellos al friso dorado que adornaba la parte superior de los paneles de madera de las paredes y se reflejaba en los numerosos espejos alargados que había en la estancia y que hacían que la hacían parecer mucho más amplia y repleta de flores e invitados. Los miembros de la orquesta (sí, había una orquesta de ocho instrumentos que había llegado desde Gloucester) se encontraban en un estrado levantado en un extremo del salón afinando sus instrumentos.

Al parecer, ya habían llegado todos los invitados. Lord Darleigh y Sophia abandonaron su lugar junto a la puerta, y sir Terrence Fry se acercó a ellos con la clara intención de sacar a su sobrina a la pista de baile para la primera contradanza. Agnes sonrió. También fue divertido ver que los March se acercaban al vizconde de Ponsonby. Era evidente que pretendían que él fuera la pareja de baile de la señorita March para la primera pieza. Claro que fue aún más divertido verlo alejarse de ellos con tranquilidad y disimulo. Saltaba a la vista que era un caballero acostumbrado a evitar situaciones no deseadas. ¡Tendría que contárselo a Sophia la próxima vez que se vieran después de la fiesta! A su amiga se le daba de maravilla hacer caricaturas.

Agnes estaba tan ocupada observando la expresión de disgusto en los rostros de los March que, no se dio cuenta de que el vizconde de Ponsonby se dirigía al sofá sobre el que descansaba la pierna entablillada del señor Latchley. Sin embargo, en vez de acercarse para mostrar su simpatía por el herido, o al menos saludarlo, se detuvo y le hizo una reverencia a ella.

—Señora Keeping —dijo con voz lánguida, incluso un poco hastiada—, creo que se es-espera de uno que baile en este tipo de reuniones. Al menos, eso es lo que mi amigo Darleigh me dijo esta tarde. Y aunque está bastante ci-ciego y cabría suponer que no vería si yo bailo o no, lo conozco lo bastante co-como para estar seguro de que él lo vería aunque nadie se lo dijera. A veces me pregunto qué sentido tiene contar con un amigo ciego si no se lo puede engañar en estos asuntos.

¡Ay! Padecía un leve tartamudeo… Sin duda su único defecto. Había entornado ligeramente los párpados mientras hablaba, algo que le daba un aspecto un tanto somnoliento, aunque sus ojos no lo parecían en absoluto.

Agnes se rio. No sabía qué otra cosa hacer. ¿La estaba invitando a bailar? Era imposible, ¿verdad?

—En fin —siguió él, que levantó el monóculo, aunque no se lo acabó de llevar al ojo. Tenía las uñas muy bien cuidadas, se fijó ella, aunque sus manos seguían siendo muy masculinas—. Por supuesto. Ya veo que me entiende. Pe-pero hay que bailar. ¿Me concede el honor, señora, de brincar conmigo por la pista de baile?

Sí que la estaba invitando a bailar, y para la primera pieza además. Había esperado de todo corazón que alguien se lo pidiera. Al fin y al cabo, solo tenía veintiséis años y no era una anciana. Pero… ¿el vizconde de Ponsonby? Estuvo tentada de salir corriendo hacia la puerta y no detenerse hasta llegar a casa.

No entendía qué le estaba pasando.

—Gracias, milord —contestó con su habitual voz serena, comprobó con alivio—. Aunque yo intentaré bailar con cierta elegancia.

—No esperaría menos de usted —repuso él—. Pero yo brincaré —le aseguró, mientras le ofrecía la muñeca para que le pusiera la mano encima. Ella consiguió mantenerla firme mientras la conducía junto al resto de bailarines. Cuando ella ocupó su lugar en la fila de las damas, el vizconde le hizo una reverencia, tras la cual se reunió con los caballeros en el lado opuesto.

«¡Válgame Dios!», pensó ella, y por un instante, no fue capaz de pensar en otra cosa. Pero el sentido del humor, que siempre estaba dispuesta a usar en su contra, acudió en su auxilio, y sonrió. ¡Qué bien se lo pasaría al día siguiente con el recuerdo de esa media hora! El mayor triunfo de su vida. Viviría del recuerdo una semana. ¡Dos semanas! Casi se le escapó una carcajada.

En frente de ella, el vizconde de Ponsonby, que hizo caso omiso de toda la bulliciosa actividad que los rodeaba, enarcó una ceja con gesto cínico mientras le devolvía la mirada. ¡Ay, por favor! Se estaría preguntando por qué sonreía con tanta alegría. Seguro que pensaba que estaba encantada de bailar con él..., algo cierto, por supuesto, aunque sería vulgar esbozar una sonrisa triunfal por ese motivo.

La orquesta tocó una nota, y la música empezó a sonar.

Como era de esperar, el vizconde había exagerado su falta de competencia como bailarín. Ejecutó los pasos y los cruces con una elegancia innata, pero sin sacrificar en ningún momento su masculinidad. Atrajo una buena cantidad de miradas: de envidia por parte de los hombres; de admiración por parte de las mujeres. Aunque los intrincados pasos del baile no dejaban lugar a mucha conversación, se mantuvo concentrado en Agnes, de modo que le dio la sensación de que estaba bailando con ella y no solo por la necesidad de cumplir con las reglas de etiqueta.

En eso consistía ser un verdadero caballero, se dijo cuando terminó la contradanza y el vizconde la acompañó junto a Dora y les hizo una educada reverencia a ambas antes de alejarse. La atención que le había prestado no tenía nada de especial. Sin embargo, ella se quedó con la sorprendente convicción de que nunca había disfrutado una noche ni la mitad de lo que había disfrutado esta.

¿«Había» disfrutado? ¡Como si ya hubiera llegado a su fin!

—Me complace muchísimo que alguien haya tenido el buen gusto de bailar contigo, Agnes —dijo Dora—. Es un caballero guapísimo, ¿no te parece? Aunque debo confesar que desconfío de esa ceja izquierda suya. Cuando la levanta, le da un aire decididamente burlón.

—Pues sí —convino ella, que se refrescó las mejillas con el abanico mientras las dos se echaban a reír.

Aunque no se había sentido objeto de burla, ya fuera por la ceja o por su persona. Más bien se sentía ufana y encantada. Y sabía, sin lugar a dudas, que soñaría con ese baile, con la contradanza y con su pareja durante días, tal vez incluso semanas. Puede que años. Le encantaría volver a casa en ese momento, aunque era imposible marcharse tan pronto. ¡Por Dios, todo le parecería anticlimático a partir de ese momento!

Sin embargo, no fue así.

Todos habían dejado de lado las preocupaciones diarias para poder disfrutar del opulento esplendor del baile de la cosecha en Middlebury Park. Y todos habían asistido para celebrar el feliz y fructífero matrimonio del joven vizconde al que tanto habían compadecido cuando, tres años y medio antes, llegó ciego y solo, asfixiado por los cuidados y la sobreprotección de su madre, de su abuela y de sus hermanas. Todos habían asistido para celebrar su boda con esa jovencita menuda con aspecto de duendecillo que se había ganado sus corazones por completo con su encanto y con su inagotable energía durante los siete meses que llevaba allí.

¿Cómo no iba a disfrutar ella y celebrarlo con los demás? De hecho, lo hizo. Bailó todas las piezas y se alegró al ver que Dora también bailaba varias veces. El señor Pendleton, uno de los cuñados del vizconde, la acompañó al comedor para cenar; era un caballero amable que conversó con ella durante gran parte de la cena mientras que la señora Pearl, la abuela materna del vizconde, lo hacía desde el otro lado.

Hubo brindis, discursos y tarta nupcial. De hecho, fue como un verdadero y opíparo banquete de boda.

¡Ah, no! No hubo nada anticlimático en la fiesta después de la primera pieza. El baile se retomaría después de la cena con un vals. Era el primero de la noche y, seguramente, también sería el último, y generaba mucho interés entre los invitados, porque aunque se bailaba en Londres y en otras ciudades importantes desde hacía años, todavía se consideraba un poco descarado en el campo y rara vez se bailaba en los salones de reunión locales. Agnes conocía los pasos. Los había practicado con Dora, que enseñaba a bailar a algunos de sus alumnos, entre los que se encontraba Sophia. Su hermana le había dicho que estaba planeando que la vizcondesa bailara el vals con su tío.

Sin embargo, no era con su tío con quien Sophia tenía intención de bailar el vals, comprobó Agnes al volver la cabeza para descubrir a qué se debía el aumento de los murmullos entremezclados con risas. Alguien empezó a aplaudir despacio, y los demás se unieron poco a poco.

—Baila con ella —dijo alguien. Se trataba del señor Harrison, un buen amigo de lord Darleigh.

Sophia estaba en la pista de baile, según vio, con un brazo extendido y la mano del vizconde de Darleigh en la suya. Tenía una expresión risueña y estaba ruborizada. ¡Intentaba convencer a su marido de que bailase con ella! A esas alturas, la mitad de los invitados aplaudía con ganas. Agnes se sumó a ellos.

Todos repetían lo que había dicho el señor Harrison, convirtiendo las palabras en un cántico.

—¡Baila con ella! ¡Baila con ella!

El vizconde se adentró unos pasos en la pista de baile vacía con su esposa.

—Si me pongo en ridículo —dijo mientras los aplausos y los cánticos cesaban—, ¿seríais tan amables de fingir que no os habéis dado cuenta?

Hubo risas generalizadas.

La orquesta no esperó a que nadie más saliera a la pista de baile.

Agnes se llevó las manos al pecho y observó la escena junto a todos los demás, deseando de todo corazón que el vizconde no se pusiera en ridículo. Al principio, bailó el vals con torpeza, aunque también con expresión risueña y un gozo tan evidente que se descubrió parpadeando para contener las lágrimas. Y después, de alguna manera, encontró el ritmo, y Sophia lo miró con una adoración tan deslumbrante que no hubo manera de contener la solitaria lágrima que se le escapó pese a todos sus intentos por contenerla. Se la enjugó con la punta de un dedo y echó una miradita a su alrededor para asegurarse de que nadie se había dado cuenta. Nadie la había visto, pero ella sí se dio cuenta de que varias personas tenían los ojos demasiado brillantes.

Al cabo de unos minutos, se produjo una pausa en la música, y otras parejas se unieron a los vizcondes en la pista de baile. Ella suspiró de satisfacción y tal vez con cierto anhelo. ¡Qué bonito sería si...!

Se volvió hacia Dora, que estaba a su lado.

—Le has enseñado bien a Sophia —dijo.

Sin embargo, su hermana había clavado la vista en un punto situado a su espalda.

—Creo que un caballero con el que ya has bailado esta noche está a punto de invitarte a bailar de nuevo —susurró—. Después de esto, no habrá quien te aguante en una semana.

Agnes no tuvo la oportunidad de replicar ni de volver la cabeza para ver a quién miraba Dora.

—Señora Keeping —dijo el vizconde Ponsonby con voz un tanto lánguida—, dí-dígame que no tengo rival al que enfrentarme para bailar con usted esta pieza. Me quedaría desolado. Si tengo que bailar el vals, de-debo hacerlo con una pareja sensata.

Agnes cerró el abanico y se volvió hacia él.

—¿De verdad, milord? —preguntó—. ¿Y qué le hace pensar que yo lo soy? —¿Acababa de dedicarle un cumplido? ¿Que era sensata?

Él echó la cabeza hacia atrás un par de centímetros y le recorrió la cara con la mirada.

—Tiene ci-cierto brillo en los ojos y cierto rictus en los labios —contestó— que la delatan como alguien que observa la vida además de vivirla. Alguien que la observa con cierta sorna de vez en cuando, si no me equivoco.

¡Por el amor de Dios! Lo miró con cierta sorpresa. Ojalá nadie más se hubiera percatado de eso. Ni siquiera estaba segura de que fuera cierto.

—Pero ¿por qué desea una pareja sensata para bailar el vals más que para cualquier otro baile? —quiso saber.

Lo sensato sería aceptar sin más dilación, dado que no se le ocurría nada más maravilloso que bailar un vals en una fiesta de verdad. Sin duda la música comenzaría a sonar de nuevo en cualquier momento, aunque parecía que la orquesta estaba esperando a que más parejas salieran a la pista de baile. Y ella tenía la oportunidad de bailar el vals con el vizconde de Ponsonby.

—El vals se baila cara a cara con la pa-pareja hasta el final —contestó él—. Lo menos que se pu-puede esperar es que la conversación sea interesante.

—¡Ah! —exclamó—. En ese caso, hablar del tiempo queda descartado, ¿no?

—Al igual que de la salud propia y la de los conocidos hasta la tercera o la cu-cuarta generación —añadió él—. ¿Ba-bailará el vals conmigo?

—Me da muchísimo miedo —respondió—, porque me ha dejado sin saber qué decir. ¿Queda algún tema del que pueda hablar con sensatez o, mejor dicho, del que pueda hablar sin más?

Él le ofreció el brazo sin mediar palabra, y ella le colocó la mano en la muñeca con la sensación de que iban a fallarle las rodillas porque él la miró con una sonrisa..., una sonrisa lánguida, con los párpados entornados, que parecía sugerir una intimidad que desentonaba mucho con el ambiente público en el que se encontraban.

Agnes sospechaba que estaba en manos de un experto seductor.

—Ver a Vincent bailar el vals —dijo él mientras ocupaban sus puestos el uno frente al otro— ha bastado pa-para echarse a llorar. ¿No está de acuerdo, señora Keeping?

«¡Ay, por Dios!», pensó. ¿Habría visto esa lágrima?

—¿Porque ha bailado con torpeza? —repuso mientras enarcaba las cejas.

—Porque está en-en-enamorado —replicó él, atascándose con la última palabra.

—¿No aprueba el amor romántico, milord?

—En otros es de lo más conmovedor —contestó—. Pero tal vez debamos hablar del tiempo después de todo.

Sin embargo, no lo hicieron, porque en ese momento se oyó un decidido acorde, y él le colocó una mano detrás de la cintura mientras ella le colocaba la suya en un hombro. El vizconde le tomó la otra mano y la guio de inmediato para trazar un rápido giro que le robó el aliento y, al mismo tiempo, le dejó claro que no solo se encontraba en manos de un experto seductor, sino también en las de un consumado bailarín. Habría dado igual que no conociera los pasos, estaba segura. Porque habría sido casi imposible no seguirlo.

Los colores y la luz conformaron un remolino a su alrededor. La música la envolvió, al igual que los sonidos de las voces y de las risas. La miríada de aromas de las flores, de las velas y de las colonias. El vértigo de los giros de los que ella misma formaba parte y que, a su vez, se apoderaban de ella por completo.

Y el hombre que la hacía girar por la pista de baile y que no hizo el menor intento de mantener una conversación, sensata o de cualquier otro tipo, aunque la sujetaba a la distancia correcta de su cuerpo y la miraba con esos ojos somnolientos, pero penetrantes, mientras ella le devolvía la mirada sin pensar siquiera en que, tal vez, debería apartarla o bajarla con recato... o buscar algo que decir.

Poseía una belleza tan gloriosa y un atractivo tan abrumador que era incapaz de erigir un muro defensivo contra su encanto. Su cara transmitía carácter, y también cinismo, intensidad y tanto misterio que, sin duda, una vida entera no bastaría para conocerlo por completo. Transmitía fuerza, y también crueldad, ingenio, encanto y dolor.

Sin embargo, percibía todo eso de forma inconsciente y sin hablar. Estaba sumida en un momento tan intenso que le pareció una eternidad, o un abrir y cerrar de ojos.

No hubo más pausas en la música. Cuando terminó, también se terminó la pieza. El brillo burlón reapareció en los ojos del vizconde, al igual que el rictus guasón de sus labios.

—Ya veo que no es en absoluto se-sensata —dijo él—. Solo encantadora.

¿Encantadora?

La llevó de nuevo junto a Dora, hizo una elegante reverencia y se alejó sin mediar palabra.

Y Agnes se enamoró.

En cuerpo y alma, por completo, de los pies a la cabeza.

De un seductor cínico, experimentado y tal vez peligroso.
De un hombre al que no volvería a ver después de esa noche.
Aunque era mejor así.
¡Ah, sí! Sin duda era mejor así.

2

Cinco meses después

Era un día bastante agradable para ser principios de marzo, quizá un poco frío, pero ni llovía ni soplaba el viento, algo que había sucedido con gran frecuencia y entusiasmo casi desde Navidad, y el sol brillaba. Flavian Arnott, vizconde de Ponsonby, se alegró de no verse obligado a atravesar la campiña inglesa en los sofocantes confines de su carruaje, que avanzaba en algún punto por detrás con su ayuda de cámara y su equipaje mientras él hacía el trayecto a caballo.

Iba a ser muy extraño celebrar ese año la reunión anual del Club de los Supervivientes en Middlebury Park, la casa solariega de Vincent en Gloucestershire, en vez de hacerlo en Penderris Hall, el hogar de George, duque de Stanbrook, en Cornualles, como de costumbre. Los siete habían pasado tres años juntos en Penderris Hall recuperándose de sus diversas heridas de guerra. Cuando se marcharon, acordaron reunirse allí durante algunas semanas cada año para renovar su amistad y compartir su progreso. Y así lo habían hecho. Solo en una ocasión, dos años antes, uno de ellos se había ausentado, ya que el padre de Hugo murió repentinamente cuando él estaba a punto de partir hacia Cornualles. Aquel año echaron muchísimo de menos a su amigo.

Y también habían estado a punto de echar de menos a Vincent, el vizconde de Darleigh, quien había anunciado cinco meses antes que no abandonaría Middlebury Park en marzo, ya que lady Darleigh esperaba dar a luz a su primer hijo a finales de febrero. Para ser justos, la dama en cuestión había intentado convencerlo de que no se perdiera algo que sabía que significaba mucho para él. Flavian podía dar fe porque estuvo en Middlebury Park para el baile de la cosecha. Sin embargo, cuando se hizo evidente que Vincent estaba decidido a no dejar a su esposa, solucionó el problema sugiriendo que los supervivientes se reunieran ese año en su casa, de manera que Vincent no tuviera que perdérsela ni alejarse de su mujer.

Tras consultar a los otros cinco, todos accedieron al cambio de ubicación, aunque sí parecía extraño. Además, ese año también asistirían algunas esposas, tres en concreto, todas adquiridas desde la última reunión, lo que aumentaba la rareza de la situación. Claro que nada en la vida era para siempre, ¿verdad?

Casi había llegado al final del viaje, se percató al entrar en el pueblo de Inglebrook y saludar con un gesto de la cabeza al carnicero, que estaba barriendo la puerta de su negocio, ataviado con un largo delantal que, a todas luces, llevaba puesto la última vez que cortó carne. La entrada a la propiedad de Middlebury Park se encontraba en el extremo más alejado de la calle principal del pueblo. Se preguntó si sería el primero en llegar a esa reunión del Club de los Supervivientes. Por alguna extraña razón, solía serlo. Algo que sugería un sorprendente entusiasmo muy poco habitual en él. Tal y como estaba de moda, acostumbraba a llegar tarde, incluso más tarde de la cuenta, a los eventos sociales.

En una memorable ocasión, la primavera anterior, lo habían rechazado en las sagradas puertas de Almack's, en Londres, porque se había presentado para el baile semanal (correctamente ataviado con las anticuadas calzas a media pierna, tal como exigían las normas) a las once y dos minutos. Otra de las normas dictaba que nadie podía entrar pasadas las once. Se quedó desolado al comprobar que su reloj de bolsillo iba retrasado, o eso le aseguró a su tía al día siguiente. Había prometido bailar con su prima, la hija de dicha tía. Ella lo miró con reproche e hizo un comentario muy grosero sobre su pobre excusa. Ginny, en cambio, estaba hecha de otra pasta y se limitó a levantar la barbilla y a decirle que su tarjeta de baile había estado tan llena que habría tenido que decepcionarlo si se hubiera dignado a hacer acto de presencia.

La buena de Ginny. ¡Ojalá hubiera más mujeres como ella!

Se llevó la fusta al ala del sombrero al pasar junto a la esposa del vicario (por desgracia, tenía una pésima memoria para los nombres, aunque se la habían presentado), que estaba charlando con una mujer corpulenta al otro lado de la puerta del jardín de la vicaría. Les dio las buenas tardes a ambas mujeres, y ellas correspondieron el saludo comentándole con alegría y voz chillona que hacía una tarde espléndida y que ojalá durase.

Otra mujer avanzaba sola por la calle hacia él, con un gran caballete debajo de un brazo y una bolsa, seguramente con los utensilios de pintura, en la mano libre. Admiró su figura esbelta y juvenil. Iba bien vestida, aunque sin concesiones a la última moda. La vio levantar la cabeza, sin duda porque había oído su caballo, y entonces la reconoció.

La señora... ¿Kepler? ¿Kleagle? ¿Kindness? ¿Kitchen? ¡Maldición, era incapaz de recordar su nombre! Había bailado con ella en el baile de Vincent, a petición de la vizcondesa, de quien era buena amiga. También había bailado el vals con ella... ¡Sí, por Dios, lo había hecho!

La saludó con un gesto del sombrero cuando se encontraron.

—Buenas tardes, señora —dijo.

—Milord. —Ella le hizo una leve reverencia y lo miró con los ojos como platos y las cejas enarcadas. Después se ruborizó. No solo la brisa fría de marzo le había sonrojado las mejillas. Estaban normales y, de repente, se pusieron coloradas. Y había entornado los párpados para ocultar los ojos.

En fin. Interesante.

Era una mujer guapa, sin ser deslumbrante en ningún sentido, aunque sí tenía unos ojos bonitos, que en ese momento había ocultado con gesto recatado bajo los párpados, y una boca que parecía creada para sonreír... o para besar. Y puestos a pensar en sonrisas... Pero no, aunque apareció una imagen por su mente durante un instante, se esfumó sin revelarse por completo. Era irritante, pero así funcionaban los recuerdos para él, con pequeños, o tal vez enormes, vacíos en el pasado de los que no era consciente hasta que cobraban vida. A veces, se demoraban el tiempo necesario para sacarlos a la luz y verlos; en otras ocasiones, desaparecían antes de que pudiera fijarlos. Esa en concreto era una de dichas ocasiones. Pero daba igual.

La mujer ya no era tan joven, aunque seguramente él le sacaba unos años. Sin duda, ese era el caso. ¡Por el amor de Dios, él ya tenía treinta años, era casi un carcamal!

No llegó a detener el caballo. ¿Cómo demonios se llamaba? Continuó el camino, y lo mismo hizo ella.

«Sensata», pensó al llegar al final de la calle y ver la verja de Middlebury Park abierta, tras lo cual enfiló la serpenteante avenida de entrada, flanqueada por árboles. Esa fue su impresión de la mujer después de invitarla a bailar la primera contradanza en el baile de la cosecha, tal como le pidieron que hiciera. Y después la invitó a bailar el vals posterior a la cena, con la excusa de mantener una conversación sensata.

Lo cual no era demasiado halagador, pensó cinco meses después. No se podía decir que fuera la clase de cumplido que inundaría de sueños románticos el corazón de una mujer. Pero no fue esa la intención, ¿verdad? No hubo conversación durante el vals, ni sensata ni de otro tipo. Solo... el encanto del momento.

¡Qué extraño que lo recordara cuando la idea había desaparecido de su memoria en cuanto terminó el baile! Extraño y también un poco vergonzoso. ¿Qué demonios había querido decirle su mente al elegir esa palabra en concreto? Y... ¿lo recordaba bien? ¿Lo había dicho en voz alta delante de ella?

«Pues no era en absoluto sensata. Solo encantadora».

¿Qué demonios había querido decir?

No era una mujer de encanto irresistible. Delgada y pulcra, bonita hasta cierto punto, sí. Pero nada más destacable que eso. Unos ojos bonitos y una boca risueña, tal vez incluso besable, no bastaban para obnubilar los ojos ni la mente, ni para despertar un interés primaveral. De todos modos, era octubre en aquel momento.

«Encanto», desde luego, no era una palabra que formara parte de su repertorio.

¡Ojalá que ella no lo hubiera oído! O, de haberlo hecho, ojalá que no se acordase.

Claro que se acababa de ruborizar.

Los árboles quedaron atrás, y ante él apareció la magnífica vista de los cuidadísimos setos topiarios primero y de los jardines formales con sus parterres después (coloridos incluso en esa época del año), tras los cuales se alzaba la impresionante y amplia fachada de la mansión. Y así, sin más, fue consciente, como le sucedía cada vez que iba a Middlebury Park, de que su amigo jamás podría ver nada de eso. La ceguera, en opinión de Flavian, debía de ser una de las peores aflicciones. Incluso en ese momento, conociendo a Vincent tan bien como lo conocía, sabiendo lo alegre que siempre estaba y cómo había rehecho su vida para conseguir que fuera plena, lo abrumaba el dolor al pensar en su ceguera.

Menos mal que todavía le quedaba un buen trecho antes de tener que enfrentarse a los habitantes de la casa. ¿Qué pensaría el personal de servicio del vizconde de Ponsonby si apareciera con los ojos llenos de lágrimas? La mera idea le provocaba escalofríos.

Su llegada no había pasado desapercibida, se percató unos minutos más tarde, al acercarse a la terraza que se extendía frente a la enorme puerta de doble hoja. La puerta estaba abierta, y Vincent se encontraba en el escalón superior, con su perro guía atado en corto a su lado, y la mano libre sujetando la de la vizcondesa. Los dos lo miraban sonrientes.

—Empezaba a pensar que no iba a venir nadie —dijo Vincent—. Pero aquí estás, Flave.

Eso quería decir que era el primero en llegar.

—¿Cómo has sabido que era yo? —le preguntó él, mirándolo con cariño—. Confiesa: has echado una mi-miradita.

Los vizcondes bajaron los escalones mientras Flavian desmontaba y dejaba su caballo en manos de un mozo de cuadra, que cruzaba la terraza a toda prisa desde las caballerizas. Acto seguido, abrazó con fuerza a Vincent y después se volvió para tomar la mano de la vizcondesa. Pero ella se desentendió de semejante formalidad y también lo abrazó.

—Nos moríamos de la impaciencia —dijo—. Como dos niños a la espera de un regalo. Es la primera vez que vamos a recibir visitas los dos solos. Mi suegra se quedó con nosotros hasta después del nacimiento, pero volvió a su casa en Barton Coombs la semana pasada. Estaba deseando volver, y por fin logré convencerla de que nos podíamos apañar sin ella, aunque le aseguré que la echaríamos muchísimo de menos, como así es.

—Confío en que haya recuperado la salud, señora —repuso Flavian.

Desde luego parecía estar radiante. Había dado a luz a un niño hacía un mes, un par de semanas antes de lo esperado.

—No sé por qué se habla del parto como una especie de enfermedad mortal —dijo ella, que entrelazó el brazo con el suyo y procedió a subir los escalones con él mientras Vincent, guiado por su perro, se colocaba al otro lado—. Nunca me he sentido mejor. ¡Ay, ojalá que todos lleguen pronto para no estallar por los nervios o hacer algo igual de vulgar!

—Será mejor que vengas al salón para tomarte algo, Flave —terció Vincent—, antes de que a alguno de los dos se nos meta en la cabeza que subas a la habitación infantil para adorar y venerar a nuestro hijo y heredero. Intentamos tener en cuenta que los demás tal vez no estén tan encandilados con él como nosotros.

—¿Tiene todos los dedos de las manos y de los pies? —preguntó Flavian.

—Pues sí —contestó Vincent—. Los he contado.

—¿Y todo lo demás está en su sisitio? —siguió él—. Es un tremendo alivio y me complace mucho. Y estoy se-seco.

Ver recién nacidos y hacerles carantoñas nunca había sido una de sus actividades favoritas. Pero allí estaba, tragándose de nuevo un sospechoso nudo en la garganta al darse cuenta de que Vincent no había visto a su hijo y nunca lo vería. Ojalá que los demás llegaran pronto. Vincent siempre había sido el favorito de todos ellos, aunque ninguno lo había dicho en voz alta. Además, le resultaba más fácil hacerse fuerte frente a esa lástima tan inoportuna cuando los demás estaban presentes.

¡Maldición, Vincent nunca jugaría al críquet con el niño!

No había manera, pensó, sintiéndose frágil y al borde del llanto o algo peor, solo porque estaba allí, porque estaba en casa, aunque esa palabra no tenía nada ver con el lugar, pero sí con las personas que llegarían pronto para estar con él y con Vincent. Entonces volvería a estar a salvo. Entonces volvería a estar bien, y nada podría hacerle daño. ¡Qué ideas más absurdas!

Apenas habían puesto un pie en el salón cuando, en la avenida de entrada, oyeron los cascos de los caballos y el tintineo de los arneses de un carruaje. Y no era el suyo, comprobó tras mirar por los ventanales. Tampoco era el de George ni el de Ralph. ¿Tal vez el de Hugo? ¿O el de Ben? Ben (sir Benedict Harper) acababa de mudarse a Gales, un lugar dejado de la mano de Dios, para hacerse cargo de unas minas de carbón y de las fundiciones del abuelo de su flamante esposa. Era todo muy extraño, pero no alarmante. Aunque lo más sorprendente fue que todos, salvo Vincent, habían viajado hasta allí en enero para la boda. Era posible que se hubiesen quedado allí un mes entero o incluso más. ¿Qué se podía hacer en Gales durante todo un mes? ¿Y en pleno invierno? Tenían que hacerse mirar la cabeza, todos ellos. Por supuesto, la suya nunca había funcionado muy bien desde que le dispararon en ella y luego se cayó del caballo durante una memorable batalla en la península ibérica. Memorable para otros, claro. Para él, era un gigantesco vacío, como si fuera algo que hubiese sucedido mientras dormía y se lo hubieran contado después.

—¡Oh! —exclamó lady Darleigh, que se llevó las manos al pecho—. Ha venido alguien más. Tengo que bajar. Vincent, ¿te quedas aquí y te encargas de la bebida de lord Ponsonby?

—Te acompaño, Sophie —replicó Vincent—. Flavian ya es mayorcito. Es capaz de servirse su propia copa.

—Y sin derramarla —apostilló él—. Pero ba-bajaré también si se me permite.

Otra vez esa estúpida emoción, la que lo motivaba a ser el primero en llegar a las reuniones anuales. Pronto volverían a estar juntos, los siete. Sus personas favoritas. Sus amigos. Su salvavidas. No habría sobrevivido aquellos tres años sin ellos. ¡Ah! Tal vez su cuerpo lo habría hecho, pero su cordura seguramente no. No sobreviviría a esas alturas sin ellos.

Eran su familia.

Tenía otra familia compuesta por personas que compartían su sangre y su linaje. Incluso les tenía cariño, casi sin excepción, y ellos se lo tenían a él. Pero las personas que iban a reunirse en breve, sus seis amigos (George, Hugo, Ben, Ralph, Imogen y Vincent) eran la familia de su corazón.

¡Demonios! Menuda frase: «La familia de su corazón». Bastaba para que cualquier hombre que se preciara de serlo quisiera vomitar. Menos mal que no lo había dicho en voz alta.

«Keeping», pensó mientras bajaba la escalinata para recibir al recién llegado. La luz se había hecho por un instante en su mente y allí estaba: el apellido de la mujer. La señora Keeping, viuda. Un apellido extraño, pero quizá su propio apellido, Arnott, también lo fuera. Cualquiera resultaba extraño si uno se paraba a pensarlo.

Cuando Agnes llegó a casa, se quitó el bonete y la pelliza, se atusó el pelo y se lavó las manos. El corazón se le había calmado lo suficiente como para no temer que Dora lo oyese cuando bajara la escalera para reunirse con ella en la salita.

De verdad, no era justo que estuviera más guapo y varonil a caballo que en un salón de baile. Llevaba un abrigo largo y oscuro con solo Dios sabría cuántas capas en los hombros (no se le había ocurrido contarlas) y un sombrero de copa colocado en un ángulo travieso sobre el pelo casi rubio. Casi se había ahogado al fijarse en sus botas de cuero, en esos poderosos muslos cubiertos por los ajustados pantalones de montar, en su postura militar, en su pecho ancho y en su rostro hermoso y burlón.

Cuando ya creía que estaba en casa sana y salva, le había bastado verlo para sumirse en un estupor tan ridículo que ni siquiera recordaba cómo se había comportado. ¿Lo había saludado con educación? ¿Lo había mirado boquiabierta? ¿Había temblado como una hoja en un vendaval? ¿Se había ruborizado? ¡Por el amor de Dios, cualquier cosa menos ruborizarse! ¡Qué humillante sería eso! ¡Que tenía veintiséis años! Y además era viuda.

—¡Ah! Aquí estás, querida —dijo Dora, que levantó las manos de su antiguo, pero bien cuidado y perfectamente afinado piano—. Has vuelto más tarde de lo que dijiste, pero ¿cuándo no lo haces si estás pintando? Te has perdido toda la diversión.

—No era mi intención llegar tarde —repuso ella mientras se inclinaba para besarla en la mejilla.

—Lo sé. —Dora se puso en pie e hizo sonar la campanilla que había sobre el piano para indicarle a su ama de llaves que les trajera la bandeja del té—. A mí me pasa cuando toco. Menos mal que las dos somos unas artistas distraídas; de lo contrario estaríamos discutiendo y acusándonos la una a la otra de abandono. Bueno, ¿has encontrado algo bonito que pintar?

—Narcisos entre la hierba —contestó Agnes—. Siempre son mucho más hermosos que en los parterres. ¿Qué diversión me he perdido?

—Los invitados de Middlebury Park han comenzado a llegar —respondió Dora—. Hace un rato, vi pasar a un solitario jinete. Pero se alejó antes de que pudiera llegar hasta la ventana, aunque me moví a una velocidad vertiginosa, de modo que solo le vi la espalda, pero creo que podría tratarse del apuesto vizconde de la ceja burlona que asistió al baile de octubre.

—¿El vizconde de Ponsonby? —repuso Agnes, y el corazón empezó a latirle de nuevo con fuerza, amenazando con dejarla sin aliento y hacerla jadear—. Sí, tienes toda la razón. Me he cruzado con él por la calle, y la verdad es que me ha saludado y me ha dado las buenas tardes. Sin embargo, no recordaba mi nombre. Casi he oído los engranajes de su cabeza mientras hacía memoria. Así que me ha llamado «señora».

¡Por Dios! ¿De verdad se había fijado en todo eso?

—Y hace apenas unos minutos —siguió Dora— han pasado dos carruajes. En el primero iban dos personas, una dama y un caballero. El segundo iba cargado con una prodigiosa cantidad de equipaje y en él viajaba un hombre que parecía tan altivo que debía de ser un duque o un ayuda de cámara. Sospecho lo último. He estado a punto de llamarte, pero de haberlo hecho, la señora Henry también me habría oído y se habría asomado de sopetón por una de las ventanas de la fachada, y a las tres nos habrían visto mirando boquiabiertas hacia la calle en vez de ocuparnos de nuestros asuntos, tal como deben hacer las damas bien educadas.

—Nadie nos habría prestado la menor atención —le aseguró Agnes—. Todos los demás habrían estado demasiado ocupados mirando boquiabiertos.

Ambas se echaron a reír y se sentaron cada una al lado de la chimenea, mientras la señora Henry les llevaba la bandeja del té y les informaba de que los invitados habían comenzado a llegar a Middlebury Park, aunque suponía que la señorita Debbins había estado demasiado absorta en su música como para darse cuenta.

Agnes y Dora se miraron con sorna cuando la mujer se fue, y después se pusieron en pie para ver quién se acercaba por la calle del pueblo en esa ocasión. Se trataba de un caballero joven que conducía él mismo un tílburi muy elegante, con un joven lacayo tras él. El recién llegado también era delgado y apuesto, aunque tenía una horrible cicatriz que le cruzaba la mejilla y que era visible desde la ventana, ya que el sombrero no lograba cubrirla. Le confería un aire feroz, como el de un pirata.

—No me gusta lo que estoy haciendo —dijo Dora—. Pero es entretenidísimo.

—Pues sí —convino Agnes. Aunque deseó que no estuviera sucediendo. No había deseado verlo de nuevo. ¡Ah, sí! Por supuesto que lo había deseado. No, no lo había hecho. ¡Ay! Detestaba ese..., ese desconcierto juvenil por un hombre que apenas había reparado en ella cinco meses antes y que había olvidado su nombre en el tiempo transcurrido.

Sophia le había hablado del Club de los Supervivientes y de las reuniones anuales que tenían lugar en Cornualles, y también le había explicado que los habían convencido a todos para que ese año se vieran en Middlebury Park dado que su marido, el muy tonto (en palabras de

Sophia), se había negado a apartarse de su lado justo después de haber dado a luz. El club lo formaban siete personas, incluido el vizconde de Darleigh: seis hombres y una mujer. Tres de los caballeros estaban casados, y dichos matrimonios se habían celebrado a lo largo del último año. Pasarían tres semanas en Middlebury Park. Todo el vecindario vibraba de emoción, aunque iba a ser una reunión privada en su mayor parte. Todos y cada uno de los integrantes del Club de los Supervivientes poseía un título nobiliario: el menos ilustre era un baronet; el de mayor rango era un duque.

Agnes había decidido mantenerse bien lejos de ellos. No debería ser difícil, pensaba, aunque iba a menudo a la mansión para ver a Sophia, sobre todo durante los últimos meses antes de que naciera Thomas, cuando a su amiga le resultaba cada vez más difícil ir a verla, y durante el mes después de su nacimiento. Dejaría de ir mientras hubiera invitados. Habría dejado de ir aunque él no fuera uno de los supervivientes, porque Sophia estaría ocupada entreteniéndolos a todos. Y aunque acostumbraba a pintar en la propiedad, por invitación expresa tanto de Sophia como de lord Darleigh, evitaría las zonas por donde era más probable que pasearan los invitados, y tendría mucho cuidado de que no la vieran ir y venir.

Ese día había tenido cuidado..., hasta que perdió la noción del tiempo. Era improbable que los invitados llegaran antes de media tarde, le había dicho Sophia. Agnes se había ido, por lo tanto, a pintar los narcisos por la mañana. No podía esperar tres semanas enteras, ya que los narcisos no esperarían. Volvería a casa poco después del mediodía, mucho antes de la hora a la que se esperaba que llegasen los invitados, le había dicho a Dora antes de irse. Pero luego se puso a pintar y se le fue el santo al cielo.

Pese a todo, tuvo mucho cuidado mientras regresaba caminando a casa. Había estado pintando bastante alejada del lago y de la arboleda, cerca del cenador, ni siquiera había estado a la vista de la mansión. La propiedad de Middlebury Park era enorme, al fin y al cabo. No volvió rodeando el lago ni cruzó por la parte inferior del prado para llegar a la avenida de entrada. De esa manera, habrían podido verla desde la mansión durante unos minutos, y también habría estado expuesta durante gran parte del camino. Lo que hizo fue internarse en la espesa arboleda que se extendía hasta la linde meridional de la propiedad y caminó entre los vetustos troncos, disfrutando de la soledad teñida de verde y del maravilloso olor de la vegetación. Salió por el extremo más alejado de la avenida de entrada, a unos metros de la verja que estaba abierta de par en par, como era habitual durante el día. Después siguió por la calle principal del pueblo hacia su casa. No había nadie a la vista salvo la señora Jones, que estaba delante de la puerta de la vicaría, chismorreando con la señora Lewis, la esposa del boticario. Y el señor Henchley, al que vio en el otro extremo de la calle barriendo el serrín del suelo de la carnicería para que otro se ocupara de él. Ella agachó la cabeza y echó a andar hacia su casa a paso ligero.

Se creyó a salvo hasta que oyó los cascos de un caballo que se acercaba. No levantó la cabeza. Al fin y al cabo, no era extraño ver caballos en el pueblo. Pero no le quedó más remedio que mirar a medida que se acercaba. Sería de muy mala educación no saludar a un vecino. De modo que alzó la cabeza y miró de frente a los somnolientos ojos verdes del invitado al que más quería evitar. Desde luego que no tenía motivos para evitar a ninguno de los demás, ya que todos eran desconocidos para ella.

¡Qué mala suerte la suya!

Se odió con renovadas fuerzas al mirarlo. Se había olvidado del ridículo enamoramiento pocas semanas después de la celebración del dichoso baile. No le había sucedido nada parecido antes, y se aseguraría de que jamás volviera a sucederle. Después Sophia le dijo que el Club de los Supervivientes se reuniría allí, y ella se convenció de que si lo veía (ya intentaría ella que no pasara), sería capaz de mirarlo con indiferencia y considerarlo solo uno de los aristócratas amigos de lord Darleigh a quien conocía de forma superficial.

Era imposible que fuera tan guapo. Además de muchas otras cosas que preferiría no describir con palabras, ni pensar en ellas, si las malditas se pudieran contener.

Que no era el caso.

Toda la tontería del otoño anterior regresó de golpe, como si no tuviera ni un ápice de sentido común ni cerebro.

—Agnes —dijo Dora mientras regresaban a los asientos que habían ocupado, sacándola de sus pensamientos—, me pregunto si nos invitarán algún día a la mansión. Supongo que no, pero tú eres la mejor amiga de la vizcondesa, y yo soy su profesora de música y también la de lord Darleigh. De hecho, la semana pasada el vizconde me comentó que, dado que sus amigos se limitarán a ridiculizar sus esfuerzos por tocar el arpa, lo mejor sería que yo tocara para ellos, tal como debe hacerse, y así no se reirán de él. Pero lo dijo entre carcajadas. Imagino que sus amigos se burlan mucho de él, y eso significa que lo quieren, ¿verdad? Deben de ser muy buenos amigos. No creo que lord Darleigh me invite a tocar, ¿verdad?

Agnes se desentendió de sus tontas palpitaciones y se concentró en su hermana, que parecía ansiosa. Dora tenía doce años más que ella y nunca se había casado. Vivió en Lancashire hasta que su padre se casó de nuevo, un año antes de que ella misma lo hiciera. Después comunicó su intención de responder a un anuncio en el que se buscaba un profesor de música residente para el pueblo de Inglebrook, en Gloucestershire. La aceptaron para el puesto y se mudó al pueblo, donde prosperó en cierta medida. Allí era querida y respetada, y se reconocía su talento. Siempre tenía más trabajo del que podía aceptar.

Aunque ¿era feliz? Tenía muchos conocidos en el pueblo, pero no amigos íntimos. Y ningún pretendiente. Agnes y ella habían estrechado mucho su relación desde que vivían juntas, tal como había sido en casa de su padre. Pero, a todos los efectos, pertenecían a generaciones distintas. Dora estaba contenta, o eso creía Agnes, pero no sabía si era feliz.

—Tal vez sí te inviten a tocar —contestó—. A todos los anfitriones les gusta entretener a sus invitados, y ¿qué mejor manera que hacerlo con una velada musical? Además, lord Darleigh es ciego, por lo que aprecia la música más que cualquier otra forma de entretenimiento. A menos que entre los invitados haya talento musical, tendría todo el sentido del mundo que te invitara a tocar para ellos. No conozco a otra persona con más talento que tú, Dora.

Quizá no fuera muy sensato dar alas a las esperanzas de su hermana, pero qué insensible había sido por su parte no darse cuenta, hasta ese momento, de que Dora también tenía sentimientos y nerviosismo por la llegada de los invitados y que soñaba con tocar para una audiencia refinada.

—Di la verdad, querida —repuso su hermana con un brillo travieso en los ojos—. No conoces a demasiadas personas, ni con talento ni sin él.

—Tienes razón —admitió—. Pero si conociera a todos los integrantes de la alta sociedad y los hubiera oído desplegar su talento en un sinfín de veladas musicales, habría descubierto que nadie está a tu altura.

—Lo que más me gusta de ti, querida Agnes —dijo su hermana—, es tu absoluta falta de parcialidad.

Las dos se echaron a reír y se pusieron en pie de un salto para ver que un carruaje con un blasón ducal en la portezuela pasaba por la calle. En el interior había un caballero de más edad y muy distinguido, y una dama.

—Lo único que necesito para ser totalmente feliz —añadió Dora— es un telescopio pequeñito.

Se rieron de nuevo.

3

Durante lo que quedaba de ese primer día, cuando todos hubieron llegado, y durante todo el día siguiente, así como durante gran parte de la noche entre esos dos días y la siguiente, permanecieron juntos como grupo y hablaron casi sin cesar. Siempre sucedía lo mismo cuando tenían todo un año de noticias que compartir, y lo mismo pasó ese año, aunque la mayoría se había visto en unas cuantas ocasiones desde la reunión de la primavera pasada en Penderris Hall y tres de ellos se habían casado.

Flavian había temido, en cierto modo, que esos matrimonios afectaran de alguna manera su cercanía. Lo había temido mucho, la verdad. No porque le molestara la felicidad de sus tres amigos y sus esposas, que se encontraban todas en Middlebury Park con ellos. Los siete habían pasado juntos por el infierno y habían salido de él juntos, como un grupo muy unido. Se conocían como ninguna otra persona los conocía ni podría hacerlo jamás. Habían creado un vínculo imposible de describir con palabras. Un vínculo sin el cual se derrumbarían o explotarían en un millón de pedazos. Al menos, él lo haría.

Sin embargo, las tres esposas parecían saberlo y respetarlo. Sin demostrarlo abiertamente en ningún momento, les dieron espacio a sus maridos y a los demás, sin mantenerse alejadas del todo. Lo hicieron de maravilla. Flavian pronto sintió verdadero afecto por ellas, además de la afinidad que sintió al conocerlas.

Si algo valoraba de las reuniones del Club de los Supervivientes, tanto como todo lo demás, era que no se aferraban los unos a los otros como una unidad indivisible durante las tres semanas que duraba su reunión. Siempre podían contar con la compañía de sus amigos si se deseaba o se necesitaba, pero también podían disfrutar de la soledad cuando lo preferían.

Penderris Hall era una propiedad perfecta tanto para estar en compañía como en soledad; espaciosa, ya que la mansión y la propiedad lo eran, y además se ubicaba sobre una playa privada. Middlebury Park no era inferior ni mucho menos, aunque se encontrase en el interior. La propiedad era grande y estaba diseñada de tal forma que había zonas abiertas, como los jardines formales, los extensos prados y el lago, y zonas más recónditas, como el sendero agreste que atravesaba las lomas que se alzaban detrás de la mansión, el camino de los cedros, el cenador y las tierras de labor que se extendían al otro lado de la arboleda que bordeaba el lago. Pronto incluso habría una pista de carreras de unos ocho kilómetros que recorrería las lindes septentrional y oriental, y que se extendería hacia el sur; ya estaba casi terminada. La pista le permitiría a Vincent la libertad de montar a caballo y de correr pese a su ceguera, y fue idea de la vizcondesa, al igual que el perro guía y otros añadidos a la mansión y a la propiedad.

Durante la segunda mañana, desayunaron todos juntos después de que Ben (sir Benedict Harper) y Vincent regresaran de lo que Ralph Stockwood, conde de Berwick, describiera como «la mazmorra», aunque en realidad era parte de la bodega, y que se había reconvertido en una sala de ejercicios. Volvía a brillar el sol.

—Gwen y Samantha van a dar un paseo hasta el lago —anunció lady Darleigh, mientras señalaba a lady Trentham, la esposa de Hugo, y a lady Harper, la esposa de Benedict— mientras yo paso una hora en la habitación infantil antes de reunirme con ellas. Por supuesto, están todos invitados a unirse a nosotras.

—Yo debo pasar un rato en la sala de música —repuso Vincent—. Tengo que mantener la agilidad de los dedos. Es increíble lo pronto que se atrofian si no se ejercitan.

—Que el Señor nos ayude —replicó Flavian—. ¿El vi-violín, Vincent? ¿El pi-piano?

—Ambos —contestó el aludido con una sonrisa—, y también el arpa.

—¿Eso quiere decir que has perseverado con el arpa pese a lo mucho que te frustraba, Vincent? —preguntó Imogen Hayes, lady Barclay—. Eres un portento de determinación.

—No pensarás regalarnos un recital por casualidad, ¿verdad, Vincent? —quiso saber Ralph—. Sería todo un detalle por tu parte que nos avisaras con tiempo.

—Pues considérate avisado. —Vincent seguía sonriendo.

George Crabbe, duque de Stanbrook, y Hugo Emes, lord Trentham, darían un paseo hasta la pista de carreras para ver cómo estaba quedando. Ralph e Imogen iban a explorar el sendero agreste. Ben, que seguía en plena luna de miel tras haberse casado con lady Harper hacía menos de dos meses, eligió acompañar a las damas al lago.

Eso dejaba solo a Flavian.

—¿Nos acompañas a la pista de carreras, Flave? —sugirió Hugo.

—Voy a dar un paseo por el camino de los cedros —respondió—. No tuve la oportunidad de verlo el otoño pasado.

Nadie protestó por su decisión, que parecía extraña y antisocial. Tampoco nadie sugirió acompañarlo. Comprendían su deseo implícito de estar solo. Por supuesto que sí. Casi debían esperarlo después de la noche anterior.

Durante sus reuniones, casi siempre ocupaban las noches con las conversaciones más serias. Hablaban de los retrocesos que habían sufrido en sus recuperaciones, de los problemas a los que se enfrentaban, de las pesadillas recurrentes. No lo planeaban de esa forma, ni siquiera se sentaban con la intención manifiesta de contar sus penas, pero casi siempre terminaban así. Tampoco podía decirse que fueran sesiones de pura desdicha. Nada más lejos de la realidad. Desnudaban el alma porque sabían que los comprenderían, porque sabían que les ofrecerían apoyo, consuelo y consejo, a veces incluso una solución real al problema.

La noche anterior le había tocado a él, aunque no tenía la más mínima intención de hablar. Todavía no. Tal vez un poco más adelante, cuando se hubiera relajado por completo en la comodidad de la compañía de sus amigos. Pero se produjo un silencio en la conversación después de que Ben les contara que la reciente decisión de usar una silla de ruedas le había cambiado la vida, aunque había pasado años insistiendo en moverse casi a rastras con la ayuda de sus fuertes bastones, y que había sido un triunfo en vez de la derrota que siempre creyó que sería.

Aun así, también percibieron su tristeza, ya que usar la silla había sido su forma de admitir que nunca volvería a ser como antes. Ninguno de ellos lo sería. Se produjo un breve silencio.

—Ha pasado casi un año desde que murió Leonard Bu-Burton —soltó Flavian con voz temblorosa y más alta de lo normal.

Todos lo miraron con desconcierto.

—Hazeltine —apostilló—. Después de una brevísima enfermedad, al pa-parecer. Tenía mi edad. No les he escrito una nota de pé-pésame ni a su fafamilia ni a Ve-Velma.

—¿El conde de Hazeltine? —preguntó Ralph—. Creo que ya lo recuerdo, Flave. Me hablaste de su muerte cuando estuvimos en Londres poco después de marcharnos de Penderris Hall el año pasado. Era...

—Sí. —Flavian lo interrumpió con una sonrisa deslumbrante—. Fue mi mejor a-amigo. Lo conocí durante mi pri-primer día en Eton y fuimos casi inseparables desde entonces hasta que...

En fin, hasta que.

—Recuerdo que nos has hablado de él —terció George—, aunque no de su muerte. Nunca vino a Londres, ¿verdad? ¿Eso quiere decir que nunca os reconciliasteis, Flavian?

—Que se pu-pudra en el infierno —replicó él.

—Yo tampoco me había enterado —le dijo Imogen—. ¿Qué ha pasado con lady Hazeltine?

—Ella también... ¡que se pu-pu-pudra en el in-in-in-infierno! —Se golpeó el muslo con el puño varias veces, presa de una rabia impotente, y jadeó en busca de aire.

—Tómate el tiempo que necesites, Flave —dijo Hugo, que se levantó y se llevó consigo la copa vacía que había en la mesa junto a Flavian para rellenarla. Le dio un apretón en el hombro a su amigo mientras pasaba junto a él de camino a la licorera de brandi—. Tenemos toda la noche. No vamos a irnos a ninguna parte.

—Inspira hondo —le sugirió Vincent— y sigue inspirando hasta que el aire forme una burbuja por encima de tu cabeza, como un globo. Nunca me ha funcionado, pero a lo mejor a ti sí. Aunque yo no lo hago, esperar a que la burbuja se forme hace que tu mente se distraiga de lo que sea que te esté llevando al límite.

—No estoy molesto, la verdad —les aseguró Flavian después de beberse el brandi de un trago. De repente, habló sin inflexión en la voz—. Al fin y al cabo, pasó hace casi un año. Llevaba más de seis años sin ser amigo mío, así que no lo he echado de menos. Y Velma lo eligió a él, tal como era su derecho, aunque estuviera comprometida conmigo. Nunca les deseé ningún mal. No le deseo mal ahora a ella. No significa nada para mí. —No había tartamudeado ni una sola vez, se percató. Tal vez de verdad lo había superado. Tal vez había superado lo de esa pareja.

—¿Sigues sintiéndote culpable por no haberle escrito, Flavian? —le preguntó Imogen.

Meneó la cabeza y extendió los dedos por encima de las rodillas. Tenía las manos bastante firmes, comprobó con alegría, aunque sentía cierto hormigueo.

—No creo que quisiera saber nada de mí —contestó—. Supondría que me estaba re-regodeando.

Sin embargo, sí que se había sentido culpable durante unos meses después de enterarse..., y eso sí lo había molestado.

—Nunca has podido dejar atrás por completo esa parte de tu vida, ¿verdad? —preguntó George—. La muerte de Hazeltine tal vez haga que ahora te parezca más difícil. Es una pena, Flavian. Lo siento.

Él alzó la cabeza y lo miró con expresión taciturna.

—Ese asunto se cerró a cal y canto hace si-siete años.

¡Maldita fuera su estampa! Sabía que era mentira. Todos lo sabían. Pero nadie lo dijo, ni nadie insistió en el tema hasta que él lo hizo.

Nunca se inmiscuían en la intimidad de los demás, solo llegaban hasta cierto punto. Pero se hizo el silencio para permitirle añadir algo si así lo deseaba.

—Va a vo-volver a casa —dijo—. Su año de luto ha terminado, así que vu-vuelve a casa.

¡Su madre y sus dichosas cartas! Como si a él le interesasen los últimos cotilleos de Candlebury Abbey, su casa solariega en Sussex, que no había pisado desde hacía más de ocho años. Lady Frome había ido a ver a su madre para comunicarle las noticias, le explicaba ella en su carta. Sir Winston y lady Frome vivían a unos trece kilómetros de Candlebury Park, en Farthings Hall. Las dos familias siempre habían estado muy bien avenidas, ya que sir Winston y el padre de Flavian habían crecido juntos y habían asistido al colegio y a la Universidad juntos. Velma era su única hija y la querían muchísimo.

La carta le llegó a Flavian cuando estaba en Londres, justo antes de partir hacia Gloucestershire. Sin duda, ese año desearía regresar a Candlebury Park por Pascua, ya que tendría un incentivo, le decía su madre en la carta. Había subrayado esas cinco palabras.

Velma volvía a casa, acompañada de su hija. La hija de Len. No había tenido un hijo varón. No había heredero.

—Da i-igual que vuelva a Farthings Hall —añadió, y apuró lo que le quedaba de brandi—. De todas formas, yo nunca voy a Ca-Candlebury Park.

Imogen le dio unas palmaditas en la rodilla y, tras un breve silencio, Vincent empezó a contarles la alegría que le había supuesto el nacimiento de su hijo... y los ataques de pánico a los que tenía que enfrentarse cada vez que lo abrumaba la idea de que nunca vería al niño ni a los hermanos que pudiera tener.

—Pero, ¡ay, la alegría! —Tenía lágrimas en los ojos cuando Flavian lo miró.

Con razón esa mañana había decidido estar solo, concluyó regresando al presente. Algunas cosas había que solventarlas en soledad, como bien sabían todos por experiencia. Un hecho que lo llevó a preguntarse por el matrimonio, en especial por los matrimonios de sus tres amigos supervivientes, mientras salía de la casa media hora después del desayuno y enfilaba el camino hacia el lago. ¿Había espacio en el matrimonio? Tendría que haberlo, ¿verdad? O, de lo contrario, se acabaría asfixiado. Aunque se estuviera locamente enamorado. Los finales felices no implicaban pasarse la eternidad pegados el uno al otro... ¡Qué idea más horripilante!

En ese caso, ¿qué implicaban?

No implicaban nada, claro, porque algo así no existía. Incluso los matrimonios de sus tres amigos se derrumbarían si ellos y sus esposas no se esforzaban al máximo para mantenerse unidos el resto de sus vidas. ¿Merecía la pena el esfuerzo?

En otra época, sí creyó en el amor romántico y en los finales felices, como el imbécil que era. Al menos —se detuvo un instante para fruncir el ceño, pensativo—, estaba casi seguro de haber creído en él. A veces, tenía la sensación de que su mente era como un tablero de ajedrez: los cuadros negros representaban recuerdos conscientes; los blancos, solo espacios para mantener separados los recuerdos. Si los blancos significaban algo más, no lo recordaba. Y cuando se esforzaba demasiado para tratar de ver si había algo en ellos, o bien acababa con uno de sus endemoniados dolores de cabeza, o bien buscaba algo a su alrededor contra lo que estampar el puño sin romperse todos los huesos de la mano.

Ciertamente había algo en esos cuadros blancos. Cuando menos, había violencia.

Las damas y Ben, con los bastones en vez de con la silla de ruedas, estaban delante de él, en el lago. Ben había abierto la puerta del cobertizo de las barcas, y las damas estaban echando un vistazo al interior. ¿Pensaba comportarse como un caballero y llevarlas en barca a la isla que había en el centro, para que pudieran ver de cerca el templete que allí se alzaba? Flavian las saludó, e intercambiaron una breve y alegre conversación durante la cual no se ofreció a remar. Siguió rodeando el lago y acabó internándose en la arboleda para salir al otro lado. Fue un paseo muy largo.

Quienes no estaban familiarizados con la zona supondrían que la propiedad terminaba con el lago y la arboleda del extremo más alejado.

Pero no era así. Tras los árboles había un extenso prado más agreste y también más íntimo, diseñado para la soledad o para disfrutar con la pareja.

En su caso, lo que necesitaba esa mañana era soledad. ¿De dónde demonios había salido el exabrupto de la noche anterior? Se había enterado de la muerte de Len con cierta sorpresa el año anterior, por esas mismas fechas. Que alguien de su misma edad muriese siempre era un espantoso recordatorio de la propia mortalidad, sobre todo cuando se tenían treinta años. Y mucho más cuando, en otra época, había conocido a esa persona casi tan bien como conocía a sus compañeros supervivientes. Aunque apostaría la vida a que ninguno de ellos le robaría la prometida a otro mientras estaba incapacitado para casarse con ella.

Leyó la noticia con cierta sorpresa, pero sin sentir una gran emoción. Al fin y al cabo, toda esa situación tan desagradable sucedió hacía mucho, poco después de que lo llevaran de vuelta a casa desde la península ibérica y justo antes de que lo trasladaran a Penderris Hall para recibir tratamiento y pasar la convalecencia. Había transcurrido toda una vida desde entonces, o eso le parecía. La noticia no había significado nada para él la primavera anterior. Len no había significado nada. Velma no había significado nada.

Hasta tal punto que resultaba alarmante.

En ese momento, seguía sin significar nada.

Salvo que Velma iba a volver desde el norte de Inglaterra, un lugar estupendo porque siempre le había parecido el fin del mundo, y no hacía falta ser un genio para imaginar qué emociones había despertado su regreso en las románticas y casamenteras almas de sus respectivas madres. Que la suya esperase que regresara corriendo a Candlebury Park para pasar allí la Pascua, solo porque Velma estaría en Farthings Hall, ya decía mucho. También dejaba claro que esperaban que él sintiera por Velma —y ella por él— lo mismo que sentían antes de que él acabara herido y Len lo traicionara.

Recordó, estupefacto, el inesperado exabrupto de la noche anterior y la también inesperada recaída en la casi incontrolable incapacidad de pronunciar palabra. Si alguien hubiera dicho algo que le sentara mal, habría contestado con los puños, y sabría Dios la cantidad de destrozos que habría causado en casa de Vincent. Resultaba alarmante lo cerca que había estado de recaer en la furia animal en la que había quedado sumido después de la guerra. Se había pasado toda la noche luchando contra un espantoso dolor de cabeza y apenas había podido dormir.

Pensó en la burbuja de Vincent y soltó una risilla a su pesar.

Y después se dio cuenta de que, en realidad, no estaba solo.

No había sido prudente ir a Middlebury Park ese día, sobre todo cuando alrededor del pueblo podía disfrutar de prados ilimitados, rebosantes de vida, y de las flores silvestres de principios de primavera allá donde mirase. Pero los únicos narcisos que había visto estaban en los parterres de los jardines de otras personas y en el prado del extremo más alejado de Middlebury Park. Y los narcisos no estaban en flor para siempre. No podía esperar a que pasaran tres semanas y los invitados de lord Darleigh se marcharan.

Las margaritas, los ranúnculos y los tréboles florecerían en ese prado a lo largo del verano. Hasta hacía unas semanas hubo campanillas de invierno, y todavía quedaban algunas prímulas. Pero era la época de los narcisos y, ¡ay!, no podía perdérsela.

Esa zona de la propiedad apenas se visitaba. No había un camino directo desde la mansión y estaba bastante alejada. Había que rodear el lago y atravesar la arboleda que de la orilla occidental. Era improbable que los invitados pasearan por allí a menudo, si acaso lo hacían alguna vez. Y lo era aún más que pasearan por allí por la mañana.

De modo que se arriesgó a volver, con el caballete bajo un brazo y el cuaderno, las pinturas, los pinceles y todo lo demás que pudiera necesitar en la bolsa de lona. Se internó en la arboleda que flanqueaba la cerca meridional y salió a la luz del sol y a terreno despejado solo cuando hubo dejado atrás la casa, los jardines y los prados de la parte delantera.

Había pintado un narciso dos días antes, pero no la satisfacía. Lo había hecho demasiado grande, demasiado atrevido, demasiado amarillo. Era un objeto muy distanciado de su entorno. Bien podría haberlo arrancado, llevárselo a casa, ponerlo en un jarrón y pintarlo.

De modo que regresó para pintar los narcisos en su prado. Y su recompensa fue encontrar muchísimos más de los que había dos días antes. Eran como una alfombra extendida delante de ella, meciendo las cabezas por una brisa de la que ni se había percatado. Lograban que la hierba entre la que brotaban pareciera más verde. ¡Ay, merecían que los pintara así!, decidió.

Sin embargo, ¿cómo iba a captar algo que veía con los ojos y que sentía con tanta emoción en el corazón? ¿Cómo se pintaban no solo los narcisos meciéndose sobre la hierba, sino también la luz eterna y la esperanza que representaba la primavera? Era la primera primavera que pasaba con Dora, y la había recibido con un anhelo que no conseguía expresar con palabras. Un anhelo de que la vida volviera a ponerse en marcha, de que fuera algo más que una mera existencia. O tal vez de que la vida comenzara de verdad, aunque era una idea ridícula, habida cuenta de que tenía veintiséis años y ya había estado casada y había enviudado.

No tenía por costumbre dejarse llevar por las emociones.

Intentaría pintar. Jamás cejaría en su intento, ya que el camino a la perfección le ofrecía un atractivo irresistible, aunque el destino siempre quedara un poco más allá del horizonte.

Dejó el caballete y la bolsa en el suelo, y contempló los alrededores durante un buen rato: aspiró los olores de la naturaleza, oyó el trino de los pájaros entre las ramas de los cedros cercanos y sintió la frescura del aire de marzo mitigada por la calidez del sol.

Sin embargo, al cabo de unos minutos se dio cuenta de que solo captaba la mitad de la escena y tal vez ni siquiera eso. Porque las trompetillas de los narcisos miraban hacia el cielo. Los pétalos que las rodeaban se curvaban hacia arriba. Si las flores pudieran ver, como en cierto sentido ella creía que hacían, su mirada se clavaría en el cielo, no en la hierba que tenían debajo. Ella, en cambio, miraba hacia abajo, hacia las flores y la hierba. Levantó la cara hacia un cielo que era del azul más puro, sin una sola nube a la vista. Claro que así, por supuesto, no podía ver los narcisos.

En fin, no quedaba más remedio.

Se arrodilló en la hierba y después se tumbó de espaldas, con cuidado de no aplastar ninguna flor. La hierba se alzó en el hueco que había entre sus brazos extendidos y su cuerpo, así como entre los dedos de las manos, que llevaba sin guantes y que también extendió. Los narcisos florecían a su alrededor. Podía olerlos y ver la parte inferior de los pétalos y de las trompetillas que tenía más cerca, y también el cielo en lo alto. En esa posición, tenía un azul inmenso que añadir al amarillo y al verde.

Y ella formaba parte de todo, no era un ser separado que miraba la creación, sino la creación mirándose a sí misma. ¡Oh, cómo le gustaban esos momentos, por más inusuales que fueran, y con qué desesperación ansiaba plasmar en un lienzo tanto la experiencia interior como la belleza exterior! Tal vez así era como se sentían los grandes pintores todo el tiempo.

Tal vez los grandes artistas sentían todo el tiempo.

De repente tuvo la sensación, muy intensa, de que no estaba sola. Allí estaba ella, tumbada en el prado entre los narcisos, indefensa tras haberse colado en una propiedad privada, aunque tanto lord Darleigh como Sophia le habían dicho que podía ir cuando le apeteciera.

Tal vez se equivocaba. Tal vez no hubiera nadie. Levantó la cabeza con precaución y echó un vistazo a su alrededor.

No se equivocaba.

Lo vio de pie, prácticamente inmóvil, a poca distancia; tenía la cara en sombra por el ala del sombrero de copa, de modo que no pudo ver ni hacia dónde miraba ni la expresión de su rostro. Pero era imposible que no se hubiera percatado de su presencia. Ni un ciego la pasaría por alto. Incluso el vizconde de Darleigh se habría dado cuenta de que estaba allí. Aunque él no era el vizconde de Darleigh.

De entre todas las personas que podían haber aparecido, y había diez en la casa, él era a quien menos deseaba ver. Otra vez había sucedido. ¿Qué probabilidades había de ello?

Fue la primera en hablar.

—Tengo permiso para estar aquí —anunció, aunque después deseó no haberlo hecho. Se había puesto a la defensiva de inmediato.

—Bella entre los na-narcisos —repuso él—. ¡Qué fa-fascinante!

Parecía muy hastiado. Si alguien era capaz de hablar y suspirar a la vez, él lo conseguía. Llevaba el abrigo oscuro. Tenía seis capas, porque en esa ocasión sí las contó. Era lo bastante largo como para cubrirlo hasta la mitad de las relucientes botas. Aunque fuese una tontería sentir que era más masculino que cualquier hombre que hubiera conocido, eso sentía.

En vez de ponerse en pie de un salto, como debería hacer, echó la cabeza hacia atrás y cerró los ojos. Tal vez se marcharía. ¿Era posible sentirse más avergonzada y humillada?

No se marchó. De repente, una nube se interpuso entre el sol y sus ojos cerrados, salvo que no había nubes. Abrió los ojos y se lo encontró junto a ella, mirándola. Y por fin pudo verle la cara, aunque seguía en sombra. Tenía los ojos muy verdes y los párpados, entornados, tal como recordaba de la noche del baile. Había enarcado un poquito la ceja izquierda. En sus labios se adivinaba el asomo de una sonrisa, aunque no sabía si era desdeñosa, guasona o ambas cosas. Un mechón de pelo rubio le caía sobre la frente.

—Podría ofrecerle una ma-mano —le dijo él—. Incluso po-podría interpretar el papel de caballero y llevarla en bra-brazos a la casa, aunque supongo que debería morir a sus pies de un ataque al co-corazón después de llegar. ¿Está herida o indispuesta?

—Pues no —le aseguró—. Solo estaba mirando el mundo tal como lo miran los narcisos. —Hizo una mueca después de hablar que no logró disimular, se temía. ¿Era posible sentirse más mortificada que estar mortificada? ¡Menuda ridiculez había dicho! ¡Por favor, que se marchara sin más y ella accedería alegremente a olvidarlo para siempre!

Introdujo la mano derecha, enfundada en un guante de la piel de cabritilla más cara y elegante, bajo el abrigo y la sacó de nuevo con un monóculo. Se lo llevó a un ojo y observó con parsimonia el prado y después, durante un breve instante, a ella. Era una afectación espantosa. Si le pasaba algo en la vista, debería usar anteojos.

Ella siguió tumbada durante todo el proceso, como si fuera incapaz de levantarse… o como si creyera que podría ocultarse mejor allí abajo.

—¡Vaya! —exclamó él al fin—. Su-suponía que debía haber una explicación muy sensata, y ya veo que así es. Re-recuerdo que era usted sensata, señora Keeping.

Eso quería decir que había recordado su nombre… o que se lo había preguntado a Sophia. Ojalá no lo hubiera hecho.

—No —añadió mientras se quitaba el sombrero y lo arrojaba con descuido al suelo, cerca del caballete y de la bolsa—, eso no es del todo cocorrecto, ¿verdad? Esperaba que fuera se-sensata, pero resultó ser encantadora.

El sol hizo que su pelo rubio adquiriera un tono dorado al sentarse a su lado y apoyar los brazos sobre las rodillas. Llevaba unas calzas ajustadas de ante de color tostado bajo el abrigo. Se ceñían a unos muslos de aspecto poderoso. Agnes apartó la mirada.

«Encantadora».

¡Por Dios! Había recordado el vals.

—Y que ahora usted se encuentre entre los na-narcisos tiene todo el sentido del mundo —afirmó él.

¿Por qué? ¿Porque no era sensata, sino… encantadora? ¡Ojalá hablara como las demás personas! Así se podría entender lo que quería decir sin necesidad de adivinar y suponer.

Seguía tumbada por completo en la hierba. Debería sentarse al menos, pero eso la acercaría más a él.

—He venido para pintar —le explicó—. Pero me marcharé. No deseo inmiscuirme en su intimidad. No esperaba que uno de los invitados llegara tan lejos. Al menos, no tan temprano.

Por fin iba a incorporarse y ponerse en pie. Pero en cuanto se movió, él le colocó una mano en un hombro, de modo que se quedó donde estaba. Su mano también se quedó donde estaba, y le quemó todo el cuerpo hasta la punta de los pies, aunque él sí llevaba guantes.

¿Por qué se había arriesgado a ir? ¿Y qué triste coincidencia lo había llevado hasta allí?

—Se ha inmiscuido en mi in-intimidad —repuso él—, de la misma manera que yo en la suya. ¿Deberíamos volvernos los dos a cacasa malhumorados o mejor nos que-quedamos y estamos juntos un rato?

De repente, el prado de narcisos le pareció muchísimo más solitario y alejado que cuando lo había tenido para ella sola.

—¿Cómo ven el mundo los narcisos? —le preguntó él mientras apartaba la mano y agarraba de nuevo el mango del monóculo.

—Hacia arriba —contestó—. Siempre hacia arriba.

—Hay una le-lección vital en eso, ¿verdad, se-señora Keeping? —dijo él—. ¿Todos deberíamos mirar siempre hacia arriba y así todos nu-nuestros problemas se acabarían?

Sonrió al oírlo.

—Ojalá la vida fuera tan sencilla.

—Pero para los narcisos lo es —repuso.

—No somos narcisos.

—Algo de lo que es-estaré eternamente agradecido —le aseguró él—. Nunca ven agosto, ni di-diciembre, ni siquiera junio. Debería so-sonreír más a menudo.

Agnes dejó de sonreír al instante.

—¿Por qué ha venido aquí solo, cuando está con un grupo de amigos? —le preguntó ella.

Tenía los ojos más extraños que había visto en toda su vida. A primera vista, siempre parecían un poco somnolientos, pero no era así. Y en ese momento la estaban mirando, atravesándola por completo, con aparente burla..., pero tras esta había algo más. Como si en su interior se ocultase una persona totalmente desconocida.

La idea le robó el aliento.

—¿Y por qué ha ve-venido usted aquí sola cuando tiene una hermana, ve-vecinos y amigos en el pu-pueblo?

—Yo he preguntado primero.

—Cierto.

Agnes pegó más la cabeza y las manos al suelo cuando lo vio sonreír. Resultaba irresistible.

—He ve-venido para comulgar con mi alma, señora Keeping, y he encontrado algo encantador entre los narcisos. Debería volver ahora mismo a la casa y escribir un po-poema sobre ello. Un so-soneto, quizá. Sí, sin duda alguna un soneto. Ningún otro verso le haría jujusticia al suceso.

Ella esbozó una sonrisa lenta y después soltó una carcajada al oírlo.

—Me lo merezco. No tenía derecho a preguntar.

—Pero ¿cómo vamos a averiguar algo el uno del otro si no preguntamos? —repuso él—. ¿Quién fue el señor Ke-Keeping?

—Mi marido —contestó y sonrió de nuevo cuando él enarcó la ceja izquierda con gesto burlón—. Era un vecino donde me crie. Pidió mi mano cuando yo tenía dieciocho años y él treinta, y estuve casada con él cinco años, hasta que murió hace casi tres.

—Era un caballero con tierras, ¿verdad? —preguntó él—. Y supongo que usted estaba locamente enamorada de él. ¿De un hombre mayor y más experimentado?

—Le tenía cariño, lord Ponsonby —contestó—, y él a mí.

—Se-seguro que aburría a las ovejas —repuso él.

Se vio dividida entre la indignación y la risa.

—No sabe nada de él —replicó—. Era un hombre digno.

—Si yo estuviera ca-casado con usted —dijo él— y me describiera como «di-digno», me pegaría un tiro y así acabaría con mi su-sufrimiento.

—¡Menuda tontería! —Pero se echó a reír de nuevo.

—No había pa-pasión, ¿verdad? —preguntó, otra vez con voz hastiada.

—Me está ofendiendo.

—Eso quiere decir que no había pa-pasión —sentenció él—. Una pena. Parece usted hecha para ella.

—¡Oh!

—Y, de-desde luego, encantadora —continuó mientras cambiaba de postura para inclinarse hacia ella y besarla.

La sorpresa la inmovilizó, incluso cuando él levantó la cabeza unos centímetros para mirarla a la cara. Desde tan cerca, sus ojos verdes la miraban relucientes y su boca tenía un rictus cruel además de burlón. Y ella sintió tal ramalazo de deseo en los pechos, entre los muslos y en las entrañas que fue incapaz de protestar o de apartarlo.

Deseó que volviera a hacerlo.

—Debería haberse quedado a salvo en el pu-pueblo esta mañana, señora Ke-Keeping —dijo él—. He venido aquí para estar solo po-porque me sentía salvaje en cierto sentido.

—¿Salvaje? —Tragó saliva y levantó una mano para rozarle la mejilla con la punta de los dedos. Su piel era cálida y suave. Debía de haberse afeitado antes de salir. Y, sin embargo, sabía que en esa ocasión decía la verdad. Casi podía percibir el peligro contenido que pugnaba por escaparse de la persona que ocultaba dentro.

Lo había tocado. Se miró la mano como si perteneciera a otra persona y después la apartó.

—Me pasé tres años aprendiendo a co-controlarlo —le dijo él—. Me refiero a mi salvajismo. Pero si-sigue acechando y a la espera pa-para abalanzarse sobre una víctima desprevenida. Habría sido mejor que no estuviera usted aquí.

Por extraño y tal vez estúpido que pareciera, no tenía miedo. Sentía su cálido aliento en la cara.

—¿Qué ha provocado que acechara tan de cerca esta mañana? —quiso saber.

Sin embargo, él se limitó a sonreírle y a agachar la cabeza para rozarle los labios con los suyos, saborearlos con la lengua y después colarse en la suavidad del interior de su boca.

Agnes se quedó muy quieta, como si temiera que al moverse pudiera romper el hechizo.

Si eso era un beso, no se parecía en nada a los que había compartido con William. Pero en nada en absoluto. Era carnal, pecaminoso y apasionado, y al menos de momento, totalmente irresistible para ella. Olía los narcisos. Y a él. Y la tentación.

Y el peligro.

Deslizó la mano que le había puesto en la mejilla hasta su nuca, para meterle los dedos entre el pelo, tan espeso y cálido, mientras introducía la otra bajo el abrigo. Incluso a través de las capas de ropa, sentía la masculina y dura superficie de sus músculos, y el calor de la sangre que corría por sus venas.

Era pura masculinidad, algo que se escapaba por completo a su experiencia.

Era peligroso. Peligrosísimo.

Sin embargo, su mente se negaba a reaccionar en su defensa, y se convirtió en pura sensación física: sorpresa, asombro, placer y pura lujuria. Y cierto temor que la atraía más que repelerla.

Él le exploró la boca con la lengua. Le tocó el paladar con la punta y trazó una línea, provocándole tal escalofrío de deseo que por fin reaccionó. Le colocó las manos en los hombros y lo apartó.

Con más resistencia de la que debería sentir.

El vizconde no se debatió ni demostró ningún indicio de salvajismo. Levantó la cabeza, esbozó una lenta sonrisa y después se sentó antes de ponerse en pie. Al ver que ella también se sentaba, le tendió una mano para ayudarla. No se había quitado los guantes.

—Hay que ser un perfecto ca-caballero incluso cuando uno se encuentra con algo encantador en la hierba —dijo él—. Pero, al mismo ti-tiempo, es imposible reprimir la necesidad de re-rendirle homenaje con un beso. Por desgracia, la vida está llena de esta clase de peliagudas co-contradicciones y luchas. Bu-buenos días, señora Keeping. Seguramente he ahuyentado a su mu-musa artística por hoy, ¿verdad? Tal vez la encuentre de nuevo aquí mañana. O tal vez la en-encuentre yo a usted antes. ¿Lo haré?

Agnes miró fijamente esos penetrantes y burlones ojos verdes, que ocultaba tras los párpados entornados. ¿Qué le estaba diciendo? ¿O preguntando? ¿Estaba acordando una cita con ella?

¿Qué clase de mujer se creía que era? Además, ¿tenía derecho a pensar mal de ella porque no había gritado, indignada, ni le había asestado un bofetón en la cara en cuanto se acercó tanto?

Aún lo saboreaba. Aún lo sentía en los labios. Su mente seguía casi entumecida. El deseo aún palpitaba en ese lugar recóndito y femenino de su interior. Y sabía que su beso había sido una de las experiencias más gloriosas y memorables de su vida.

¿Podía ser más patética?

—Los narcisos no vivirán para siempre.

—No —convino ella.

Sin embargo, jamás los pintaría a menos que pudiera estar a solas con ellos, con la mente plácida y compuesta. ¿Volvería a ese lugar? Y en caso de hacerlo, ¿qué motivo la guiaría? ¿Pintar? ¿Verlo de nuevo?

Él no esperó su respuesta. Se agachó para recuperar el sombrero, se despidió con una inclinación de cabeza y se marchó hacia el camino que rodeaba el lago.

Era con diferencia el hombre más masculino que había conocido en su vida... o al que había besado. Claro que solo la había besado William hasta ese día, y los besos de William eran más bien caricias cariñosas en la mejilla o en la frente.

¡Ay, por Dios! Se sentía como un nadador novato que se encontrara de repente en la parte más profunda de un turbulento río.

Se llevó los dedos de una mano a los labios. Le temblaban tanto los dedos como los labios.

4

Vincent seguía en la sala de música cuando Flavian abrió la puerta sin hacer ruido y entró. Estaba sentado al piano, tocando algo despacio y con cuidado. El perro levantó las orejas, lo miró sin levantar la cabeza y decidió que el intruso no era una amenaza. El gato de la vizcondesa (¿Minino? ¿Micifuz? ¿Miau?) se había adueñado de un lado del sofá, de manera que decidió acomodarse en el otro, aunque el gato no se contentó con mantener esa sencilla simetría. Echó a andar sobre los cojines, se detuvo para evaluarlo con la mirada y, tras tomar una decisión, se instaló en su regazo para convertirse en una bola peluda y calentita. No tenía otra cosa que hacer con las manos, salvo acariciarlo entre las orejas.

Aunque había tenido muchas mascotas cuando era niño, en su vida de adulto no había habido ninguna.

Vicent interrumpió su lenta interpretación y ladeó la cabeza.

—¿Quién ha entrado? —preguntó.

—Yo —contestó él de forma breve y concisa.

—¿Flave? ¿Has entrado voluntariamente en la sala de música? ¿Mientras estoy en ella, practicando una fuga de Bach a paso de tortuga para no saltarme ninguna nota y clavar el ritmo?

—¿Romano? ¿Miau? ¿Tra-Trasto? ¿Cómo demonios se llamaba este gato? —le preguntó él a su vez.

—Tab.

—¡Ah, claro! Sabía que era algo así. Tab. Me va a dejar los pantalones y la chaqueta llenos de pelos. Y ni siquiera va a disculparse.

Vincent se volvió en la banqueta y lo miró casi a los ojos con esa desconcertante forma que tenía de no parecer ciego.

—¿Estás melancólico, Flave? —preguntó.

—Ni mucho menos —le aseguró él mientras agitaba una mano con gesto alegre hacia el piano, aunque Vincent no lo vio—. Sigue tocando. Pensé que po-podría entrar sin molestarte.

¡Ni hablar! Vincent, que durante los meses posteriores a su percance con una bala de cañón en el campo de batalla había estado tan sordo como ciego, era capaz a esas alturas de oír caer un alfiler a cien metros sobre una alfombra mullida.

—¿Esto tiene algo que ver con lo de anoche? —le preguntó Vincent.

Flavian echó la cabeza hacia atrás y clavó la mirada en el techo antes de cerrar los ojos.

—Toca una canción de cuna —dijo sin más.

Vincent lo hizo, y él acabó al borde de las lágrimas. Aunque le gustaba burlarse de Vincent por su forma de tocar, sobre todo el violín, en realidad se le daba bien y mejoraba con rapidez. Seguía teniendo problemas con la precisión y el tempo, pero el sentimiento que le ponía era innegable. Estaba aprendiendo a meterse en la música, a tocarla desde dentro hacia fuera.

Si bien no entendía lo que significaba eso.

De la misma manera que no entendía, ¡ni por asomo!, qué atractivo podía tener una mujer que no era ni muy joven ni muy hermosa, pero sí lo bastante ridícula como para tumbarse sobre la hierba de un prado para así ver el mundo como lo veían los narcisos, y que después, al verse sorprendida, carecía del sentido común de ponerse en pie de un brinco y volver corriendo a casa.

Ciertamente era una mujer de lo más anodina. Alta y esbelta, con el pelo de un castaño indescriptible y un estilo sencillo. Poseía una cara agradable, pero de esas que no llamarían la atención en una calle concurrida ni en un salón de baile medio lleno de gente. Estaba seguro de que no se habría fijado en ella en aquella fiesta de otoño si lady Darleigh no le hubiera pedido que la sacara a bailar, a fin de que no acabara convertida en un simple florero junto a la pared. ¿Y qué se podía interpretar de la señora Keeping tras semejante petición? Dos días antes ni siquiera la habría visto en la calle del pueblo si no hubiera estado casi desierta. No se habría fijado en ella esa mañana si no hubiera estado... tumbada entre los narcisos.

Tan esbelta y relajada y... tentadora.

¡Maldición, no era tan anodina!

No debería haberla besado. No acostumbraba a ir por ahí besando a las mujeres respetables. Eso entrañaba demasiados peligros. Y daba la casualidad de que esa mujer respetable era la amiga de su anfitriona en Middlebury Park.

No debería haberla besado, sobre todo teniendo en cuenta su estado de ánimo, pero lo había hecho.

La verdad fuera dicha, al pensarlo, sabía que la señora Keeping tenía una característica que definitivamente no era anodina: su boca. Podría haberse perdido en ella y explorarla durante el resto de la mañana y tal vez del mediodía si un pájaro no hubiera graznado de manera poco melodiosa desde la rama de un cedro, distrayéndolo, al mismo tiempo que ella le empujaba los hombros.

¡Maldita fuera su estampa! No debería haberla besado. No se habría fijado en su boca si no la hubiera tocado con la suya. Y, en ese momento, anhelaba...

«Ni lo pienses».

Ella no debería haber estado en el prado ni mucho menos, invadiendo una propiedad privada. Aunque le había dicho (¿o no?) que tenía permiso y que era amiga de la vizcondesa. Nada más verla, la rabia lo enmudeció. Había caminado toda esa distancia porque necesitaba estar solo y se encontraba con una dichosa mujer en el prado, disfrutando de una siestecita a media mañana en una estampa de lo más bucólica. Había estado a punto de darse media vuelta y alejarse antes de que ella lo viera.

Por supuesto, eso era lo que debería haber hecho.

Sin embargo, se había detenido, primero, para asegurarse de que ella no estaba muerta, aunque era muy obvio que no lo estaba. Y, segundo, porque empezó a pensar, como un bobo, en cuentos de hadas. En *La bella durmiente*, para ser exactos.

Si alguien creía que había recuperado el pleno uso de sus facultades mentales tras su estancia en Penderris Hall, le faltaba un tornillo.

Después del beso, le había dicho que regresaría al prado a la mañana siguiente, alto y claro. Si la mujer era prudente, se atrincheraría dentro de su casa todas las mañanas hasta que él abandonara Gloucestershire.

¿Sería tan tonta como para volver?

¿Lo sería él?

La rodeaban el sol, la primavera y los narcisos...

—Flave —oyó que lo llamaba una voz dulce.

—¿Eh?

—Lamento despertarte —dijo Vincent—. Por tu respiración me he dado cuenta de que estabas durmiendo. Pero me ha parecido de mala educación dejarte solo aquí sin decirte nada.

¿Había estado durmiendo?

—Debo de haberme quedado dormido —repuso—. ¡Qué gro-grosero por mi parte!

—Fuiste tú quien me pidió que tocara una canción de cuna —le recordó Vincent—. Debo de haberlo hecho mejor de lo que pensaba. Supongo que Sophie ya se habrá ido al lago. Debería reunirme con ella y con los demás allí, pero creo que subiré a la habitación infantil una media hora. Supongo que no querrás acompañarme, ¿verdad?

Flavian se sentía cómodo donde estaba. El gato irradiaba un agradable calorcito acurrucado en su regazo. No le costaría nada dar otra cabezadita. La noche anterior no había dormido mucho, si acaso había pegado ojo. Pero Vincent quería presumir de su bebé. Aunque jamás lo diría así tal cual. Sabía muy bien que los niños aburrían a la mayoría de los hombres.

—¿Por qué no? —replicó mientras se incorporaba y el gato se levantaba de su regazo para saltar al sofá y echar a correr hacia la puerta, donde se detuvo con la espalda arqueada y el rabo apuntando al cielo—. ¿Se parece a ti?

—Eso me han dicho —contestó Vincent con una sonrisa—. Pero, si mal no recuerdo, los recién nacidos parecen recién nacidos sin más.

—Ade-adelante, Macduff—repuso Flavian con alegría, cambiando a propósito la cita de *Macbeth.*

¿Y quién iba a imaginar, pensó después, que pasaría una hora entera esa mañana en particular, que había comenzado con un estado de ánimo tan... caótico, en la habitación infantil de un recién nacido que parecía un recién nacido, con el padre de la criatura, que se comportaba como si estuviera totalmente enamorado de su hijo? ¿Quién iba a pensar que la experiencia lo aliviaría? ¿Y que leería dos cuentos para niños escritos por el señor y la señora Hunt (Vincent y su esposa), e ilustrados por ella? ¿Y que se reiría con los cuentos y con las ilustraciones con genuino placer?

—Estos libros son graciosísimos, Vincent —dijo—. Y todavía hay más, ¿verdad? ¿Cómo se te ocurrió publicarlos? ¿Y cómo lo hiciste?

—Fue idea de Sophie —contestó Vincent—. O, mejor dicho, de la señora Keeping. ¿La conoces? Es la hermana de la señorita Debbins, nuestra profesora de música. Sophie y ella son muy amigas. La señora Keeping leyó el primer cuento, que Sophie había escrito e ilustrado, y recordó que tenía un primo (en realidad, es primo de su difunto esposo) en Londres a quien pensó que le gustaría. Se lo envió, y entonces descubrimos que es editor y, de hecho, le gustó lo que vio y dijo que quería más. Somos autores famosos, y deberías inclinarte ante nosotros, Flave. El hombre quería publicar las historias bajo mi nombre, el señor Hunt, para proteger la respetabilidad de Sophie. ¿Te imaginas semejante ridiculez?

Sí, pensó Flavian. Claro que la conocía. La había visto en tres ocasiones. Una vez en el baile de la cosecha en octubre; otra en la calle del pueblo hacía dos días, y la tercera en el prado de los narcisos, al otro lado de los cedros, esa misma mañana. Y la había besado, ¡maldita fuera su estampa!

—Acabo de hacer tres reverencias —mintió—. Es una lástima que no hayas podido verme, porque prácticamente me he postrado a tus pies, Vincent.

—Espero que hayas tocado el suelo con la frente —repuso el aludido mientras acariciaba con una mano la cabecita de su hijo.

No volvería mañana, decidió Flavian mientras se giraba hacia la ventana para ver que Ben regresaba del lago lenta y desgarbadamente con la ayuda de sus bastones. A su lado iba la vizcondesa y delante de ellos caminaba lady Harper con la esposa de Hugo. Ben se estaba riendo de lo que fuera que había dicho lady Darleigh, y las mujeres miraron hacia atrás, muy sonrientes, para interesarse por el chiste.

Todos parecían felicísimos durante la reunión de ese año.

Len llevaba muerto un año y no habían hablado en los seis años previos a que eso sucediera. A esas alturas jamás lo harían. Velma se había quedado viuda con una hija y regresaba a su casa en Farthings Hall.

La señora Keeping se había reído cuando le dijo que escribiría un soneto sobre su encuentro entre los narcisos.

Debería tener siempre una sonrisa en la cara.

Sophia fue a visitar a Agnes durante la tarde, acompañada por el vizconde de Darleigh, por lady Trentham y por lady Barclay.

Lord Trentham era un gigante de aspecto feroz y su mujer, una dama menuda y de belleza exquisita que sonreía mucho y tenía un carácter afable y cariñoso. Le parecía extraño, teniendo en cuenta que él formaba parte del Club de los Supervivientes, que fuera ella quien caminase con una evidente cojera. Lady Barclay era la única integrante femenina del club, ya que tal como le había explicado Sophia, estuvo presente mientras torturaban y asesinaban a su esposo en la península ibérica. Era una mujer alta y de belleza escultural, aunque tenía una mirada amable.

El vizconde de Ponsonby no los acompañaba.

—Señorita Debbins —le dijo el vizconde de Darleigh a Dora después de que hubieran disfrutado del té y conversado sobre varios temas—, he venido a suplicarle que salve a mis invitados de la exquisita agonía de tener que escucharme tocar el arpa o el violín durante más de unos minutos. Mi deber es ofrecerles entretenimiento musical, pero mi música deja un poco que desear, a pesar de tenerla a usted como profesora.

—Y la mía no agradaría a nadie más que a una madre cariñosa si tuviera ocho años —apostilló Sophia.

—¿Vendrá a casa mañana por la noche como invitada de honor? —le preguntó el vizconde—. Para que la oigamos tocar, me refiero.

—Y a cenar antes —añadió Sophia.

—Nos haría un grandísimo favor, señorita —terció lord Trentham con el ceño fruncido—. Vincent nos ha castigado con su violín durante las reuniones celebradas en años anteriores y ha hecho que los gatos maúllen en varios kilómetros a la redonda.

—El problema con tus bromas, Hugo —apostilló lady Barclay—, es que los que no te conocen no captan que solo les estás tomando el pelo. Tocas muy bien, Vincent, y eres un orgullo para tu profesora. Todos, incluido Hugo, estamos muy satisfechos contigo.

—No obstante —añadió lady Trentham—, estaremos encantados de escucharla, señorita Debbins. Tanto Sophia como Vincent hablan muy bien de su talento para tocar el piano y el arpa.

—Ambos exageran —repuso Dora, aunque el rubor de sus mejillas le dejó claro a Agnes que estaba complacida.

—¿Exagerar? ¿Yo? —preguntó lord Darleigh—. Ni siquiera conozco el significado de esa palabra.

—¿Vendrá? —le suplicó Sophia—. Y tú también deberías venir, Agnes, por supuesto. Así igualaremos el número de damas y caballeros en la mesa de la cena, por una vez. Organizar la disposición de los comensales será un sueño hecho realidad. ¿Vendrá, señorita Debbins? ¿Por favor?

—En fin, iré —claudicó Dora—. Gracias. Pero sus invitados no deben esperar demasiado de mí. Como intérprete musical soy solo competente. O, al menos, ¡espero serlo!

Mientras Dora la miraba con una sonrisa, Agnes era consciente de que su hermana se sentiría exultante de felicidad durante el día y medio siguiente. Aunque también era probable que tuviera momentos de terror y dudas, y pasara una mala noche. Tener que tocar para unas personas tan ilustres la pondría nerviosa.

—¡Estupendo! —exclamó el vizconde de Darleigh—. ¿Señora Keeping, vendrá usted también?

—¡Oh! Debe hacerlo —se apresuró a decir su hermana mientras ella abría la boca para negarse con alguna excusa—. Necesitaré a mi lado a alguien que me tome de la mano.

—Espero que no mientras toca —comentó lord Trentham.

—¡Claro que Agnes también vendrá! —exclamó Sophia, aplaudiendo—. ¡Ay, qué ganas tengo de que llegue mañana por la noche! —Se puso en pie mientras hablaba, y sus invitados también se levantaron para despedirse.

Nadie pareció darse cuenta de que ella no había respondido. Claro que no era necesario hacerlo, ¿verdad? ¿Cómo podía negarse? Sería una noche especial para Dora y sabía que, aunque su hermana sufriría por los nervios, también podría ser uno de los momentos más felices de su vida.

¿Cómo iba ella a estropeárselo?

—¡Ay, Agnes, querida! —le dijo Dora tan pronto como vieron que sus visitantes se alejaban por la calle—. ¿Debería haber dicho que no? La verdad, no puedo...

—Por supuesto que puedes —la interrumpió mientras la tomaba del brazo—. Tan solo imagina que todos son personas corrientes: granjeros, carniceros, panaderos y herreros.

—No hay ni uno solo sin título —le recordó su hermana con una mueca.

Agnes se rio.

Sí, y uno de ellos era el vizconde de Ponsonby, a quien no debería volver a ver nunca más. Su única experiencia previa a la hora de combatir emociones se había producido el pasado mes de octubre, y entonces no le había resultado fácil de manejar ni agradable. Y en aquella ocasión ni siquiera la había besado.

Cualquiera pensaría que después de la experiencia había aprendido algo...

George volvía a tener la pesadilla recurrente y cada vez con mayor frecuencia. Se veía tendiéndole la mano a su esposa para que ella la agarrara, pero apenas conseguía rozarle las puntas de los dedos antes de que saltase al vacío y muriera en el acantilado cercano a su casa solariega, Penderris Hall. Justo cuando se le ocurrían las palabras que podrían haberla persuadido de que se apartara del borde y siguiera viviendo.

Así era como se había quitado la vida la duquesa de Stanbrook, algo de lo que George había sido testigo, aunque en realidad no estuvo tan cerca. Ella lo vio acercarse a la carrera, lo oyó llamarla a voz en grito, pero se lanzó al vacío sin decir nada. Sucedió apenas unos meses después de que su único hijo, ¡su único hijo!, muriera en España durante las guerras napoleónicas.

—¿Se ha repetido el sueño con más frecuencia desde la boda de tu sobrino? —preguntó Ben.

George frunció el ceño y sopesó la repuesta.

—Sí, creo que sí —contestó—. ¿Crees que hay cierta conexión? —le preguntó—. La verdad es que estoy muy contento por Julian, y Philippa es una muchacha encantadora. Serán un duque y una duquesa dignos cuando yo no esté, y no creo que el matrimonio tenga problemas durante los próximos meses. Estoy contento.

—Y ese mismo hecho te hace sentir culpable, ¿verdad, George? —le preguntó Ben.

—¿Culpable? ¿Tú crees?

—Deberíamos llamarlo «el sentimiento de culpa de los supervivientes» —señaló Ralph con un suspiro—. Tú lo sufres, George. Como lo sufren Hugo e Imogen. Y como lo sufro yo. Te sientes culpable porque el futuro de tu título, de tus propiedades y de tu fortuna se ha resuelto a tu entera satisfacción, pero en el fondo tienes la impresión de que tu alegría al respecto traiciona en cierto modo a tu esposa y a tu hijo.

—¿Ah, sí? —El duque apoyó un codo en el reposabrazos del sillón y se tapó la cara con la mano—. ¿Eso hago?

—A veces —terció Hugo—, te sientes desdichado cuando te das cuenta de que ha pasado un día entero, o quizá más, sin pensar ni una sola vez en los que no vivieron mientras tú sobrevivías. Y casi siempre sucede justo cuando estás más feliz.

—En mi caso, no creo que haya pasado todavía un día entero —repuso George.

—Un día es mucho tiempo —convino Imogen—. Veinticuatro horas. ¿Cómo se pueden desterrar los recuerdos durante tanto tiempo? ¿Y por qué desearía alguien hacerlo? Eso es lo que suponemos hasta que nos damos cuenta de que ha sucedido durante unas horas.

—Eso es precisamente a lo que me refiero —dijo Ralph—. No es más que sentimiento de culpa, puro y duro. Culpa por estar vivo y poder olvidar, y sonreír, y reír, y sentir momentos de felicidad.

—Sin embargo, si yo hubiera muerto —terció Vincent—, me habría gustado que mi madre y mis hermanas siguieran viviendo, que tuvieran una vida feliz y me recordaran con sonrisas y risas. No todos los días, claro. No me habría gustado que mi recuerdo las obsesionase.

—Una buena forma de olvidar —repuso Flavian— es caerse del ca-caballo y aterrizar de ca-cabeza después de que te hayan disparado y antes de que te pasen por encima. Esa es la bendición de mi escasa memoria: ni rastro de culpa.

Algo que todos sabían que era mentira.

Aunque, si hubiera muerto, habría sido feliz con la idea de que Velma, su prometida, se casara con Len, su mejor amigo. Al menos, creía que habría sido feliz. Salvo que nadie podía ser feliz cuando estaba muerto. Ni tampoco entristecerse, la verdad.

En cualquier caso, él no había muerto, pero eso era lo que había sucedido de todos modos. Velma había ido a verlo y se lo había contado. Len no. Quizá decidió no hacerlo después de enterarse de lo sucedido tras su visita. Quizá creyó conveniente mantener las distancias.

A esas alturas Len estaba muerto, y no habían hablado durante los seis años que habían transcurrido desde su conversación con Velma. Claro que se sentía culpable por eso, ¡desde luego que sí! Aunque parecía injusto. ¿Qué motivos tenía para sentirse culpable? Él no había traicionado a nadie.

Por regla general, esa sesiones nocturnas los ayudaban a sentirse un poco mejor, aunque no resolvieran nada. Sin embargo, Flavian no se sintió mejor a la mañana siguiente. Se fue a la cama como si tuviera pesas de plomo en los zapatos, en el estómago y en el alma, y se despertó con uno de sus dolores de cabeza y sumido en uno de sus episodios de melancolía, a los que odiaba más que a los dolores de cabeza. Ese constante sentimiento de autocompasión y el miedo de que nada merecía la pena. Ese era el estado de ánimo común contra el que el Club de los Supervivientes había luchado con más fiereza durante los años que habían pasado juntos en Penderris Hall. El cuerpo se podía reparar y hacerlo funcionar de nuevo, al menos lo bastante bien como para permitir que la persona que lo habitaba pudiera seguir viviendo. La mente podía enmendarse hasta el punto de que volviera a trabajar de forma eficiente para la persona que la usaba. Y el alma podía consolarse y alimentarse de un pozo interior de inspiración, y del intercambio externo de experiencias, amistad y amor.

Sin embargo, jamás se alcanzaba ese punto en el que uno se podía relajar y tener la certeza de que había llegado a la otra orilla del sufrimiento y por fin podía limitarse a estar contento, incluso ser feliz, disfrutando del equilibrio entre cuerpo, mente y alma.

Por supuesto que era imposible. Nunca había sido tan ingenuo como para esperarlo, ¿verdad? Seguro que no lo había creído posible, ni siquiera cuando se enamoró perdidamente de Velma, y ella de él, y se comprometieron después de aquellas breves semanas de permiso, deseando pasar una vida de felicidad juntos. Al fin y al cabo, él era un oficial del ejército y había una guerra en la que luchar. Y su hermano, David, se estaba muriendo.

¿Por qué demonios se habían comprometido e incluso habían celebrado el evento con un gran baile en Londres la víspera de que él partiera de regreso a la península ibérica, mientras David agonizaba en Candlebury Abbey y cuando el propósito de su regreso fue precisamente el de acompañarlo? ¿Y por qué había vuelto a la guerra cuando era evidente que el fin de su hermano se acercaba y que él estaba a punto de asumir las responsabilidades del título y de las propiedades que llevaba aparejadas? Frunció el ceño mientras pensaba, tratando de recordar, tratando de resolver el misterio, pero solo consiguió que el palpitante dolor de cabeza empeorara.

El sol brillaba de nuevo desde un cielo azul claro, según veía, y los narcisos lo tentaban. O, mejor dicho, la hechicera de los narcisos lo tentaba. ¿Estaría allí? ¿Se sentiría decepcionado si iba y no la encontraba? ¿Se sentiría decepcionada ella si iba y no lo encontraba? ¿Y qué pretendía si iba? ¿Conversar? ¿Coquetear? ¿Seducirla? ¿En la propiedad de Vincent? ¿A la amiga de la vizcondesa? Lo mejor sería mantenerse alejado.

Ben, Ralph, George e Imogen iban a salir a montar. Esperaban pasar fuera toda la mañana, ya que la idea era salir de la linde de la propiedad.

—¿Nos acompañas, Flavian? —le preguntó Imogen durante el desayuno.

Dudó por un momento.

—Pues sí —contestó—. Vincent va a llevar a Hugo y a las damas a dar un paseo por el sendero agreste, y me parece una perspectiva de lo más agotadora. Iré con vosotros y dejaré que sea mi caballo quien se ejercite.

—Lo que voy a hacer —replicó Vincent— es enseñarles a todos lo que no pueden ver porque tienen ojos.

—El muchacho empieza a hablar de forma enigmática —comentó George, mirándolo con cariño—. Sin embargo, por extraño que parezca, te entendemos perfectamente, Vincent. Al menos, yo lo hago.

—Voy a sacrificar incluso mi práctica matinal en la sala de música —añadió Vincent.

—Ayer mismo hizo que me durmiese mientras lo oía tocar —terció Flavian.

—¡Con una canción de cuna, Flave! —protestó Vincent—. Que tú me pediste. Yo diría que fue un éxito por mi parte.

Flavian se rio entre dientes.

—¡Ay! —suspiró lady Darleigh, con las manos entrelazadas por delante del pecho—. Estoy deseando que llegue esta noche, y estoy segura de que todos se sentirán muy impresionados, aunque estén acostumbrados a pasar temporadas en Londres y asistan a todo tipo de conciertos con los mejores intérpretes.

«¿Esta noche?», pensó Flavian.

—Creo que a la señorita Debbins le gustó que la invitaras, Sophia —dijo lady Trentham—. ¡Qué agradable es! Como su hermana.

¿La señorita Debbins? Estaban hablando de la profesora de música, si no se equivocaba. Y su hermana era...

—Seguramente estoy muy lejos de ser una entendida en música —repuso lady Darleigh—, pero creo que cuando uno encuentra a alguien que destaca por su talento, en cualquier ámbito artístico, resulta inconfundible. Y creo que la señorita Debbins tiene talento. Esta noche podrán comprobarlo.

—¿La señorita Debbins tocará aquí? —preguntó él.

—¿No se lo he dicho? —replicó la vizcondesa—. Lo siento.

—Flavian no estaba prestando atención —alegó Hugo.

—Quizá no estaba presente cuando lo anuncié. —Lady Darleigh lo miró con una sonrisa—. La señorita Debbins tocará para nosotros esta noche, y también lo hará cualquiera que se deje persuadir para entretener al grupo. La señorita Debbins se unirá a nosotros para cenar. Será la primera vez que tengamos el mismo número de damas y de caballeros a la mesa.

El mismo número... Flavian calculó con rapidez, pero el resultado no le cuadraba. A menos que...

—Su hermana también vendrá —añadió Vincent—. La señora Keeping. Le tenemos cariño, ¿no es así, Sophie? Sobre todo porque fue ella quien hizo posible que nos convirtiéramos en autores de fama mundial. —Se rio entre dientes, al igual que todos los demás, incluido Flavian.

Por dentro, sin embargo, estaba contrariado. Acababa de resistir la tentación de salir corriendo hacia el prado de los narcisos a grandes zancadas y, de todas formas, ese día la vería. En Middlebury Park. Porque iría a cenar.

En fin, al menos esa noche no estaría rodeada de esas trompetillas de sol caídas del cielo.

Como no se anduviera con ojo, acabaría escribiendo sonetos. Tan espantosos que darían repelús.

Trompetillas de sol, ¡por el amor de Dios!

No obstante, el dolor de cabeza desapareció de repente.

5

Agnes no fue esa mañana al prado, aunque hacía un día precioso y la temporada de los narcisos pasaría pronto y acabarían marchitándose. En cambio, se quedó en casa para lavarse el pelo y buscar excusas para no asistir a la cena. Claro que poco podía hacer con ellas, ya que Dora parecía dispuesta a aprovechar la excusa más ridícula para quedarse en casa con ella.

Se preguntó si él habría ido al prado esa mañana y, si era así, cómo se habría sentido al descubrir que no estaba allí. Seguramente se habría encogido de hombros y la habría olvidado en cuestión de minutos. Un hombre como él no debería tener dificultades a la hora de encontrar mujeres que besar cuando le apeteciera.

«Un hombre como él».

Sin embargo, no sabía nada de él, aparte del hecho de que había sido oficial del ejército y que debió de sufrir una herida lo bastante grave como para tener que pasar unos años recuperándose en Cornualles, en la propiedad del duque de Stanbrook. El único indicio de una posible herida era su leve tartamudeo, y tal vez no tuviese nada que ver con las guerras napoleónicas. Quizá siempre había tenido problemas para hablar.

Claro que... «Un hombre como él». Un hombre guapísimo. Y que, además, irradiaba una masculinidad magnética, casi abrumadora. Esos párpados entornados y esa ceja que enarcaba con asiduidad sugerían que era un libertino. Y dada su apariencia, su físico y ese porte tan seguro, un libertino con mucho éxito, además.

Aunque no podía estar segura de nada. Porque no lo conocía.

Cuando llegó el momento de prepararse, se puso el vestido de seda verde claro y recordó que era el mismo que había llevado al baile de la cosecha. No había nada que hacer. Era su mejor vestido de noche y la ocasión requería que llevara lo mejor. De todos modos, nadie lo recordaría. Él desde luego no lo haría. Y aparte de Sophia y Dora, los demás invitados a la cena de esa noche no habían asistido al baile de la cosecha. Se peinó con un poco más de severidad de lo que le habría gustado. No debería haberse lavado el pelo ese día. Recién lavado, siempre estaba más sedoso y menos manejable.

¿A quién le importaba su aspecto?

En cuanto a su hermana, Dora estaba muy pálida y se había recogido el pelo oscuro con más severidad incluso que ella.

—Siéntate y déjame peinarte de nuevo —se ofreció Agnes.

Lidiar con la apariencia de su hermana y ayudarla a relajarse logró calmar su propio nerviosismo y la vergüenza que sentía hasta que llegó el carruaje de Middlebury Park, señalando que había llegado la hora de irse.

Cuando anunciaron su llegada y la de su hermana, había diez personas reunidas en el salón de la mansión, entre ellas Sophia y el vizconde de Darleigh, con quienes se relacionaban de forma amigable desde hacía mucho tiempo. Tres de los invitados fueron el día anterior a visitarla a su casa. De manera que conocer a los otros cinco no debería ser un suplicio. Sin embargo, le daba la impresión de que había más de diez personas presentes, y no lograba convencerse de que eran personas de carne y hueso, pese a la grandeza de sus títulos.

Claro que se vio obligada a admitir en su fuero interno que solo había un invitado en concreto con el que temía encontrarse, y no era precisamente un desconocido.

El duque de Stanbrook era un caballero de mediana edad, alto, elegante y de aspecto austero, con el pelo oscuro y algunas canas en las sienes. Sir Benedict Harper era delgado y guapo, y estaba sentado en una silla de ruedas. Su esposa, lady Harper, era alta y voluptuosa, muy morena y de una belleza asombrosa y un tanto exótica. El conde de

Berwick era un caballero joven de pelo oscuro que, de alguna manera, seguía siendo guapo pese a la fea cicatriz que le atravesaba la cara y le desfiguraba levemente un ojo y un lado de la boca.

Agnes se concentró en cada una de las presentaciones, además de sonreír y de saludar con un gesto de la cabeza a lady Barclay y a los Trentham. Tal parecía que al hacerlo de esa manera podría evitar mirar a la décima persona.

—Y creo que ya conoces al vizconde de Ponsonby —le dijo Sophia mientras terminaba las presentaciones—. Claro que lo conoces, Agnes. Bailaste con él en el baile de la cosecha. Señorita Debbins, ¿los presentaron entonces?

—Sí —contestó Dora, que hizo una reverencia—. Buenas noches, milord.

Agnes, que estaba al lado de su hermana, inclinó la cabeza.

Él sonrió y le tendió la mano derecha a Dora.

—Tengo entendido que esta noche será nuestra sa-salvadora, señorita Debbins —comentó—. Si no hubiera accedido a to-tocar para nosotros, estaríamos co-condenados a escuchar a Vincent maltratando su viviolín toda la noche.

Dora aceptó la mano que le tendía y le devolvió la sonrisa.

—Milord, que no se le olvide que he sido yo quien le ha enseñado a su Ilustrísima a maltratar el violín —replicó—. Y a lo mejor no estoy muy de acuerdo con esa forma de describir cómo lo toca.

La sonrisa del vizconde de Ponsonby se ensanchó, y Agnes sintió una inexplicable indignación. Ese hombre se había propuesto conquistar a Dora con su encanto y lo estaba consiguiendo. Parecía mucho más relajada que cuando llegaron.

—¡Vaya! —exclamó lord Trentham—. Será mejor que tengas cuidado, Flave. No hay nadie tan feroz como una madre en defensa de su polluelo o una profesora de música en defensa de su alumno.

—Acabas de acuñar ese dicho en el acto, Hugo, admítelo —replicó el conde de Berwick—. Aunque ha sido ingenioso. Señora Keeping, es usted una pintora con talento, o eso asegura lady Darleigh. ¿Pinta usted acuarelas u óleos?

Alguien les llevó las bebidas, y la conversación fluyó con sorprendente facilidad durante el cuarto de hora que tardó el mayordomo en informar a Sophia, desde la puerta, de que la cena estaba servida. Aunque ¡claro que la conversación fluyó con facilidad! ¡Esas personas eran miembros de la alta sociedad! Todos se sentían cómodos en compañía y eran expertos en demostrar modales exquisitos y en tener una buena conversación. Solo habrían tenido que verlas aparecer por la puerta del salón, tan asustadas pese a pertenecer a la nobleza rural, para evaluarlas.

Sophia había organizado la disposición de los comensales en la mesa. Agnes se descubrió agarrada al sólido brazo de lord Trentham, que la acompañó al comedor. Sophia la había colocado en la mitad de la mesa y él ocupaba una de las sillas a su lado. A Dora, según comprobó, le había ofrecido el lugar de honor a la derecha del vizconde de Darleigh, en la cabecera de la mesa, y a su otro lado tenía al duque de Stanbrook. ¡Pobre Dora! Seguro que agradecía el honor que le había concedido, aunque también estaría asustadísima. Aunque en ese momento vio que el duque inclinaba la cabeza para decirle algo y que ella sonreía con genuina calidez.

El vizconde de Ponsonby ocupó la otra silla que ella tenía al lado.

«¡Qué mala suerte!», pensó. Tenerlo en frente ya habría sido bastante malo, pero al menos de esa forma no estaría obligada a hablar con él. Al otro lado del vizconde se sentaba lady Harper.

—No acostumbramos a ser tan formales —le dijo lord Trentham, hablando en voz baja—. Todo esto es en su honor y en el de la señorita Debbins.

—Bueno —replicó ella—, sienta bien sentirse importante.

Parecía un caballero formidable. De hombros anchos, cabello casi rapado y expresión severa. Como oficial, habría empuñado un sable, aunque ella se lo imaginaba más con un hacha. Claro que también tenía una mirada risueña.

—Al principio, yo hasta temblaba de terror —le dijo, todavía hablando solo para sus oídos—. Mi padre era un comerciante londinense con bastante dinero como para comprarme una comisión en el ejército cuando insistí en que quería ser soldado.

—¡Oh! —Lo miró con interés—. ¿Y su título?

Habría jurado que lo vio sonrojarse.

—Una ridiculez —contestó él—. Trescientos muertos se lo merecían más que yo, pero el príncipe de Gales sufrió un arranque sentimental conmigo. Sin embargo, suena impresionante, ¿no cree? *¿Lord* Trentham?

—Lo que creo —respondió ella—, milord, es que hay una historia detrás de esa... ridiculez, aunque parece que le da vergüenza contarla. ¿Lady Trentham también procede de la burguesía del comercio?

—¿Gwendoline? —repuso él—. ¡Qué va! Disculpe mi franqueza. Mi esposa era lady Muir, viuda de un vizconde, cuando la conocí en Penderris Hall el año pasado. Es la hija del difunto conde de Kilbourne y hermana del actual. Si le pincha un dedo, le saldrá sangre azul. Sin embargo, me eligió a mí. Fue una tonta, ¿no le parece?

«¡Ay, por Dios!», pensó Agnes. Ese hombre le caía bien. Al cabo de unos minutos, comprendió lo que estaba haciendo. Tal vez no tuviera el tipo de conversación pulida que empleaban otros caballeros para tranquilizar a las damas, pero había encontrado otra forma de hacerlo. En resumidas cuentas, le estaba diciendo que si ella estaba un poco incómoda, a pesar de pertenecer a la nobleza rural, ¿cómo creía que se sentía él en situaciones similares, siendo un hombre que procedía de la clase media?

Lady Gwendoline había sido muy lista al elegirlo, pensó Agnes. La dama se encontraba sentada en el lado opuesto de la mesa, hacia la izquierda, y en ese momento estaba absorta escuchando lo que fuera que sir Benedict le estuviera contando.

En ese momento, lady Barclay, que se sentaba al otro lado de lord Trentham, le tocó el brazo y él se volvió hacia ella.

—Agnes —dijo lord Ponsonby desde su otro lado.

Se volvió hacia él, sorprendida, pero descubrió que no la había llamado. Se trataba de un comentario.

—Un nombre fo-formidable —siguió el vizconde—. Estoy casi contento de no haber podido acudir a nuestra cita.

Ni siquiera sabía por dónde empezar.

—¿Formidable? ¿Agnes? —replicó—. ¿Y teníamos una cita, milord? De ser así, lo desconocía. En todo caso, yo tampoco he acudido. Tenía cosas más importantes que hacer esta mañana.

—¿Esta mañana? ¿Adónde se suponía que debía ir esta ma-mañana? —repuso él.

¡Qué error más tonto había cometido! Atacó el plato de pescado con saña.

—¿Por qué formidable? —le preguntó al percatarse de que él seguía mirándola, con el cuchillo y el tenedor suspendidos sobre el plato—. Agnes es un nombre de lo más decente.

—Si fuera Laura —contestó—, o Sarah, o incluso Ma-Mary, me las ingeniaría para besarla de nuevo. Son nombres suaves y dóciles. Pero Agnes sugiere firmeza de carácter y un bofetón en la me-mejilla de cualquier hombre lo bastante audaz como para robar un be-beso por segunda vez, cuando se supone que ya está prevenida. Sí, casi me alegro de no haber po-podido acudir a la cita. ¿De ve-verdad no ha ido? ¿Porque tal vez podría verme? Los narcisos no florecerán para siempre.

—No ha tenido nada que ver con usted —le aseguró—. Estaba ocupada con otras cuestiones.

—¿Más importantes que la pintura? —le preguntó—. ¿Más importantes que yo?

¡Por el amor de Dios! Estaban sentados a la mesa del comedor. Cualquiera podría oír algún fragmento de su conversación en cualquier momento, aunque lo dudaba. ¿Cómo se había visto envuelta en algo así? Ella no era su conquista y no tenía la menor intención de aliviarle el aburrimiento durante las próximas dos semanas y media convirtiéndose en una.

—En fin, veo que era algo más importante que yo —dijo con un suspiro exagerado al ver que ella no respondía—. ¿O debería decir «capto» en vez de «veo»? A veces, resulta pedante usar las palabras correctas, ¿no le parece, señora Keeping? «¿Capta lo que le quiero decir? Sí, lo capto». Resulta un tanto pomposo.

Ella no lo miró, pero sonrió con la vista clavada en el plato y después soltó una carcajada.

—¡Ah! —exclamó él—. Eso está mejor. Ahora sé có-cómo hacerla reír. Solo tengo que usar las palabras correctas.

Agnes levantó su copa de vino y se volvió hacia él.

—¿Está de un humor menos salvaje esta noche? —le preguntó.

Su mirada se paralizó, y deseó no haberle recordado lo que dijo el día anterior por la mañana.

—Espero que la música me calme —contestó—. ¿Su hermana ti-tiene tanto talento como afirma Vincent?

—Sí —respondió—. Pero usted mismo podrá juzgarlo más tarde. ¿Le gusta la música?

—Cuando se interpreta bien —contestó él—. Vi-Vincent lo hace bien, aunque me gusta burlarme de él afirmando lo contrario. Nos bu-burlamos unos de otros, ya sabe. Es uno de los aspectos entrañables de la verdadera amistad.

A veces, tenía la impresión de que no era tan superficial como parecía indicar su expresión habitual. Recordó haber pensado lo mismo durante el baile de la cosecha. Llegó a la conclusión, mientras se estremecía por dentro, de que no era un hombre que resultara cómodo de conocer.

—A veces, se equivoca de no-nota —siguió— y suele to-tocar más despacio de la cuenta. Pero toca con los ojos bien abiertos, señora Keeping, y eso es lo que im-importa. Eso es lo único que importa, ¿no le parece?

Y, a veces, hablaba de forma enigmática. Intuyó que la juzgaría según fuera capaz o no de interpretar sus palabras.

—¿Con los ojos del alma? —replicó ella—. No se refiere usted solo a lord Darleigh o a la interpretación musical, ¿verdad?

La expresión burlona regresó a sus ojos.

—Se ha vuelto demasiado profunda para mí, señora Keeping —comentó—. Se está volviendo filosófica. Es un rasgo alarmante en una da-dama.

Y tuvo el descaro de estremecerse levemente.

En ese instante, Agnes se percató de que lord Trentham había terminado de hablar con lady Barclay, al menos por el momento. De manera que se volvió hacia él y le preguntó si vivía en Londres todo el año.

«Agnes», pensó Flavian mientras se dirigían a la sala de música desde el comedor y la observaba hablar con Hugo, que le había ofrecido el brazo para acompañarla. Era imposible imaginar que se recitaba un soneto al oído de la dulce Agnes, ¿verdad? Como tampoco era imaginable que se llorara por la tragedia inmortal de *Romeo y Agnes*. Los padres deberían tener más cuidado a la hora de elegir el nombre de sus hijos.

Tras dejar sentada a lady Harper cerca del piano, él se quedó de pie y unió las manos a la espalda mientras Vincent tocaba con su violín una alegre tonada popular. Vincent había mejorado muchísimo, había más vibrato en su forma de tocar que el año anterior, aunque ¿cómo era posible que hubiera aprendido a tocar siendo ciego? Que lo hubiera logrado era un triunfo del espíritu humano. No se unió a los aplausos que recibió la pieza. En cambio, le sonrió con cariño a su amigo, tras haberse olvidado por un instante de que Vincent no podía verlo. Era algo que le sucedía a veces.

El gato ronroneó bastante fuerte cuando los aplausos cesaron, provocando que las risas fueran generalizadas.

—Me abstengo de hacer el menor comentario —dijo Flavian.

Lady Harper tocó el piano durante unos minutos, aunque protestó porque había empezado a tocar hacía poco después de un lapso de muchos años. Acto seguido, tocó y cantó una canción galesa, en galés. Tenía una fina voz de mezzosoprano, y de alguna manera lograba que casi se añoraran las colinas y las brumas de Gales.

Esa sí que era una mujer con la que un hombre podía albergar fantasías románticas y eróticas, pensó Flavian, si no fuera la esposa de un gran amigo, y si se sintiera por ella algo más que una admiración puramente estética.

Imogen y Ralph los sorprendieron a todos cantando a dúo con el acompañamiento de lady Trentham al piano. En ese caso, no necesitó burlarse de ellos cuando acabaron; lo hicieron todos los demás por él. Lady Trentham tocó sola justo después, demostrando su gran habilidad y lo mucho que había practicado, mientras Hugo sonreía como un idiota y parecía a punto de estallar por el orgullo.

Vincent tocó después el arpa, y Flavian se acercó a él con ceño fruncido, asombrado por el hecho de que pudiera distinguir tantas cuerdas entre sí cuando ni siquiera podía verlas.

Y entonces le llegó el turno a la señorita Debbins, y ya no le quedó más remedio que sentarse, porque seguramente tocaría durante un buen rato. La verdad era que debería haber tomado asiento antes. A esas alturas, sus opciones eran limitadas: o se sentaba entre George y Ralph en el sofá, lo que habría ofrecido una imagen bastante curiosa y habría molestado al gato, que estaba acurrucado entre ambos, o se sentaba junto a la señora Keeping en un diván que se encontraba un poco más alejado del piano.

Escogió no molestar al gato.

Se preguntó si le había dicho la verdad sobre sus razones para no ir al prado esa mañana, y luego se dio cuenta de lo engreído que parecía por su parte imaginar que tal vez hubiera ido y se hubiera sentido tan decepcionada al no encontrarlo que había fingido no haber ido en absoluto.

Seguramente le había provocado un disgusto imborrable cuando la besó. Lo más probable era que hasta entonces no la hubiese besado ningún otro hombre salvo su marido. No le cabía la menor duda de que así era. Llevaba escrito sobre ella con tinta invisible el letrero de «mujer virtuosa».

—Bueno, ¿ahora es cuando da comienzo el entretenimiento serio? —preguntó mientras la señorita Debbins se sentaba al arpa.

—¿Insinúa que las demás actuaciones han sido triviales? —replicó ella.

Flavian agarró su monóculo y lo levantó a medias.

—Está de un humor beligerante, señora Keeping —comentó—. Aunque supongo que ninguno de los que ya ha tocado o cantado querría hacerlo después de la señorita Debbins.

—Ahí lleva razón —repuso ella.

Llevaba el mismo vestido que se había puesto para el baile de la cosecha. A ver, ¿cómo demonios había recordado eso? No podía decirse que fuera una prenda llamativa, aunque era bastante bonita. La luz de una de las velas se reflejaba en el bordado plateado del dobladillo, como recordaba que había hecho en aquella ocasión.

Y, en ese momento, bajó el monóculo y se quedó boquiabierto. O, al menos, así se sintió por dentro, aunque no se reflejara en su rostro. Porque de repente la música se expandió, onduló y lo envolvió, e hizo otra serie de cosas sorprendentes que las palabras ni siquiera podían describir. Y todo salía de un arpa y de los dedos de una mujer. Al cabo de unos minutos, Flavian se llevó el monóculo al ojo y miró a través de la lente el instrumento, las cuerdas y las manos de la mujer que las tocaba. ¿Cómo era posible?

El aplauso que siguió a la interpretación fue más que educado, y todos le suplicaron a la señorita Debbins que tocara el arpa de nuevo antes de pasar al piano. Una vez que se dirigió al segundo instrumento, George se puso en pie de un brinco para colocarle la banqueta como un asistente.

—¿Toca usted algún in-instrumento, señora Keeping? —preguntó Flavian mientras su hermana se preparaba delante del piano.

—Muy poco.

—Pero pinta —siguió él—. ¿Tiene talento? Lady Darleigh di-dice que sí.

—Es muy amable por su parte —repuso—. Ella sí que tiene talento. ¿Ha visto sus caricaturas? ¿Y las ilustraciones de sus cuentos? Yo pinto bastante bien para entretenerme y lo bastante mal para seguir soñando con crear el cuadro perfecto.

—Su-supongo que incluso Miguel Ángel y Rembrandt pensaban igual —replicó él—. Quizá Miguel Ángel esculpió la *Piedad* y luego la contempló y se preguntó si alguna vez esculpiría algo que de verdad valiera la pena. Tendré que ver su tra-trabajo para compararlo con el de los ma-maestros.

—¿Ah, sí? —le preguntó ella con gélido desdén.

—¿Lo guarda bajo llave? —quiso saber.

—No —respondió—, pero yo elijo quién lo ve.

—¿Y no voy a ser incluido en ese gru-grupo?

—Lo dudo mucho —fue su respuesta.

Acababa de ponerlo en su sitio. La miró con admiración.

—¿Por qué?

Sus ojos se volvieron hacia él, y Flavian sonrió despacio.

No hubo oportunidad de que le respondiera, porque la señorita Debbins empezó a tocar algo de Händel.

Tocó durante más de media hora, aunque intentó levantarse de la banqueta al final de cada pieza. Nadie estaba dispuesto a permitírselo. De hecho, demostró un talento extraordinario. Inesperado, ciertamente. Debía de tener unos diez años más que su hermana, tal vez más. Era más baja y menos atractiva. De hecho, parecía bastante corriente, hasta que sus dedos rozaban un instrumento musical.

—¡Qué fácil es descartar el embalaje exterior sin saber que, de esa manera, uno se pierde la preciosa belleza interior! —Sus pensamientos habían adquirido solidez, y Flavian se dio cuenta, con gran bochorno, de que había hablado en voz alta.

—Sí. —La señora Keeping lo había oído.

El recital había terminado, y varios de sus amigos se agruparon en torno a la señorita Debbins junto al piano. Lady Darleigh se disculpó al cabo de uno o dos minutos para subir a la habitación infantil. Flavian sospechaba que se dejaba llevar tan poco por los dictados de la moda que ni siquiera habría contratado a una nodriza. Lady Trentham le preguntó si podía acompañarla y ambas se marcharon. Vincent anunció que iba a servirse el té en el salón si a los presentes les apetecía trasladarse a dicha estancia. Ralph pasó los dedos por las cuerdas del arpa, sin llegar a tocarlas. George le había ofrecido el brazo a la señorita Debbins y estaba diciéndole que debía de estar más que lista para el té. Ben, que no había ido a la sala de música en su silla de ruedas, se estaba levantando despacio con la ayuda de sus bastones, mientras lady Harper le sonreía y le comentaba algo que Flavian no pudo oír debido al alboroto que lo rodeaba.

—Señora Keeping —dijo mientras se ponía en pie y le ofrecía el brazo—, si me permite...

Tenía la impresión de que se había quedado allí sentada tranquilamente con la esperanza de que se alejara y se olvidara de ella. Quizá eso formaba parte de la atracción, ¿verdad? Que nunca se hubiera propuesto llamar su atención. Otras mujeres lo hacían, salvo las que lo conocían o habían oído hablar de él, aunque incluso algunas de las que pertenecían a esa última categoría insistían en perseguirlo. Algunas mujeres sentían una fascinación irresistible por los hombres peligrosos, aunque a esas alturas su reputación excedía la realidad. Al menos, esperaba que así fuera.

—Gracias.

Ella se puso en pie y aceptó su brazo, aunque se limitó a rozarle el interior de la manga con la punta de los dedos. Era bastante alta. Quizá por eso le había gustado bailar con ella. Olía a jabón. No era perfume. Nada fuerte ni caro. Jabón sin más. Se le ocurrió así de repente y casi por sorpresa que le gustaría mucho acostarse con ella.

Jamás pensaba en esos términos cuando se trataba de damas respetables, así que sería mejor deshacerse de ese pensamiento cuanto antes. Aunque era una lástima, porque ni siquiera podría permitirse un leve coqueteo con ella si existía el peligro de que eso pudiera arrastrarlos a la cama.

Definitivamente estaba pensando con gran sensatez, de ahí que no se explicara por qué cuando llegaron al enorme vestíbulo de entrada procedentes del ala oeste, no girara con ella hacia la escalinata que conducía al salón. En cambio, tomó un candelabro con una vela apagada, la encendió acercándola a una de las de la pared y, tras saludar con un breve gesto de la cabeza al criado que montaba guardia, se dirigió al ala este de la mansión.

Lo más sorprendente, quizá, fue el hecho de que la señora Keeping lo acompañara sin el menor murmullo de protesta.

El ala este, de igual tamaño y longitud que el ala oeste, albergaba casi en su totalidad las estancias públicas. Durante la fiesta que se celebró en octubre, estuvieron engalanadas y resplandecientes. En ese momento, todas las estancias estaban a oscuras y sus pasos resonaban en las paredes. También estaban muy frías.

¿Se podía saber qué hacían allí?

—Tendemos a pasar demasiado tiempo se-sentados por las noches —alegó.

—Y todavía hace demasiado frío para pasear por el exterior tras la cena —añadió ella.

¡Ah! Estaban de acuerdo entonces, ¿verdad? En que simplemente buscaban hacer un poco de ejercicio después de haber pasado tanto tiempo sentados escuchando música. Claro que ¿cuánto tiempo habían estado sentados? ¿Una hora? En su caso, menos.

—Sin embargo, no debo alargar demasiado el paseo —siguió ella al ver que él no le ponía fin al silencio—. Dora pensará que la he abandonado.

—Creo que todo el mundo está colmando de atenciones a la se-señorita Debbins —repuso—. Tal co-como merece. No echará de menos a una simple hermana.

—Sin embargo, esta simple hermana puede echarla de menos a ella —replicó la señora Keeping.

—¿Cree que la he traído aquí pa-para iniciar un devaneo amoroso? —le preguntó.

—¿Lo ha hecho? —Su voz era suave.

Nadie admitía hacer algo así. Bueno, casi nadie.

—Pues sí, señora Keeping —admitió—. En el salón de baile donde la vi por primera vez. Mi in-intención es volver a ba-bailar otro vals. Para besarla de nuevo.

Ella no reaccionó tirándole del brazo y exigiéndole que la llevara de vuelta con su hermana de inmediato.

—Supongo que del salón de baile solo veremos lo poco que ilumine una solitaria vela —replicó—. Y no podremos bailar el vals sin música.

—¡Ah! —exclamó Flavian—. En ese caso, tendremos que conformarnos con el beso.

—Sin embargo —dijo ella, al mismo tiempo que él pronunciaba sus últimas palabras—, soy capaz de tararear bastante bien una melodía, aunque nadie en su sano juicio pensaría en invitarme a interpretar un solo delante de una audiencia.

Flavian inclinó la cabeza para mirarla con una sonrisa, pero ella estaba mirando al frente.

El salón de baile era enorme, estaba vacío y, efectivamente, la luz de la solitaria vela hacía bien poco por disipar la oscuridad. Hacía frío. Era el escenario menos romántico que podría haber elegido para una seducción, si acaso esa era su verdadera intención al ir hasta allí.

Dejó el candelabro sobre una consola tallada, situada justo detrás de la puerta de doble hoja.

—Señora —dijo con una elegante reverencia y una floritura—, ¿me concede el placer?

Ella hizo una pronunciada reverencia y le colocó las yemas de los dedos en la muñeca.

—El placer es todo mío, milord —replicó.

Tras colocarla en posición para el vals, manteniéndola a la distancia correcta de su cuerpo, la miró con gesto interrogante. La vio concentrarse un instante con el ceño fruncido y después empezó a tararear el mismo vals que habían bailado hacía tantos meses. La hizo girar por el salón de baile vacío, moviéndose entre las luces y las sombras que proyectaba la luz de la vela. Se percató de los destellos que la parpadeante luz le arrancaba al festón plateado de las mangas de su vestido.

La señora Keeping se quedó sin aliento al cabo de un par de minutos, titubeó y dejó de tararear. Sin embargo, siguió bailando con ella un minuto más, al compás de la música y del ritmo que animaban sus cuerpos. Oía su respiración, el sonido de sus zapatos sobre el suelo, en sintonía con los suyos, y el frufrú de la seda en torno a sus piernas.

Durante los cuatro años transcurridos desde que se marchó de Penderris Hall, había tenido varias parejas sexuales, y todas ellas le habían proporcionado una gran satisfacción. No tenía una amante fija desde hacía mucho tiempo. De vez en cuando, coqueteaba con las damas de la alta sociedad, pero siempre con aquellas que tenían la edad suficiente para conocer el juego. No se había acostado con ninguna de ellas, ni siquiera con las que le habían confesado su disposición a hacerlo, incluso su entusiasmo. Rara vez besaba.

La señora Agnes Keeping no encajaba en ninguna categoría conocida, un pensamiento que lo inquietaba y lo excitaba a la vez.

Cuando dejaron de bailar, no se le ocurrió nada oportuno que decir y tampoco la soltó. Se quedó de pie con una mano en su cintura y la otra, agarrada a su mano. Y la miró hasta que ella agachó la cabeza y se sacudió una mota invisible del corpiño del vestido con la mano que hasta entonces se apoyaba en su hombro. Acto seguido, volvió a colocar la mano sobre él y lo miró.

La besó en ese momento, manteniendo todavía la distancia adecuada para el vals, aunque poco a poco aumentó la presión de la mano que tenía sobre su cintura y la acercó a él.

Ella le dio un apretón casi doloroso en la mano que aún tenía unida a la suya. Le temblaban los labios.

«Despacio», se dijo. Despacio. Se trataba de una viuda de carácter y virtud intachables. Era la mejor amiga de la vizcondesa de Darleigh. Estaban en la casa de Vincent.

Sin embargo, le soltó la mano para abrazarla y besarla con avidez. Ella levantó los brazos para rodearle los hombros y le colocó una mano en la nuca.

Y la muy tonta le devolvió el beso.

No obstante, aunque lo besaba con evidente placer, incluso con deseo, no detectó en ella pasión. O tal vez... ¡Sí! Allí estaba, latente bajo la superficie del disfrute que se permitía. Había control en su abandono, si bien eso parecía una contradicción.

¿Y si perdía dicho control?

Podría lograr llevarla hasta ese punto.

El deseo de hacerlo lo abrasaba mientras exploraba su boca con la lengua y recorría su columna vertebral con las manos, e incluso se atrevió a bajar hasta sus nalgas y agarrárselas para pegarla por completo a él.

Seguro que lograba liberar la pasión que nadie había desatado antes en su vida, ni siquiera el aburrido de su marido. La pasión que seguramente ni siquiera ella sabía que acechaba en su interior.

Seguro que podía...

Levantó la cabeza y volvió a ponerle las manos en la cintura.

—¿Al-alguien ha dicho algo sobre tomar el té en el salón? —le preguntó.

—El vizconde de Darleigh, sí —respondió ella—. Pero creo que ha errado en el camino, milord.

—¡Vaya! enudo descuido por mi parte. —La soltó y recuperó el candelabro que había dejado sobre la consola, tras lo cual le ofreció el brazo—. ¿Regresamos por donde hemos venido y comprobamos si queda algo en la tetera?

—Me parece una buena idea.

La deseaba.

¡Maldición!

No importaba que solo fuera un devaneo, un simple coqueteo. No importaba que fuera una viuda virtuosa y respetable.

La deseaba.

¡Casi la necesitaba!, pensó, y eso lo alarmó muchísimo.

Si ese pensamiento no bastaba para que un hombre ardiera en deseos de salir corriendo y alejarse a casi doscientos kilómetros sin detenerse siquiera a respirar, que se lo explicaran.

Sobre todo tratándose de un hombre salvaje. Y peligroso.

6

Agnes evitó Middlebury Park, tanto la mansión como la propiedad, durante los tres días posteriores a la velada musical. El hecho de que lloviera durante dos de esos días le facilitó la decisión.

Sin embargo, Middlebury Park fue a su casa en forma de dos visitas: Sophia, lady Trentham y lady Harper el primer día, y el duque de Stanbrook y el conde de Berwick el tercero. Sophia llevó a su hijo con ella, y el bebé se convirtió en el centro de atención durante la visita, como casi siempre sucedía con los recién nacidos. Ambos grupos fueron para agradecerles su asistencia a la cena, y para felicitar a Dora por su fantástica interpretación. El duque expresó la esperanza de escucharla de nuevo antes de que la visita llegara a su fin.

El sol volvió a brillar en la mañana del cuarto día, aunque se vio empañado por algunas nubes altas. Dora fue a pie hasta la mansión para impartir la lección de música habitual con el vizconde. Agnes salió al pequeño jardín delantero para despedirla con una mano. Era habitual que fuera con su hermana y pasase una hora con Sophia mientras Dora estaba ocupada con la lección, pero esa semana no iría aunque Sophia le había asegurado, tan solo tres días antes, que sería muy bienvenida en cualquier momento y que no debía mantenerse alejada a causa de sus invitados.

Vio que se acercaban unos caballos por la calle. Cuatro, para ser exactos. Sus jinetes los detuvieron para saludar a Dora. Ella habría vuelto a meterse en casa, pero temía que ya la hubieran visto y parecería de mala educación no esperar para darles los buenos días cuando pasaran. En ese momento, uno de los jinetes se separó del grupo y se adelantó para acercarse a ella.

Lord Ponsonby.

Agnes unió las manos a la altura de la cintura e intentó parecer tranquila y despreocupada, o al menos como si no hubiese pasado demasiado tiempo durante esas últimas cuatro noches (y gran parte de los días también) reviviendo el vals y el beso. Actuaba como una colegiala obnubilada por un enamoramiento romántico, y parecía incapaz de reunir la determinación necesaria para ponerle fin a semejante tontería.

—Señora. —El vizconde se tocó el ala del sombrero de copa con la fusta y la miró con unos ojos que parecieron abrasarla.

¡Qué fantasía más ridícula! O tal vez no estuviera fantaseando. Volvió a pensar que se trataba de un seductor experimentado.

—Milord —replicó ella con una inclinación de cabeza, mientras apretaba las manos con más fuerza hasta que él bajó la mirada hacia ellas.

—¿Hoy no va a pintar narcisos? —le preguntó.

—He pensado hacerlo más tarde —contestó. La verdad era que le molestaba perdérselos en su mejor momento y tener que esperar todo un año hasta que volvieran a florecer.

Y ahí acabó la conversación, porque a esas alturas los otros tres jinetes se unieron a ellos y le desearon los buenos días con jovialidad. El duque le informó de que iban a Gloucester para echarle un vistazo a la catedral.

Un trayecto bastante largo. Aunque solo estuvieran una hora en la ciudad, no regresarían hasta última hora de la tarde. Allí estaba su oportunidad. Iría a pintar, decidió.

Por regla general, el mero pensamiento le provocaba alegría y serenidad, porque casi siempre pintaba al aire libre, y sus temas solían ser las flores silvestres que crecían en las cercas y en los prados de los alrededores del pueblo. Mientras pintaba podía olvidar la persistente tristeza provocada por el final de su brevísimo matrimonio, el tedio esencial de sus días, la soledad que trataba de esconder incluso de sí misma y la sensación de que la vida se le escapaba; algo que tenía en común con muchas otras mujeres. Ella no era la única que se sentía así. Jamás debía ceder a la terrible aflicción de la autocompasión.

Sin embargo, ese día no la acompañó la acostumbrada sensación de serenidad mientras partía con su caballete y el resto del material de pintura. Solo experimentaba la clara determinación de sofocar las emociones y vivir su vida como acostumbraba a hacer, de modo que al cabo de dos semanas, cuando los invitados hubieran dejado Middlebury Park, no imaginara que la habían dejado atrás con el corazón partido.

Estar enamorada no era nada agradable, salvo tal vez cuando rememoraba cierto vals sin música y cierto beso que en su momento le pareció demasiado sensual, aunque lo más probable era que no lo hubiese sido según los estándares. Sin embargo, no se podía vivir eternamente de recuerdos y sueños. No podía pasar eternamente por alto que estaba sola y que quizá lo estaría durante el resto de su vida.

Se alejó a grandes zancadas hacia el extremo más alejado de la propiedad de los Darleigh.

Flavian no fue hasta Gloucester. Después de una media hora, alegó que su caballo cojeaba un poco de la pata delantera derecha. Ralph desmontó de un salto sin que nadie se lo pidiera para echarle un vistazo, por lo que él también se vio obligado a imitarlo para hacer lo propio. Evidentemente, no le pasaba nada, e Imogen, que iba un poco rezagada, comentó que no había notado que el caballo cojeara. Pero Flavian afirmó que temía arriesgarse a seguir avanzando más y que el animal acabara cojo del todo. Regresaría y le pediría al encargado de las caballerizas de Vincent que le examinara esa pata solo para asegurarse.

Se negó en rotundo a que los demás volvieran con él. Insistió en que debían seguir su camino y disfrutar de Gloucester.

Ralph le dirigió una mirada penetrante antes de continuar con los demás, pero no dijo nada. Fue el único que le había hecho un comentario sobre su ausencia y la de la señora Keeping unas noches antes.

—Te perdiste entre la sala de música y el salón, ¿verdad, Flave? —le preguntó.

Flavian levantó el monóculo.

—Cierto, amigo mío —respondió—. Tendré que pe-pedirle a la vizcondesa un ovillo de lana para ir soltando la hebra y así en-encontrar el camino de vuelta.

—O podrías pedirle prestado el perro a Vincent —sugirió Ralph—. Aunque dicen que tres son multitud.

Flavian se llevó el monóculo al ojo para observar a su amigo a través de la lente, pero Ralph se limitó a sonreír.

Regresó despacio a Middlebury Park. La noche anterior habían mantenido una conversación profunda cuando Ralph les habló de la carta que había recibido ese mismo día. ¡Malditas cartas! Era de la señorita Courtney, la hermana de uno de los tres amigos de Ralph que habían muerto justo antes de que él fuera gravemente herido en el campo de batalla. No era apropiado que una joven soltera mantuviese correspondencia con un caballero soltero, pero la señorita Courtney lo hacía periódicamente desde la muerte de su hermano, aduciendo el privilegio de ser una especie de hermana honoraria. En la misiva le comunicaba que, a la avanzada edad de veintidós años, se casaría con un clérigo adinerado y con amistades influyentes de algún lugar cercano a la frontera con Escocia.

—Pero ¿todavía sigue enamorada de ti, Ralph? —quiso saber Ben.

—No lo creo —contestó el aludido—. De lo contrario, no se casaría con el reverendo Comosellame, ¿verdad?

Sin embargo, todos sabían que la señorita Courtney había estado enamorada de Ralph cuando él solo era un muchacho y ella apenas una niña. Y que había adorado a su único hermano y había recurrido a Ralph llevada por la desesperación de su dolor. Le escribía a Penderris Hall y después lo había buscado en Londres cuando él regresó a la ciudad. Por su parte, Ralph no respondía a la mayoría de sus cartas, alegando no encontrarse bien de salud en las breves notas que le remitía, y la había evitado siempre que podía. Incluso había llegado al extremo de ofrecerse a llevarle un vaso de limonada en un baile y después dejarla plantada y sedienta al irse sin más y marcharse de Londres al día siguiente.

—Te sientes culpable —le había dicho George la noche anterior— por no haberte casado con ella hace tiempo.

¡Otra vez el sentimiento de culpa! La dichosa culpa siempre. ¿Habría personas afortunadas de vivir sin ella?, se preguntó Flavian en ese momento.

—Se querían muchísimo el uno al otro —les explicó Ralph—. Me refiero a Max y a la señorita Courtney, claro. No tenían a nadie más. Si de verdad hubiera sido amigo de Max, como siempre afirmé ser, habría cuidado de su hermana, ¿no es así? Es lo que él habría esperado de mí.

—¿Incluso hasta el punto de que te casaras con ella? —terció Imogen—. Ralph, no creo que le hubiera gustado que la hermana a la que tanto quería acabara con un marido casado por obligación. Porque eso habrías sido tú. Ella lo habría sabido, si no al principio, al final. Y habría sido infeliz. No le habrías hecho ningún favor a la larga.

—Al menos, podría haberle demostrado un poco de compasión —insistió Ralph—, un poco de afecto, un poco de... ¡Maldita sea mi estampa! Antes era capaz de sentir todas esas emociones tan bonitas. Perdón por el improperio, Imogen.

Ralph llevaba años afirmando que la peor de sus numerosas heridas había sido la muerte de sus emociones. Estaba equivocado, por supuesto. Sentía culpa y pena. Sin embargo, estaba claro que echaba en falta gran parte de su vida emocional que solo él podía conocer.

—Algún día volverás a sentir el amor, Ralph —afirmó Hugo—. Ten paciencia contigo mismo.

—Dijo la persona más amorosa del mu-mundo... —replicó Flavian, mientras levantaba una ceja y el monóculo para mirar a Hugo, algo que le valió uno de sus ceños más feroces.

—Ralph ya siente el amor —les aseguró Vincent—. Por nosotros.

Y eso hizo que a Ralph se le llenaran los ojos de lágrimas.

A los diecisiete años, se marchó a la guerra con tres de sus amigos más antiguos, rebosantes de gloriosos ideales y de visiones aún más gloriosas de hazañas valientes y honorables en el campo de batalla.

Poco tiempo después, tres de ellos acabaron volando por los aires y convertidos en una lluvia de sangre, tripas y sesos durante una carga de la caballería mal planificada que se topó con los enormes cañones del ejército francés. Ralph fue testigo de la escena con impotente horror antes de que lo derribaran también a él.

—Parece que la señorita Courtney ha conseguido un matrimonio decente —comentó George—. Me atrevería a decir que será feliz.

Flavian no había mencionado la carta que él había recibido de Marianne, su hermana. Según le contaba, su marido, sus hijos y ella estaban en Candlebury Abbey, donde pasarían la Pascua, y después partirían a Londres para la temporada social. Velma estaba en Farthings Hall. Su hermana le preguntaba si lo sabía y añadía que tenía intención de ir a visitarla acompañada por su madre. También le preguntaba si iría a Candlebury Abbey después de su estancia en Middlebury Park. Añadía que así lo esperaba. Que los niños estarían encantados de verlo, ya que su tío había sido su persona favorita desde que los había llevado a la Torre de Londres el año anterior y luego a Gunter's para tomar unos helados.

Flavian no se dejó engañar por la breve mención de Velma, hecha casi como al descuido. Estaba clarísimo que ambas familias esperaban reavivar la gran historia de amor que había terminado en tragedia después de que a él lo derribaran del caballo durante el combate y su mente se quedara en algún lugar del campo de batalla mientras a él se lo llevaban, y de que Velma y Len se casaran para consolarse mutuamente. Y esa esperanza se sustentaba en el hecho de que Len hubiera muerto solo siete años despues. ¡Qué detalle por su parte!

Velma se había casado con Len porque él, Flavian, estaba incapacitado, muerto a todos los efectos aunque su cuerpo siguiera vivo. Nadie esperaba que se recuperara, ni siquiera el médico que lo examinaba a intervalos regulares, meneaba la cabeza y chasqueaba la lengua con porte serio y erudito. Todos lo decían delante de él, y aunque apenas entendía la mitad de lo que decía la gente, lo que sí entendía, casualmente, era aquello que preferiría no haber escuchado. Estaba loco, su mente había quedado trastornada para siempre. Alguien tendría que hacer algo al respecto en vez de seguir aferrándose a una vana esperanza que no era en absoluto realista. Velma y Len fueron los primeros en enfrentarse a la realidad. Recurrieron el uno al otro en su dolor inconsolable y encontraron cierto consuelo en el hecho de que juntos podrían recordarlo como era antes.

De todos modos, esa era la historia que se contaba en el seno de la familia. Su madre, su hermana, sus tías, sus tíos y sus primos lo sacaban a relucir en todas las reuniones familiares. Era una historia conmovedora y siempre hacía que más de dos y tres acabaran con lágrimas en los ojos. El conmovedor epílogo, por supuesto, fue el hecho de que al final había recuperado más o menos el uso de sus facultades mentales durante su larga estancia en Penderris Hall. A una de sus tías (que lo colgaran si recordaba cuál de ellas era) la historia siempre le recordaba a Julieta despertando de su sueño inducido por la droga justo después de que Romeo se suicidara, creyéndola muerta.

Y Len había muerto. No era de extrañar que, entre ciertas personas, hubiera nacido un rayito de esperanza de ver un final feliz.

Él, sin embargo, jamás los había perdonado. A ninguno de los dos.

Todavía era incapaz de hablar con claridad o coherencia cuando Velma fue a comunicarle, menos de dos meses después de que lo hubieran llevado a casa, que al día siguiente se publicaría en los periódicos el aviso de la ruptura de su compromiso y que tres días más tarde aparecería publicado el anuncio de su nuevo compromiso. Aunque no podía hablar, lo entendió todo a la perfección. Ella le dio unas suaves palmaditas en una mano y lloró mucho.

—Nunca te recuperarás, Flavian —le había dicho en aquel momento—. Ambos lo sabemos, o tal vez yo lo sé, porque supongo que tú no estás al tanto ni lo estarás nunca. Tal vez debamos agradecer semejante misericordia en tu caso. Al contrario que en el mío. Te quiero. Te querré hasta el día de mi muerte. Pero no puedo quedarme atada. Necesito seguir viviendo y trataré de hacerlo con Leonard. Estoy segura de que si entendieras y pudieras hablar conmigo, estarías de acuerdo de todo corazón. Estoy segura de que te alegrarías por mí, por nosotros. De que te alegrarías de que comparta mi vida con Leonard y él conmigo, dos de las personas que más te quieren.

Él hizo un desesperado intento por hablar, pero apenas consiguió emitir unos sonidos tartamudeados y carentes de sentido. De todos modos, por entonces su mente aún no había recuperado el concepto de las frases. Aunque hubiera sido capaz de articular una o dos palabras reconocibles de forma milagrosa, eso tampoco habría bastado. Y lo más probable era que hubiesen sido las palabras equivocadas, algo bastante distinto de lo que pretendía su mente; con total seguridad, alguna blasfemia horrible. Su madre le había suplicado que dejara de maldecir. Pero la naturaleza de su lesión fue tal que perdió el control del habla y de las palabras que usaba cuando era capaz de articularlas.

—Estoy segura de que nos darías tu bendición —añadió Velma, acariciándole una mano—. Estoy segurísima y así se lo he dicho a Leonard. Siempre te querremos. Siempre te querré.

Después de que ella se fuera, dejando tras de sí su habitual perfume a lirios del valle, Flavian prácticamente destruyó el salón, donde había estado acostado en un diván. Se necesitaron dos criados fornidos, además de la intervención de su ayuda de cámara, para reducirlo y solo lo consiguieron porque no quedaba nada más que destruir.

Len no fue a verlo, aunque su intención inicial hubiera sido hacerlo. Claro que, ¿cómo culparlo? Aquel no había sido su primer arrebato violento. Por entonces, ya había descubierto que la frustración causada por las consecuencias de su lesión (los recuerdos perdidos, la confusión mental, la incapacidad para hablar) se manifestaba como un impulso de violencia física que era incapaz de controlar.

Tres días después (el mismo día que se publicaba en todos los periódicos de Londres el anuncio del compromiso de la señorita Velma Frome con Leonard Burton, conde de Hazeltine) el duque de Stanbrook fue a visitar a Flavian a Arnott House.

Flavian maldijo a aquel nuevo desconocido y le arrojó un vaso de agua a la cabeza, fallando por un metro, pero disfrutando del satisfactorio sonido del cristal al romperse. No estaba de muy buen humor, ya que lo habían mantenido encerrado en su espartano dormitorio desde el sermón que le habían echado tras la visita de Velma. Era asombroso, concluyó al echar la vista atrás, que incluso hubiera habido un vaso para arrojar. Alguien debió de cometer un descuido.

Pronto se encontró viajando a Penderris Hall, la propiedad del duque en Cornualles, sin restricción física alguna y sin fuertes guardias disfrazados de sirvientes. George mantuvo conversaciones serenas y sensatas con él (más bien eran monólogos de los cuales Flavian entendía menos de la mitad) durante la mayor parte del largo y tedioso trayecto, antes de que Flavian descubriera que Penderris Hall no era el manicomio que esperaba, sino un hospital con otros pacientes; otros veteranos de guerra tan malheridos como él.

Y el amor que sintió por George desde aquel momento se convirtió en un vínculo inquebrantable. ¡Qué curioso era el amor! Casi nunca iba unido a la atracción sexual.

Esas fueron sus reflexiones durante el camino de vuelta a Middlebury Park. Una vez allí no fue al prado de inmediato. De hecho, trató de convencerse de no ir. Ben y Vincent, cuya lección de música ya había acabado, iban a montar en la pista de carreras con Martin Fisk, el fiel ayuda de cámara de Vincent. Podría haberlos acompañado, pero su caballo cojeaba, ¿verdad? De todas formas, sospechaba que al mozo de cuadra iba a costarle trabajo distinguir la supuesta cojera. Hugo y su esposa habían planeado sentarse un rato en el punto más alto del sendero agreste, desde el que esperaban contemplar las mejores vistas. Aunque lo invitaron a sumarse al paseo, convino con Ralph en que a veces tres podían ser multitud, y esos dos llevaban menos de un año casados y era evidente que seguían encantados el uno con el otro. Lady Harper y lady Darleigh habían planeado hacer algunas visitas sociales y le aseguraron que estarían encantadas de contar con su compañía. Se excusó alegando que debía escribir algunas cartas y que prefería encargarse de la tarea antes de perder fuelle. Como no podía ser de otro modo, se sintió obligado a escribirle a su hermana y le dejó muy claro que, cuando se fuera de Middlebury Park, pondría rumbo a Londres. Incluso le comunicó la fecha en la que esperaba estar en la ciudad para que quedase bien claro que tenía la intención de pasar la Pascua en la capital, como todos los años. No importaba que se hubieran suspendido las sesiones parlamentarias o que la temporada social no empezara hasta después de las vacaciones. Le gustaba Londres cuando estaba relativamente tranquilo. De todos modos, estar allí sería mejor que estar en Candlebury Abbey, sobre todo ese año.

No había estado en la propiedad familiar desde que murió David, más exactamente cuatro días antes de su muerte y dos antes de que se celebrara su fastuoso baile de compromiso con Velma en Londres.

¿Se podía saber qué lo había poseído para consentir participar en algo así? ¿En aquel momento? Frunció el ceño mientras se acariciaba la barbilla con la pluma e intentaba recordar la secuencia exacta de acontecimientos durante aquella convulsa y horrible semana. ¿Por qué horrible?, se preguntó. Sin embargo, cuanto más pensaba, más cercano le parecía el dolor de cabeza y la frustración que en otra época suponía el preludio de un arrebato de violencia incontrolada.

Se levantó con brusquedad, volcando la silla del escritorio en el proceso, y puso rumbo al extremo más alejado de la propiedad. Seguro que ella hacía mucho que había abandonado el prado, si acaso había ido allí a pintar en vez de decidirse por otro lugar, se dijo. Trató de convencerse de que en el fondo esperaba que ella se hubiera ido, aunque ni siquiera intentó entender por qué demonios iba a emprender una caminata tan larga por el mecho hecho de hacer ejercicio. Porque era un paseo larguísimo.

No estaba de humor para hacerle compañía a nadie.

Esa mañana, la señora Keeping llevaba un sencillo vestido de algodón y la cabeza descubierta. Se había peinado con un sencillo moño sujeto en la nuca. Su actitud había sido recatada y distante; su expresión, plácida. Había tratado de convencerse de que carecía de atractivo sexual, de que debía de estar muy aburrido allí en el campo si empezaba a fantasear con una viuda sin atractivo, remilgada y virtuosa.

Salvo que no estaba aburrido. Tenía cerca a sus mejores amigos y tres semanas nunca bastaban para disfrutar de su compañía al máximo. Una de ellas ya había pasado en un abrir y cerrar de ojos. Esas siempre habían sido sus tres semanas favoritas del año, y el cambio de ubicación no había alterado ese hecho.

Quizá se habría convencido esa mañana si no se hubiera percatado del detalle que la había traicionado. La señora Keeping entrelazó las manos a la altura de la cintura y vio que tenía los nudillos blancos, lo que delataba que no estaba tan tranquila, tan indiferente al verlo, como parecía a simple vista.

A veces, la atracción sexual resultaba más poderosa cuanto menos evidente era.

En aquel momento, volvió a desearla con un anhelo alarmante por su intensidad.

Y no era una mujer sin atractivo. Ni remilgada. Y aunque fuera virtuosa, algo de lo que no dudaba, la atracción sexual que reprimía era evidente.

Cuando llegó al otro extremo de la propiedad, descubrió que no había elegido otro sitio para pintar y que tampoco se había ido.

La vio en el mismo lugar donde la había descubierto cinco días antes, aunque en esta ocasión no estaba tumbada en el suelo, sino pintando de rodillas delante del caballete, sentada sobre los talones. Comprendió el porqué de la postura. Ella le había explicado que quería ver los narcisos como ellos se veían a sí mismos. Y aunque se detuvo a cierta distancia a su espalda, con un hombro apoyado en el tronco de un árbol y los brazos cruzados por delante del pecho, alcanzó a ver que la pintura mostraba sobre todo el cielo, con la hierba debajo y los narcisos extendiéndose entre ambos y conectándolos. No estaba lo bastante cerca para juzgar la calidad de la obra, si bien tampoco era un entendido.

Parecía absorta. Ni siquiera lo había oído acercarse, como sí había sucedido la vez anterior.

Recorrió con los ojos la agradable curva de su columna, ese trasero redondeado y las suelas de sus zapatos, con los dedos en el suelo y los talones hacia arriba. Llevaba un bonete para protegerse del sol, de manera que no podía verle la cara.

Debería darse media vuelta e irse, aunque sabía que no lo haría. No después de haber recorrido todo ese camino y de haber rechazado la compañía de sus amigos y una visita a Gloucester.

Estaba encaprichado, pensó con algo de sorpresa y no poca inquietud.

Y, en ese momento, la vio mojar el pincel en agua y pintura, tras lo cual trazó una línea en diagonal sobre la pintura de esquina a esquina, proceso que repitió de nuevo con las otras dos esquinas con violencia, dejando una equis oscura sobre el papel. Acto seguido, lo arrancó del caballete, lo arrugó y lo arrojó al suelo. Solo entonces Flavian se dio cuenta de que estaba rodeada de otras bolas de papel similares.

Estaba teniendo un mal día.

Seguramente no tuviese nada que ver con él. Salvo el breve encuentro de esa mañana, no lo había visto en cuatro días.

La vio dejar el pincel en el agua, llevarse una mano a los ojos y suspirar.

—He aquí una artista frustrada —dijo. No se volvió, como Flavian esperaba que hiciese. Se quedó inmóvil un instante y, después, bajó las manos y volvió la cabeza despacio.

—Deben de haber acercado Gloucester —comentó.

—Gloucester y yo no estábamos destinados a re-reunirnos hoy, me temo —replicó él—. Mi caballo cojea.

—¿Ah, sí? —repuso ella con escepticismo.

—Quizá no —dijo mientras se apartaba los brazos del pecho y se alejaba del árbol para acercarse a ella—. Pero podría haberlo hecho si hubiera ido más lejos.

—Siempre es mejor ser precavido.

—¡Vaya! —Flavian se detuvo—. ¿Eso va con segundas, señora Keeping?

—De ser así, no pongo en práctica los consejos que ofrezco, ¿verdad? —replicó—. Quería estar aquí una hora y seguramente me haya quedado tres o cuatro. Es posible que supusiera que encontraría usted alguna razón para regresar temprano.

Parecía resentida.

—Cuando me dijo que iría a pintar más tarde, ¿me estaba invitando a descubrir que mi caballo cojeaba? —preguntó Flavian en voz baja.

—No lo sé —respondió ella con el asomo de una sonrisa en los labios—. ¿Lo hice? No tengo experiencia con los devaneos amorosos, lord Ponsonby. Y no me apetece adquirirla.

—¿Está completamente segura de que no se está engañando a sí misma, señora Keeping?

Ella volvió la cabeza para mirar hacia el otro extremo del prado.

—No puedo pintar —confesó—. Los narcisos están allí y yo estoy aquí, y me resulta imposible encontrar un vínculo.

—¿Y yo tengo la cuculpa?

—No. —Lo miró—. La culpa no es suya. Yo podría haber evitado su beso hace casi una semana. Podría haber rehusado acompañarlo al ala este la noche que cené en la mansión con Dora o, aunque hubiera aceptado acompañarlo, haberme negado después a bailar con usted y a besarlo de nuevo. Milord, usted es un seductor, y posiblemente también sea un libertino, pero no puedo alegar que me haya forzado a actuar en contra de mi voluntad. Así que no, usted no tiene la culpa.

La visión que tenía de él lo dejó anonadado.

¿Un seductor? ¿Lo era?

¿Un libertino? ¿Lo era?

Y, por supuesto, que tenía la culpa de todo. Había destrozado su tranquilidad. Se le daba bien destrozar cosas.

Se acercó a ella y miró la página en blanco de su caballete, las hojas descartadas, los narcisos.

—¿Es habitual que tenga tantos problemas para pi-pintar? —quiso saber.

—No. —Ella suspiró de nuevo y se puso en pie—. Quizá porque por regla general me contento con captar la simple belleza de las flores silvestres. Pero hay algo en los narcisos que exige más. Tal vez porque sugieren audacia, sol y música, algo más que ellos mismos. ¿Esperanza, quizá? No pretendo ser una gran artista con una gran visión dijo mirándose las manos, que había extendido con las palmas hacia abajo. Parecía acongojada, como si estuviera al borde de las lágrimas.

Flavian le tomó las manos. Tal como sospechaba, eran dos bloques idénticos de hielo. Se las colocó sobre el torso y las cubrió con las suyas. Ella no protestó.

—¿Por qué me di-dijo que vendría a pintar aquí? —le preguntó.

Ella enarcó las cejas.

—No lo hice —protestó—. Usted me preguntó si saldría hoy a pintar y yo respondí que tal vez lo haría más tarde.

—Eso equivale a decírmelo. —Inclinó la cabeza para acercarla a la suya.

—¿Cree que le estaba pidiendo que se reuniera aquí conmigo? —le preguntó con gran indignación y las mejillas arreboladas.

—¿Lo hizo? —Flavian murmuró las palabras casi contra su boca.

Ella frunció el ceño.

—Desconozco las reglas de los devaneos amorosos, lord Ponsonby.

—Pero la posibilidad la atrae, señora Keeping.

Ella respiró hondo, retuvo el aire y lo miró directamente a los ojos. Flavian esperó la negación, la burla en su mirada.

—Sí.

El problema parecía radicar en que ella no seguía las reglas, por la sencilla razón de que las desconocía. ¿Qué se hacía con una mujer que admitía sentirse atraída por la idea de un devaneo amoroso?

¿Mantener un devaneo con ella?

Tampoco ayudaba que él la deseara y que en ese deseo hubiera un molesto anhelo.

—Si me voy —dijo—, ¿seguirá pintando?

Ella negó con la cabeza.

—Estoy distraída. Lo estaba incluso antes de que usted apareciera. Incluso antes de llegar aquí.

—En ese caso, recójalo todo —sugirió—. Déjelo aquí y venga a pasear conmigo.

7

La señora Keeping lo hizo todo con deliberada precisión: lavó los pinceles, los secó con un paño desgastado, cubrió las pinturas, tiró el agua al suelo, guardó en la bolsa las bolas de papel arrugado, dobló el caballete, lo dejó sobre el suelo y, por último, colocó la bolsa encima. Acto seguido, se puso en pie y lo miró de nuevo.

Flavian le ofreció el brazo y ella lo aceptó. La condujo hacia el camino de los cedros y, tras pasar entre los troncos de dos árboles, salieron a la mitad del camino cubierto de hierba. Las copas de los cedros del Líbano no eran como las de los tilos o los olmos. Las ramas crecían en todas direcciones, algunas cerca del suelo, otras casi unidas en lo alto. El lugar lo hizo pensar en una novela gótica, aunque tampoco había leído muchas. Al final del camino se alzaba un cenador, ubicado justo en el centro.

Percibía de nuevo el olor a jabón. Alguien debería embotellar el aroma del jabón en su piel, porque seguro que hacía una fortuna.

—¿En qué consiste un devaneo? —le preguntó ella.

Flavian clavó la mirada en la parte superior de su bonete y casi se echó a reír. «En esto. Justo en esto», estuvo a punto de decir.

—Insinuaciones picantes, miradas ardientes, besos, caricias —respondió.

—¿Y nada más?

—Solo si los in-interesados desean algo más —contestó.

—¿Y nosotros?

—No puedo responder por usted, señora Keeping.

—¿Lo desea usted?

Flavian rio por lo bajo.

—Supongo que eso es un sí —dijo ella—. No conozco ninguna insinuación picante. Y creo que, si se me ocurriera alguna, me sentiría ridícula diciéndola en voz alta.

El deseo que sentía por ella estuvo a punto de asfixiarlo. La cortesana más experimentada no le llegaba ni a la suela de los zapatos. Sin embargo, la señora Keeping no lo hacía de forma deliberada.

Avanzaron por el camino adentrándose y saliendo de las zonas en sombra, de manera que los rayos del sol lo mantuvieron deslumbrado. Y no solo se debía al sol. Se sentía como un pez fuera del agua.

—En realidad, no hay re-reglas —le aseguró—. O, en caso de que las haya, yo las de-desconozco.

—¿Qué quiere de mí, lord Ponsonby? —le preguntó ella.

—¿Qué quiere usted de mí, señora Keeping?

—No —replicó ella—. Yo le he preguntado primero.

Efectivamente.

—Su compañía —contestó. No podría haberle ofrecido una respuesta más aburrida ni aun contando con una hora para pensarla.

—¿Y nada más? Tiene la compañía de sus amigos, ¿no es así? —repuso ella.

—La tengo.

—¿Qué quiere de mí que ellos no puedan darle?

—¿Debe haber una respuesta? —le preguntó a su vez—. ¿No podemos limitarnos a pasear sin más por aquí y a disfrutar de la tarde?

—Sí —contestó ella con un suspiro—. Pero creo que no soy precisamente el tipo de mujer que un hombre como usted buscaría como compañía.

—¿Un seductor? —dijo él—. ¿Un libertino?

—En fin... —Se produjo un breve silencio—. Sí. —Una carcajada—. ¿Lo es usted?

—Señora Ke-Keeping —comenzó—, creo sería mejor que me explicase qué quiere decir al afirmar que no es usted precisamente el tipo de mujer que yo buscaría como compañía. Y creo que será me-mejor que nos sentemos en el interior del cenador mientras lo hace. Aquí fuera hace frío. A menos, claro, que le asuste la posibilidad de que me abalance sobre usted una vez de-dentro y me propase.

—Me atrevería a decir que si tuviera la intención de abalanzarse sobre mí, el frío del exterior no lo detendría —replicó ella.

—Así es —convino mientras abría la puerta para invitarla a pasar.

El cenador era una estructura bastante pequeña, con grandes cristaleras por paredes. Un asiento acolchado de cuero recorría el perímetro interior. Los árboles que lo rodeaban ofrecían protección de los fuertes rayos del sol en verano y el resto del año la temperatura del interior siempre era cálida. Ese día en concreto hacía un calor muy agradable.

—Cuénteme cómo acabó viviendo con su hermana —le dijo una vez que estuvieron sentados frente a frente en el banco, aunque de todas formas sus rodillas quedaban casi a punto de tocarse.

—La casa y las tierras de mi marido pasaron a manos de su hermano menor —contestó ella—. Y aunque mi cuñado tuvo la amabilidad de asegurarme que podía seguir viviendo allí, no me pareció justo, ya que él no está casado y se habría sentido obligado a vivir en otro lugar. Mi padre volvió a casarse un año antes de mi boda, y la madre de su nueva esposa se mudó, junto con una hija soltera, a vivir con ellos después de que yo me fuera. No quería volver allí. Pasé una temporada con mi hermano en Shropshire; es clérigo, pero también tiene familia, y no quería quedarme con ellos para siempre. Cuando Dora vino a visitarme y me sugirió que me mudara aquí con ella, acepté con mucho gusto. Ella necesitaba compañía y yo necesitaba un hogar donde no me sintiera un estorbo. Además, siempre nos hemos querido mucho. Ha sido un arreglo que ha funcionado muy bien para las dos.

Flavian se alegró mucho de no ser una mujer. Tenían muy pocas alternativas.

—¿Su tartamudeo es el resultado de sus heridas de guerra? —quiso saber ella.

La miró y esbozó una sonrisa torcida. Estaba sentada con la espalda recta, las manos unidas sobre el regazo y los pies plantados muy juntos en el suelo, entre ellos. El recato a veces podía resultar muy atractivo.

—Lo siento —se disculpó—. Ha sido una pregunta muy personal. Por favor, no se sienta obligado a contestar.

—Sufrí una herida en la ca-cabeza —dijo él—. Una herida doble. Un disparo y un golpe contra el suelo al ca-caerme del caballo, tras lo cual me pi-pisotearon. Debería haber muerto tres veces. Me pasé mucho titiempo sin saber dónde estaba, ni quién era, ni qué había pa-pasado. Cuando por fin logré ubicarme, me fue imposible co-comunicarme con los demás. A veces, las palabras que me decían eran un gagalimatías o ta-tardaba demasiado en entender lo que me estaban diciendo. Y luego, no podía articular las pa-palabras con las que quería co-contestarles, aunque a veces, si lograba hacerlo, no siempre eran las pa-palabras que yo tenía en la cabeza. Olvidé todo lo re-relacionado con las frases. —No mencionó los fuertes dolores de cabeza ni las grandes lagunas de memoria.

—¡Oh! —exclamó ella, que frunció el ceño con preocupación.

—A veces, cuando las pa-palabras no me salían —siguió—, me comunicaba de otras formas.

Ella enarcó las cejas.

—Era pe-peligroso, señora Keeping —confesó—. Hacía con los puños lo que no podía hacer co-con la mente ni con la voz. No tardaron en enenviarme a Cornualles y me ma-mantuvieron allí tres años. A veces, todavía sufro lo que mi familia llama «be-berrinches».

La vio abrir la boca para hablar, aunque al parecer se lo pensó mejor y volvió a cerrarla.

—Sería bueno que se mantuviera alejada de mí —añadió mirándola con expresión burlona y una sonrisa.

—Sus amigos no lo temen —señaló ella.

—Pero no qui-quiero acostarme con ninguno de mis amigos —repuso—. Ni siquiera con Imogen.

Las mejillas de la señora Keeping adquirieron un intenso rubor.

—¿Es imposible ser a la vez amigo y amante? —quiso saber.

—Solo en una relación ma-matrimonial donde haya amor —contestó él.

—¿Por eso me está advirtiendo de que me aleje de usted, lord Ponsonby? —le preguntó—. ¿No porque tenga episodios violentos, sino porque no tiene en mente ni el amor ni el matrimonio?

—Ja-jamás podré ofrecerle ninguna de esas cosas a una mujer —le aseguró.

—¿Nunca?

—Los finales felices pueden convertirse de re-repente en grandes tragedias —repuso.

Ella guardó silencio tras oírlo pronunciar esas palabras y lo miró fijamente a los ojos, como si viera algo en ellos.

—¿Hubo una época en la que creyó en los finales felices? —le preguntó en voz muy baja.

De repente, Flavian tuvo la impresión de estar mirándola a través de un largo túnel. ¿Había creído alguna vez en ellos? Resultaba extraño no poder recordar. Sin embargo, debió de creer en ellos la rutilante noche del baile del compromiso en Londres. Abandonó a su hermano moribundo por dicho baile. Por Velma.

Apretó los puños con fuerza sobre el banco, a ambos lados de su cuerpo, y se percató de que ella se los miraba.

—No existe tal cosa, señora Keeping —le aseguró mientras extendía los dedos para agarrarse son suavidad al borde del banco tapizado en cuero—. Usted lo sabe tan bien co-como yo.

—Si eso es así, no debería haberme casado con William porque él acabaría muriendo, ¿es eso? —replicó ella—. Sin embargo, disfrutamos de cinco años de compañerismo. No me arrepiento de haberme casado con él.

—Compañerismo —repitió mirándola de nuevo con expresión burlona—. No pa-pasión.

—Creo que la pasión está sobrevalorada —replicó ella—. Y quizá las personas que desconocen la compañía y la complacencia las subestiman.

—¿Las pe-personas como yo?

—Lord Ponsonby, creo que ha conocido usted mucha desdicha —siguió ella— y que eso lo ha vuelto cínico. Desdicha personal, que no tiene nada que ver con sus heridas. Y eso lo ha llevado a convencerse de que la pasión es más importante que la complacencia y el amor, porque la pasión no necesita una verdadera entrega, pero nos ayuda a sentirnos vivos cuando muchas cosas mueren después de que nuestra vida sufra un cambio irrevocable.

¡Por el amor de Dios!, pensó Flavian mientras tomaba una bocanada de aire que no parecía ser suficiente y se obligaba a mantener las manos relajadas. Sin embargo, fue consciente de que estaba a punto de perder los estribos.

—Se-señora, en mi opinión —replicó—, está usted es-especulando sobre algo de lo que no sa-sabe nada.

—Se ha enfadado por mi culpa —dijo ella—. Lo siento. Y tiene toda la razón. No lo conozco en absoluto.

No perdería los estribos. A esas alturas, ya no perdía el control con facilidad. No disfrutaba viendo a ese loco que era él mismo destruir su mundo exterior porque no conseguía poner orden en su mundo interior. Resultaba extraño que siempre hubiera un observador interno cuando el loco entraba en acción. ¿Quién era ese hombre?

—En fin, señora Keeping —replicó, mirándola con los párpados entornados y hablando en voz baja—, podemos arreglar eso en cuanto usted quiera.

—¿Se refiere a… acostarnos? —le preguntó ella.

Flavian cruzó los brazos por delante del pecho.

—Solo tiene que de-decirlo.

Ella bajó la mirada a las manos que tenía unidas en el regazo y se tomó su tiempo para responder. Al final, soltó una suave carcajada.

—Todavía sigo esperando despertarme —confesó— y descubrir que todo esto es un extraño sueño. Yo no mantengo este tipo de conversaciones. No hablo a solas con caballeros. No recibo proposiciones tan indecentes que deberían provocarme un desmayo.

—Pero está sucediendo de verdad.

—Tengo veintiséis años —siguió— y llevo viuda casi tres. Quizá en el futuro, siempre y cuando no pase demasiado tiempo, alguien me pida matrimonio, aunque en este pueblo no se me ocurre quién pueda hacerlo.

Quizá el futuro me depare otro matrimonio, incluso la maternidad. O quizá no. Quizá mi vida siga siendo como ahora hasta el día que muera. Quizá nunca conoceré la... pasión, como usted la llama. Y quizá lo lamente cuando sea mayor. O quizá, si caigo en la tentación, me arrepienta de haber caído. Es imposible saber estas cosas, ¿verdad? Es imposible beneficiarnos en el presente del conocimiento de las experiencias futuras.

Lo que debería hacer, pensó Flavian, era ponerse en pie, regresar a la mansión a toda prisa y no regresar nunca más. En caso de haber imaginado una especie de devaneo agradable e intrascendente con ella, quizá incluso una breve aventura amorosa, empezaba a darse cuenta de que con la señora Agnes Keeping nada era sencillo. No quería ser su única oportunidad de conocer la pasión, su única oportunidad de liberarse del tedio presente en su vida. ¡Que el Señor lo ayudara! No quería que se arrepintiera de haber caído la tentación de explorar la pasión. No quería romperle el corazón, si acaso tenía el poder para hacerlo.

Esa cita romántica no se estaba desarrollando en absoluto como había imaginado mientras buscaba una excusa para ir a buscarla al prado de los narcisos.

De repente, y de forma bastante injusta, se sentía furioso con ella. Y con el cambio de lugar de la reunión anual. En Penderris Hall no sucedían esas cosas.

Se puso en pie bruscamente y se quedó junto a la puerta, mirando hacia el otro extremo del camino de los cedros.

—¿Saldrá mañana a pintar? —le preguntó.

—No lo sé.

En ese momento, hizo exactamente lo que se había dicho que debía hacer: abrió la puerta y salió. Tras unos segundos de indecisión, se alejó por el camino sin ella.

Si se hubiera dado media vuelta, podría haberle hecho el amor. Y ella no lo habría detenido, la muy tonta. O, al menos, eso pensaba.

Tal vez al día siguiente...

O tal vez no.

Necesitaba tiempo para pensar.

Agnes trabajó en casa durante la semana siguiente. Pintó los narcisos de memoria, aunque ya estaba harta de ellos, y su primer intento de plasmarlos en papel la había satisfecho. Hasta el punto de creer que era el mejor trabajo que había creado en su vida. Aunque pareciera sorprendente, se descubrió pintándolos desde arriba, como si fuera el sol mirándolos. No había cielo en su pintura, solo hierba y flores.

El tiempo pasaba lentamente cuando no estaba pintando y, a veces, incluso mientras lo hacía. Estaba deseando que llegara el momento de ver partir a los invitados de Middlebury Park. Quizá volviera a encontrar la paz cuando se marcharan.

Cuando él se marchara.

Jamás volvería a cometer el error de enamorarse. Era un estado emocional que supuestamente conllevaba una gran felicidad, incluso euforia. Sin embargo, ella no había experimentado ninguna de esas dos emociones. Por supuesto, la poesía y la literatura en general estaban plagadas de trágicas historias de amor y de desengaños. Debería haber prestado más atención mientras leía. Claro que esa precaución no la habría ayudado. Nunca tuvo la menor intención de enamorarse del vizconde de Ponsonby, que era inadecuado en casi todos los aspectos. Echaba de menos a William con un anhelo doloroso y añoraba la complacencia de la vida que habían compartido.

¿Encontraría la paz con la marcha de lord Ponsonby?

Una vez que alguien se enamoraba, ¿cuánto tardaba en desenamorarse? En octubre, necesitó varias semanas; aunque tal parecía que el sentimiento había permanecido latente en vez de desaparecer por completo. ¿Cuánto tiempo necesitaría en esa ocasión? ¿Cuándo desaparecería para siempre?

¿Y por qué llevaba él una semana entera (no, ocho días) sin ir a buscarla? Cada vez que oía un caballo en la calle o un golpe en la puerta, contenía la respiración y esperaba, deseando que no fuera él. Deseando que lo fuera.

Y, después, el octavo día por la mañana, Sophia le envió una nota disculpándose por haberla descuidado tanto siendo su amiga y suplicándole, tanto a ella como a su hermana, que fueran a tomar el té con ella y con sus otras dos invitadas casadas.

«Tengo un nuevo cuento ilustrado que enseñarte —le decía—. Se lo leímos a Thomas y soltó un gorgorito. Cuando le enseñé las ilustraciones casi sonrió».

Agnes esbozó una sonrisa mientras doblaba la nota. Thomas no tenía ni dos meses.

—Sophia nos invita a Middlebury Park para tomar el té con dos de sus invitadas —le dijo a Dora cuando su hermana terminó de impartir una clase de música a una niña de doce años que había tenido la desgracia de nacer sin dotes musicales algunas y sin sensibilidad, o eso decía ella con creciente exasperación casi todas las semanas. Y con unos padres cariñosos que eran sordos y estaban decididos a creer que su hija era un prodigio.

—¡Oh, será maravilloso! —exclamó Dora, animada—. Y a ti te vendrá bien. Llevas unos días un poco mustia.

—¡Qué va! —protestó Agnes. Había hecho un decidido esfuerzo por parecer alegre.

El té que se sirvió en el salón de Middlebury Park era realmente solo para las tres damas casadas y sus dos invitadas. Lady Barclay se había marchado a alguna parte con los otros seis miembros del club, según les informó Sophia.

—Tenía miedo de que el hecho de celebrar la reunión aquí, en vez de hacerla en Penderris Hall como de costumbre —dijo la vizcondesa—, y de que tres de sus esposas estuvieran presentes les arruinase la ocasión, pero no creo que sea así.

—Ben me dijo anoche, cuando por fin se acostó —terció lady Harper con ese ligero acento galés—, que esta reunión con sus amigos ha sido la mejor parte de la luna de miel. Y luego tuvo la elegancia de farfullar algo para asegurarme que todo se debe a mi presencia este año.

Todas rieron.

Sophia leyó el nuevo cuento en voz alta a petición de lady Trentham, y las ilustraciones fueron pasando de mano en mano para que todas pudiesen admirarlas y reírse con ellas.

—Bertha y Dan —dijo Agnes— son mis personajes literarios favoritos.

Sophia se rio con alegría.

—Tienes un gusto muy poco sofisticado, Agnes. ¿Ya has pintado los narcisos? Dijiste que ibas a hacerlo.

—Los he pintado —contestó—. Pero se han mostrado reticentes a que los plasme en el papel.

—Creo que ese es el motivo por el que Agnes ha estado desanimada —comentó Dora—. Aunque he visto la pintura terminada y es preciosa.

Agnes le sonrió con cariño.

—Dora, dices lo mismo de todos mis cuadros. Tu parcialidad es más que evidente.

—Así deberían ser todas las hermanas —repuso lady Harper—. Siempre he querido tener una.

Y después, cuando ya era casi la hora de levantarse y despedirse, los demás llegaron a la mansión y entraron en el salón con gran alboroto, trayendo consigo el mundo exterior.

Tab, el gato de Sophia, que había estado acurrucado al lado de Dora, se puso en pie, arqueó el lomo, siseó al ver el perro de lord Darleigh y volvió a dormirse. Lord Darleigh sonrió mientras movía la cabeza, como si pudiera verlos a todos. Sir Benedict Harper comentó que nunca habría creído que la nueva pista de carreras tuviera ocho kilómetros de no haberse impulsado él mismo en su silla de ruedas por un tercio de la misma. El duque de Stanbrook saludó a las invitadas con una reverencia y les deseó buenas tardes. Lady Barclay aceptó una taza de té de manos de Sophia y se sentó a conversar con Dora. Lord Trentham rodeó un instante la cintura de su esposa con un brazo y la besó en los labios antes de fruncir el ceño con ferocidad, como si esperara que nadie se hubiera dado cuenta. El conde de Berwick se sirvió un dulce glaseado de la bandeja del té, tras lo cual gruñó de placer mientras lo masticaba. Y el vizconde de Ponsonby se mantuvo junto a la puerta con expresión somnolienta.

Agnes lo odiaba. No, ¡se odiaba a sí misma! Porque era incapaz de prestarle a cualquier otra persona la mitad de la atención que le prestaba a él.

—Creo que todos regresamos con los pies desgastados de tanto andar —comentó el conde—. Hemos intentado sobornar a Ben para que nos prestase la silla, pero se ha mostrado tan egoísta y obstinado como de costumbre y no se ha movido. —Le guiñó un ojo a lady Harper.

—¿Es su nuevo cuento, lady Darleigh? —preguntó el duque—. ¿Nos permite verlo?

—Es fantástico —aseguró lord Darleigh mientras tanteaba el asiento de su sillón, colocado junto a la chimenea, antes de sentarse—. Ya lo veréis.

—Escritor, violinista, arpista, pianista —dijo lord Trentham—. Dentro de poco, no habrá quien aguante a este muchacho.

—Sophie es la única obligada a hacerlo —replicó lord Darleigh con una sonrisa tierna.

—Las ilustraciones son muy ingeniosas, lady Darleigh —comentó lady Barclay mientras las miraba por encima del hombro del duque—. Me pregunto quién tuvo la ridícula idea de que los libros para niños no sean también para adultos.

—Todos llevamos un niño dentro, ¿no es así, Imogen? —preguntó el conde.

—Sí, desde luego, Ralph —contestó ella mientras lo miraba con un anhelo tan palpable en los ojos que Agnes se sobresaltó.

El vizconde de Ponsonby era el único del grupo que no había dicho nada.

Al cabo de unos minutos, Dora se puso en pie y Agnes la imitó.

—Debemos despedirnos, lady Darleigh —anunció Dora—. Gracias por invitarnos. Ha sido un placer.

—Desde luego —convino Agnes—. Gracias, Sophia. —Se percató de que lord Ponsonby seguía de pie en el vano de la puerta.

—Será un placer acompañarlas a casa si me lo permiten —se ofreció el duque de Stanbrook.

Dora lo miró con cierta sorpresa.

—¿Después de la larga caminata, Excelencia?

—Será como el postre de un banquete —le aseguró—. Y el postre es siempre la mejor parte.

Lo dijo con un brillo alegre en los ojos y sin el menor asomo de coqueteo. Dora, que estaba aterrada por su magnificencia ducal, hasta se rio.

—Iré contigo, George —anunció el vizconde de Ponsonby con esa forma de hablar tan lánguida que tenía, como si hablara suspirando.

Fue inevitable que se dividieran en dos parejas cuando emprendieron el camino hacia el pueblo, y dado que el duque le había ofrecido el brazo a Dora incluso antes de que saliesen de la casa, Agnes no tuvo más remedio que aceptar el de lord Ponsonby.

—No hacía falta —dijo después de un minuto de silencio. Dora y el duque, que caminaban a grandes zancadas y estaban enfrascados en su conversación, ya los habían dejado atrás.

—Está siendo descortés, señora Ke-Keeping —replicó él.

En efecto. Aunque le habría encantado no tener que soportar eso.

—¿Ha vuelto? —le preguntó.

No necesitó preguntarle a qué se refería o, más bien, a qué lugar se refería.

—No —respondió—. He pintado en casa. Ha hecho frío.

¿Habría ido él? Al prado, claro. Sin embargo, no se lo preguntaría.

Siguieron su camino en silencio. Agnes no pensaba romperlo y parecía que él tampoco. Al menos, hasta que vieron la verja de la propiedad. El duque y Dora ya habían girado hacia la calle del pueblo.

El vizconde de Ponsonby se detuvo de repente y, como no le quedó más remedio, ella se detuvo a su lado. El vizconde miró pensativo al suelo un instante antes de volver la cabeza y mirarla a ella.

—Señora Keeping —dijo con brusquedad—, creo que será mejor que se case conmigo.

Agnes se quedó tan sorprendida que la mente dejó de funcionarle. Le devolvió la mirada y no se recuperó hasta ver que desaparecía la inusual franqueza de su rostro y la miraba de nuevo con los párpados entornados y ese rictus burlón en los labios que tan bien conocía. Daba la impresión de que se había puesto una máscara.

—¡Por Di-Dios, qué mal me ha salido! —dijo—. Debería haber hincado una ro-rodilla en el suelo al menos. Y haber pu-puesto ca-cara de emoción. ¿Parecía emocionado?

—Lord Ponsonby, ¿acaba de pedirme matrimonio? —le preguntó tontamente.

—Lo he hecho fa-fatal —respondió él con una mueca exagerada—. Ni siquiera me he explicado bi-bien. Pe-perdóneme. Sí, le he pedido que se case co-conmigo. O más bi-bien lo he dispuesto sin más, algo in-intolerable. Un hombre de mi edad debería evitar co-comportarse con semejante to-torpeza. ¿Quiere casarse conmigo, señora Keeping?

Tartamudeaba más de lo habitual.

Ella le apartó la mano del brazo y, en ese momento, se percató de la palidez de su cara y de las pronunciadas ojeras, como si llevara una noche o dos sin dormir.

—Pero ¿por qué? —quiso saber.

—¿Por qué iba a ca-casarse conmigo? —El vizconde enarcó una ceja—. ¿Porque soy gu-guapo, simpático, con ti-título y ri-rico, y tal vez esté usted enamorada de mí?

Ella chasqueó la lengua.

—¿Por qué desea usted casarse conmigo?

Lo vio fruncir los labios, y sus ojos se burlaron de ella.

—Porque es una mujer virtuosa, señora Keeping —contestó—, y casarme con usted tal vez sea la única ma-manera de llevármela a la ca-cama.

Agnes sintió que le ardían las mejillas.

—¡Qué ridiculez! —repuso.

—¿Se refiere a que es virtuosa? —preguntó él—. ¿O a que quiero lle-llevármela a la cama?

Ella unió las manos, se las llevó a la boca y clavó la mirada en el suelo frente a sus pies.

—¿A qué viene todo esto? —Lo miró a los ojos y enfrentó su mirada sin flaquear—. No, no va a librarse de esta mirándome de esa manera. Ni ofreciéndome una respuesta ridícula, como afirmar que desea... acostarse conmigo. Ni proponiéndome matrimonio como si fuera una especie de broma para esconderse después detrás su máscara burlona y cínica. Eso es un insulto. ¿Tenía la intención de insultarme? ¿La tiene?

Estaba más pálido si cabía.

—No he querido insultarla —contestó con tirantez—. Le pi-pido pe-perdón, se-señora, si le parece un in-insulto que le ofrezcan co-convertirse en la vi-vizcondesa de Ponsonby. Mil pe-perdones.

—¡Oh! —exclamó Agnes—. Es usted imposible. Me ha malinterpretado deliberadamente.

Sin embargo, estaba tan erguido como el oficial del ejército que fue en el pasado, con los pies un tanto separados, las manos entrelazadas a la espalda, los ojos entrecerrados y un rictus serio en la boca. Parecía un desconocido.

—No considero un insulto que desee casarse conmigo —le aseguró—. Lo que es un insulto es que no me diga por qué. ¿Por qué iba usted a querer casarse conmigo? Soy una viuda de veintiséis años, que no procede de una familia de alcurnia ni posee una fortuna o una belleza extraordinaria que la precedan. Apenas me conoce, como tampoco yo lo conozco a usted. La última vez que nos vimos, me aseguró que jamás le propondría matrimonio a nadie. Sin embargo, hoy, de repente, después de haber pasado una semana sin intentar siquiera verme, me hace una proposición de matrimonio, que yo interpreto como: «Creo que será mejor que se case conmigo».

Su postura se relajó un poco.

—Debería haber escrito una de-declaración y me-memorizarla —repuso él, que le sonrió con tal simpatía que Agnes estuvo a punto de retroceder un paso—. Aunque me fa-falla muchísimo la me-memoria desde que sufrí la herida en la ca-cabeza. Podría habérseme olvidado. Incluso podría haber olvidado que te-tenía la intención de proponerle matrimonio.

Agnes se mantuvo firme.

—Lo que no me cabe duda de que recordará esta noche, lord Ponsonby —dijo ella—, es que esta tarde se ha librado de un destino desagradable.

Él ladeó un poco la cabeza sin dejar de mirarla.

—¿Sería usted un destino de-desagradable, señora Keeping?

¡Oh, no sucumbiría a su encanto!, se propuso Agnes.

—Mi hermana y Su Excelencia se preguntarán dónde nos hemos metido —dijo.

Lord Ponsonby le ofreció el brazo, y ella lo aceptó tras un pequeño titubeo.

—Tengo curiosidad —dijo ella mientras enfilaban la calle—. ¿Cuándo concibió exactamente la idea de casarse conmigo?

La expresión burlona había regresado con firmeza a su rostro.

—Quizá cuando nací —contestó—. Qui-quizá la simple idea, la posibilidad de que usted existiera, me acompañó desde la primera bocanada de aire que to-tomé al llegar al mundo.

Agnes se rio en contra de su voluntad.

—Cree que exagero —dijo él.

—Sí.

—Volveré a Mi-Middlebury Park y escribiré la de-declaración si consigo recordarlo. Es po-posible que la escriba con versos libres. Si me lo pe-permite, iré a verla por la ma-mañana. Si es que me acuerdo.

Dora y el duque de Stanbrook se habían detenido en la puerta del jardín y estaban mirando en su dirección. Aunque no había nadie en la calle, Agnes supuso que más de un vecino acechaba detrás de las cortinas de las ventanas, observando la escena. Y le resultaba imposible indignarse con ellos, porque eso era justo lo que su hermana y ella hicieron el día que los invitados llegaron a Middlebury Park.

—Muy bien —replicó, y no hubo tiempo para decir más.

Los caballeros se despidieron con sendas reverencias, y Dora entró en la casa delante de ella.

—¡Qué amables han sido al acompañarnos! —comentó su hermana mientras se quitaba el bonete y se lo entregaba con una sonrisa al ama de llaves, que se ofreció a llevarles el té—. No, gracias, señora Henry. Acabamos de tomarlo. A menos que Agnes quiera más, claro.

Agnes negó con la cabeza y echó a andar hacia la salita.

—Su Excelencia me ha hablado durante todo el camino a casa como si yo fuera una persona con la que valiera la pena hablar —siguió Dora.

—¿Ya te has recuperado del terror que te inspiraba? —le preguntó Agnes.

—Bueno, supongo que sí —respondió su hermana—. Aunque el asombro sigue ahí. Me siento tan deslumbrada como si hubiera conocido al rey en persona. Espero que el vizconde haya sido igual de amable contigo. No acabo de fiarme del todo de ese hombre. Creo que es un pícaro, un pícaro atractivo y simpático.

—El secreto radica en no tomárselo en serio —repuso Agnes a la ligera— y en dejárselo claro.

—¿No te parecen maravillosas todas las damas? —le preguntó Dora—. Me lo he pasado muy bien, Agnes. ¿Y tú?

—Yo también —le aseguró—. Y creo que las ilustraciones de Sophia son cada vez mejores.

—Y las historias más divertidas —convino Dora.

Siguieron hablando sobre la visita a la mansión mientras Agnes se llevaba un cojín al pecho, deseando poder escaparse a su dormitorio sin que a su hermana le extrañara.

¿Qué le había pasado al vizconde para hacer algo así? Era imposible que quisiera casarse con ella. Así que ¿por qué se lo había propuesto? Y era imposible que ella quisiese casarse con él. No en el fondo, no en la vida real, lejos de las fantasías.

Pero ¿cómo iba a seguir viviendo después de que él se marchara, a sabiendas de que podría haberse casado con él aunque resultase evidente que le había hecho la proposición de buenas a primeras, sin planearlo?

¿Qué bicho le había picado?

¿Iría a verla por la mañana, tal como había dicho que haría, si se acordaba? ¿Qué le diría? ¿Qué le diría ella?

¡Oh! ¿Cómo iba a protegerse el corazón para que no acabara partido?

8

Se mantuvieron en silencio mientras recorrían de vuelta la calle del pueblo. Una vez que dejaron atrás la verja de entrada de Middlebury Park, George se apartó de la avenida principal sin titubear para internarse en la arboleda. Flavian lo siguió, pero a regañadientes.

—¿No hemos an-andado lo suficiente esta tarde como para te-tener que dar ahora un rodeo de vuelta a la casa? —protestó.

George no contestó hasta que se encontraron en una zona menos densa de la arboleda y pudieron andar el uno junto al otro.

—¿Quieres hablar del tema? —le preguntó.

—¿Qué tema?

—¡Vaya! —exclamó George—. Recuerda con quién estás hablando, Flavian.

Con George Crabbe, duque de Stanbrook, que en una ocasión viajó desde Cornualles hasta Londres en busca de un lunático delirante y violento que había sufrido un golpe en la cabeza en España, tras el cual solo le quedó dentro la compulsión de hacer daño y destruir. El mismo que, de alguna manera y durante los siguientes tres años, les ofreció a cada uno de sus seis principales pacientes la impresión de que se pasaba todo el tiempo cuidándolos en exclusividad. El mismo que le había asegurado a Flavian poco después de su llegada a Penderris Hall que no había prisa, que contaban con todo el tiempo del mundo, que cuando estuviera preparado para compartir lo que tenía en la cabeza, habría alguien para escucharlo, pero que mientras tanto la violencia era tan innecesaria como inútil: lo querían tal como era de todas formas. El mismo que encontró a un médico lo bastante paciente y hábil como para conseguir que pronunciara palabras y le proporcionara estrategias a fin de relajarse y de enlazar una palabra con otra hasta formar frases completas, y así ayudarlo a lidiar con los dolores de cabeza y los lapsus como una alternativa a dejarse llevar por el pánico y atacar sin más.

George era quien mejor los conocía a los seis, tal vez incluso mejor que lo que se conocían ellos mismos. A veces, era una idea desconcertante. Aunque también ofrecía un consuelo indescriptible.

Sin embargo, ¿quién conocía a George? ¿Quién le ofrecía consuelo y lo reconfortaba por la pérdida de su único hijo, muerto en la batalla, y la de su esposa, que se quitó su propia vida? ¿Acaso su único sufrimiento eran las pesadillas recurrentes?

—Ca-cartas —dijo Flavian de repente al salir de la arboleda a las cercanías del lago—. Ojalá no las hubieran in-inventado.

—¿De tu familia? —quiso saber George.

—Otra de Marianne —contestó él—. No le bastó con es-escribirme para decirme que iba a Farthings Hall para ver a Ve-Velma. Ha tenido que escribirme de nuevo para decirme que ya había ido de visita. Y mi mamadre ha tenido que escribirme para darme su versión de la mimisma visita.

—Se alegraron mucho de verse, ¿verdad? —le preguntó George.

—Siempre le tuvieron mu-muchísimo ca-cariño, que lo sepas —alegó Flavian—. Siempre fue la dulzura personificada. Y siempre han creído que la traté mal, aunque admiten que lo hice sin saberlo. Y es cierto que la traté mal. Le arrojé el contenido de una co-copa a la cara una vez, como te lo arrojé a ti. Era vi-vino. Y, en su caso, no fallé.

—Estabas muy enfermo —repuso George.

—Apoyaron su de-decisión de ro-romper el compromiso y casarse con Len —siguió él—. Parecían apoyar su decisión como algo bueno para ellos porque siempre había sido un amigo íntimo y eso lo convertía en un hombre que hacía algo no-noble por su mejor amigo y demás. Creyeron que era una especie de tra-tragedia. Es una pena que Shakespeare no estuviera vivo pa-para escribirla. Lloraron a lágrima viva por ella en su momento, y luego te ma-mandaron llamar por me-mensajero especial cuando me comporté mal y de-destrocé el salón.

—Estabas muy enfermo —repitió George—. Y no sabían qué hacer para ayudarte ni qué hacer contigo, Flavian. Pero seguían queriéndote. Se enteraron de que yo me hacía cargo de los casos más desesperados y me enviaron un mensaje. Rezaron para que yo obrase un milagro. Seguían queriéndote. Pero ya hemos hablado de esto en muchas ocasiones.

Efectivamente, lo habían hecho, y Flavian había llegado a creer que era verdad hasta cierto punto.

—Quieren que cre-crea que Ve-Velma me quiso, que me ha querido todo este tiempo, sin parar, incluso mientras estuvo ca-casada con Len. Y que él lo sabía y la animaba a hacerlo, porque también me que-quería. Es un poco de-desagradable, ¿no? Incluso nauseabundo. Y de-desde luego nada cierto. Ojalá no sea ci-cierto.

—¿Eso es lo que lady Hazeltine les ha dicho a tu madre y a tu hermana? —preguntó George—. Tal vez creyeron que te reconfortaría saber que ellos siempre te recordaron con cariño.

En ese momento, pasaron junto al cobertizo de las barcas. Flavian se alarmó e incluso hizo que George diera un respingo cuando estampó el puño contra uno de los laterales; un golpe que sonó como un cañonazo y que arrancó unas cuantas astillas de la madera.

—¡Maldita sea mi estampa! —exclamó—. ¿Es que nadie sabe nada?

—¿Todavía la quieres? —le preguntó George en voz baja en el silencio que se hizo a continuación. Siempre en voz baja. Jamás un exabrupto por su parte.

Flavian se sacó una astilla de la mano y cubrió con el pañuelo la gotita de sangre que se formó.

—Acabo de pedirle a la señora Keeping que se case conmigo —anunció.

George no exclamó por la sorpresa. Era prácticamente imposible sorprenderlo.

—¿Por culpa de las cartas? —quiso saber.

—Porque qui-quiero casarme con ella.

—¿Y ha aceptado?

—Lo hará —contestó él—. Es-esta vez he olvidado las rosas y lo de hincar la ro-rodilla en el suelo. Y he olvidado co-componer una declaración emotiva. —Siguieron paseando junto al lago—. Bailé con ella en el baile de la co-cosecha de Vincent el otoño pasado —añadió—. Y me he encontrado con ella varias veces allí. —Señaló con la barbilla hacia la arboleda de la orilla opuesta del lago—. Hay un prado y está lleno de narcisos ahora mismo. Ella intentaba pintarlos. Me la encontré allí.

—Y la atracción es que ella es distinta a lady Hazeltine, ¿verdad? —preguntó George.

Flavian se detuvo y miró el lago antes de cerrar los ojos.

—Con ella puedo encontrar la paz —dijo.

No había planeado esas palabras. No sabía por qué se sentía atraído por Agnes Keeping. No había pensado más allá de lo evidente: quería acostarse con ella, aunque tampoco podía entender eso. Era muy distinta de las mujeres con las que solía saciar sus apetitos sexuales. La sexualidad no era lo primero que se veía en ella.

Sin embargo, ¿por qué había dicho que con ella podía encontrar la paz? No creía que la paz pudiera encontrarse en una mujer. De hecho, no creía que pudiera encontrarse sin más. La paz no era algo que se encontrara en esta vida y no estaba seguro de creer en la siguiente.

Había sido una estupidez pedirle que se casara con él.

George se colocó a su lado, a muy poca distancia, en silencio. Siempre sabía cuándo hablar y cuándo callarse. ¿Qué lo había llevado a ser así? ¿Habría sido siempre de esa manera? ¿O era algo relacionado con su propio sufrimiento?

Flavian soltó una carcajada y se percató de la aspereza del sonido.

—La pa-paz es lo último que ella en-encontraría conmigo —dijo—. Será mejor que le aconsejes que me re-rechace, George.

—¿No lo ha hecho ya?

—Cuando se lo vuelva a pedir, quiero decir —respondió—. Con las rosas, la rodilla en el su-suelo y la elegante declaración. Mañana.

—Me cae bien —dijo George—, y también la señorita Debbins. Son damas sencillas, que llevan unas vidas tranquilas.

—Ser mujer —comenzó Flavian— es un destino terrible.

—Puede serlo —convino George—. Pero las mujeres suelen conformarse con algo y hacerlo mejor que nosotros. Son más propensas a aceptar su destino y a sacarle el máximo partido. Son menos propensas que nosotros a revolotear preguntándose adónde ir y qué hacer a continuación.

«Nosotros», había dicho. No «tú». Pero George no revoloteaba, ¿verdad? ¿Y quién no aceptaría el destino de ser el duque de Stanbrook? O el vizconde de Ponsonby, ya puestos.

—¿La quieres? —le preguntó George; la misma pregunta que acababa de hacerle sobre Velma.

—El amor. —Flavian soltó una breve carcajada—. ¿Qué es el amor, George? No, no contestes. No estoy tan hastiado co-como para no saber lo que es el amor. Pero ¿qué es el amor ro-romántico? ¿Eso de es-estar enamorado? Una vez estuve enamorado hasta las trancas, pero por su-suerte se me pasó. ¿Quiere decir eso que no quise en absoluto? «No es el amor, que enseguida se altera, cu-cuando descubre cambios». ¿Dónde de-demonios he oído eso? ¿Es de un poema? ¿Lo he citado bien? ¿Quién lo escribió? Cuando no tienes ni idea, quédate con Shakespeare. ¿He acertado?

—Uno de sus sonetos —confirmó George—. No te he preguntado si estás enamorado de la señora Keeping.

—Me has preguntado si la qui-quiero. —Flavian le dio la espalda al lago y echó a andar hacia el sendero que llevaba a la casa. La vizcondesa lo había mandado construir el año anterior con una robusta barandilla a un lado, de modo que Vincent pudiera llegar solo hasta el lago cuando le apeteciera—. Quiero a lady Darleigh.

George soltó una risilla.

—Sería difícil no hacerlo —replicó— cuando se ve todo lo que ha hecho para facilitarle la vida a nuestro querido Vincent y cuando se ve lo feliz que lo ha hecho.

Flavian se detuvo con una mano en la barandilla.

—¿Quiero lo suficiente a la señora Keeping para fa-facilitarle la vida? ¿Lo suficiente para hacerla feliz? Si lo hago, supongo que de-debo demostrarlo no pro-proponiéndole matrimonio de nuevo.

—Flavian —George le colocó una mano en un hombro y le dio un apretón—, ten claro que no destruyes todo ni a todos los que quieres. Nos quieres a nosotros, a Ben y a Hugo, a Ralph y a Vincent, a Imogen y a mí. No nos has destruido a ninguno y nunca lo harás. Has enriquecido nuestras vidas y has conseguido que te queramos.

Flavian parpadeó con rapidez mientras mantenía la cara apartada.

—Pero no quiero ca-casarme con ninguno de vosotros —repuso.

George le dio otro apretón en el hombro antes de apartar la mano.

—Te diría que no aunque me lo pidieras —dijo.

Cuando la gente decía que lloraba hasta quedarse dormida, pensó Agnes alrededor de las dos de la madrugada, sin duda mentía. Tenía la nariz tan atascada que debía respirar por la boca. Tenía los ojos enrojecidos e hinchados. Los labios, hinchados, secos y agrietados. Estaba hecha un desastre. Lo último que podía hacer era dormir.

Y estaba harta de sí misma.

«Dile que sí a ese hombre espantoso» —pensó mientras observaba su reflejo en el espejo del tocador a la parpadeante luz de una vela y llegaba a la conclusión de que parecía un espectro que deambulara por un cementerio en la Noche de las Ánimas—. «Dile que sí —se dijo, aunque antes él debería ir a verla al día siguiente y pedírselo de nuevo— o dile que no».

Parecía una elección sencilla.

¿Se podía saber qué hacía llorando a lágrima viva por un libertino que no estaba bien de la cabeza? Claro que los libertinos no les hacían proposiciones de matrimonio a viudas entradas en años... Bueno, no podía negar que ya se acercaba a los treinta. Ni tampoco salían a pasear por las tardes con mal color de cara y ojeras de no dormir. ¡Oh! Eso tal vez sí lo hicieran. Pero ese no había sido el motivo de su palidez de ese día... Bueno, del día anterior. Ni tampoco lo era la ansiedad por la respuesta que recibiría la proposición matrimonial que estaba a punto de hacer.

Tenía tantas intenciones de pedirle matrimonio como ella de subirse al árbol más cercano.

¿Por qué lloraba? ¿Y por qué no podía dormir? Sorbió por la nariz, pero no consiguió despejársela. Solo quedaba un remedio, tanto para el insomnio como para la nariz taponada. Un taza de té le calmaría el estómago y le despejaría las fosas nasales. La reconfortaría. La recompondría.

Se llevaría una enorme sorpresa si él estuviera despierto, llorando por ella.

Así que, ¿qué lo había mantenido despierto la noche anterior y tal vez la anterior a esa? Ella no, desde luego. Sintió una punzada de celos por lo que fuera, o por quien fuera, y después miró su reflejo con repulsión.

No fue fácil volver a encender el fuego en la cocina. Aunque fue todavía más difícil hacerlo en silencio, llenar la tetera y sacar una taza con su platillo, todo ello sin hacer ruido. Había cerrado la puerta al entrar, pero como era de esperar, se abrió justo cuando había completado todas las tareas que harían más ruido.

Dora, con un abrigado chal sobre el camisón, entró y cerró la puerta. Por supuesto que era Dora. Ni un terremoto despertaría a la señora Henry una vez que se dormía.

—No podía dormir —alegó Agnes mientras se afanaba sobre la cocina, como si la tetera necesitase muchos mimos para hervir el agua—. He intentado no despertarte.

—No es la frustración por tus dibujos lo que te tiene alterada de un tiempo a esta parte, ¿verdad? —le preguntó Dora mientras sacaba del armarito otra taza con su platillo y miraba la tetera de porcelana para comprobar si ella le había añadido las hojas de té.

Agnes sorbió por la nariz y descubrió que podía respirar de nuevo por una de las fosas a duras penas.

—Me ha pedido que me case con él —dijo—. O, mejor dicho, me informó de que sería mejor que lo hiciera.

Dora no le preguntó de quién se trataba.

—Siempre he creído —dijo en cambio, con cierta melancolía— que si alguien me pidiera matrimonio alguna vez, lloraría de alegría. Pero tus lágrimas no son de alegría, ¿verdad?

—No lo dijo en serio, Dora.

—En ese caso, es un joven muy estúpido —repuso ella—, porque podrías haber aceptado. Supongo que no lo hiciste.

—¿Cómo hacerlo cuando sabía que no lo decía en serio? —replicó ella.

La tetera empezó a silbar. Dora preparó el té y lo dejó infusionar.

—Pero ¿habrías aceptado si hubiera sido una proposición seria? —le preguntó a su vez su hermana—. Agnes, además de haber bailado con él durante el baile de la cosecha, de haberlo acompañado unos veinte minutos después de la velada musical y de volver hoy a casa con él, ¿puedes decir que lo conoces?

¿Eso quería decir que Dora se había percatado de su ausencia mientras se trasladaban al salón después de que ella tocara? ¿Quién más lo había hecho? Todo el mundo, supuso.

—Me vio una mañana cuando fui a Middlebury Park para pintar los narcisos —contestó—. Eso fue antes de la velada musical. Y me encontró allí al día siguiente.

Sirvió el té. No añadió que la había besado. Dora se escandalizaría. Además...

—Un entorno romántico —comentó su hermana—. ¿Sientes algo por él, Agnes? Pues claro que sí, de lo contrario, no estarías aquí abajo a las tantas con la cara que tienes.

Agnes sorbió de nuevo antes de sonarse la nariz. Casi podía respirar de nuevo.

—Echo de menos a William —dijo.

Dora extendió un brazo y le dio unas palmaditas en una mano.

—William era la estabilidad personificada —repuso su hermana—. Y, perdóname, pero difícilmente puede decirse que fuera romántico, Agnes. Me inquietó un poco que te casaras con él, porque siempre creí que podías aspirar a algo mejor. ¡Ay, qué mala elección de palabras!

«Mejor», desde luego. Nadie podría haber sido mejor que William, que Dios lo tenga en Su gloria. Pero siempre creí que estabas hecha para la luz, las risas y, ¡ay!, el romanticismo. Eras mi preciosa hermana pequeña, y esperaba vivir a través de tus experiencias mientras me adentraba en la vejez. No digo más que tonterías. El vizconde de Ponsonby posee un título, es apuesto y... ¿cuál es la palabra? Atractivo. Y misterioso. Una se pregunta qué se esconde detrás de esa ceja tan ágil. Y también peligroso. O tal vez sea mi sensibilidad de solterona la que lo ve así.

—No —dijo Agnes mientras le echaba azúcar al té—. Es peligroso. Al menos, para la salud mental de cualquiera lo bastante tonta como para enamorarse de él.

—Y tú lo has hecho —repuso Dora.

—Sí —admitió—. Pero no me casaré con él. Sería una tontería.

Dora suspiró.

—No estoy en posición de darte consejos ni mucho menos, Agnes —dijo—. No tengo experiencia. Ni la más mínima. Quiero que seas feliz. Te quiero, ya lo sabes, más de lo que quiero a ninguna otra persona en el mundo.

—No hagas que me ponga a llorar de nuevo —le suplicó Agnes, que se llevó la taza a los labios y aspiró el vapor. El hecho de que su hermana no tuviera experiencia, de que siguiese soltera a los treinta y ocho años, era en parte por su culpa. O, más bien, por su causa. Aunque no podía pensar en ello en ese momento, porque se echaría a llorar otra vez como una Magdalena. Además, si podía evitarlo, nunca pensaba en su madre y en lo que había hecho tantos años atrás, y Dora y ella jamás hablaban del tema.

—Ven. —Dora se bebió su té, que seguía ardiendo, y soltó la taza vacía. Echó a andar hasta la salita y se sentó de inmediato al piano—. Voy a tocarte algo.

Eso era lo que hacía cuando ella era pequeña y se negaba a dormir la siesta por la tarde, aunque estuviese irritable y soñolienta. Dora siempre había sido capaz de hacerla conciliar el sueño con su música.

Agnes se sentó y apoyó la cabeza en el respaldo del sofá.

¿Cuál sería la causa del insomnio del vizconde de Ponsonby?

¿Por qué de repente creía que la solución al problema que lo atribulara era casarse con ella?

Agnes solo conocía su máscara de aburrimiento, el hastío burlón que él presentaba al mundo, con algunos destellos de lo que había detrás. Sospechaba que había capas y más capas que descubrir antes de acercarse siquiera a su alma. ¿Podría hacerlo alguien? ¿Lo permitiría él alguna vez, aunque fuera con la mujer con la que se casara en algún momento?

¿Y si alguien fuera lo bastante atrevida para explorar detrás de dicha máscara acabaría perdiéndose en el proceso?

Se dio cuenta de que se estaba quedando dormida y abrió los ojos al final de la pieza que tocaba Dora. Era hora de que las dos se acostaran. ¿Qué aspecto iba tener por la mañana?

Quedaba menos de una semana para el fin de su reunión anuall, lo que era una idea tristona. Vincent iba a llevarlos a dar una vuelta por su explotación agrícola después del desayuno. Lady Harper los acompañaría para ver los corderos y otras crías recién nacidas. Lady Darleigh pensaba quedarse en la casa para asistir a una clase de piano de la señorita Debbins y para cuidar del bebé. Lady Trentham estaba en cama, aunque la noche anterior había demostrado entusiasmo por la visita a la explotación agrícola. Estaba descansando tras unas súbitas náuseas.

Hugo lo anunció durante el desayuno con una expresión a caballo entre la timidez y el triunfo.

—Sin duda sufrirá este tipo de mañanas durante una temporada —añadió—, aunque ha podido aguantar hasta hoy. Claro que no está enferma ni nada de eso. Nada más lejos de la realidad. Pero... En fin. —Se frotó las manos, miró la comida dispuesta en el aparador y después demostró que a su apetito no le pasaba nada, aunque al de su esposa sí.

—¿Eso quiere decir que hay que darte la enhorabuena, Hugo? —preguntó George.

—No os habéis enterado por mí —repuso él con cierta alarma—. Gwendoline no quiere que nadie se entere. No quiere aspavientos. Ni avergonzarse.

—Yo no he oído nada —aseguró Ben—. Estos cubiertos suenan mucho, Vincent. Ahogan la conversación en la mesa y es imposible enterarse de algo. ¿Qué has dicho, Hugo? ¿O qué has dejado entrever?

—Yo también me he dado cuenta del ruido de los cubiertos —terció Imogen—. Pero estoy segura de que no nos hemos perdido nada de gran importancia.

Flavian no se marchó con los demás. Tenía que escribir varias cartas, les dijo antes de recordar que ya había usado la misma excusa en otra ocasión. ¡Por el amor de Dios, iban a creer que se estaba convirtiendo en el campeón mundial de la correspondencia postal!

Se quedó junto a la ventana del salón, solo, para poder observar la avenida de entrada, y vio a la señorita Debbins mientras la recorría cual caracol hasta la casa, aunque sin duda caminaba a un paso de lo más respetable. En cuanto ella desapareció por los escalones situados bajo la ventana y él le concedió unos minutos para que pasara del vestíbulo a la sala de música, bajó, se hizo con el abrigo, el sombrero y los guantes, que había dejado allí con anterioridad, saludó con un gesto alegre al criado de turno y bajó los escalones para atravesar los parterres de los jardines formales.

Volvía a hacer uno de esos días sin una sola nube en el cielo. Habían tenido la buena fortuna de contar con varios así durante su estancia. Además, apenas soplaba viento. Los tulipanes florecían en una explosión de color. Sin duda habían florecido antes de tiempo ese año. Sin embargo, no encajarían con el alma de Agnes Keeping. Eran demasiado formales y organizados.

«Organizados».

No había escrito una declaraciónde amor. Ni siquiera la había pensado. Cada vez que se decidía a hacerlo, sus pensamientos salían huyendo a los confines de la Tierra y allí se quedaban, buscando esos confines que ni siquiera existían.

Tampoco tenía rosas. No era la época adecuada del año. Los tulipanes no le parecían del todo bien. Y los jardineros de Vincent lo habrían mirado de forma extraña de haberse acercado a los parterres con unas tijeras en la mano. Y los narcisos estaban mejor floreciendo entre la hierba, le diría ella sin lugar a dudas.

De modo que llegó a la casita con las manos vacías y la cabeza igual de vacía.

Llamó a la puerta y después se preguntó si era demasiado tarde para salir corriendo. Lo era. Una mujer con un niño pequeño y una enorme cesta en la mano libre pasaba por el otro lado de la calle. Lo miró con curiosidad y le hizo una torpe reverencia cuando se percató de que la observaba.

De todas formas, había dicho que iría.

La puerta se abrió, y preparó una sonrisa amable para el ama de llaves. Sin embargo, fue la señora Keeping en persona quien lo recibió.

—¡Oh! —exclamó ella mientras el rubor le teñía las mejillas.

—¿Se me permite esperar que mi mera prepresencia le arrebate el habla, señora Keeping? —le preguntó él mientras se quitaba el sombrero para hacerle una reverencia.

—Dora ha ido a la mansión —le explicó ella— y la señora Henry ha ido a la carnicería.

—Eso quiere decir que hay vía li-libre para el lobo feroz, ¿no? —repuso él.

Ella lo miró con evidente exasperación. Por favor, ¿acaso esa mujer carecía del más mínimo instinto de supervivencia? ¿Cómo se le ocurría decirle a un hombre que estaba sola en casa?

—En ese caso, no pu-puedo entrar —dijo él—. Sus ve-vecinos sufrirían un de-desmayo colectivo y, cuando se recuperaran, saldrían corriendo para compartir las escandalosas noticias con los vecinos más le-lejanos. Vaya a por su capa y su bonete, y acompáñeme a dar un paseo. De todas maneras, hace un día demasiado bonito para pasarlo entre cuatro paredes.

—¿Alguna vez pide opinión en vez de dar las cosas por sentadas? —le preguntó con el ceño fruncido. Sin embargo, relajó los hombros cuando él se limitó a enarcar una ceja, y después ella suspiró—. Supongo que usted sabía que Dora está en Middlebury Park.

—Pues sí —admitió—. Sin embargo, no sabía que su ama de llaves estaba en la carnicería. ¿Me habría dicho ella que no se en-encontraba usted en casa?

La señora Keeping le dirigió una mirada elocuente y meneó la cabeza, como si estuviera lidiando con un niño travieso.

—Iré a por mis cosas.

Pues no daba la impresión de que hubiera estado esperando presa de los nervios y conteniendo el aliento a que él apareciera para repetir la proposición de matrimonio. ¿Acaso esperaba que lo estuviese?

9

Flavian estuvo charlando de cosas sin importancia mientras recorrían la calle del pueblo para enfilar la entrada a Middlebury Park. Y la señora Keeping estuvo encantada de poner su granito de arena. Seguramente había decidido que era mejor que el silencio.

Sin embargo, se quedaron callados cuando la invitó a salir de la avenida para internarse en la arboleda. Tomó un camino en diagonal, aunque no había un camino recto como tal entre los árboles, por supuesto. Salieron cerca del lago, tal como George y él habían hecho el día anterior. Ella lo miró con expresión interrogante. Sin duda esperaba que continuaran hasta el camino de los cedros y más allá.

—¿Ha estado en la isla? —Señaló con la cabeza en su dirección.

—No, nunca he estado.

La condujo hasta el cobertizo de las barcas.

Unos minutos más tarde, la señora Keeping contemplaba el agua sentada en una barca mientras él remaba y después lo miró. Estaba bastante blanca, pensó Flavian. Sus mejillas parecían un poco hundidas, como si hubiera estado enferma o no hubiera dormido bien; algo que probablemente le había sucedido. Para ser un supuesto hombre de mundo, había metido la pata hasta el fondo con la proposición del día anterior. Supuso que le habría sido de gran ayuda saber de antemano que iba a hacerla.

Quería decir algo, y ella también parecía querer hacerlo. Pero ninguno de los dos habló. Eran como dos colegiales tímidos que acababan de descubrir que el sexo opuesto significaba algo más que el hecho de que hubiera personas que se vestían de forma diferente a uno mismo. Ella desvió la mirada hacia la isla y él miró hacia atrás para asegurarse de que no se chocaba con el pequeño embarcadero. Amarró la barca antes de ayudarla a bajarse, y la condujo hacia el interior del templete para echarle un vistazo como si solo estuvieran de excursión.

Era un lugar bonito con una silla finamente tallada, un altar, un rosario y vidrieras de colores.

—Creo que se construyó para una antigua vizcondesa —le dijo la señora Keeping—. Era católica. Me la imagino aquí sentada, sola, meditando en silencio.

—Y supongo que con las cuentas repiqueteando piadosamente entre los dedos —apostilló él—. Remaba ella misma, ¿ve-verdad? Lo dudo. Seguramente tra-traía a un fornido y lujurioso lacayo con ella.

—Un amante, supongo. —Sin embargo, ella se echó a reír por lo bajo mientras pasaba a su lado para salir—. ¡Qué manera de destrozar el romanticismo de este lugar, lord Ponsonby!

—Eso depende de su de-definición de ro-romanticismo —replicó él.

—Sí, supongo que sí. —Lo miró—. ¿Dónde están los demás?

—Recorriendo la ex-explotación agraria —contestó él—. Lady Darleigh y lady Trentham están en la ca-casa.

—¿Por qué no ha ido usted también? —quiso saber ella—. Supongo que tiene una propiedad y una explotación agraria propia. Sin duda le interesa. Y son sus amigos y es una reunión especial. ¿Por qué no los ha acompañado?

—Que-quería verla a usted —contestó—. Y le di-dije que vendría.

Ella rodeó el templete y Flavian la siguió. En ese lugar, se extendía un pequeño prado que llegaba hasta el agua con una ligera pendiente. Estaba totalmente oculto. El templete los ocultaba a ojos de cualquiera que estuviese en la parte de la casa orientada al lago. Los árboles que crecían en las orillas del lago y que las cubrían con sus ramas los ocultarían a los ojos de cualquiera que estuviese en cualquiera de los otros tres lados.

Ella se detuvo a mitad de la pendiente.

—¿Por qué? —le preguntó.

Flavian se detuvo al oírla y apoyó la espalda en el templete antes de cruzar los brazos por delante del pecho.

—Ayer le hice la que se-seguramente es la proposición de ma-matrimonio más inepta de la his-historia —dijo—. He ve-venido para arreglarlo.

Ella volvió la cabeza para mirarlo.

—¿Por qué?

¿Todas las mujeres preguntaban por qué cuando un hombre les proponía matrimonio? Claro que, por imbécil, había caído en su propia trampa al no hablar antes. Ya no podía hincar una rodilla en el suelo con pintoresca elegancia delante ella y sacar una florida declaración de los recovecos vacíos de su cabeza. Además, se mancharía la rodilla de hierba.

¿Y por qué demonios quería casarse con ella? Había dispuesto de toda la noche para averiguarlo, pero su mente había repasado todos y cada uno de los temas posibles sin reparar en ese. Incluso había dormido. ¿Antes de que lo hirieran también sufría de esa incapacidad para concentrarse? Le costaba recordarlo. ¿Y siempre había tenido problemas de memoria?

La miró con los párpados entornados y ella esperó su respuesta, con las cejas enarcadas y sujetándose la cintura con las manos. Parecía atractiva, saludable y... segura.

¡Por el amor de Dios! Mejor no le decía esas dos últimas cosas.

En realidad, parecía el final del arcoíris. No, esa era una imagen espantosa. No se parecía en absoluto a un caldero lleno de oro; ¡qué vulgar! ¡Qué imagen más ridícula! Era más como esos sueños que se tenían de algo que no se podía tocar, pero que parecía estar al alcance de los dedos si se...

Mascullo un juramento, arrojó el sombrero a la hierba, lanzó los guantes en la misma dirección y echó a andar hacia ella. Le tomó los brazos con las manos y la pegó a él.

—¿Por qué voy a querer ca-casarme con usted, sino para po-poder hacer esto y más cuando me apetezca, de día o de noche? —preguntó entre dientes antes de besarla con pasión y la boca abierta.

Esperaba que lo apartase y le habría permitido que lo hiciera. No tenía derecho a… Debería apartarlo. Sin embargo, ella se las arregló para deslizar las manos enguantadas entre ellos y tomarle la cara con ellas para suavizar el beso.

Flavian apartó un poco la cabeza, cerró los ojos y apoyó la frente en la suya, por debajo del ala del bonete. No podría haberse comportado peor ni haberla insultado más de habérselo propuesto. Acababa de decirle que quería casarse con ella por el sexo y nada más. La había agarrado y la había besado como un colegial excitado que desconocía por completo el significado de la palabra «delicadeza».

—Sentémonos —sugirió ella con un suspiro, y lo soltó para sentarse en la hierba, tras lo cual se quitó los guantes y los dejó a su lado.

Flavian se sentó junto a ella, se rodeó las rodillas con los brazos y clavó la mirada en los árboles que se alzaban junto a la orilla del lago.

—Lord Ponsonby —dijo ella—, ni siquiera me conoce.

—Pues hábleme de usted —repuso.

—En fin, ya conoce lo básico —replicó ella— y no hay mucho más que añadir. No he llevado una vida muy aventurera. Procedo de buena familia, tanto por parte paterna como materna, pero no hay ni una sola gota de sangre aristocrática en mi árbol genealógico. Somos personas normales. Estuve casada con William Keeping cinco años.

—El aburrido —dijo él.

Ella se volvió para mirarlo de repente.

—No lo conoció usted —protestó ella—. Y no toleraría que le faltase el respeto aunque lo hubiera hecho. Lo echo de menos. Lo echo muchísimo de menos. He sentido un vacío enorme aquí. —Se dio unas palmaditas en el pecho.

—Le pido disculpas —dijo. Tal vez sí hubo algo de pasión entre ellos.

—La segunda esposa de mi padre también era vecina nuestra —siguió ella—; era la viuda de un buen amigo suyo. Me alegré y me sigo alegrando por ellos, aunque estaba ansiosa por casarme y marcharme después de que se casaran. Dora se había marchado y nuestra casa ya no parecía la misma. Desde que vine a vivir aquí, me he implicado con las actividades de la comunidad y de la iglesia cada vez que creo que puedo ser de utilidad. Leo, pinto, remiendo y bordo. Recibo una modesta pensión como herencia de mi difunto marido de la que vivo. Basta para cubrir mis necesidades. Sophia, lady Darleigh, es mi mejor amiga, no por su título nobiliario, sino por quien es. Nunca he sido ambiciosa. Tampoco lo soy ahora. No estoy sin aliento y sufriendo palpitaciones por la posibilidad de casarme con un vizconde. Soy muy feliz con mi vida tal como es ahora mismo.

Esa última frase lo alegró.

—Creo que mi-miente, señora Keeping —replicó.

Ella pareció enfadarse.

—Me ha preguntado y le he contestado —dijo—. Hay muy poco que contar. Pero no me conoce en absoluto. Los hechos solo cuentan una mínima parte de la historia completa que es una persona.

—No es muy fe-feliz —la contradijo—. Nadie lo está, salvo quiquizá durante breves periodos. Y ya admitió que no está del to-todo contenta. Me dijo que qui-quizá el fu-futuro le depare otro matrimonio y la maternidad, y lo hizo con un tono anhelante en la voz. Pero que no imaginaba quién po-podría pedírselo en este pueblo. Yo se lo estoy pidiendo.

—¿Por qué? —Lo miró con el ceño fruncido—. Podría tener a cualquier mujer que deseara. Cualquier dama de alcurnia y gran fortuna. Y belleza.

—Usted es hermosa —repuso.

—Sí, lo soy —reconoció ella, sorprendiéndolo, tras lo cual alzó la barbilla y se ruborizó—. Pero mi belleza no es la que busca un hombre como usted, lord Ponsonby.

Estaba decidida a verlo como a un libertino.

Sonrió y la observó a placer.

—¿Hay una respuesta co-correcta a su porqué? —le preguntó—. Si se la doy, ¿ga-gano el trofeo?

Ella meneó la cabeza despacio.

—Casarme con usted sería una locura por mi parte —dijo.

—¿Por qué? —En esa ocasión, fue él quien lo preguntó—. ¿No ha podido dormir por mi cu-culpa?

—Sí que he dormido... —protestó, pero él le colocó una mano en la nuca y se inclinó hacia ella con decisión.

—Mentirosa.

La besó y después levantó la cabeza. Ella lo miró a los ojos y no terminó la frase. Le desató la cinta que llevaba bajo la barbilla y tiró el bonete sobre la hierba, sobre los guantes que ella se había quitado.

La besó de nuevo antes de desabrocharse el abrigo y de desabrocharle la capa a ella después. Acto seguido, deslizó las manos sobre la calidez que encontró debajo y tiró de ella para meterla bajo su abrigo.

A veces, pensó, había cosas más eróticas que la piel desnuda.

Le introdujo la lengua en la boca, le sujetó la cabeza con una mano y le tomó un pecho con la otra. Era pequeño, firme y quedaba elevado por el corsé. No era voluptuoso. Era... perfecto.

Cuando ella le colocó una mano en la cara, Flavian se apartó unos centímetros y vio que tenía los ojos brillantes por las lágrimas.

—¿Qui-quiere que me...? —empezó a preguntarle.

—No —lo interrumpió ella antes de pegarle los labios a los suyos, con la boca abierta.

No tardó en tumbarla de espaldas sobre la hierba mientras él se inclinaba sobre ella, apoyado en los codos, con las manos en sus pechos y una pierna entre sus muslos para dejarle un reguero de besos en las mejillas, las sienes, los ojos, las orejas y de vuelta a los labios. Debía de haberse percatado de su erección, sin duda.

Se colocó mejor sobre ella, deslizándole las manos por los costados para sujetarla por el trasero. Se acomodó entre sus piernas y empezó a moverse entre sus muslos, separados por las capas de ropa. En ese momento, la deseó desnuda. Quería explorar su calor con las manos y quería introducirse allí, penetrarla. Quería reclamar su cuerpo.

Y estaría a salvo.

¡Qué idea más extraña! Y no era la primera vez que se le había pasado por la cabeza.

«A salvo».

¿A salvo de quién?

¿Y de qué?

Le hundió la cara en el hueco entre el cuello y el hombro, y le ordenó a su corazón que latiera más despacio.

—¿Me de-detendría? —le preguntó mientras levantaba por fin la cabeza y la miraba—. ¿Me habría de-detenido?

Seguramente fuera una pregunta injusta. Pero no creía que ella lo hubiera hecho.

Se apartó de ella y se tumbó a su lado antes de cubrirse los ojos con el dorso de una mano. Tomó una bocanada de aire lo más profunda que pudo y en el mayor silencio posible, controlando su cuerpo.

—Perdí la vi-virginidad con dieciséis años —le dijo—. No he sido célibe desde entonces, salvo por los tres años que pasé en Pe-Penderris Hall. Pero no cre-creo ser un libertino. En cambio, sí creo que cualquier juramento solemne dado por pro-propia voluntad debería ser de obligado cumplimiento, incluidos los votos matrimoniales.

Ella se incorporó y se abrazó las rodillas con los brazos. Se le había escapado un mechón del moño que llevaba en la nuca y le caía por la espalda de la capa, brillante y un poco ondulado. Flavian levantó una mano para acariciarlo con el dorso de los dedos. Era suave y sedoso. Ella encorvó los hombros, pero no se apartó.

—Acabo de acusarlo de que no me conoce —repuso ella—. Pero yo tampoco lo conozco a usted, ¿verdad? He hecho suposiciones, pero no son necesariamente ciertas. Aunque sí sé que se oculta detrás de una máscara de burlona despreocupación.

—¡Ah, señora Keeping! Pero la pregunta es: ¿de-desea conocerme? —replicó él—. ¿O desea co-continuar sin sobresaltos con su plácida, sencilla y no del todo feliz, aunque tampoco infeliz, existencia? Puede que sea pe-peligroso de conocer.

Agnes se puso en pie y se acercó al agua. Aunque la distancia no le pareció suficiente. Paseó por la orilla hasta que giró a la derecha. Cuando se detuvo, clavó la mirada en la orilla occidental y en las ramas de los árboles que la cubrían sin ver nada. Él no la siguió, algo por lo que estaba agradecida.

Se había tumbado sobre ella por completo. Durante un par de minutos, todo su peso la había aplastado contra la hierba. Lo había tenido entre los muslos. Había sentido su...

Solo la ropa los había detenido.

Y lo había deseado. No solo el deseo de estar enamorada. No solo el deseo de besarse. Lo había deseado de verdad.

Nunca había deseado a William. Algo bueno, suponía, dado que no lo habían hecho muy a menudo. Una vez a la semana, como rutina, durante el primer año o así, después a intervalos más espaciados, y, por último, durante los dos últimos años, nada en absoluto. Nunca le había negado su derecho cuando lo había reclamado, y nunca había rehuido de sus encuentros ni le habían parecido especialmente desagradables. Pero había experimentado cierto alivio, cierta sensación de libertad, cuando él dejó de buscarla, aunque le habría gustado tener un hijo. Claro que la amistad y el afecto habían perdurado entre ellos, y también la agradable sensación de pertenencia. Era habitual que expresara con palabras el cariño que le tenía y Agnes nunca lo puso en duda. Porque ella también le tuvo cariño, aunque, para ser sincera consigo misma, debía admitir que se había casado con él porque ya no se sentía cómoda en casa sin Dora y con la flamante esposa de su padre ocupando su lugar, además de la más que probable circunstancia de que la madre y la hermana de esta se fueran a vivir con ellos en algún momento. Tal como sucedió.

Había deseado al vizconde de Ponsonby como jamás deseó a su marido. Aún sentía la huella del anhelo físico en los pechos y en la cara interna de los muslos. Y eso la asustaba, o al menos la inquietaba, en el caso de que «asustar» fuera demasiado extremo. Pero no lo era. La pasión, el abandono lujurioso, la aterraba.

De repente, pensó en su madre, pero desterró ese pensamiento con firmeza, como siempre hacía cuando amenazaba con cobrar forma.

Siguió por la orilla hasta que alcanzó a ver la mansión al otro lado del lago. El vizconde estaba sentado en el embarcadero, cerca de la barca, a poca distancia, con una rodilla doblada y un brazo apoyado en ella, la viva estampa de la relajación y el bienestar, o eso parecía. La estaba observando mientras se acercaba.

«En cambio, sí creo que cualquier juramento solemne dado por propia voluntad debería ser de obligado cumplimiento, incluidos los votos matrimoniales».

Teniendo en cuenta que se había enamorado de él durante el otoño anterior y de nuevo esa primavera, debería dar saltos de felicidad por el hecho de que quisiera casarse con ella, sobre todo después de haber oído esas palabras. ¿Por qué no lo hacía? ¿Por qué dudaba?

«Puede que sea peligroso de conocer».

Sí, tenía la sensación de que lo era. No se trataba de que lo temiera físicamente, pese a los arrebatos violentos que había admitido y la energía contenida que percibía tras la habitual fachada somnolienta. Esos arrebatos sucedieron en una época en la que estaba atrapado en su mente como resultado de las heridas sufridas en la guerra. Una etapa que ya había dejado atrás. Un leve tartamudeo, unas veces más pronunciado que otras, no bastaba para frustrarlo hasta el punto de ponerse violento. Sin embargo, temía el peligro que él suponía.

Representaba la pasión, y eso era lo que ella más temía en su vida. La violencia brotaba de la pasión. La pasión mataba. Tal vez no el cuerpo, pero desde luego que sí el espíritu y lo más valioso de la vida. La pasión mataba el amor. Eran dos cosas excluyentes; una ironía muy extraña, sin duda. Aunque sería imposible separar ambas con el vizconde de Ponsonby. No podía amarlo sin más y mantenerse intacta. Tendría que entregarse por entero y...

¡No!

Él se levantó cuando se acercó. Llevaba su bonete en una mano. La miró con expresión indolente a los ojos mientras se lo colocaba con cuidado sobre el pelo, y ella se quedó como una niña, con los brazos a los costados, mientras él le ataba la cinta con un lazo bajo la oreja izquierda. Ella se enfrentó a su mirada en todo momento.

«¿Me detendría? ¿Me habría detenido?».

No había insistido para que le ofreciera una respuesta, y ella no le había ofrecido ninguna; una cobardía por su parte. ¿Lo habría detenido? No lo tenía claro. De hecho, estaba casi segura de que habría hecho justo lo contrario. Se le había caído el alma a los pies por la decepción cuando él se detuvo. ¿Y por qué se había detenido? Un libertino no lo habría hecho, desde luego.

Se sacó sus guantes de un bolsillo del abrigo y sostuvo uno de ellos en alto para ayudarla a introducir los dedos. Hizo lo mismo con el otro guante, y ella esbozó una sonrisa torcida.

—Sería una magnífica doncella —comentó.

Sus ojos la miraron con expresión penetrante tras los párpados entornados.

—Desde luego que sí —convino él—. Esto solo es un atisbo de los servicios que ofrecería.

—Nunca podría permitírmelo. —Soltó una carcajada por lo bajo.

—¡Vaya! —exclamó él—. Pero no exigiría un pago en metálico. Y puede usted permitirse dicho pago, sin problemas. Con creces. Señora.

Casi se le aflojaron las rodillas al oírlo. No le cabía duda de que en ese lado de la isla no había tanto aire como en el otro.

Lo vio esbozar ese perverso asomo de sonrisa tan típico de él antes de que le ofreciera una mano para ayudarla a subir a la barca.

Ya habían llegado a la otra orilla y él la estaba ayudando a desembarcar cuando se dio cuenta de que Sophia y lady Trentham se dirigían hacia el lago desde la casa. Sophia llevaba al bebé, arropado con una cálida manta.

¿Qué pensarían al verlos?

Sin embargo, pensara lo que pensase, los saludó con una sonrisa.

—Una visita a la isla —dijo—. Es la mañana perfecta para estar al aire libre, ¿no es así? —La miró con expresión penetrante mientras se acercaba con lady Trentham.

El vizconde se alejó para devolver la barca a su lugar.

¡Ojalá se pudieran controlar los rubores!

—Nunca había estado en ella —comentó Agnes—. El templete es más bonito de lo que cabría esperar, ¿verdad? La vidriera de colores hace que la luz del interior sea mágica. O tal vez «mística» sea más apropiado.

—Sir Benedict nos llevó en barca a Samantha y a mí hace un par de semanas —terció lady Trentham—. Estoy de acuerdo con usted, señora Keeping. Y esa vidriera me ha dado ideas para nuestra propiedad.

—¿Dora ya ha vuelto a casa? —preguntó Agnes.

—Me ha elogiado y reprendido a partes iguales. —Sophia se echó a reír—. Por algún milagro, he tocado todas las notas de la pieza de la semana pasada donde debía, pero las he tocado con dedos rígidos. Es lo peor que tu hermana le puede decir a uno de sus alumnos, Agnes, y cuando lo hace, resulta demoledor. Pero en esta ocasión me lo merecía por completo. No he estado practicando todo lo que debería. —Levantó un pico de la mantita y le sonrió a la carita dormida de su hijo—. No ha querido quedarse para tomar una taza de café —siguió—, y Gwen y yo hemos decidido salir a dar un paseo sin tomarnos una. El sol era demasiado tentador.

El vizconde de Ponsonby salió del cobertizo de las barcas, y todas las miradas se volvieron hacia él.

No habían hablado durante el trayecto de vuelta en barca. Agnes no sabía si ya había terminado con ella o si repetiría su proposición. Quedaba menos de una semana...

De repente, la asaltó la premonición de lo que sentiría cuando todos los invitados se marcharan de Middlebury Park. Fue como si el estómago se le cayera arrastrado por una pesa de plomo hasta los pies, dejando náuseas y algo parecido al pánico en su lugar.

Él sonrió.

—No estaba de humor para escribir ca-cartas —dijo—. Ya era demasiado tarde pa-para acompañar a los demás, y no vi a nadie en la casa, solo a unos cuantos cri-criados, que no parecían con ganas de entablar co-conversación. Me fui al pu-pueblo para ver si la señora Keeping se co-compadecía de mí, y lo ha hecho.

—Ven a casa para tomar café con nosotras —dijo Sophia, mirando a Agnes con una sonrisa.

—Pero acabáis de salir —protestó ella.

—En absoluto —le aseguró lady Trentham—. Antes de venir aquí, hemos paseado por los jardines formales.

—Ven —insistió Sophia.

Lo último que le apetecía era socializar, pero tampoco le apetecían las alternativas. Dora ya estaría en casa y querría saber dónde había estado. Y aunque pudiera librarse de sus preguntas tras una breve explicación antes de retirarse a su dormitorio, tendría que lidiar de nuevo con sus pensamientos, y no serían una buena compañía durante un tiempo.

—Gracias —claudicó.

—Y ahora me enfrento a un dilema —dijo el vizconde de Ponsonby—. Tres da-damas y solo dos brazos que ofrecer.

Sophia se echó a reír.

—No entiendo cómo un bebé que no tiene ni dos meses puede pesar una tonelada —dijo—, pero eso es justo lo que pesa Thomas. Tenga, milord, puede llevarlo a él hasta la casa, y nosotras conseguiremos llegar sin ayuda.

La cara de alarma que puso fue casi cómica. Aceptó el bebé envuelto en la mantita, ya que Sophia no le dejó elección, y lo sujetó como si le aterrara la posibilidad de dejarlo caer.

Lady Trentham engarzó el brazo con el de Agnes mientras lord Ponsonby miraba la carita del bebé.

—En fin, mu-muchacho —dijo él—, cuando las da-damas no nos quieren, los hombres tenemos que apoyarnos y hablar de caballos, carreras, boxeo y... Bueno, las cosas interesantes. Sí, bien puedes abrir los ojos... Azules co-como los de tu padre, ya veo. Vamos a mantener una conversación sincera, so-solos los dos, y sería muy maleducado por tu parte quedarte dormido a la mi-mitad.

Sophia se rio de nuevo y Agnes se habría echado a llorar. No había nada más emotivo que ver a un hombre acunando a un bebé y hablándole. Aunque no fuera hijo suyo, no hubiera querido sostenerlo en brazos y, sin duda, deseara estar en cualquier otra parte del mundo que acunando al hijo de su amigo.

El vizconde se colocó bien al bebé sobre el brazo y echó a andar por el prado, dejándoles el camino a ellas tres.

—Agnes —dijo Sophia en voz baja—, ¿siente algo por ti? ¡Qué hombre más sensato si lo hace.

—Yo tengo debilidad por él, debo confesar —terció lady Trentham—. Claro que la tengo por todos ellos. Hugo les tiene mucho cariño y todos han sufrido enormemente.

Agnes sintió curiosidad por la cojera de lady Trentham, que no parecía algo temporal. Esa curiosidad consiguió que dejara de pensar en lo sucedido esa mañana. En fin, casi lo consiguió.

Todavía quería casarse con ella..., tal vez.

La había besado de nuevo. Y había hecho más que besarla.

Sin embargo, no había expresado ni una sola vez que sintiera algo por ella. Solo el deseo de acostarse con ella, en sus propias palabras.

—Todavía no he visto ninguno de sus cuadros, señora Keeping —dijo lady Trentham—, aunque llevamos aquí más de dos semanas. ¿Podría ver alguno si voy al pueblo un día antes de marcharnos? Sophia dice que tiene mucho talento.

Él había llegado ya a la casa y estaba sentado en uno de los escalones, delante de la puerta principal, con el bebé sobre las piernas y sosteniéndole la cabeza con una mano mientras le hablaba.

Agnes tragó saliva y esperó haber disimulado el sollozo que, de repente, se le atascó en la garganta.

10

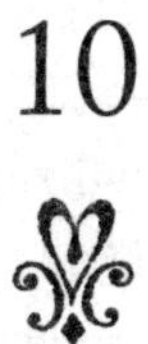

Agnes se quedó en el saloncito matinal media hora con las damas, disfrutando del café y de la conversación. El vizconde de Ponsonby se había marchado para llevar al bebé a la habitación infantil tras asegurarle a Sophia que conocía el camino y que no abandonaría al joven Tom hasta que lo hubiera dejado sano y salvo al cuidado de su niñera.

Aunque creía que no se reuniría con ellas, regresó justo cuando ella se ponía en pie para marcharse.

—¡Ah! El momento perfecto —dijo él—. La acompañaré de vuelta a casa, señora Keeping.

—No hay necesidad alguna —le aseguró—. Vengo a Middlebury Park a todas horas para visitar a Sophia y nunca se me ha pasado por la cabeza venir con una criada u otro acompañante.

Necesitaba estar a solas para pensar.

—Pero si un lo-lobo se abalanzara sobre usted desde la arboleda —repuso él—, alguien debería estar a su lado para lu-luchar contra él cuerpo a cuerpo. Yo, de hecho.

Lady Trentham se echó a reír.

—Un héroe de los que me gustan —dijo mientras se llevaba una mano al pecho con gesto teatral.

—Los hay a montones en los alrededores —añadió Sophia—. Por no hablar de los jabalíes.

Agnes las miró con cara de reproche, y Sophia ladeó un poco la cabeza para mirarla de nuevo con detenimiento.

El vizconde de Ponsonby la acompañó a casa. Ella entrelazó las manos a la espalda con fuerza en cuanto salieron de la mansión, y él caminó a cierta distancia a su lado y habló con soltura de una serie de temas intrascendentes durante casi todo el trayecto.

—Vaya, nada de lobos —dijo él cuando estuvieron cerca de la verja de la propiedad—, ni de ja-jabalíes. ¿Cómo va a impresionar un hombre a su da-dama en esta época tan civilizada si no puede realizar ni-ninguna hazaña heroica a fin de librarla de un peligro mo-mortal y alzarla en vo-volandas entre sus fuertes y protectores brazos?

¿Su dama?

Lo vio detenerse, casi en el mismo lugar en el que lo hizo el día anterior para informarle de que lo mejor era que se casara con él.

Lo miró con una sonrisa.

—¿Le gustaría ser un caballero andante? —le preguntó ella—. ¿Le gustaría ser ese tópico de loable masculinidad?

Y, en ese momento, se dio cuenta de que debió de estar guapísimo con su uniforme de oficial, con la casaca roja, los pantalones blancos, el fajín rojo y el sable de caballería a un costado.

—¿No le apetece ser una da-damisela en apuros? —La miró con esa ceja burlona enarcada—. ¡Qué aguafiestas es us-usted, señora Keeping!

—Un hombre no tiene que matar dragones para ser un héroe —repuso ella.

—¿Ni lobos? ¿Ni jabalíes? ¿Y qué debe hacer entonces?

No tenía respuesta para eso. ¿Qué convertía en héroe a un hombre?

—¿Marcharse? —sugirió él en voz baja, como respuesta a su propia pregunta—. ¿Eso es lo que debe hacer?

Agnes frunció un poco el ceño, pero no contestó.

El silencio se prolongó entre ellos unos minutos, hasta que él la agarró de un brazo con firmeza y la sacó de la avenida para internarse unos pasos en la arboleda, donde la colocó de espaldas contra el grueso tronco de un árbol y plantó las manos a ambos lados de su cabeza. Sus caras quedaron a pocos centímetros.

—Descubrí algo que me cautivó con su encanto —dijo él—. En un salón de baile y en un prado lleno de narcisos. Y me obsesioné con acostarme con usted, supuse. Eso es lo que uno supone cuando encuentra a una mujer encantadora. Pero no me he acostado con usted, aunque hay deseo por parte de los dos y la ocasión se nos ha pre-presentado más de una vez. Me encuentro en territorio desconocido, Agnes Keeping, y tiene que ayudarme. O no. No puedo ordenarle que me ayude. La quiero en mi vida, y solo hay una forma de que pu-pueda tenerla, dado que no es la clase de mujer a la que se le ofrece ca-carta blanca, y no se la ofrecería aunque lo fu-fuera. En cambio, le ofrezco matrimonio con un título, una espaciosa casa solariega rodeada de una enorme propiedad además de una ca-casa en Londres, una fortuna, po-posición social y seguridad de por vida. Pero estas cosas ma-materiales no significan na-nada para usted, lo sé. No sé qué más ofrecerle salvo pasión. Eso se lo puedo dar. Puedo hacer que viva como nunca ha vivido. Puedo da-darle hijos, o supongo que puedo. Y sin embargo... Y sin embargo le aconsejaría que me re-rechazara. Soy pe-peligrosamente inestable. Debo de serlo. Hace poco le dije que nunca le había propuesto ma-matrimonio a nadie, pero ahora se lo pido a usted, y ni siquiera sé cómo pude decir en serio lo que dije entonces y al mismo tiempo decir en serio lo que di-digo ahora. No tendría una vida fácil conmigo, Agnes.

—Ni usted conmigo —replicó ella con los labios tan tensos que casi le parecía imposible moverlos—. Yo no puedo darle lo que quiere, milord. Y usted no puede darme lo que yo quiero. Usted quiere una mujer a quien pueda obnubilar con una gran pasión para así poder olvidar, para hacer caso omiso de todo lo que tiene que poner en orden en su vida, sea lo que sea. Yo necesito a alguien tranquilo, firme y del que se pueda depender.

—¿Para hacer caso omiso de todo lo que ti-tiene que poner en orden en su vida? —le preguntó él—. ¿Sea lo que sea?

Ella se humedeció los labios, que de repente tenía secos.

La miró, con esos ojos tan verdes a la sombra de los árboles y del ala de su sombrero.

—Se equivoca conmigo —le aseguró él— y se equivoca consigo misma. No di-diga que no. Si no puede decir que sí, al menos no diga que no. Porque es una palabra que lo zanja todo y, una vez dicha, es imposible intentar que se cambie de opinión sin caer en un aparente acoso. Después de que me marche, no vo-volveré. Se librará de mí para si-siempre. Pero todavía no me he marchado. Si quiere hacerlo, diga que no cuando me marche, pero no antes. ¿Me lo pro-promete?

No quería decir que no. Sentía una desesperada resistencia a hacerlo, pero tampoco podía decir que sí. ¿Cómo era posible que la respuesta a una pregunta sencilla no fuera ni sí ni no?

«Después de que me marche, no volveré. Se librará de mí para siempre».

De repente, «para siempre» se le antojaba muchísimo tiempo. El pánico se abrió paso en su interior.

—Se lo prometo.

Él bajó los brazos, le dio la espalda un instante y después se volvió de nuevo para ofrecerle el brazo. La condujo una vez más a la avenida y caminaron en silencio hasta la casita.

Dora estaba quitando las malas hierbas de uno de los parterres de flores.

El vizconde de Ponsonby adoptó de inmediato su actitud más simpática. La halagó por su jardín y le agradeció de corazón que hubiera conseguido que resultase tolerable oír tocar el violín y el arpa al vizconde de Darleigh.

—Me encantan los animales, señorita Debbins —siguió—. Me habría partido el co-corazón oír a Tab y a todos los gatos de la zona maullar de dolor.

Consiguió que Dora se riera en un abrir y cerrar de ojos. Cuando se despidió, les hizo una elegante reverencia a ambas y se alejó como si jamás hubiera pensado en nada serio.

Dora la miró con las cejas enarcadas.

—Todos los demás han ido con el vizconde de Darleigh a la explotación agraria —alegó ella— mientras él escribía unas cartas. Pero después se aburrió y vino para convencerme de que diera un paseo con él.

—¿Y? —repuso Dora.

—Me llevó en barca a la isla —contestó—. El templete es precioso por dentro, Dora. No tenía ni idea. Hay una vidriera de colores orientada hacia el sur por la que entra toda la luz y la dispersa formando un caleidoscopio. Y después, cuando regresamos a la orilla, nos encontramos a Sophia paseando con lady Trentham y me invitó a tomar café. Me dijo que tú no quisiste quedarte.

—Las malas hierbas me esperaban —repuso su hermana—. ¿Te lo ha pedido de nuevo, Agnes?

—Queda menos de una semana para que la visita llegue a su fin —respondió ella—. Dice que cuando se vaya, no volverá. Jamás. Pero para siempre es mucho tiempo y el vizconde de Darleigh es amigo suyo.

—Te lo ha pedido de nuevo —concluyó Dora en voz baja, contestándose. Se volvió para guardar los útiles de jardinería—. ¿Por qué titubeas, Agnes? Estás enamorada de él y sería un enlace muy ventajoso para ti. Y para él.

—Tendría que dejarte —le recordó ella.

Dora la miró por encima del hombro.

—Soy mayorcita —replicó—. Y he estado aquí sola bastantes años antes de que tú vinieras. ¿Por qué titubeas? ¿Tiene algo que ver con nuestra madre?

Las rodillas estuvieron a punto de fallarle, por segunda vez en un solo día. Jamás hablaban de su madre.

—Pues claro que no —protestó—. ¿Qué relación tiene esto con ella?

Dora siguió mirándola sin volverse por completo.

—No debes pensar en mí, Agnes —le aconsejó—. Yo elegí mi propio camino en la vida. Es mi vida. He hecho con ella lo que he querido y estoy contenta. Era feliz antes de que tú vinieras, he sido feliz desde que viniste y seré feliz si alguna vez decides irte. Tú tienes que vivir la tuya. No puedes vivir también la mía y no hace falta que vivas la vida de nuestra madre. Si lo amas...

Sin embargo, se detuvo antes de completar la frase, meneó la cabeza y retomó lo que estaba haciendo. Agnes sospechaba que podía tener los ojos llenos de lágrimas.

—Debería haber vuelto en vez de quedarme a tomar café —dijo—. No me has dejado malas hierbas.

—Bueno, prueba a mirar mañana —repuso Dora— o esta misma tarde. Si hay algo que no le falta a este mundo son las malas hierbas.

Esa noche le tocó a Imogen. No sucedía a menudo. Siempre controlaba mucho sus pensamientos y sus emociones. Casi siempre, al menos. Las personas que no la conocían tan bien como sus compañeros supervivientes podrían suponer que ese exterior pétreo se extendía hasta su corazón. E incluso con ellos tampoco revelaba mucho de sí misma, salvo un afecto inabarcable hacia los seis y una presteza inagotable a apoyarlos como pudiera. Habría sido muy fácil suponer que estaba curada, salvo que ninguno de ellos cometía ese error. De todas las heridas, las suyas eran las más profundas y las que menos probabilidades tenían de sanar. Jamás.

—Espero no haberme puesto en ridículo esta mañana —dijo ella.

—Todo el mundo supuso que llevabas demasiado tiempo andando y de pie, Imogen —le aseguró Hugo—. Y a todo el mundo le encantan las damas delicadas.

—¡Qué imagen más espantosa! —protestó, aunque de todas formas parecía aliviada.

Al parecer, cuando se detuvieron frente a la cabaña del guardabosques esa mañana, para oír la explicación del administrador de la propiedad sobre algo, Imogen sufrió un desmayo y se cayó al suelo, de manera que varias personas fueron corriendo en busca de agua y de una silla mientras Hugo la levantaba en brazos y Ralph le abanicaba la cara con un pañuelo enorme.

—La puerta de la cabaña estaba abierta —explicó ella—. Cualquiera podría haber entrado. Niños...

—Pero el guardabosques estaba allí mismo —comentó Ben.

—Y siempre cierra la puerta con llave cuando no lo está —añadió Vincent—. Uno de los cerrojos está en la parte superior de la puerta, bien lejos del alcance de un niño. Tengo una política firme en cuanto a seguridad. Todo el mundo lo sabe.

—Lo sé, Vincent —repuso Imogen—. Lo siento mucho. Sé que tus empleados no son descuidados. De verdad que no sé qué me pasó. Veo armas todo el tiempo. Me obligo a verlas. Incluso he disparado. George me ha llevado ya tres veces con él y en una de las ocasiones incluso disparé mi arma. —Se estremeció y se tapó la cara con las manos—. Cuando vi las armas esta mañana —siguió—, de repente las vi apuntándome a la cara sin nadie detrás. Esperando a que yo extendiera el brazo, pusiera el dedo en el gatillo y disparase.

Jadeaba en busca de aire, y Flavian se acercó a ella y le colocó una mano en la nuca mientras Vincent, que estaba sentado a su lado, tanteaba en busca de su rodilla para darle unas palmaditas.

—¿Es que no voy a olvidar nunca? —preguntó—. ¿Es que ninguno vamos a olvidar?

—No, no olvidaremos —respondió George con voz firme y decidida—. Pero tampoco olvidarás que él te quería, Imogen.

—¿Dicky? —preguntó ella—. Sí, me quería.

—O que tú lo querías.

—¿De verdad? —Agachó la cabeza y Flavian le masajeó los tensos hombros con ambas manos, mientras Vincent seguía dándole palmaditas en la rodilla—. Tuve una forma muy extraña de demostrárselo.

—No —la contradijo Vincent—. Nadie le habría demostrado mejor su amor, Imogen.

Ella emitió un sonido ahogado, pero recuperó la compostura, bajó las manos y adoptó la expresión serena de siempre.

No, ninguno olvidaría jamás.

Él nunca lo haría, pensó Flavian; algo extraño cuando sospechaba que todavía había muchísimas cosas que no recordaba. Pero nunca olvidaría una cosa. Una cosa, dos personas.

¿Perdonaría alguna vez?

—Me voy mañana al alba —dijo de repente—. Estaré fuera unos días, pero vovolveré.

Todos lo miraron, sorprendidos. Llevaba pensándolo toda la tarde, pero no lo había decidido hasta ese preciso instante. De un tiempo a esa parte, toda su vida parecía gobernada por impulsos repentinos.

—¿Vas a estar fuera unos días, Flave? —preguntó Vincent—. ¿Cuando es nuestra última semana juntos?

—Tengo que ocuparme de un asunto urgente —contestó—. Volveré.

Todos siguieron mirándolo, incluso Vincent, cuya mirada ciega no atinó a clavarse en su cara por pocos centímetros. Pero ninguno hizo la pregunta más evidente. Ninguno la haría, por supuesto. No se inmiscuirían. Y él no ofreció la respuesta voluntariamente.

—Si vas a irte lejos, Flave, llévate mi tílburi —sugirió Ralph—. Eso sí, asegúrate de dejar mis caballos en una buena casa de postas. Puedes recuperarlos a la vuelta.

—Voy a Londres —le informó él—. Y gracias, Ralph. Lo haré.

—Si vas a marcharte al alba —dijo George—, será mejor que nos acostemos. Ya es bien pasada la medianoche.

«Pero todavía no me he marchado. Si quiere hacerlo, diga que no cuando me marche, pero no antes. ¿Me lo promete?».

Agnes se lo había prometido. Había sido una promesa muy fácil de cumplir. ¿Cómo decir que no, o que sí, ya puestos, cuando no le ofrecían la oportunidad de hacerlo? No había visto siquiera al vizconde de Ponsonby durante cuatro días, y la visita casi había terminado. Después de que se fuera, le dijo él, no volvería. Jamás.

En fin, pues ya podría haberse ido, y ella podría empezar a olvidarlo desde ese mismo momento.

De no haber contado con una vasta experiencia en la práctica del autocontrol y la serenidad, pensó Agnes a medida que los días se sucedían a paso de tortuga, sin duda empezaría a lanzar cosas; a ser posible cosas que se rompieran.

Estaba en la lista de voluntarios para visitar a los enfermos con Dora y esa semana era su turno. Por supuesto, no se olvidaban de los enfermos ni de los ancianos en otros momentos, pero esa semana era responsabilidad suya atenderlos. Dora se llevaba el arpa pequeña cada vez que salían, para ofrecerles música tranquilizadora, y también de vez en cuando una alegre tonada con la que animar a los niños o hacer que unos viejos pies se movieran al compás. Ella llevaba pequeñas acuarelas de flores silvestres que pintaba especialmente para esas visitas y las colocaba en la repisa de la chimenea o en una mesita cerca del enfermo, donde las dejaba.

Se alegró de la distracción. Las visitas la ayudaron a pasar los días y evitaron que esperase la llamada a la puerta a cada segundo que pasaba despierta. Ansiaba con desesperación el momento de dejar de contar los días y así retomar las hebras de su vida y volver a estar en paz.

Aunque sospechaba que tardaría en encontrar la paz en cuanto la esperanza desapareciera. Y se estremeció por la idea de no haber perdido todavía la esperanza.

El quinto día, lady Harper y lady Trentham fueron a verlas justo después de que su hermana y ella llegaran a casa. Lady Trentham iba para pedirle el favor de ver sus pinturas. Las dos damas las examinaron con una atención muy halagadora y gran aprecio, aunque no se quisieron quedar a tomar el té. Habían ido al pueblo para hacer un recado en nombre de Sophia y todavía tenían que visitar a un matrimonio, al señor y la señora Harrison. Ya habían estado en la vicaría. Sophia quería invitar a algunos de sus amigos y del vizconde de Darleigh a la mansión esa noche para jugar a las cartas, charlar y tomar algo.

—Por favor, digan que vendrán las dos —dijo lady Trentham, que miró primero a Dora primero y luego a Agnes—. Después de hoy solo nos quedará un día más en Middlebury Park. ¡Cómo pasa el tiempo! Pero ha sido una estancia maravillosa, ¿a que sí, Samantha?

—Ha sido increíble ver una amistad tan estrecha como la de nuestros maridos con los otros cinco —convino lady Harper—. Pero ojalá el vizconde de Ponsonby no se hubiera marchado.

A Agnes se le cayeron el estómago y el alma a los pies, y tuvo la sensación de que ambos chocaron en el descenso.

—¿Se ha marchado? —preguntó Dora.

—Bueno, les aseguró a los demás que volvería —respondió lady Harper—, pero lo echan de menos. Y el muy sinvergüenza no dio explicación alguna.

Lady Trentham miró a Agnes.

—Estoy segura de que volverá si dijo que lo haría —dijo—. Además, se llevó los caballos y el tílburi del conde de Earwick, y se sentirá obligado a devolverlos. ¿Vendrán esta noche? ¿Señorita Debbins? ¿Señora Keeping? Nos han indicado que les digamos que una negativa no es aceptable y que les enviarán el carruaje a las siete.

—En ese caso, debemos mostrarnos agradecidas y aceptar —repuso Dora con una carcajada—. Pero no hay necesidad de que envíen el carruaje. Estaremos encantadas de ir andando.

Lady Harper se echó a reír.

—También nos han indicado que dirían eso y que debíamos comunicarles las palabras de lord Darleigh en persona. Nos han ordenado que les digamos que el carruaje vendrá a por ustedes, ya decidan usarlo o andar a su lado.

—Pues en ese caso, supongo que haríamos el tonto si fuéramos andando a su lado. —Dora se rio de nuevo.

Se había marchado. Sin decirle nada, pensó Agnes.

Había dicho que volvería, y tal parecía que debía regresar, dado que había tomado prestado su medio de transporte. Pero solo quedaba un día de su visita.

Agnes se dio media vuelta y corrió escaleras arriba hasta su dormitorio después de que Dora y ella despidieran a las damas. No quería hablar del tema. Jamás. Quería meterse bajo las mantas, cubrirse la cabeza, hacerse un ovillo y quedarse allí el resto de su vida.

Y esa, pensó al ver su reflejo en el espejo del tocador y detenerse un instante para inclinar la cabeza con disgusto por su imagen, era una bonita manera de comportarse cuando se era una viuda respetable y seria de veintiséis años, y también lo bastante lista como para haber rechazado una ventajosa proposición de matrimonio porque solo conduciría a la desdicha eterna.

¿Eso no era desdicha?

Además, no la había rechazado, ¿verdad? Había prometido no hacerlo hasta que él se fuera.

Él se había ido. Pero también había dicho que en esa ocasión volvería. Parecía algo muy típico del vizconde de Ponsonby. Sería una idiota si...

Sin embargo, al menos podría prepararse para esa noche sin que el corazón le palpitase. Él no estaría en la mansión. La única preocupación en la que pensar sería la importantísima decisión de cuál de sus tres vestidos de noche se pondría. Desde luego que el verde no. En ese caso, el azul o el lavanda. Pero ¿cuál?

Hizo una mueca al ver su reflejo y se dio media vuelta.

11

Había un nivel de cansancio que provocaba agotamiento pero, que al mismo tiempo, imposibilitaba conciliar el sueño.

Ese era el nivel que Flavian había alcanzado cuando por fin atravesó el pueblo de Inglebrook en mitad de la noche. No había luz en la casita. Debían de haberse acostado ya. No recordaba la última vez que había dormido, aunque había alquilado una habitación en la misma posada en el camino de ida y en el de vuelta, y desde luego se había tumbado en la cama en ambas ocasiones. Recordaba haberse quitado las botas y haber deseado contar con su ayuda de cámara.

Debería ir derecho a la cochera, dejar su tílburi, el de Ralph en realidad, en manos de los mozos de Vincent, subir a su dormitorio y tirarse en la cama sin llamar a su ayuda de cámara, que seguiría malhumorado por los inesperados cinco días de vacaciones que le habían dado.

Las ventanas del salón estaban iluminadas por las velas, se percató al acercarse a la casa. Claro que no era de sorprender. No era tan tarde, aunque ya hubiese oscurecido.

Había dos carruajes desconocidos delante de la cochera. ¡Ah! Visitas. Otro motivo por el que debería irse derecho a la cama. Tendría que cambiarse, asearse e incluso afeitarse para aparecer delante de sus amigos y de sus esposas, por supuesto, pero tendría que esforzarse más para las visitas. Y tendría que sonreír y mostrarse sociable. No estaba seguro de poder sonreír. Todo eso requería un esfuerzo que le parecía excesivo.

Claro que tampoco podría conciliar el sueño, sospechaba. Se sentía demasiado tenso. Y cuanto más se acercaba a Middlebury Park, más descabellado le parecía todo el asunto. ¿Qué bicho le había picado? Sin embargo, ya era demasiado tarde para analizar la cuestión. Se había marchado y había vuelto, y si había perdido el tiempo, ya no podía hacer nada al respecto.

Saludó con un gesto de cabeza al criado que estaba de guardia en el vestíbulo y le ordenó que mandara a su ayuda de cámara a su dormitorio. Tal vez asearse, afeitarse y socializar un poco lo cansarían del modo adecuado para permitirle dormir esa noche.

¿Quiénes serían las visitas?, se preguntó.

Lo descubrió media hora más tarde, cuando entró en el salón, con el monóculo en la mano. Vincent estaba sentado junto a la chimenea con Imogen y Harrison, un vecino y buen amigo. George estaba de pie junto a la chimenea, con un brazo apoyado en la repisa. La señora Harrison estaba sentada a una mesa donde se jugaba a las cartas, al igual que el vicario. La esposa del vicario y la señorita Debbins estaban en otra. Ben, su señora, Ralph y lady Trentham completaban las dos mesas. Lady Darleigh estaba ocupada llevando dos bebidas a la mesa del vicario. Hugo estaba detrás de la silla de su esposa, manteniendo una conversación con la señora Keeping, que se encontraba de pie a su lado.

Llevaba un vestido azul muy recatado, casi remilgado, que sin duda alguna jamás de los jamases estuvo a la moda ni por casualidad. También sospechaba que el color estaba un poco desvaído. Se había recogido el pelo con tanta tirantez que no había ni un solo mechón suelto por accidente ni a propósito para tentar a la imaginación.

Era un festín para los ojos.

Aunque su estancia en Londres había sido corta, había echado un vistazo a su alrededor para mirar a las damas con detenimiento. Había auténticas beldades entre ellas, y otras que habían conseguido parecer hermosas o al menos atractivas por lo que llevaban o por cómo lo llevaban. Sin embargo, no había encontrado ni pizca de encanto en ninguna de ellas.

Eso le había parecido de lo más alarmante.

Sus miradas se encontraron un segundo antes de que lady Darleigh lo viera al mismo tiempo que lo veían George e Imogen.

—¡Flavian!

—¡Lord Ponsonby!

—Has vuelto, Flavian —dijo Imogen mientras se acercaba a él con las manos extendidas. Le acercó la mejilla para que se la besara mientras él dejaba el monóculo colgando de la cinta y la tomaba de las manos.

—Te-tenía que devolver el tílburi y los caballos de Ralph —dijo— o me lo habría echado en ca-cara durante la próxima década por lo menos. Es así de qui-quisquilloso.

—Me habría quedado con tu carruaje a cambio, Flave —repuso Ralph, que alzó la mirada de sus cartas—. Ningún vehículo debería tener unos asientos tan mullidos y cómodos.

—Deje que le traiga una copa o algo de comer —se ofreció lady Darleigh después de que todos lo saludaran, con dos excepciones—. ¿Tiene frío? Acérquese a la chimenea.

Se acercó y le dio un apretón a Vincent en el hombro mientras le decía lo maravilloso que era volver a estar entre amigos. Intercambió unas palabras con George y con Harrison, habló con Hugo durante unos minutos y después se colocó junto a la señora Keeping, que se había cambiado de posición para mirar con detenimiento por encima del hombro de su hermana, como si fuera ella quien estaba jugando la mano.

Fingió no verlo. Habría sido una actuación convincente de no ser porque había tensado todos los músculos del cuerpo cuando él se le acercó.

—Aquí dentro no hace ni pizca de frío —comentó él, sin dirigirse a nadie en particular, aunque todas las personas cercanas, salvo una, estaban inmersas en la partida de cartas—, hace bastante calor en realidad. De hecho, va-vamos a asarnos.

Nadie le dio la razón ni le llevó la contraria.

—Y aunque ha os-oscurecido —añadió— y solo estamos en marzo, la noche no es fresca y no sopla ni un po-poco de aire. Es perfecto para dar un paseo por la terraza, de hecho, si-siempre que se vaya bien abrigado.

Fue la señorita Debbins quien replicó. Miró por encima del hombro, primero a él y después a su hermana.

—Llévate mi capa, Agnes —le dijo—. Es más abrigada que la tuya.

Y después se concentró de nuevo en sus cartas.

La señora Keeping no reaccionó en un primer momento. Después, se volvió hacia él.

—Muy bien —dijo—. Solo unos minutos. Sí que hace calor aquí dentro.

Y otra vez lo estaba haciendo, pensó él. Actuaba por impulso antes de prepararse como era debido, de escribir una bonita declaración o de hacerse con un ramo de rosas o de las flores propias de marzo. Y con la mente aturdida por la falta de sueño. ¿Acaso no iba a aprender nunca?

Sospechaba que la respuesta era un no.

Ella le pidió al criado del vestíbulo la capa de su hermana, y se quedaron juntos, el uno al lado del otro, sin tocarse, sin mirarse, mientras iba a por ella. Cuando el hombre regresó, Flavian la aceptó de sus manos y se la echó a ella sobre los hombros, pero antes de que pudiera tocar el cierre, la señora Keeping se la abotonó por su cuenta.

El criado se había adelantado y les había abierto la puerta.

Flavian esperaba que los supervivientes, sus esposas y el resto de los invitados no estuvieran alineados frente a las ventanas, mirándolos. Bien podría ser mediodía. La luna estaba más o menos llena, y todas las estrellas jamás inventadas brillaban y titilaban en un cielo despejado.

Aunque no, ninguno de ellos echaría un vistacillo siquiera por las ventanas. Eran demasiado educados. Pero apostaría a que no quedaba uno solo, ni entre las damas ni entre los caballeros, que no se hubiera dado cuenta y que no hubiera sacado sus propias conclusiones.

La señora Keeping mantuvo las manos dentro de la capa mientras él señalaba la terraza que se extendía frente al ala este de la casa.

Cuando Agnes lo vio entrar en el salón, con aspecto impecable e impecablemente maravilloso, solo atinó a pensar que debería haberse puesto el vestido lavanda. En realidad, prefería el azul, pero era más recatado que el lavanda.

¡Qué tontos y qué triviales podían ser los pensamientos a veces! Como si su aparición en el salón no le hubiera puesto el mundo patas arriba.

—¿Me ha echado de me-menos? —le preguntó él.

—¿Echarlo de menos? —repitió ella, con voz sorprendida y seca... Sin duda, la abuchearían de estar en un escenario e incluso le lanzarían algún que otro tomate podrido—. Ni siquiera sabía que se había marchado hasta que alguien lo comentó hoy mismo. ¿Por qué iba a echarlo de menos?

—Desde luego —repuso él de buena gana—. Mi esperanza solo era fruto de la va-vanidad.

—Supongo que han sido sus amigos quienes lo han echado de menos, lord Ponsonby —apostilló ella—. Tenía entendido que la reunión anual del Club de los Supervivientes significaba más para sus siete miembros que el disfrute de cualquier placer pasajero que lo haya alejado unos días.

—Está enfadada —señaló él.

—Por ellos —replicó—. Sin embargo, rehúsa pasar tiempo con ellos incluso ahora que ha vuelto. Ha preferido salir aquí conmigo.

—Tal vez sea usted uno de esos placeres pa-pasajeros —repuso él con un suspiro.

—Menudo placer soy para usted —dijo ella con descaro—, cuando se marcha cinco días sin mediar palabra para darse otro capricho.

—¿Eres un capricho, Agnes? —le preguntó él, tuteándola.

—Su marcha no ha tenido nada que ver conmigo —le recordó—. Y soy la señora Keeping para usted.

—Pero lo eres —protestó él—. Eres la señora Keeping para mí. Y también Agnes. Y tú eres el motivo de que me marchara.

Agnes resopló por la nariz. Y aminoró el paso. Había estado caminando muy deprisa. Unos cuantos pasos más y abandonarían la terraza, se alejarían del ala este y empezarían a atravesar el prado que conducía al extremo oriental del sendero agreste. No tenía intención de pasear por ese lugar con el vizconde de Ponsonby.

—Es muy fácil evitarme, milord —le dijo—. No se puede decir que me haya interpuesto en su camino cada hora de cada día. O en ningún momento, por cierto. No necesitaba marcharse cinco días para no verme.

—Los has contado, ¿verdad? —lo preguntó con su tono indolente y hastiado.

—Lord Ponsonby —dijo mientras se detenía en seco y se volvía para mirarlo. Esperaba que viera la indignación en su cara—, se tiene usted en muy alta estima. Tengo una vida. He estado demasiado ocupada, felizmente ocupada, para pensar en usted siquiera. O para percatarme de que se había ido.

Él estaba de espaldas a la luna. Aun así, vio la sonrisa que apareció de repente en su cara... y eso la hizo retroceder un paso hacia atrás, y después otro, hasta que se topó con la pared en la espalda y ya no pudo retroceder más. Él avanzó.

—No imaginaba que hubiera algo capaz de proprovocarte un enfado —susurró él—. Me gustas enfadada. —Inclinó la cabeza y Agnes esperó que la besara. Incluso entornó los párpados por la expectación—. Pero tenía que irme —siguió el vizconde en voz tan baja que apenas alcanzó a oírlo— para poder volver.

—¿Porque la ausencia es al amor lo que el aire al fuego, que lo aviva? —Enarcó las cejas.

—¿Ah, sí? —replicó él—. ¿Lo que siente por mí está más vivo ahora que hace ci-cinco días, Agnes Keeping?

Costaba hablar con indignación cuando se tenía a un hombre tan cerca que se percibía su calor corporal y solo haría falta moverse un centímetro para que sus bocas se encontraran.

—Estar «más vivo» implica sentir algo de entrada —señaló ella.

—¿Y lo sentía?

El vizconde era un libertino, un mujeriego y un seductor, y ella siempre lo había sabido. ¿Cómo se atrevía Dora a ayudarlo e incitarlo ofreciéndole su capa porque era más abrigada que la suya? Lo que debería haber hecho era ponerse en pie de un salto y prohibirle que se acercara siquiera a la puerta del salón con su hermana.

Agnes apartó las manos de la pared que tenía detrás y se las puso en el torso.

—¿Por qué se fue? —le preguntó ella—. Y después de haberse ido, ¿por qué ha vuelto?

—Me fui para poder volver —contestó él antes de cubrirle el dorso de las manos con las suyas—. ¿Qué clase de boda te gustaría, Agnes? ¿Algo gra-grandioso con amonestaciones y mucho ti-tiempo para avisar a todas las personas que te han visto alguna vez y a todos tus pa--parientes hasta tus bi-bisabuelos? ¿O algo más tranquilo e íntimo?

Las rodillas se le aflojaron de nuevo al oírlo y se humedeció los labios secos.

—Si es lo pri-primero —siguió él, que echó la cabeza un poco hacia atrás para poder mirarla a la cara, con los párpados entornados, pero con un brillo intenso en los ojos—, hay que lidiar con el pro-problema de decidir un lugar. La iglesia de Saint George en Hanover Square, en Londres, seguramente sería la elección más sensata, porque se puede invitar a medio mundo, y la mi-mitad ya tiene casa en la ciudad o conoce a alguien que la tiene, y la otra mitad no tendría problemas pa-para encontrar un buen hotel. Si es en otro sitio, como la casa de tu pa-padre, la mía o aquí, hay que pasar por los que-quebraderos de cabeza de decidir dónde se van a quedar todos. Si es lo se-segundo...

—¡Ay, pare! —exclamó ella mientras apartaba las manos—. No va a haber boda alguna, así que da igual lo que yo quiera.

Él le recorrió el mentón hasta la barbilla con el dorso de los dedos y después los deslizó hacia arriba para tomarle la cara.

—Durante ci-cinco días en los que no he tenido otra cosa que hacer salvo conducir un tílburi —dijo—, no he escrito una proposición de matrimonio emotiva. Ni siquiera una que no lo fuera, ya puestos. Pero sé que te de-deseo. En la cama, sí, pero no solo allí. Te deseo en mi vida. Y por fafavor, no me preguntes lo de siempre. «Por qué» es la pregunta más di-difícil del mundo. Cásate conmigo. Dime que lo harás.

Y, de repente, parecía ridículo decir que no cuando se moría por decir que sí.

—Tengo miedo —dijo en cambio.

—¿De mí? —le preguntó él—. Incluso en mis peores momentos, nu-nunca he herido físicamente a nadie. Lo pe-peor que hice fue tirarle una copa de vino a alguien a la cara. Pierdo los pa-papeles a veces, más que antes, pero no dura mucho. Lleno de ruido y de furia... ¿Otra vez estoy ci-citando a algún escritor? Si alguna vez te grito, grí-grítame tú también. Nunca te haría daño. Eso te lo puedo prometer sin temor a equivocarme.

—De mí —confesó ella, que clavó los ojos en el botón superior de su chaqueta y apoyó la mejilla en su palma pese a todo—. Tengo miedo de mí. —El vizconde la miró a los ojos con detenimiento y le resultó extraño darse cuenta de eso en la oscuridad—. Esta noche estaba enfadada —siguió—. Estoy enfadada. No sabía que me iba a sentir así, pero ha sucedido. Juega usted con mis sentimientos, aunque tal vez no de forma deliberada. Viene a buscarme, habla conmigo y me besa, y después... nada durante días, y luego vuelta a empezar. Hace cinco días me hizo prometerle que no diría que no, y después se marchó y no me dio la opción a decir ni sí ni no. No me dijo que se iba a marchar. No tenía por qué hacerlo, por supuesto. Yo no tenía derecho a esperar algo así. Y ahora tengo la premonición de que así sería el matrimonio con usted, pero a gran escala. La vida tal y como la he conocido durante años, incluidos los cinco de mi matrimonio, acabaría patas arriba, y yo no sabría siquiera dónde estoy. Esa incertidumbre me resultaría insoportable.

—¿Temes la pasión? —le preguntó él.

—¡Porque es incontrolada! —exclamó—. Porque es egoísta. Porque hace daño a terceras personas y puede que a uno mismo. No quiero pasión. No quiero incertidumbre. No quiero que me grite. Y tampoco quiero gritarle yo. No lo soporto. No soporto esto.

Él acercó la cara de nuevo.

—¿Qué ha pasado en tu vida que te hizo tanto daño? —quiso saber.

Agnes puso los ojos como platos.

—No ha pasado nada. Esa es la clave de todo.

Sin embargo, no lo era. No lo era ni mucho menos.

—Me de-deseas —dijo él—, tanto como yo a ti. —Esos ojos verdes la miraron con un nuevo brillo.

—Tengo miedo —repitió Agnes, pero incluso a sus oídos pareció una protesta poco convincente.

La boca del vizconde, cálida en la fría noche, cubrió la suya, y ella le rodeó el cuello con los brazos mientras él hacía lo propio con su cintura; y se inclinó hacia él o él se inclinó hacia ella, daba igual. Y supo, ¡ay!, supo que no podría dejarlo marchar aunque tuviera miedo. Sería como saltar por un precipicio con los ojos vendados.

Él no había mencionado el amor en absoluto. Pero tampoco lo hizo William. Al fin y al cabo, ¿qué era el amor? Nunca había creído en él ni lo había deseado.

El vizconde levantó la cabeza.

—Podríamos casarnos mañana —dijo—. Estaba pensando en pasado mañana, pero eso fue cuando no pensaba ve-verte hasta mañana. Y el vicario está en la casa. Podría hablar con él esta misma noche. Podríamos casarnos mañana por la mañana, Agnes. ¿O preferirías una gran bo-boda en Saint George? Con tu familia y la familia al completo presentes.

Agnes le colocó las manos en los hombros y se echó a reír, aunque sin rastro de humor. En su vida había tenido tanto miedo. Tenía miedo de hacer algo de lo que se arrepentiría para siempre.

—Está el detallito de las amonestaciones —le recordó.

Él la miró con una sonrisa.

—Licencia especial —dijo—. Te-tengo una en la mesita de noche junto a mi cama. Por eso fui a Lo-Londres, aunque cuando iba de camino caí en la cuenta de que seguramente po-podría haber conseguido una más cerca, tal vez en Gloucester. No sé mu-mucho de estos asuntos. Da igual. Conseguí evitar a todo el mundo salvo a uno de mis tíos, al que me resultó imposible no saludar cu-cuando lo vi. Pero es un bu-buen hombre. Le dije que no me había visto y él levantó la copa y preguntó quién diantres era yo.

Agnes no le estaba prestando atención.

—¿Ha ido a Londres para conseguir una licencia especial? —le preguntó, aunque él había sido muy claro al respecto—. ¿Para poder casarse aquí conmigo sin necesidad de que corran las amonestaciones? ¿¡Mañana!?

—«Si hubiera que darle fin, más valdría darle fin pronto» —repuso él.

Agnes lo miró fijamente, incapaz de hablar durante un segundo.

—Macbeth se refería al asesinato —señaló—. Y en realidad es: «Si darle fin ya fuera el fin, más valdría darle fin pronto»... Ese cambio altera por completo el significado.

—Tienes un efecto perturbador en mí, Agnes —le aseguró él—. Empiezo a re-recitar po-poesía. Y mal. Pero... «más valdría darle fin pronto», eso lo mantengo.

—¿Antes de que pueda cambiar de idea? —le preguntó—. ¿O antes de que pueda hacerlo yo?

—Porque quiero estar a sa-salvo contigo —contestó él.

Lo miró sin dar crédito.

—Po-porque qui-quiero hacerte el amor —añadió él— y no puedo si no nos casamos, porque eres una mujer vi-virtuosa, y yo tengo una norma que me impide seducir a las mujeres vi-virtuosas.

Sin embargo, había dicho: «Porque quiero estar a salvo contigo».

El problema era que ella temía no estar a salvo con él.

—Lord Ponsonby...

—Flavian —la interrumpió—. Es uno de los nombres más ri-ridículos que cualquier padre podría ponerle a un hijo, pero es lo que mis pa-padres me hicieron a mí, y me tengo que aguantar. Soy Flavian.

Tragó saliva antes de hablar.

—Flavian —dijo.

—No suena tan mal cu-cuando lo pronuncias tú —comentó él—. Repítelo.

—Flavian. —Y, por sorprendente que fuera, se echó a reír—. Te va que ni pintado.

Él hizo una mueca.

—Sigue con lo que estabas diciendo —la animó—. Has dicho mi nombre e ibas a añadir algo más. Dilo.

Se le había olvidado. Era algo relacionado con el hecho de si estarían a salvo juntos o no. Pero… ¿a salvo? ¿Qué quería decir eso?

Al día siguiente. Podría estar casada al día siguiente.

—Creo que a mi padre y a mi hermano les resultaría inconveniente viajar a Londres —dijo—. Sobre todo por unas segundas nupcias. ¿Tienes una familia extensa?

—Gigantesca —contestó él—. Podríamos llenar dos iglesias como la de Saint George y solo si se que-quedaran de pie.

En esa ocasión fue ella quien hizo una mueca.

—Pero ¿qué van a decir? —le preguntó.

Flavian echó la cabeza hacia atrás, sin dejar de rodearla con los brazos y… aulló a la luna. No había otra forma de describir el sonido triunfal que brotó de su garganta.

—¿Qué van a decir? —repitió él—. ¿No qué dirían? Se pondrán furiosísimos, los siete mil sesenta al completo, por negarles la posibilidad de meter baza en mi bo-boda. Agnes, ¿mañana si se puede organizar? ¿O pasado mañana a lo más tardar? Di que sí. ¡Di que sí!

Aún no lo entendía. ¿Por qué ella? ¿Y por qué el cambio radical desde que le aseguró, no hacía tanto, que jamás podría ofrecerle matrimonio a ninguna mujer? ¿Qué atractivo tenía ella para un hombre como el vizconde de Ponsonby?

«Porque quiero estar a salvo contigo».

¿Qué querrían decir esas palabras?

Le deslizó las manos por el cuello y alzó la cabeza hacia él.

—En ese caso, sí —dijo, exasperada—. De todas maneras, no vas a aceptar un no por respuesta, ¿verdad? En ese caso, sí. Sí, Flavian.

Y él volvió a apoderarse de su boca.

12

Flavian se sentía tan fresco como una lechuga… o algo igual de ridículo. Se había acostado a medianoche y se había despertado a las ocho en punto solo porque su ayuda de cámara estaba haciendo ruido en su vestidor de forma premeditada.

Y, en ese momento, recordó que era el día de su boda.

Y que había dormido toda la noche sin que lo molestaran las pesadillas ni ninguna otra cosa.

¡Por el amor de Dios, era el día de su boda!

La noche anterior había regresado al salón con Agnes Keeping, y nadie demostró haberse dado cuenta de que se habían ido y de que habían vuelto… hasta que él carraspeó. Eso consiguió que se hiciera el silencio de inmediato. Un silencio que aprovechó para decirles que la señora Keeping acababa de concederle el honor de aceptar su proposición de matrimonio. Sí, recordaba haber usado unas palabras tan pomposas. Pero habían trasladado el mensaje.

Y, al echar la vista atrás, le parecía que todos habían esbozado una sonrisa torcida, aunque esa reacción ufana pronto fue seguida por un alboroto, las palmadas en la espalda, los apretones de manos, los abrazos e incluso las lágrimas. La señorita Debbins había derramado alguna lágrima por su hermana, al igual que lady Darleigh. ¡Incluso George! No se podía decir que llorara abiertamente, mucho menos delante de Agnes, pero sus ojos tenían un brillo sospechoso mientras le daba un apretón en el hombro que estuvo a punto de dislocárselo.

Flavian siguió con el anuncio de que la boda se celebraría a la mañana siguiente, siempre y cuando el reverendo Jones estuviera dispuesto a celebrarla con tan poca antelación.

—¿Mañana por la mañana? —preguntaron a la vez la señorita Debbins y Hugo.

El vicario se limitó a asentir con un gesto amable de la cabeza y le recordó a lord Ponsonby que debía tener en cuenta el detallito de las amonestaciones.

—No si hay una li-licencia especial —repuso Flavian—. Y la hay. Acabo de lle-llegar de Londres con ella.

—Menudo tunante estás hecho, Flave —dijo Ralph—. ¿Para esto has usado mi tílburi?

Hubo más alboroto y más palmadas en la espalda, y lady Darleigh se marchó a toda prisa para hablar con la cocinera y con el ama de llaves, y regresó un buen rato después con las noticias de que prepararían la *suite* de invitados del ala este para la noche siguiente, de modo que los novios pudieran pasar su noche de bodas rodeados de lujo y en la intimidad. George se ofreció a llevar a Agnes al altar, pero después de darle las gracias, ella repuso que prefería que lo hiciese su hermana, siempre y cuando no hubiera algún precepto eclesiástico que le impidiera a una mujer encargarse de esa función. Flavian le pidió a Vincent que fuera su padrino, algo que, según replicó Vincent con una sonrisa de oreja a oreja, sería como que un ciego guiara a otro.

Y después los invitados que no se alojaban en la casa se marcharon, incluida Agnes, cerca de la medianoche, y Flavian se sintió borracho sin haber probado una gota de licor y tan cansado que apenas logró convencer a sus piernas de que lo llevaran a su dormitorio, y tal vez no lo habría conseguido si George y Ralph no lo hubieran acompañado hasta la puerta. Tal vez tampoco habría conseguido desvestirse si su ayuda de cámara no lo hubiera estado esperando y no hubiera insistido en que no tenía permitido dormir con el frac puesto.

Sin embargo, allí estaba, casi once horas después, tan fresco como una lechuga y esperando delante del altar de la iglesia del pueblo a que su novia apareciera. Sus amigos y sus esposas estaban sentados en las bancas que tenía a su espalda, y la esposa del vicario y los Harrison lo hacían en las bancas del otro lado del pasillo.

Vincent tenía miedo de tirar el anillo (Flavian recordó que había comprado uno, aunque como no sabía la talla exacta, tuvo que adivinarla) y no ser capaz de encontrarlo.

—Pero yo sí lo haría —le aseguró Flavian mientras le daba unas palmaditas a su amigo en la mano—. Nada me gustaría más que ti-tirarme al suelo de piedra de la iglesia de un pueblo el día de mi bo-boda, vestido con las calzas blancas y las me-medias.

—¿Se supone que eso me tiene que tranquilizar? —preguntó Vincent—. Y un momento... Se supone que es el padrino quien tiene que tranquilizar al novio nervioso, no al revés.

—¿Se su-supone que un novio tiene que estar nervioso? —quiso saber Flavian—. Pues mejor no me lo digas, amigo mío, o pu-puede que descubra que sí lo estoy.

Sin embargo, no lo estaba... A menos que el temor de que su madre apareciera por la puerta que tenía detrás, el doble de grande de lo que era en realidad y con el índice el doble de largo mientras lo señalaba y le ordenaba que se detuviera en ese instante, fuera un indicio de que efectivamente estaba nervioso.

Era... ¿feliz? Desconocía lo que se sentía al ser feliz y no tenía claro que quisiera saberlo, ya que donde había felicidad también había infelicidad. Todo lo positivo tenía su correspondiente negativo, esa era una de las leyes más irritantes de la existencia.

Lo único que quería era que ella apareciese. Agnes. Quería casarse con ella. Quería estar casado con ella. Todavía albergaba la idea de que estaría a salvo una vez que eso sucediera. Y todavía no había averiguado qué quería decir su cabeza con eso.

Había cosas que era mejor no analizar.

Su ayuda de cámara era todo un genio que obraba milagros, pensó. ¿Qué lo había llevado a incluir en el equipaje calzas, y blancas además, para una estancia de tres semanas con el Club de los Supervivientes?

Por suerte, tal vez, para la calidad de sus pensamientos, se produjo un pequeño alboroto al fondo de la iglesia, y el vicario recorrió el pasillo, resplandeciente con su casulla, para indicar que la novia había llegado y que la ceremonia estaba a punto de comenzar.

Agnes se puso su vestido mañanero de color verde musgo y la pelliza a juego con el bonete de paja que compró el año anterior. Por supuesto, no hubo tiempo para comprar ropa nueva para su boda. Daba igual. De hecho, era mejor así. Si hubiese tenido tiempo para comprar o para confeccionar algo, también habría tenido tiempo para pensar.

El pensamiento, sospechaba, era su peor enemigo en ese momento. O tal vez la falta de pensamiento fuera el enemigo a largo plazo. Desconocía por completo en lo que se estaba metiendo.

¿Qué bicho le había picado?

No, no pensaría. La noche anterior había dicho que sí porque le había resultado imposible decir que no, y ya era demasiado tarde para cambiar de opinión.

Además, de haber dicho que no, él se habría marchado al día siguiente con los demás, para nunca volver, y eso no lo habría soportado. Se le habría partido el corazón. Se le habría partido, por más extravagante y ridícula que pareciera la idea.

La *suite* de invitados...

No, no pensaría.

Alguien llamó a la puerta y Dora entró en el dormitorio.

—No dejo de creer que voy a despertarme, como si fuera un sueño —dijo—. Pero me alegro de que no sea un sueño, Agnes. Me alegro por ti. Creo que serás feliz. Me cae bien ese muchacho, aunque sigo sin fiarme ni un pelo de esa ceja suya que parece tener vida propia. Y mejor no pensar mucho en la imagen que acabo de pintar, ¿verdad?

—Dora —dijo Agnes, que entrelazó las manos con fuerza y se las llevó al pecho—, me siento fatal. Por dejarte.

—No debes sentirte así, en absoluto —repuso su hermana—. Era inevitable que volvieras a casarte algún día. Nunca he esperado que te quedaras aquí conmigo para siempre. Solo pido que seas feliz. Siempre te he querido más que a nadie, que lo sepas; algo sorprendente cuando tengo un padre, un hermano y varios sobrinos. Pero tú siempre me has parecido más una hija que una hermana. Tenías cinco años cuando yo tenía diecisiete.

Cuando las dejaron solas, salvo por su padre, que se encerró en sí mismo después de que su madre se marchara y fue una presencia casi invisible en sus vidas. Oliver, su hermano, ya estaba en Cambridge.

—Dora. —Agnes titubeó. Nunca había preguntado y siempre había creído que nunca lo haría. Desde luego que no era una pregunta para ese día. Pero salió de sus labios de todas formas—. ¿Somos hermanas?

Dora la miró fijamente, con los ojos desorbitados y la boca entreabierta.

—Quiero decir que si somos hermanas de padre y madre —explicó Agnes.

Su padre, Oliver y Dora tenían el pelo oscuro y los ojos castaños. Al igual que su madre. Pero Agnes, que nació mucho después que sus dos hermanos, no se parecía a ellos. Era una tontería. Había más explicaciones además de la que ella llevaba media vida intentando no tener en cuenta. Había rasgos que a veces se saltaban una generación.

—Nunca he visto indicios de que no lo seamos —le aseguró su hermana—. Recuerda que yo tenía doce años cuando tú naciste. Y nunca lo he querido saber.

De modo que ella también se lo había preguntado.

—No quiero saberlo —insistió Dora—. Eres mi hermana, Agnes. Mi querida hermana. Nada, absolutamente nada, podría cambiar eso.

—Renunciaste a mucho por mí —le recordó ella.

Dora estaba planeando y soñando con la temporada de su presentación en sociedad en Londres cuando cumpliera los dieciocho años. A sus cinco años, Agnes había compartido sus esperanzas y su emoción, y creía que su hermana mayor era guapísima y que sin duda conseguiría un marido apuesto. Pero cuando su madre se marchó de repente, todo acabó de golpe para Dora y se quedó en casa para cuidarla a ella, para criarla, para quererla, para encargarse del manejo de la casa de su padre. Y ya nunca más fue guapísima.

—Renuncié a ciertas cosas porque quise, Agnes —repuso Dora—. Fue elección mía. La tía Millicent me habría acogido. Me habría llevado a Harrogate y me habría encontrado un marido. Yo elegí quedarme, de la misma manera que elegí venir aquí cuando nuestro padre se casó de nuevo. Es mi vida, Agnes. He hecho con ella lo que he decidido hacer, y sigo haciéndolo. No me debes nada. ¿Lo entiendes? Nada. Si de todas formas crees que me debes algo, haz una cosa por mí, algo que no pudiste hacer con William, por más bueno y decente que fue. Sé feliz, Agnes. Es lo único que te pido. Y solo es eso, una petición, no una exigencia. No he hecho ningún sacrificio por ti. Siempre he hecho lo que he querido hacer.

Agnes tragó saliva con dificultad.

—Y te prohíbo tajantemente —añadió Dora, a la que se le quebró la voz de forma muy extraña— que llores, Agnes. Ya es hora de ir a la iglesia, y no quiero que lord Ponsonby te mire y crea que he tenido que llevarte a rastras hasta allí.

Agnes soltó una carcajada y después se mordió el labio superior.

—Te quiero —dijo.

—Ya está bien —replicó Dora mientras la señalaba con un dedo—. No es típico de ti ser sentimental, Agnes. Pero es el día de tu boda, así que seré comprensiva contigo y te perdonaré. Vamos. No quieres llegar tarde.

No llegaron tarde. Eran las once en punto cuando se detuvieron en la puerta de la iglesia. Había tres carruajes delante, uno de ellos decorado con flores. Y también había personas. Debía de haberse corrido la voz, aunque no se le ocurría quién podría haberse ido de la lengua. Las noticias en un pueblo parecían viajar por el aire. Los presentes asintieron con la cabeza y la miraron con una sonrisa, y daba la sensación de que pensaban quedarse un buen rato.

Y después entraron y vio que la iglesia también estaba decorada. Los olores impregnados en la piedra del incienso, de la cera y de los libros de oraciones se mezclaban con el aroma de las flores primaverales. Se dio cuenta, como si fuera la primera vez, de que ese era el día de su boda. Su segunda boda. Iba a dejar atrás la primera para siempre, incluso iba a renunciar al apellido de William ese día, para llevar a cabo la segunda.

Con el vizconde de Ponsonby.

Flavian.

Casi cedió al pánico en ese momento. ¿Flavian qué más? Ni siquiera sabía su apellido. Iba a ser el suyo en cuestión de minutos, pero no sabía cuál era.

Dora le tomó la mano con un fuerte apretón y le sonrió, y así recorrieron el pasillo juntas, de la mano.

Él la esperaba de pie, vestido a la antigua usanza, magnífico y formal, con calzas y camisa blancas, un chaleco del color del oro bruñido y una chaqueta marrón oscura con faldones. La luz que se colaba por una de las altas ventanas le arrancaba destellos dorados a su pelo. Parecía tan guapo como el príncipe de un cuento de hadas.

¡Qué pensamiento más absurdo!

La noche anterior, Flavian había intentado convencer a lady Darleigh de que celebrarían el banquete de bodas en la posada del pueblo, con cuyos gastos correría él, y de que su esposa y él estarían encantados de quedarse a pasar la noche en cualquier punto del camino a Londres. La vizcondesa era una mujer menuda, muy poquita cosa, de hecho, y parecía poco más que una niña. Pero cuando tomaba una decisión, era imposible hacerla cambiar de idea. Y la noche anterior, mucho antes de que él pudiera decir nada al respecto, ella había tomado una decisión.

Comerían juntos en Middlebury Park, le dijo ella, y ordenaría que preparasen la *suite* de invitados de las estancias públicas. La habían amueblado hacía unos cien años, al parecer, para un príncipe real y su esposa, cuya visita se esperaba que honrase Middlebury Park. Si fueron o no es un detalle que se perdió con el tiempo, pero dichas estancias conservaban todo su opulento esplendor.

De modo que se fueron a Middlebury Park al terminar la ceremonia, después de haber firmado en el registro. Cuando salieron, se oía el repiqueteo de la campana de la iglesia, el sol empezaba a salir de detrás de una nube y una pequeña multitud de habitantes del pueblo gritó, aplaudió y vitoreó con timidez. Ralph y Hugo, los muy sinvergüenzas, lo esperaban con sendas sonrisas de oreja a oreja y con las manos llenas de pétalos de flores, que pronto cayeron sobre la cabeza de Agnes y la suya propia. Habría apostado la mitad de su fortuna a que su carruaje se encontraba en ese momento cubierto por más de una tonelada y media de flores.

Volvió la cabeza para mirar a Agnes, tan familiar aunque la conocía desde hacía tres semanas y por haber bailado dos veces con ella cinco o seis meses antes, y tan... segura. Aún no se le ocurría una palabra más apropiada. Estaba ruborizada, tenía los ojos brillantes y le parecía tan familiar que experimentó una sensación de bienestar. Casi era un poco contradictorio.

—Esto es increíble —dijo ella con una carcajada.

Los demás salían de la iglesia detrás de ellos, y otra vez hubo alboroto, palmadas en la espalda, apretones de manos, abrazos y besos. Los habitantes del pueblo los miraban sonrientes desde la calle.

—En fin, Agnes —dijo Flavian al fin mientras la tomaba de la mano—, ¿abrimos la ma-marcha?

La ayudó a subirse al carruaje mientras George mantenía la portezuela abierta, como un lacayo, para después cerrarla y hacerle una señal al cochero. Flavian inclinó la cabeza para besar a la novia, de modo que los espectadores no se sintieran defraudados.

Se separaron de repente poco después, justo cuando el carruaje se ponía en marcha, arrastrando tras de sí lo que parecía un arsenal de sartenes y cazos viejos. Al menos, esperaba que fueran viejos.

—¡Madre del amor hermoso! —dijo ella, que parecía muy alarmada.

Sonrió al oírla.

—Les hice lo mismo a tres de mis amigos el año pa-pasado —explicó—. Es ju-justo que me lo hagan a mí. —La miró a los ojos en mitad del estruendo y ella le devolvió la mirada—. Lady Ponsonby —dijo.

Parecía irreal. No terminaba de creerse que lo hubiera hecho, que ella hubiera accedido, que estuvieran casados.

¿Qué iba a decir su madre? ¿Y Marianne?

—¿Te arrepientes de algo? —le preguntó mientras el carruaje dejaba la calle para enfilar la avenida a través de la arboleda.

—Es demasiado tarde para arrepentirse —respondió ella—. ¡Por favor, qué escándalo! Vamos a quedarnos sordos.

Sí, era demasiado tarde para arrepentirse. O para deliberar con más cabeza y planificar mejor. ¡Por Dios, apenas la conocía, ni ella a él! ¿Siempre había sido tan impulsivo? No podía recordarlo.

Le tomó una mano entre las suyas y la miró con expresión lánguida. Era educada, delgada y bonita. Llevaba el que sin duda era su mejor vestido mañanero. Era decente y el color le sentaba bien. También era recatado y pasado de moda, y a todas luces no era nuevo. Se sentaba con la espalda recta, las rodillas pegadas y los pies uno al lado del otro; una postura familiar. Parecía muy serena y decorosa.

Si le hubieran pedido un mes antes que describiera qué clase de mujer lo atraía menos, habría descrito a Agnes Keeping con una precisión pasmosa, sin recordar siquiera que la había conocido y que había bailado con una mujer así. Sin embargo, incluso entonces, cinco o seis meses antes, la había invitado a bailar una segunda vez, un vals para más señas, cuando no había necesidadde ello. Y le había parecido encantadora.

Agnes Keeping... No, Agnes Arnott y el encanto deberían ser polos opuestos. ¿Por qué no lo eran?

¿Qué tenía ella?

Se llevó su mano a los labios y le besó los dedos enguantados.

Su esposa.

Agnes quizá se habría sentido culpable por todas las molestias que estaba causando de no ser porque Sophia parecía complacidísima consigo misma y porque lord Darleigh también sonreía de oreja a oreja muy contento.

Aunque Sophia había señalado la noche anterior que, de todas formas, tendría que servirles un almuerzo a sus invitados aunque a nadie se le hubiera ocurrido casarse el último día de su visita, y que unos cuantos invitados más a la mesa tampoco eran para tanto, quedó claro que la comida que los esperaba a su regreso de la iglesia distaba mucho de ser un almuerzo normal.

En el comedor, adornado con flores, cintas y velas, se había dispuesto un banquete de bodas en toda regla. Incluso había una tarta glaseada. Agnes no alcanzaba a imaginar cómo había logrado la cocinera prepararla y decorarla junto con todo lo demás en una sola noche. Desde luego que nadie habría dormido. Le habría preguntado a Sophia si podía ir a la cocina a felicitar a la cocinera en persona, pero de repente se dio cuenta de que, al hacerlo, solo añadiría más caos a un lugar que debía de estar ajetreadísimo. De modo que le pidió a Sophia que le transmitiera su felicitación.

Disfrutaron de un auténtico festín, y también hubo discursos y brindis con muchos aplausos y risas.

Hubo la tradicional ceremonia de cortar la tarta.

Todos se quedaron sentados a la mesa mientras la conversación viraba hacia temas más generales, y Agnes recordó que ese era el último día de la reunión del Club de los Supervivientes, que se habrían aferrado a la mutua compañía y se habrían puesto un poco sentimentales incluso sin la distracción añadida de la boda de uno de ellos. Claro que de ninguna de las maneras los siete excluían a los demás de la conversación. Sus modales eran demasiado exquisitos para eso. Incluyeron a los Harrison en la conversación, al igual que al reverendo Jones y a su esposa. Dora se mantuvo en silencio sin dejar de sonreír, pero lo hacía en gran medida por lord Trentham, a quien tenía a la derecha.

Y después, cuando ya estaba bien entrada la tarde, el vicario y su esposa se pusieron en pie para marcharse, y los Harrison hicieron lo propio y se ofrecieron a llevar a Dora a casa.

De repente, o eso pareció, estaban todos en el vestíbulo. La señora Harrison y la señora Jones abrazaron a Agnes y le dijeron, con una carcajada, que estaba un pelín por encima de ellas una vez convertida en la vizcondesa de Ponsonby.

Dora, que le había tendido la mano a Flavian, se vio atrapada en un abrazo. Y después se colocó delante de Agnes y le puso las manos en los codos.

—Sé feliz —le dijo en voz baja, para que nadie más pudiera oírla—. Recuerda que es lo único que te pido. Es lo único que siempre he querido para ti. —Y la besó en una mejilla antes de apartarse, con la sonrisa que había esbozado todo el día en su sitio—. Te veré por la mañana cuando te marches —añadió.

—Sí. —Agnes no confiaba en poder decir nada más. Pero abrazó a su hermana con ferocidad. ¡Qué raro no haber sentido lo mismo cuando se casó con William! ¿Se debía a que en aquel momento no esperaba la felicidad? ¿Quería decir que la esperaba en ese momento? ¿Y qué quería decir con eso de que no había esperado la felicidad con William? Desde luego que había esperado sentirse contenta y lo había conseguido. Y eso era mejor que la felicidad, ¿verdad? Era más duradero, unos cimientos más firmes sobre los que construir la vida—. Tienes que venir a visitarnos. ¿Vendrás?

—Aunque no me invitéis —le prometió Dora mientras se apartaba—. Te despertarás un día y me encontrarás acampada en tu puerta, y me aceptarás por lástima. Y después me negaré a marcharme.

Se estaba riendo.

Aunque ¿adónde invitaría a Dora? El pánico amenazó con consumirla de nuevo. Ni siquiera sabía dónde estaba el que iba a ser su hogar. No sabía nada, salvo que su apellido era Arnott. Era Agnes Arnott, la vizcondesa de Ponsonby. Parecía una desconocida incluso para ella misma.

Y después todos se fueron. La calesa del vicario ya traqueteaba por la terraza y giraba la curva para rodear los parterres de los jardines formales. El duque de Stanbrook estaba ayudando a Dora a subirse al carruaje del señor Harrison, que se puso en marcha en cuanto el susodicho se subió tras ella y cerró la puerta.

Dora volvía a una casita que ya no era la de Agnes. Su equipaje estaba hecho, con las bolsas y el baúl llenos, ya que se había pasado unas cuantas horas la noche anterior preparándolo, así como una bolsa con las cosas que necesitaría esa noche y a la mañana siguiente. Se pasarían a por el resto por la mañana, y después su lugar ya no estaría en Inglebrook. No sabía cuándo volvería a ver a su hermana.

Flavian la tomó del brazo para que lo entrelazara con el suyo y la miró a la cara, con un enorme pañuelo en la mano libre.

—Me aseguraré de que nu-nunca te arrepientes —dijo en voz baja—. Te lo pro-prometo, Agnes.

Las lágrimas que le anegaban los ojos brotaron en ese momento y aceptó el pañuelo para enjugárselas.

—No me arrepiento —le aseguró ella—. Solo estoy triste por despedirme de Dora. No es fácil abandonar el hogar, aunque lo haya sido desde hace menos de un año. Y ni siquiera sé dónde va a estar mi nuevo hogar. Ni siquiera sabía cuál iba a ser mi apellido cuando llegué a la iglesia esta mañana.

—¿Arnott? —repuso él—. Te lo oculté. Creía que anoche podría inclinar la balanza en mi contra. Pensé que tal vez no gustara cómo so-sonaba Agnes Arnott.

Dobló el pañuelo y permitió que él se lo quitara.

—A veces, eres de lo más absurdo —dijo.

Eso le arrancó a Flavian una sonrisa. Era una expresión nueva, una que no le había visto hasta ese momento. Le provocó unas arruguitas alrededor de los ojos y no contenía ni rastro de burla. Creyó que iba a añadir algo, pero pareció cambiar de opinión y se limitó a darle unas palmaditas en la mano que tenía sobre el brazo y volverse hacia la casa con ella.

¡Por el amor de Dios, era su marido!

13

La *suite* de invitados estaba ubicada sobre los dos salones de las estancias públicas. Era grande o, más bien, inmensa. Flavian concluyó que dos personas podrían esconderse sin problemas si lo desearan. Había dos dormitorios, con dos vestidores uno al lado del otro, cada uno lo bastante grande como para albergar a un príncipe o a una princesa con todo su séquito, y aun así quedaría espacio de sobra para que respiraran. Además, contaba con una lujosa sala de estar, tan espaciosa que podría albergar la corte entera de esos príncipes, además de un abultado número de invitados.

La *suite* al completo estaba limpia como los chorros del oro. En uno de los aparadores, había disponible un amplio surtido de vinos, licores y vasos. Había bandejas de plata y cristal con frutas, nueces y bombones sobre varias mesas. En otro aparador, habían dispuesto bizcochos y galletas en varios platos cubiertos por tapas, acompañados por una bandeja con té y café que entregaron poco después de que ellos llegaran. Les servirían la cena a las nueve, según les informó un criado ataviado con librea; al cabo de dos horas, en otras palabras.

—Seguro que querrás estar con tus amigos —le dijo Agnes después de acomodarse en un magnífico sofá de cuatro plazas, evidentemente cómodo y con las patas, el respaldo y los reposabrazos dorados—. Es vuestra última noche juntos.

—Y da la casualidad de que es mi primera noche con mi mu-mujer —replicó mientras se colocaba delante de ella con las manos unidas a la espalda y los pies un tanto separados—. Es posible que esos amigos me golpeen en la cacabeza con uno de los ba-bastones de Ben si los elijo a ellos en vez de quedarme contigo.

Agnes todavía llevaba el vestido verde. Seguía pareciendo una institutriz guapa y remilgada. Había estado a punto de decírselo en la terraza cuando ella le dijo que a veces era muy absurdo. Pero podría haberse ofendido al oír el término «remilgada» y ni siquiera percatarse del adjetivo «guapa». Las mujeres podían ser así.

—Y po-podrías darme un coscorrón en la cabeza con una mano si los elijo a ellos —añadió—. Tendréis que echarlo a suertes.

—No se me ocu... —comenzó ella.

—Yo mi-mismo me golpearía en la cabeza si me te-tentara la idiotez, aunque fuera por un momento, de de-dejarte aquí sola e irme con ellos —la interrumpió—. Tendremos que echarlo todos a suertes. Sin embargo, creo que mi cabeza y yo estaremos a salvo. Una velada de coconversación con los amigos no puede competir con la perspectiva de descubrir el sexo con mi flamante mu-mujer.

Tal como esperaba, sus mejillas e incluso su cuello y la pequeña extensión de piel que se veía por encima del escote del vestido de repente se tiñeron de rojo. Hizo un mohín con los labios que logró que pareciera todavía más una institutriz. Sin embargo, no apartó la mirada de la suya en ningún momento.

—Me gustaría que no me miraras de esa manera —protestó—, intentando parecer que tienes sueño cuando sé muy bien que no es así.

Flavian le sonrió.

—Te aseguro que no tengo su-sueño —replicó—. Todavía no, al menos.

Se sentó en el sofá a su lado y se descubrió al menos a medio metro de ella. ¿Dónde demonios habría encontrado un sofá tan gigantesco el antiguo vizconde de Darleigh que lo comprara? Debía de pesar una tonelada y media, y seguramente acomodaría a veinte personas sentadas una al lado de la otra, siempre que fueran delgadas y no les importara estar pegadas. Sin embargo, no alcanzaba ni por asomo a empequeñecer la estancia.

Tomó una mano de Agnes entre las suyas y se la rodeó con los dedos.

—¿Qué vamos a hacer hasta las nueve? —le preguntó—. ¿Sentarnos aquí y hablar co-como dos desconocidos educados o irnos a la cama?

Ella tomó una honda bocanada de aire por la nariz que después soltó por la boca.

—Ni siquiera ha oscurecido del todo.

Un comentario que decía mucho. El sexo en su primer matrimonio se había practicado al amparo de la decente oscuridad, ¿verdad? Sin embargo, no estaba dispuesto a pensar en el aburrido William.

—¿Dónde está nuestro hogar? —le preguntó ella.

Al parecer, había optado por la conversación entre desconocidos.

—En Candlebury Abbey, en Sussex —respondió—. La parte más antigua de la casa fue una abadía en el pasado, aunque no creas que para ir de una estancia a otra tendrás que rerecorrer fríos claustros o que tendrás que do-dormir en una estancia con suelo de piedra y sin alfombras. No paso mucho tiempo en el campo, más bien, no paso ninguno. También tenemos Arnott House en Lo-Londres.

—¿Por qué? —La inevitable pregunta—. ¿Por qué no vas nunca a Candlebury Abbey?

Se encogió de hombros y abrió la boca para decirle que era un lugar demasiado grande para que un hombre se paseara solo. Pero era su esposa. Debería conocer algunos datos básicos del hombre con el que se había casado.

—Tengo la impresión de que sigue siendo de David —respondió—. De mi hermano mayor. Adoraba cada centímetro de la mansión y conocía su historia al dedillo. Le-leyó y releyó todo lo que podía conseguir sobre ella. Se conocía todas y cada una de las pi-pinceladas de cada cu-cuadro. Se conocía todas y cada una de las piedras y de las losas de la vieja abadía. Conocía bien la paz que tra-transmite, el hecho de que fue un lugar co-consagrado. Siempre deseó poder conjurar espíritus o fantasmas, pero el único espíritu que hay es el su-suyo. O al menos así lo imagino yo. Murió allí a la edad de veinticinco años. Nos llevábamos cuatro años. Él fue el vizconde antes que yo, aunque cada vez era más evidente, antes incluso de que nuestro padre muriera cuando David tenía dieciocho años, que no iba a disfrutar de una vida larga. Siempre tuvo una salud delicada; yo ya le sa-sacaba una cuarta a los trece años y pesaba mucho más que él, aunque estaba tan delgado que solo se me veían codos y rodillas. Todos sabíamos que padecía titisis, aunque esa palabra jamás se pronunció delante de mí. Sin embargo, dos de los seiscientos tíos que fueron nombrados nuestros tutores se encargaron de pre-prepararme abiertamente para asumir el título de vi-vizconde. No hubo as-aspavientos, ni ningún intento por hacerlo de tapadillo o con de-delicadeza. David lo sabía, ¿cómo no iba a saberlo? Pero permitió que sucediera sin hacer el me-menor comentario. Al fin y al cabo, yo era su heredero. Aunque hubiera gozado de una salud robusta, yo habría sido su heredero hasta que se ca-casara y tuviera un hijo. Al final, no pu-pude soportarlo más. Me ne-negué a ir a la Universidad cuando cumplí los dieciocho años, tal como habían planeado para mí. En cambio, insistí en comenzar una carrera militar, y David me compró la comisión. Por entonces, él ya era mayor de edad y mi tutor legal.

Ya estaba, unos cuantos datos básicos, aunque un tanto distorsionados. No le había confesado la verdadera razón por la que se empecinó en la carrera militar ni la verdadera razón de David para complacerlo.

Sin embargo, ella quería saber el motivo por el que nunca iba a Candlebury Abbey. Y no le había respondido.

—David vivió más de lo que esperábamos —siguió—. Aunque tres años después de que me marchara, se hizo evidente que se estaba muriendo y volví a casa con un permiso desde la península ibérica. Todos supusieron que había regresado para quedarme. Hasta yo mismo lo supuse así. Me enfrentaba a nuevas responsabilidades. Pero mientras tanto, David se estaba mu-muriendo y lo demás no importaba. Era mi her-hermano. —Hizo una pausa para tragar saliva. Ella ni siquiera intentó hablar—. Y luego lo abandoné —siguió—. Estaba de-decidido a regresar a la península ibérica y así lo hice aunque él se encontraba a las puertas de la muerte. De hecho, me fui de casa cuatro días antes de lo necesario rumbo a Londres para divertirme en un baile fa-fastuoso. David murió al día siguiente de que yo zarpara. Recibí la noticia dos semanas después, pero no volví a casa. ¿Qué sentido te-tenía que lo hiciera? Él se había ido, y yo no había estado a su lado cu-cuando importaba y no quería ni el titítulo que había sido suyo ni todas las cosas que pasaron a mis manos. No quería ir a Candlebury Abby. Así que me quedé luchando hasta que una bala en la cabeza y una caída del caballo lograron lo que la muerte de mi hermano no consiguió. Volví a casa o, mejor dicho, me lle-llevaron a casa, aunque fue a Londres, no a Candlebury Abbey, gracias a Dios.

Esperó a que llegaran las recriminaciones. ¿Por qué abandonó a su hermano? ¿Solo para asistir a un baile? ¿Por qué regresó a la península ibérica? ¿Por qué no vendió la comisión y regresó a casa después de recibir las noticias? Podría responderle, aunque las respuestas tenían poco sentido para él. El simple hecho de que esas preguntas pasaran de forma fugaz por su mente llevaba consigo la amenaza de un fuerte dolor de cabeza y de un pánico atroz. Llevaba consigo el peligro de apretar los puños y desquitarse contra algún objeto inanimado, como si reducir las cosas a añicos despejara la niebla que ocultaba sus recuerdos, le diera sentido a su pasado y excusara todas las vilezas que había cometido.

Sin embargo, Agnes no le hizo ninguna de esas preguntas. Ni siquiera le preguntó su habitual por qué. Lo que hizo, en cambio, fue tomarle las manos entre las suyas.

—¡Lo siento mucho! —exclamó—. Pobre Flavian. ¡Qué horrible para ti! Me imagino si tuviera que enfrentarme a algo así con Dora... ¡No, no quiero ni imaginármelo! Aunque creo que yo también podría haberme escapado y haber tratado de olvidarlo todo divirtiéndome en un baile fastuoso lleno de gente. Supongo que no ayudó, pero entiendo por qué lo hiciste. Y por qué no pudiste quedarte. Pero sigues torturándote porque no estuviste a su lado. Y tampoco te has perdonado. —Le soltó las manos y se puso en pie—. Deja que te sirva un té o un café ahora que todavía estarán calientes. ¿O prefieres algo del aparador?

—Té —contestó Flavian—. Por favor.

La observó mientras ella se dedicaba a la tranquila tarea doméstica de servirle un té y colocar un par de galletas en el platillo. Aquello estaba destinado a convertirse en una escena familiar para él, pensó. Una actividad tan sencilla como esa: tomar el té con su esposa. Quizá podría alcanzar la paz después de todo.

Y la absolución. Ella no tenía el poder para ofrecérsela, pero lo había consolado de todos modos. Sin embargo, había omitido muchísima información. Las cosas eran mucho peores que como él las había contado.

—Háblame del resto de tu familia —le pidió Agnes mientras se sentaba a su lado, con su propia taza y platillo en la mano. De repente, sonrió—. ¿Seiscientos tíos?

—Está mi madre —contestó él— y también tengo una hermana, Marianne, lady Shields. Oswald, lord Shields, es su esposo. Tengo dos sobrinos y una sobrina. Seis mil tías, tíos y pri-primos la última vez que los conté. ¿He dicho seiscientos? Iremos a Lo-Londres cuando nos marchemos de aquí y podrás conocer a algunos de ellos. Allí también se pueden hacer otras cosas. Quizá vayamos a Ca-Candlebury Abbey para la Pascua. Allí están mi madre y mi hermana con su familia. Le escribiré a mi madre y la avisaré de nuestra visita.

Debería llevar a Agnes directamente a Candlebury Abbey, supuso. Necesitaba hacer un sinfín de compras, pero seguramente podría retrasarlas hasta después de Pascua, cuando se trasladaran a Londres para la temporada social con el resto de la alta sociedad. Agnes debía participar en la temporada social, por más que él detestase lo que conllevaba. Como su vizcondesa, tendrían que presentarla a la alta sociedad, tal vez incluso tendrían que presentarla en la corte. A veces, desearía que la realidad de la etiqueta social no tuviera que inmiscuirse tan pronto ni tan a menudo en su vida.

Había pasado por alto dicha realidad cuando se apresuró a comprar la licencia especial y volvió corriendo para casarse con ella.

Agnes se llevó la taza de té a los labios, y él se percató de que le temblaba levemente la mano.

—Tu madre y tu hermana se enfadarán contigo —le advirtió—. Y conmigo. No soy una novia muy elegible para el vizconde de Ponsonby.

Estarían más molestas de lo que ella pensaba. Estarían predispuestas a que cualquier mujer las desagradara, solo porque no era Velma. Debería haber sido más comunicativo con ella, pero ya era demasiado tarde; demasiado tarde para que ella cambiara de opinión sobre la idea de casarse con él en todo caso. Sin embargo, debía explicar algunas cosas antes de ir a Candlebury Abbey. Sería injusto permitir que se adentrara a ciegas en una situación potencialmente explosiva.

Sin embargo, lo haría más tarde. Ya habían hablado demasiado sobre él.

—Pamplinas —replicó—. ¿Y tu padre? ¿Se molestará porque no le pedí tu mano y te apremié a que te casaras conmigo antes de que él me conociese siquiera? Debo escribirle una carta también a él.

—Estoy segura de que te lo agradecerá —repuso—. Aunque esta mañana les escribí a mi hermano y a él. No me cabe duda de que ambos estarán encantados y sorprendidos. Verán que lo he hecho muy bien yo sola.

—¿Aunque ni siquiera me hayan visto?

—Cuando lo hagan, tal vez cambien de opinión. —Le relucieron los ojos por su propia broma.

—¿Cuándo murió tu madre? —le preguntó.

—Cuando yo estaba... —De repente, dejó de hablar mientras dejaba la taza con mucho cuidado en el platillo y se inclinaba hacia delante para colocarla con un leve traqueteo de la porcelana sobre la bandeja—. No ha muerto. Que yo sepa, sigue viva.

Flavian la observó mientras volvía a acomodarse en el sofá a su lado y extendía los dedos sobre el regazo para examinarse el dorso de estos con cuidadosa atención.

Un momento. Su padre se había vuelto a casar, ¿no era así?

—Se fue cuando yo tenía cinco años —siguió ella—. Mi padre presentó una petición al Parlamento poco después y se divorció de ella. Fue un proceso largo, problemático y costoso, aunque yo no supe nada del tema mientras era pequeña. Lo único que sabía era que mi madre se había ido, que no regresaría, que yo la echaba mucho de menos y que lloraba por ella noche tras noche y, a menudo, también durante el día.

Pero Dora estaba conmigo y había decidido quedarse en casa en vez de irse a Londres para disfrutar de su presentación en sociedad y encontrar marido durante la temporada, como siempre había soñado. Eso me alegró mucho. Siempre fue mi persona favorita del mundo, aparte de nuestra madre, claro está, y me aseguró una y otra vez hasta que me convenció de que prefería quedarse conmigo antes que irse a cualquier otro lugar. ¡Qué inocentes son los niños! Se quedó en casa hasta que nuestro padre se volvió a casar y, al año siguiente, yo me casé con William. Solo entonces comprendí que, aunque mi padre nos había asignado en el pasado unas buenas dotes, la mayor parte del dinero se había destinado al divorcio y lo poco que quedó se había usado para que Dora pudiera asentarse en Inglebrook antes de empezar a ganarse la vida. Pocos hombres habrían querido casarse conmigo cuando prácticamente no aportaba nada al matrimonio. William siempre me aseguró que era conmigo con quien quería casarse, no con el dinero.

¡Por el amor de Dios!, pensó Flavian. ¿Acaso todo el mundo tenía una historia que contar cuando se le dedicaba tiempo para escucharla o se podía persuadir a la persona en cuestión para que la contara?

—Además, él estaba dispuesto a casarse conmigo pese a la vergüenza —añadió, con la mirada todavía fija en el dorso de las manos—. Él estaba al tanto, por supuesto. Siempre fue nuestro vecino. Tú no has podido elegir, ¿verdad?

—¿Te refieres a lo que pasó? —le preguntó él—. Con tu madre, quiero decir.

Ella se encogió de hombros y los mantuvo cerca de las orejas un instante.

—Nunca se hablaba de ella —confesó—, mucho menos a mi alrededor. De todas formas, escuchaba fragmentos de conversaciones entre los criados y entre los hijos de los vecinos. Creo que se casó con su amante. No sé quién era. Creo, aunque no lo sé con certeza, que fue su amante durante algún tiempo antes de que se fuera con él. Tengo algunos recuerdos de ella. Era morena, guapa y jovial. Se reía, bailaba y me lanzaba por los aires hasta que yo gritaba de miedo y le pedía que volviese a hacerlo. Al menos, creo que era guapa. Quizá una madre siempre es guapa para un hijo. No podía ser muy joven. Oliver tenía catorce años cuando yo nací.

—¿Sientes cu-curiosidad por ella? —quiso saber.

Agnes lo miró por fin.

—No —contestó—. Ni la más mínima. No sé quién era él ni quién es, y no quiero saberlo. No sé quién es ella, ni siquiera estoy segura de que siga viva. Me atrevería a decir que no reconocería su nombre ni su rostro. Tampoco me gustaría reconocerla. No quiero conocerla. Nos abandonó, tanto a Dora como a mí, y las consecuencias para mi hermana fueron mucho más espantosas que para mí. No, no tengo curiosidad. Pero hay algo más que deberías saber, algo que deberías haber sabido antes de esta mañana.

Flavian había soltado su taza y su platillo, y le había tomado las manos entre las suyas. Las tenía heladas, tal como esperaba. Presintió lo que se avecinaba.

—Ni siquiera estoy segura de que mi padre sea mi padre —confesó.

Su mirada era inexpresiva, igual que su voz, aunque él se negaba a creer que no sintiera curiosidad. ¡Ah, su Agnes serena, tranquila, disciplinada y segura, que llevaba dentro un mundo de dolor desde su más tierna infancia!

—¿Alguien ha dicho alguna vez que no lo es? —le preguntó.

—No.

—¿Alguna vez te ha tratado de manera diferente de como trata a tus hermanos?

—No. Pero no me parezco a él, ni a Dora ni a Oliver. Ni a ella.

—Quizá te pareces a una tía, a un tío o un abuelo —sugirió—. Tu padre es tu pa-padre de todas formas, Agnes. El nacimiento y la cri-crianza no siempre dependen de algo tan nimio como quién proporcionó la simiente.

Ella apartó la mirada.

—Es posible que te hayas casado con una bastarda —dijo.

Podría haberse reído si ella no hubiera estado tan seria.

—Habrá quiquienes digan que eres tú quien se ha casado con el ba-bastardo —repuso, y luego sonrió mientras se llevaba la mano a los labios—. Al parecer, tengo algo en común con tu Wi-William, Agnes. Me casé contigo esta mañana porque, aunque apenas te co-conozco, te quería como esposa. Todavía te qui-quiero como esposa, aunque seas una bastarda diez veces. ¿Es posible ser diez veces un babastardo? Parece de lo más es-espantoso, ¿verdad?

Había acercado la cabeza a la suya, pese a la enorme distancia que les imponían los gigantescos cojines del sofá, de manera que se vio obligada a mirarlo a los ojos. Y entonces, Agnes se rio.

—¡Qué absurdo eres! —dijo.

Y la besó mientras ella le daba un apretón en la mano y sus labios se estremecían bajo los suyos, tras lo cual se apartó y le pasó un brazo por los hombros.

Agnes estaba tan atormentada como él.

Se las arreglaron para mantener una conversación durante la hora que quedaba antes de que les llevaran la cena y durante la comida en sí, y resultó mucho más ligera. Los criados que llegaron con la comida colocaron una mesa en el centro de la sala de estar con un mantel blanco impecable y la mejor vajilla, los mejores cubiertos, la mejor cristalería y el mejor vino que podía ofrecerles lord Darleigh. Encendieron dos velas colocadas en sendos candelabros de plata. La escena no podía ser más romántica.

Flavian le habló más sobre su madre y su hermana, y sobre su cuñado y sus sobrinos. También añadió algunas anécdotas que involucraban a su hermano y a sí mismo cuando eran jóvenes, y le quedó más claro que nunca que había adorado a su hermano mayor, ese muchacho más bajo que él y menos robusto. Le habló de sus años de estudiante en Eton (su hermano fue educado en casa) y le contó un poco sobre los años que pasó en el regimiento de caballería, aunque nada relacionado con las batallas en las que había luchado. Ella le habló de su hermano, de su cuñada y de sus sobrinos. Le habló de la esposa de su padre, a quien siempre había apreciado y a la que aún seguía apreciando, aunque le resultaría difícil verse obligada a vivir con ella en la misma casa. También añadió algunas anécdotas de su infancia que incluían a Dora.

Fue hacia el final de la comida, cuando él estaba cómodamente sentado con la copa de vino en una mano, cuando Agnes cayó en la cuenta de algo importante.

—¡Ay, Dios mío! —exclamó—. No me he cambiado para cenar.

—Yo tampoco —repuso él mientras sus ojos vagaban de forma perezosa sobre la parte de su vestido que quedaba a la vista por encima de la mesa.

—¡Ah! Pero tú estás espléndido —señaló Agnes—, mientras que yo llevo un vestido de mañana.

—No ha sido una cena formal, Agnes —le recordó él—. Es algo íntimo.

—Pero de todas formas debería haberme cambiado —insistió—. Te ruego que me disculpes.

Debería haberse puesto el azul o el lavanda o el verde. No, el verde no. Quizá era demasiado festivo, aunque era su noche de bodas. ¡Ay, Flavian iba a acabar aborreciendo el verde! Y el azul y el lavanda.

Él la miró pensativo un momento antes de soltar la copa y ponerse en pie. Tras rodear la mesa, le tendió una mano. Agnes era consciente de la hora, algo más de la diez, y de que estaba nerviosa, como si todavía fuera virgen.

Claro que bien podría serlo. Había pasado tanto tiempo...

Dejó la servilleta sobre la mesa, colocó la mano sobre la que él le ofrecía y se puso en pie. Flavian se llevó su mano a los labios.

—Ve y cámbiate ahora, entonces —le dijo—. Ponte el camisón. Avisaré para que retiren los platos y para que venga mi ayuda de cámara. ¿No tienes doncella?

—Pues no —contestó—. Me resulta innecesario.

—De todas formas, tendrás una —anunció él—. En cuanto lleguemos a Londres. Además de ropa nueva.

—¡Oh, no hace fal...! —protestó.

—Serán dos cosas muy necesarias cuando lleguemos a Lo-Londres —la interrumpió él—. La doncella y la ropa. Ya no eres la señora Keeping, del pueblo de Inglebrook. Eres la vizcondesa de Ponsonby, de Ca-Candlebury Abbey. Quiero verte vestida como corresponde.

Era extraño que no hubiera pensado en eso, en que ya no tenía que mantenerse con la pequeña pensión que William le había dejado, en que en ese momento era la esposa de un aristócrata adinerado que se avergonzaría de una esposa que no estuviera presentable. Su ropa no se encontraba en mal estado precisamente, pero no era ni nueva ni tenía mucha, y jamás había estado a la moda.

—¿Eres muy rico? —le preguntó.

¡Qué sorprendente que se hubiera casado con él sin conocer el alcance total de su fortuna!

—Deberías haberte acordado de pre-preguntármelo anoche en vez de hacerlo ahora —replicó él con su voz lánguida y los párpados entornados—. Bien te has po-podido casar con un pobre o con un hombre asediado por un mo-montón de deudas tan alto como el monte Olimpo. Pero puedes estar tranquila. El abogado que vela por mi fo-fortuna en Londres no me ha amenazado nunca con renunciar ni ha sufrido un sí-síncope durante una de nuestras reuniones, ni me ha regañado por mis extravagancias, ni me ha advertido de un futuro próximo en la prisión de de-deudores. Además, las cuentas de mi ad-administrador siempre muestran una cuantía saludable en la parte de las ga-ganancias. Unos cuantos vestidos bonitos no me van a convertir en un me-mendigo, aunque es posible que tengamos que beber agua durante un mes en vez de té si añadimos la compra de unos cuantos bonetes. —Sonrió y luego añadió—: Te alegrará saber que no tengo vicios caros. Cuando apuesto a las cartas, algo que no ocurre a menudo, empiezo a sufrir su-sudores fríos si las pérdidas se acercan a las cien libras e irrito a todos mis compañeros de juego abandonando la pa-partida. Los caballos me parecen criaturas volubles, salvo en la batalla. Nunca apuesto a las carreras.

—¿Eso ha sido un sí? —le preguntó ella.

—Efectivamente —respondió—. Nunca podré acusarte de haberte casado conmigo por mi dinero, ¿verdad? Me has privado de un arma para usar cuando discutamos.

—Me casé contigo por tu título —repuso ella.

Flavian esbozó una sonrisa lánguida.

—¿Do-dormiste bien anoche? —le preguntó.

—Llegamos tarde a casa —contestó Agnes, que lo miró con recelo—. Y después tuve que hacer el equipaje. Cuando por fin me acosté, dormí relativamente bien.

Salvo por los momentos en los que se despertaba. Y los sueños tan reales.

—Esta noche no dormirás mucho —predijo él—. Y preferiría que la noche no fuera más corta de lo necesario. Ve a cambiarte.

¿¡Cómo!? ¡Si todavía eran cerca de las diez! Seguramente podrían dormir bien el resto de la noche después de... En fin, después. Si acaso lograba conciliar el sueño, claro. Era posible que siguiera tensa por la extrañeza de los eventos del día, incluyendo el que estaba por suceder.

Partirían por la mañana. Hacia Londres.

Echó a andar hacia su vestidor, sintiendo en todo momento la mirada de Flavian en la espalda mientras se alejaba.

Era un camisón elegante, tal como esperaba. No era una prenda barata, como sucedía con toda su ropa. No era nuevo, como sucedía con toda su ropa. Y desde luego no lo habían diseñado para despertar la imaginación o la lujuria de un hombre.

De todos modos, logró ambas cosas. La cubría hasta los tobillos, las muñecas y el cuello. ¿Qué quedaba por hacer sino imaginar y desear lo que estaba oculto a la vista?

Se había recogido el pelo en una solitaria trenza que le caía por la espalda, y se lo había apartado pulcramente de la frente y de las orejas. La encontró de pie junto a la ventana de su dormitorio, aunque seguramente no estuviera disfrutando de las vistas del exterior. La estancia estaba orientada hacia las lomas y el sendero agreste, y esa noche la luna no brillaba. Agnes lo miró por encima del hombro con la cara inexpresiva. Como un mártir que se dirigiera a la hoguera. ¿O eran las brujas las que corrían semejante destino? Parecía lo bastante hechizante como para ser una. Podría darle unos consejos a la cortesana más experimentada.

Había llamado a la puerta antes de entrar y esperó hasta que ella le dio permiso para pasar. En ese momento, se adentró en la estancia, una vez que cerró la puerta tras él.

—¿Alguna vez has visto un dormitorio tan suntuoso? —le preguntó—. Menos mal que la ve-ventana no está orientada al este. El reflejo de la luz del sol sobre las mo-molduras doradas podría cegarnos por la mañana.

—Me pregunto si el príncipe y su princesa se alojaron de verdad aquí —replicó ella—. Si no fue así, debió de parecer un espantoso dispendio.

—Tendremos que hacer un buen uso de él esta nonoche —replicó Flavian—. De esa manera, cada penique que se gastaran aquí habrá valido la pena.

Había tenido suerte de que su ayuda de cámara hubiera sacado una camisa de dormir de algún rincón de su equipaje, pensó; tal vez del mismo que ocupaban las calzas. Agnes podría haberse quedado desconcertada al descubrirlo desnudo debajo de la bata.

—¿Cuánto tiempo has tardado en trenzarte el pelo? —le preguntó.

—¿Dos minutos? —respondió Agnes como si no estuviera segura—. ¿Tres?

—Déjame ver si puedo deshacerla en uno —replicó él.

Tardó más tiempo porque se detuvo frente a ella para hacerlo en vez de colocarse a su espalda y lo distrajeron sus ojos, que parecían más grises que azules, si bien la luz de las velas empañaba el color por debajo de esas pestañas largas y rizadas, un poco más oscuras que su pelo. Y luego lo distrajo su boca, que nadie compararía jamás con un capullo de rosa de pitiminí, algo que agradecía. Las bocas grandes eran mucho más besables. Y después lo distrajo el olor de su pelo o el de su piel o el de toda ella. Era un aroma indescriptible y desde luego que no procedía de un frasco ni de una pastilla de jabón en su totalidad. Ganarían una fortuna con ese olor si pudieran embotellarlo, pero era demasiado egoísta para compartirlo. Además, ¿por qué tenerlo en una botella cuando la tenía a ella?

Lo distrajo la punta de su lengua, con la que ella se humedeció despacio los labios, aunque fue evidente que lo hizo sin intención alguna de provocarle una erección.

Sin embargo, se la provocó de todos modos.

Agnes no había sido presentada en sociedad porque su padre había usado el dinero reservado para ese fin en su proceso de divorcio. ¿Habría aprendido alguna artimaña femenina si lo hubiera hecho? Le gustaban las que le salían de forma natural y que, en realidad, no eran artimañas en absoluto, porque esa palabra en sí sugería algo deliberado.

Era como estar casado con una monja. Aunque todavía no había descubierto qué habilidades había adquirido en la cama durante su matrimonio anterior. Claro que estaba dispuesto a apostar... No, no lo haría. Las apuestas se hacían entre dos personas.

Esperaba que Agnes careciera por completo de habilidades.

¡Qué pensamiento más extraño! En algunas ocasiones, había pagado un precio exorbitante por ciertas habilidades y por el mero acceso a un cuerpo femenino.

Después de deshacerle la trenza y de extenderle el pelo sobre los hombros, ya no parecía una monja. Le llegaba casi hasta la cintura, cuando ya no estaba de moda llevarlo tan largo.

—No es ni oscuro ni rubio —comentó ella—. Un simple castaño.

—No me agradaría que tuvieras el pelo rubio u oscuro —le aseguró él—. Me gustas con este color de pelo.

—Bueno, eso es muy galante por tu parte —replicó ella.

Parecía por lo menos cinco años más joven con el pelo suelto. Aunque la edad que tenía no le importaba en absoluto.

La besó, introduciendo los dedos de una mano entre esa abundante y sedosa mata de pelo, y atrayendo su delgado cuerpo hacia él con la otra mientras se apoderaba de su boca. Era húmeda y ardiente. Agnes se agarró a sus hombros y percibió una tensión en ella que no había estado presente durante los abrazos anteriores. Quizá porque sabía que en esa ocasión no se detendría.

—Ha pasado mucho tiempo —dijo con voz un poco jadeante y un tono un tanto contrito cuando él levantó la cabeza.

No se refería a la última vez que él la besó.

—¿Cuánto? —quiso saber.

—¡Oh! Cinco o seis años.

En ese momento, se sonrojó y se mordió el labio inferior, y Flavian comprendió que si no recordaba lo que le dijo en una ocasión, lo haría en breve. Porque entonces le dijo que llevaba viuda tres años. ¿Qué tipo de matrimonio había sido el suyo? ¿Qué clase de hombre fue William Keeping? ¿Habría estado enfermo durante los últimos dos o tres años de un matrimonio que duró cinco?

Sin embargo, no estaba ni remotamente interesado en William Keeping ni en su vida sexual. Ni siquiera estaba interesado en la viuda de William Keeping.

Ardía de deseo por su propia esposa.

—Hora de dormir —anunció.

14

Y durmieron, pero fueron intervalos de no más de una hora, cuando se apoderaba de ellos una especie de cansancio lánguido. Porque hicieron el amor una y otra vez mientras estuvieron despiertos.

Agnes lo denominaba así en sus pensamientos, «hacer el amor», aunque era consciente de que lo que sucedía entre ellos era mucho más crudo y carnal de lo que sugería ese término romántico.

Flavian la desnudó antes de hacer lo propio para meterse en la cama y no apagó las velas, aunque ella le llamó la atención sobre el hecho de que seguían encendidas: cuatro en un candelabro sobre el tocador, cuyo espejo las convertía en ocho. Y una en cada mesita de noche, a ambos lados de la cama.

—Pero debo verte, Agnes —protestó él—. Debo ver lo que te hago y lo que tú me haces a mí.

La cama era enorme. Seguramente fuese lo bastante ancha como para permitir que seis adultos durmieran uno al lado del otro con suficiente comodidad. Durante el transcurso de la noche, usaron cada centímetro de ella, pero no se arroparon aunque todavía era marzo y fuera debía de hacer frío.

Ninguno de los dos lo notó. Se tenían el uno al otro para cubrirse y como fuente mutua de calor.

Una fuente inextinguible.

La desnudez, la luz de las velas y el escaso uso que hicieron de la ropa de cama dejaron a Agnes desconcertada. Como también la desconcertaron esos ojos verdes, que trazaron un rastro ardiente sobre todo su cuerpo, incluidas las partes más íntimas, al igual que sus manos, sus dedos, sus uñas, su boca, su lengua y sus dientes mientras la recorrían por entero y la acariciaba, le hacía cosquillas, la pellizcaba, la arañaba, la lamía, le soplaba, la mordía y un sinfín de cosas más que la excitaron hasta un punto febril de deseo. Sin embargo, y pese a su limitada experiencia sexual, no era virgen. Y tampoco era una niña. Desde que dejó de ser ambas cosas, había reprimido anhelos de los que apenas había sido consciente y no veía motivo para reprimirlos más cuando era tan obvio que Flavian quería hacerla partícipe de su placer. Así que no se mantuvo en actitud pasiva durante mucho tiempo. Poder hacer esas cosas con un hombre, dejarse hacer y hacerlas a su vez, tanto las que desconocía como las que había soñado, pero no había experimentado nunca, le resultó estimulante y maravilloso.

Descubrió que hacer el amor no era un encuentro breve, casi clandestino, consistente en unas cuantas caricias y en la unión de la mitad inferior de los cuerpos al amparo de las mantas y la oscuridad; ni una retirada apresurada tan pronto como terminaba el acto, tras lo cual se murmuraba un furtivo «buenas noches» porque se dormía en habitaciones separadas. ¡Ah, no! Aquello era algo muy diferente. La primera vez, Flavian y ella se entregaron el uno al otro con una sensualidad ardiente y vigorosa durante lo que pareció una eternidad, si bien podría haber pasado solo media hora antes de que él la penetrara con una embestida firme y segura que la dejó sin aliento y casi al borde de la locura. Ni siquiera entonces se apresuró. Se movió con lenta meticulosidad, penetrándola hasta el fondo con un ritmo poderoso hasta que Agnes sintió que su cuerpo se amoldaba a dicho ritmo, y sus caderas y sus músculos se acoplaron a su cadencia para moverse al unísono, abrazados, sudorosos y jadeando por el esfuerzo.

Cuando por fin lo oyó suspirar junto a su sien y se quedó inmóvil en su interior mientras se derramaba en ella, no sintió el alivio de haber cumplido con su deber una semana más. Lo que experimentó fue la cresta de una ola que estremecía la tierra y un vertiginoso descenso hacia el plácido océano que se extendía al otro lado. Era el fin del mundo y el comienzo de la eternidad, o eso sintió durante los primeros minutos después de que sucediera, hasta que recuperó el aliento, el corazón dejó de latirle con fuerza y fue consciente del cálido peso de Flavian presionándola contra el colchón, del hecho de que todavía estaban unidos y de que eran marido y mujer.

Debería sentirse avergonzada, abochornada, expuesta. Sin embargo, no sintió ninguna de esas cosas, ni siquiera cuando él se apartó y se acostó a su lado sin dejar de mirarla a la parpadeante luz de las velas con los ojos entrecerrados. Solo sintió una cierta tristeza, porque todo había terminado y él se marcharía a su dormitorio, y porque tal vez no volvería a experimentar nada de eso durante unos días, tal vez una semana.

Sin embargo, Flavian no se fue. Le pasó un brazo por debajo del cuello, le rodeó la cintura con el otro y la pegó a su cuerpo hasta que se quedó dormida, arrullada por los latidos constantes de su corazón, abrigada por el calor húmedo que irradiaba y reconfortada por el olor almizcleño de su sudor, que le pareció la esencia misma de la masculinidad.

Flavian en su propia esencia.

Estaba locamente enamorada de él.

Hicieron el amor seis veces increíbles antes de que se despertara a la luz del día y descubriera a Flavian de pie junto a la cama, observándola mientras se ponía la bata. Seguía pareciéndole magnífico casi desnudo, aunque su cuerpo no estaba libre de daños por la guerra, tal como había visto y sentido durante la noche. Tenía numerosas cicatrices de bordes irregulares provocadas por heridas de sable, así como una redondeada cerca del hombro derecho, donde debió de alcanzarlo una bala. Algunas de las heridas seguramente lo dejaron a las puertas de la muerte cuando las sufrió.

Sin embargo, esas cicatrices no estropeaban su belleza. Su apostura era increíble, tan rubio, tan guapo, tan fuerte y tan viril.

—He despertado a la Bella Du-Durmiente —dijo—. Discúlpeme, lady Ponsonby. Es que si no aparezco antes de que mis amigos se va-vayan, se buburlarán de mí eternamente. Además, nosotros mismos debemos partir en algún momento de la mañana. —Dicho lo cual, se inclinó sobre ella para darle un minucioso beso con los labios separados, aunque enarcó una ceja al sentir que Agnes suspiraba contra su boca y afirmó que habría relegado a Eva a las sombras del Paraíso si hubiera puesto un pie en él al principio de los tiempos, tras lo cual echó a andar hacia uno de los vestidores cuya puerta cerró al entrar.

Habían hecho el amor despacio y también con frenesí. Con ella tumbada de espaldas y también encima de él; y en una ocasión, lo hicieron lánguidamente, tumbados de costado, con una pierna sobre él mientras se miraban a los ojos. Flavian se había asegurado de que ella experimentara el mismo placer físico que él en todas y cada una de las ocasiones. Poseía una habilidad maravillosa para lograrlo, como si se enorgulleciera de ser un buen amante.

Eran las seis y media, comprobó Agnes tras mirar el recargado reloj de la repisa de la chimenea.

Cuando bajó los pies al suelo y se sentó en el borde del colchón, se dio cuenta de una cosa. O más bien de dos. La primera, que se sentía... casada. Estaba cansadísima y sus partes íntimas estaban doloridas. Tenía las piernas flojas. Se sentía de maravilla.

La segunda, que para Flavian la noche no había tenido nada que ver con el amor ni con estar enamorado. No había tenido nada que ver con el deber de un marido hacia su esposa y su matrimonio. Ni siquiera había tenido nada que ver con la consumación de los votos que pronunciaron el día anterior. Para él, todo se reducía a dar y recibir placer.

Era agradable saber que lo había complacido. Porque lo había complacido. No le cabía la menor duda. De la misma manera que él la había complacido a ella, y expresarlo así era quedarse muy corta. Sin embargo, saber que para él solo había sido por placer, que seguramente siempre sería así, la asustaba un poco. En fin, al menos tenía claro que, desde el punto de vista físico, lo complacía. Que incluso sentía cierto cariño por ella. Y creía que, pese a la intensa masculinidad que irradiaba en todo momento, sería un marido fiel, al menos por una temporada.

No obstante, jamás debía olvidar que para él el aspecto sexual de su matrimonio estaría cimentado en el placer. Jamás debía pensar que lo hacía por amor. Y jamás debía buscar el amor en otros aspectos de su relación. Jamás debía arriesgarse a que le partiera el corazón.

¡Aunque ella también disfrutaría del placer, por supuesto que sí! Nunca había imaginado un placer semejante.

Debería vestirse y prepararse para emprender el viaje.

Para irse.

Para alejarse de su casa, de Dora y de todo lo que se había convertido en familiar y conocido en tan solo un año. Debía de estar loca para haberse casado con un hombre del que todavía sabía tan poco. Salvo que no se arrepentía. Había sido cautelosa durante demasiado tiempo. Durante toda la vida.

Se puso en pie, sintió la maravillosa inestabilidad de sus piernas y el dolorcillo en los pechos y en sus partes íntimas, y se atrevió a pensar que nunca se arrepentiría. Y que quizá por fin, ¡por fin!, se quedaría embarazada y tendría un hijo. Quizá varios. ¿Se atrevería a soñar tan a lo grande?

Claro que solo tenía veintiséis años. ¿Por qué siempre debía creer que los sueños eran para los demás y no para ella?

Entraron en el comedor del ala oeste antes de las siete y media. Aun así, fueron los últimos en llegar a desayunar.

—¿Qué? —dijo Ralph cuando los vio—. No has podido dormir, ¿verdad, Flave?

—Precisamente, amigo mío —contestó Flavian con un suspiro mientras se llevaba el monóculo al ojo y miraba con cierto disgusto los riñones que Ralph se había servido en el plato—. ¿Debo suponer que tú sí lo has hecho?

—He ordenado que subieran el desayuno a la *suite* de invitados a las ocho y media —dijo lady Darleigh—. Pero es maravilloso que estemos todos juntos para desayunar. Agnes, ven y siéntate a mi lado. Odio las despedidas, y esta mañana habrá muchas. Aunque todavía falta un buen rato. Te voy a echar muchísimo de menos.

Flavian vio que Agnes tenía las mejillas sonrosadas, probablemente por la vergüenza de la noche de bodas. Tal vez tuviera buenas razones para sentirse cohibida, pensó con descarada satisfacción masculina. Aunque su apariencia fuera impecable, quedaba claro que había pasado la noche ocupada con ciertos menesteres.

Nunca, jamás de los jamases, había disfrutado de una noche de sexo tanto como lo había hecho la noche anterior. Tal como sospechaba, y se había quedado corto, Agnes era un polvorín de pasión sexual a la espera de que prendieran la mecha. Y él había pasado una noche gloriosa encendiéndola y disfrutando del espectacular castillo de fuegos artificiales.

Era suya para tomarla esa noche y la noche siguiente y todas las noches, y también todos los días si así lo deseaban, durante el resto de sus vidas. Quizá solo se debía a que no había practicado el sexo con frecuencia desde que lo hirieron. Quizá estaba tan necesitado como ella, obviamente. Sin embargo, era una posibilidad que no necesitaba contemplar. Después del ayuno que ambos habían sufrido, disfrutarían del festín hasta saciarse, y ya resolverían lo que el futuro les deparara.

El banquete podía durar toda la vida. ¿Quién sabía?

Se sentó entre George e Imogen, y sintió una gran tristeza porque las tres semanas juntos habían llegado a su fin y él había desperdiciado más o menos la última con su vertiginoso viaje de ida y vuelta Londres, más la boda y la noche de bodas.

—¿Pasarás la temporada social en Londres, George? —quiso saber.

—El deber me reclama en la Cámara de los Lores —contestó el aludido—. Así que sí, estaré en la ciudad un tiempo.

—¿Y tú, Imogen? —pregunto Flavian después.

Imogen hizo una rara aparición en la capital el año anterior para la boda de Hugo y para la de Vincent, que se celebró poco después.

—Yo no —contestó—. Me quedaré en casa, en Cornualles. —Le cubrió la mano con la suya y le dio un apretón en los dedos—. Estoy contentísima de que hayas encontrado la felicidad, Flavian. Y de que Hugo, Ben y Vincent lo hayan hecho también, y todos en menos de un año. Ha sido vertiginoso, la verdad. Ojalá Ralph encuentre a alguien.

—Y tú también, Imogen —replicó él—. Y Ge-George.

—Es difícil enseñarle trucos nuevos a un perro viejo —repuso George con una sonrisa—. Pero me deleitaré con la felicidad de mis amigos. Y con la de mi sobrino. Desde su boda, estamos más unidos. Ha resultado mucho mejor de lo que esperábamos, habida cuenta de sus correrías de juventud.

—Pero ¿cuántos años tienes? —le preguntó Flavian—. No me había dado cuenta de que ya chocheas.

—Cuarenta y siete —contestó George—. Era muy joven cuando me casé y lo seguía siendo cuando nació mi hijo. Ha pasado mucho tiempo desde entonces.

¡Por el amor de Dios! Sí, debía de ser muy joven. Hasta ese momento, nunca se había percatado de ese detalle. George debía de tener solo diecisiete o dieciocho años cuando se casó. Jovencísimo.

Imogen había clavado la mirada en su plato vacío.

—Nada de romanticismo para mí, Flavian —le dijo—. Eso jamás sucederá. Nunca más. Por elección propia.

Había retirado la mano de la suya, pero Flavian se la tomó y se la llevó a los labios.

—La vida todavía pu-puede ser amable contigo, Imogen —le recordó.

—Ya lo es. —Lo miró a los ojos y le regaló una de sus infrecuentes sonrisas—. Tengo seis de los amigos más maravillosos del mundo, y todos ellos hombres guapos. ¿Qué más puede pedir una mujer, aun cuando insisten en demostrar la molesta tendencia a enamorarse y casarse con otras mujeres?

Él le devolvió la sonrisa, y su mirada se cruzó con la de Agnes, sentada al otro lado de la mesa. Todavía estaba sonrojada y cohibida. Le guiñó un ojo lentamente y vio que su rubor aumentaba mientras esbozaba el asomo de una sonrisa, antes de prestarles atención de nuevo a lady Darleigh y lady Trentham.

Otra vez la deseaba y se preguntó cómo sería el sexo en un carruaje cerrado dando tumbos y sacudidas por los caminos ingleses. Apretujado, incómodo, peligroso y buenísimo, sospechaba. Quizá más tarde pondría dicha suposición a prueba.

A esas alturas, todos se estaban levantando de la mesa. Había llegado el momento de despedirse de Middlebury Park y de los demás. Era el día más triste de todo el año. Sin embargo, ese año no se iba solo. Ese año lo acompañaba su esposa.

Y tendría que enfrentarse a su madre en Candlebury Abbey, cuando reuniera el valor suficiente para ir. Y a Marianne.

¡Y a Velma!

Se alegró de no haber probado los riñones. Ya sentía el estómago un poco revuelto.

Todos se marchaban al mismo tiempo, lo que provocó una vorágine de carruajes, caballos, mozos de cuadra, voces, risas y lágrimas. Todos se abrazaron y alargaron dichos abrazos con emoción. A Agnes también la incluyeron.

Unos abrazos que fueron distintos de los del día anterior. En aquel momento, era la novia, y la gente siempre abrazaba a las novias. Era un gesto casi impersonal.

Esa mañana la abrazaron y ella devolvió los abrazos porque, en cierto modo, formaba parte del grupo: el Club de los Supervivientes y sus cónyuges.

Nunca había sido sentimental; al menos, no desde su más tierna infancia. No era de las personas que tocaban a las demás, salvo para saludar con el típico apretón de manos. Pocas veces había abrazado a alguien, y había recibido muy pocos abrazos. Por regla general, rehuía esas demostraciones de afecto. Como también rehuyó las relaciones físicas durante su primer matrimonio (aunque solo en su fuero interno, nunca lo demostró abiertamente) y se sintió aliviada cuando se hicieron menos frecuentes primero y, después, cuando dejaron de producirse por completo.

La noche anterior la había consumido una intensa pasión física, y esa mañana había abrazado a todas esas personas a las que apenas conocía, salvo a Sophia. Y había sentido un vínculo, un calor en el corazón, un cariño que desafiaba la razón y el sentido común.

Se sentía viva por completo, quizá por primera vez en su vida. ¡Oh, y locamente enamorada, por supuesto! Aunque no permitiría que su mente, o su corazón, se regodearan en ese hecho. Era la esposa de Flavian y de momento le bastaba con eso.

Le rozó el dorso de la mano con los dedos mientras se alejaban de la mansión y rodeaban los parterres de los jardines formales para enfilar la avenida de entrada que discurría entre los setos topiarios en dirección a la arboleda y la verja de entrada. Flavian le tomó la mano entre la suya y le dio un apretón, aunque no la miró ni hizo el menor comentario. Agnes sabía que para ella era imposible entender por completo los lazos que unían a ese grupo de siete personas. Sin embargo, eran más profundos que los lazos familiares, eso sí lo tenía claro.

Sin embargo, las despedidas todavía no habían acabado.

Dora estaba de pie en el jardín delantero de la casita, mirando pasar los carruajes, sonriendo y levantando la mano mientras uno tras otro aminoraban la velocidad y se intercambiaban despedidas a través de las ventanillas abiertas. Todavía sonreía cuando el carruaje de Flavian se detuvo, y su cochero descendió del pescante para abrir la portezuela y desplegar los escalones. Flavian se apeó, la ayudó a bajar a ella y, al instante, se encontró rodeada por los brazos de Dora, con la puerta del jardín entre ambas. Ninguna de las dos habló durante unos segundos.

—Agnes, estás muy guapa —le dijo Dora cuando se separaron. Algo de lo más extraño, cuando llevaba un vestido de viaje y un bonete que había usado antes miles de veces. Pero repitió las palabras con más énfasis—. ¡Estás guapísima!

—¿Y yo también estoy gu-guapo, señorita Debbins? —preguntó Flavian con su característica languidez, como si estuviera suspirando.

Dora lo miró con ojo crítico.

—Bueno, sí —contestó—. Pero siempre lo está. Sin embargo, no me fío ni un pelo de usted. Pero será mejor que nos tuteemos, ya que somos cuñados. Llámame Dora, Flavian.

Él le sonrió y abrió la puerta del jardín para darle un fuerte abrazo.

—Cu-cuidaré de ella, Do-Dora —dijo—. Te lo prometo.

—Espero que seas un hombre de palabra —replicó ella.

En ese momento, Agnes volvió a abrazarla, tras lo cual la ayudaron a subir de nuevo al carruaje. La portezuela se cerró con un golpe firme, el cochero colocó su baúl y sus bolsas con el resto del equipaje y, al cabo de un instante, el carruaje se balanceó un poco sobre sus lujosas ballestas y se puso en marcha. Agnes se acercó a la ventanilla y levantó una mano. Miró a su hermana, tan sonriente y con la espalda muy erguida, hasta que quedó fuera de la vista y aun entonces mantuvo la mano levantada.

—Ni siquiera he vivido un año ahí —dijo—, pero siento como si me estuvieran arrancando el corazón. —Un comentario que tal vez no fuera muy elogioso a oídos de un flamante marido.

—Agnes, es a tu hermana a quien estás de-dejando atrás —replicó—, no al pueblo. Y ha sido de nu-nuevo más una ma-madre que una hermana. Sin embargo, la verás con frecuencia. Cuando vayamos a vivir a Candlebury Abbey, la invitaremos a quedarse con nosotros todo el tiempo que qui-quiera. Si así lo de-decide, puede quedarse a vivir con no-nosotros, aunque supongo que pre-preferirá ser independiente. Pero la verás mu-mucho.

Agnes se acomodó en el asiento, sin mirarlo a la cara, pero él le rodeó los hombros con un brazo y la atrajo hacia su costado hasta que no le quedó más remedio que apoyarle la cabeza en el hombro. Acto seguido, le desató el lazo de debajo de la barbilla y arrojó el bonete al asiento de en frente, donde se encontraba su propio sombrero.

—Las despedidas son lo peor del mu-mundo —dijo—. No te despidas nunca de mí, Agnes.

Prácticamente le estaba diciendo que le importaba de verdad, pensó Agnes, emocionada. Aunque no tardó en arruinar el momento.

—Me he estado pre-preguntando —dijo con esa languidez ya tan conocida— hasta qué punto es posible o imposible, sa-satisfactorio o insatisfactorio, practicar el sexo en un carruaje.

¿Esperaba una respuesta por su parte? Al parecer, no.

—Sin que nos vean, cla-claro está —añadió—, aunque ciertamente es un tanto excitante pensar en las caras que pondrían los pasajeros del coche de postas cuando pa-pasaran a nuestro lado. Claro que tenemos unas cortinas estupendas para cubrir las ve-ventanillas. En cuanto al movimiento que po-podamos provocar, el cochero apenas lo notará en cu-cuanto estemos en el camino propiamente dicho. Lo intentaremos esta tarde. Cre-creo que el placer de la experiencia puede ser un digno rival de los retozos en una cama lo bastante grande como para que se acuesten diez personas.

—¿Solo piensas en el placer? —le preguntó Agnes.

—Mmm —murmuró él mientras sopesaba su respuesta—. A veces, también pienso en el es-esfuerzo que te deja sudoroso y jadeante. Y otras, en lo que du-duele contenerse para no estallar como un petardo antes de tiempo o co-como un colegial que de-desconoce el autocontrol. Aunque también pienso en el de-decoro de esperar hasta la noche para di-disfrutar de las relaciones maritales con mi esposa, que tal vez considere escandaloso hacerlo durante el día. Salvo a las cinco y media de la mañana, claro, cuando no demuestra la menor resistencia ni se acuerda del de-decoro en lo más mínimo.

Agnes sintió que le temblaban los hombros. No se reiría. ¡Ni hablar! No debía alentarlo. Sin embargo, él le había pasado un brazo por encima, de manera que o sabía que se estaba riendo, o pensaría que tenía fiebre y tiritaba. Desistió del esfuerzo por disimular.

—¡Qué absurdo eres! —exclamó entre carcajadas.

—¡No! —Se inclinó un poco para poder mirarla a la cara. Tal como esperaba, había entornado los párpados—. Y yo pe-pensando que a lo mejor era uno de los mejores amantes del mundo.

—En fin, no sabría decirte, ¿verdad? —replicó ella—. Aunque me atrevería a decir que te acercas mucho.

Esos ojos verdes se abrieron de par en par de repente mientras esbozaba una sonrisa deslumbrante, de manera que Agnes sintió que el corazón le daba un vuelco en el pecho.

—Ni se te ocurra —le dijo—. Me refiero a hacerlo aquí, a plena luz del día.

Flavian se apoyó de nuevo en el respaldo del asiento y ladeó la cabeza para apoyarle la mejilla en la cabeza. En ese momento, comprendió que había estado hablando de tonterías para distraerla de la despedida de Dora y tal vez para distraerse a sí mismo de la despedida de sus amigos.

—Agnes —lo oyó decir al cabo de unos minutos. Estaba adormilada y creyó que él se había quedado dormido—, jamás retes a tu marido si sospechas que puedes acabar perdiendo.

¡Oh, hablaba en serio! Era escandaloso, horrible, indigno y...

Sonrió contra su hombro, pero no replicó.

Flavian le había escrito a Marianne una semana antes. En la carta, le decía cuándo esperaba llegar a Londres. Pero no había mencionado pasar la Pascua en Candlebury Abbey ni el detalle de llevar a su flamante esposa. ¿Cómo iba a hacerlo? En aquel momento, ni siquiera él sabía que habría una esposa que llevar.

Le escribió a su madre desde la posada donde pasaron la primera noche de su viaje. Lo justo era ponerla sobre aviso. Le informó de que había contraído matrimonio mediante una licencia especial, y de que su esposa era la señora Agnes Keeping, viuda de William Keeping e hija del señor Walter Debbins de Lancashire. Se aseguró de comentar que era una amiga muy querida de la vizcondesa de Darleigh de Middlebury Park. Concluyó informándola de que pasarían unos días en Londres antes de ir a Candlebury Abbey para la Pascua.

A su madre no le gustaría, y seguramente eso era quedarse cortísimo. Sin embargo, una vez consumado el hecho, su madre ya no podía hacer nada y acabaría entendiéndolo después de unos días de reflexión. Y, por supuesto, prevalecerían el sentido práctico y los buenos modales. Cuando le presentara a Agnes, reaccionaría con elegancia y modales exquisitos como mínimo. ¿De qué otra forma iba a reaccionar? Agnes era la nueva señora de Candlebury Abbey.

Percatarse de ese hecho le provocó un sobresalto incluso a él mismo. El tiempo había pasado. David había retrocedido un poco más en la historia. Su madre también. Se había convertido en la vizcondesa viuda de Ponsonby.

El carruaje se detuvo frente a Arnott House en Grosvenor Square a última hora de la tarde del tercer día de su viaje, solo una hora más tarde de lo que había pronosticado.

Tardó un instante en moverse una vez que el cochero abrió la portezuela y desplegó los escalones. Le habría gustado alargar el viaje unos días más. No tenía prisa por pasar a la siguiente fase de su vida después de esa breve y deliciosa luna de miel.

No se había arrepentido ni por un momento de su impulsivo matrimonio. El sexo era el mejor de su vida, tanto lo que había sucedido cada noche en las cómodas camas de las posadas como lo que había sucedido tres veces distintas en el carruaje... Sobre todo, eso último, la verdad. Tal como había supuesto, fue una hazaña dificultosa debido a la estrechez, muy incómodo y también muy satisfactorio.

Agnes no lo admitiría. Lo había reprendido en cada una de las ocasiones, tanto antes como después. Pero había sido incapaz de ocultar el apasionado placer que sentía al mantener relaciones carnales dentro de un carruaje en un camino público.

Esa era una característica que la definía. En público era la mujer más comedida. Podría pasar perfectamente por una institutriz remilgada. Pero en privado, con él, se transformaba en una mujer apasionada y ardiente. Cuando lo hacían, saltaban chispas.

Parecía incapaz de saciarse de ella y se preguntó si alguna vez lo haría.

Sin embargo, la luna de miel (si acaso un viaje de tres días podía llamarse así) debía terminar, y allí estaban delante de su casa de Londres, con la puerta abierta, y solo les restaba salir y continuar con el viaje hacia el futuro. Al menos, la había llevado allí primero y la tendría para él unos días más. La idea de compartir su hogar familiar con la novedad de una esposa le resultaba atractiva.

Su mayordomo lo saludó con una rígida reverencia, le dio la bienvenida a casa y miró con recelo a Agnes.

—Mi esposa, la vizcondesa de Ponsonby, Biggs —dijo él.

Biggs se inclinó de nuevo, en esa ocasión más rígido y con más recelo que antes, y Agnes inclinó la cabeza.

—Señor Biggs —lo saludó ella.

—Milady.

Y, en ese momento, se oyó el disparo de un gran cañón y el proyectil cayó a los pies de Flavian y le explotó en la cara. O eso le pareció.

—Milord, su madre lo espera arriba en el salón —le informó el mayordomo. Dio la impresión de que iba a añadir algo más, pero al parecer se lo pensó mejor y cerró la boca prácticamente con un chasquido de dientes.

¿Su madre? *¿Allí?* ¿Esperándolo? Y con ella, sin duda, estaría Marianne. Tal parecía que no se habían quedado en Candlebury Abbey después de todo. Pero ¿era posible que hubieran viajado a Londres en respuesta a su carta? La había escrito solo dos noches antes. O... ¿ quizá no sabían nada?

Seguramente se trataba de lo último, comprendió. Era evidente que había sorprendido a Briggs, y los criados siempre estaban al tanto de las noticias, e incluso a veces eran los primeros en enterarse.

¡Por el amor de Dios! Cerró los ojos un momento, consternado, y sopesó la idea de darse media vuelta sin pérdida de tiempo y salir corriendo de forma vergonzosa hacia el carruaje, llevándose a Agnes consigo. En cambio, se volvió hacia ella y le ofreció el brazo. Parecía tan descompuesta como se sentía él.

—Vamos a que conozcas a mi ma-madre —dijo con lo que esperaba que pareciese una sonrisa tranquilizadora—. Cu-cuanto antes, me-mejor.

Le agarró una mano para invitarla a que lo tomara del brazo y juntos siguieron a un rígido e impasible Briggs por la escalinata. Llegó a la conclusión de que aquello era muy injusto tanto para Agnes como para su madre. Pero ¿qué podía hacer? Se negaba rotundamente a sentirse como un niño travieso al que hubieran sorprendido en plena travesura. ¡Que tenía ya treinta años, por Dios! Era el cabeza de familia. Podía casarse con quien quisiera, cuando quisiera y como quisiera.

No esperaba que su madre estuviera sola en el salón. Se había preparado para encontrarse también con Marianne y posiblemente con su cuñado, Shields. Y estaba en lo cierto: allí estaban los tres.

Junto con sir Winston y lady Frome.

Y su hija, Velma.

15

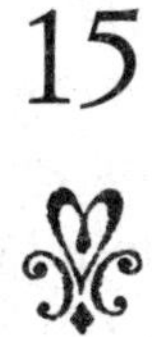

La repentina noticia de que la madre de Flavian se encontraba en Londres y en esa misma casa, para más inri, convirtió en un manojo de nervios a Agnes, que ya se sentía cansada después de otro día de viaje y un poco abrumada al descubrir que Arnott House era un edificio enorme e imponente situado en uno de los laterales de una plaza señorial. Cuando pisó el primer peldaño de la escalinata, estuvo a punto de soltarle el brazo a Flavian y decirle que subiera solo al salón mientras ella iba... ¿Adónde?

Todavía no tenía habitación propia en esa casa y no sabía dónde estaban los aposentos del vizconde. No podía darse media vuelta y huir sin más. Porque... En fin, tarde o temprano iba a tener que pasar por la dura prueba de conocer a su suegra. El problema era que no esperaba que fuese en ese preciso momento. Había supuesto que esperarían unos días, tal vez incluso una semana, y que primero habría un intercambio de cartas. Parecía muy poco probable que la madre de Flavian hubiese recibido su carta antes de llegar a la ciudad. ¡Lo que significaba que no lo sabía!

No podía pensar en eso.

En un abrir y cerrar de ojos, subieron la escalinata y vio que el mayordomo abría la alta puerta de doble hoja de lo que supuso que era el salón, en el que entró del brazo de Flavian para descubrir con cierto espanto que había más personas en la estancia. Seis, concretamente.

Apartó la mano del brazo de Flavian y se detuvo justo al lado de la puerta, que el mayordomo cerró a su espalda mientras Flavian seguía andando.

Había cuatro mujeres, tres de ellas sentadas y una de pie al lado de una chimenea donde crepitaba el fuego. De los dos caballeros, el de más edad estaba al otro lado de la chimenea, mientras que el más joven se encontraba detrás de la silla de una de las damas.

Todos parecían elegantes y formidables y... No hubo tiempo para registrar más detalles. La mujer sentada en la silla más cercana a la puerta se había puesto en pie, con el rostro iluminado por la alegría y el... ¿alivio?

—Flavian, querido —dijo—. Por fin. —Pegó su mejilla a la de Flavian y besó con suavidad el aire, junto a su oreja.

Se trataba de su madre, sin duda, pensó Agnes. Aparentaba la edad adecuada, y Flavian se parecía un poco a ella.

—Flavian, empezábamos a pensar que habías retrasado tu viaje uno o dos días —dijo una dama muy joven, que también se puso en pie y se apresuró a besarlo en la mejilla—, sin decirle una palabra a nadie, algo que no sería de extrañar en ti, pero que hoy habría sido especialmente molesto.

Agnes se percató del leve parecido entre ellos. Debía de ser su hermana.

La más joven de las otras dos mujeres, la que estaba junto a la chimenea, dio unos pasos apresurados hacia él antes de detenerse, con los ojos brillantes por una emoción apenas reprimida y las manos apretadas contra el pecho. Debía de tener su misma edad, pensó Agnes, o tal vez fuera algo mayor, y poseía una belleza innegable. Era de mediana estatura, más bien baja, delgada pero con curvas, con una cara preciosa de rasgos delicados, ojos azules muy abiertos y pelo muy rubio.

—Flavian —murmuró con una voz suave y dulce—, por fin has llegado.

Y, en ese momento, él habló por primera vez.

—Velma.

Todo sucedió en unos segundos. Agnes no podía pasar mucho más tiempo desapercibida, por supuesto. Por desgracia, no era invisible. Y todos parecieron percatarse de su presencia a la vez. La madre y la hermana de Flavian volvieron la cabeza hacia ella y la miraron sin comprender. La mujer rubia, la tal Velma, se detuvo. El caballero que estaba de pie junto a la chimenea se llevó un monóculo al ojo.

Flavian se volvió y le tendió una mano, momento en el que ella se percató de que estaba bastante más pálido que unos minutos antes, en el carruaje.

—Tengo el gran placer de presentaros a Agnes, mi esposa —anunció, mirándola a los ojos sin sonreír antes de volverse hacia los demás—. Mi madre, la vi-vizcondesa viuda de Ponsonby, y mi hermana, Marianne, lady Shields. —También saludó a los demás mientras los presentaba—. Oswald, lord Shields, lady Frome, sir Winston Frome y la co-condesa de Hazeltine, su hija.

Sir Winston dio un paso hacia su hija. Lady Frome se puso en pie y también se acercó a ella como para protegerla. ¿De qué? Era la condesa de Hazeltine.

El silencio que se produjo fue momentáneo, aunque pareció una eternidad.

Lady Shields fue la primera en reaccionar.

—¿Tu esposa, Flavian? —preguntó, mirando a Agnes con una mezcla de sorpresa y repulsión—. ¿¡Tu esposa!?

Su madre se agarró el collar de perlas que llevaba al cuello.

—¿Qué has hecho, Flavian? —preguntó con un hilo de voz y los ojos clavados en la cara de su hijo—. Te has casado. Y además con alevosía, ¿no es así? ¡Debería haberlo esperado! Siempre has sido un hijo rebelde. Siempre, incluso antes de que muriera tu hermano. E incluso antes de que te fueras a la guerra, que no dejó de ser una irresponsabilidad porque te hirieron, perdiste la cordura y te volviste violento. No deberías haber salido del lugar al que te enviamos. Pero esto... ¡Esto! Esto es la gota que colma el vaso.

—Madre —dijo lord Shields con brusquedad y el ceño fruncido mientras rodeaba la silla en la que había estado sentada su esposa y agarraba a su suegra por el brazo, inclinándose hacia ella, para ayudarla a regresar a trompicones a su propia silla.

Los dedos de Flavian le habían rodeado una mano con tanta fuerza que hasta le hacían daño, se percató Agnes. Sin embargo, no se sorprendió al mirarlo y descubrir que estaba contemplando la escena con expresión lánguida y un rictus burlón en los labios.

«Y además con alevosía, ¿no es así?».

—Esto es muy repentino, Ponsonby —terció sir Winston Frome con voz fría y altiva. Ni siquiera miró a Agnes—. Deberías haber pensado un poco en tu madre.

—¿Te has casado, Flavian? —preguntó lady Hazeltine con una sonrisa, aunque tenía la cara tan pálida como el pelo—. ¡Qué agradable sorpresa! Enhorabuena. Y también para usted, lady Ponsonby. Felicidades. —Avanzó por el salón con la mirada clavada en la suya y la mano derecha extendida.

Cuando se la estrechó por un instante, Agnes descubrió que la tenía lacia y tan fría como un témpano de hielo.

—Gracias —replicó ella, devolviéndole la sonrisa.

—Acabo de cumplir con el año de luto por la muerte de mi marido —dijo la condesa—. Mis padres insistieron en traerme a la ciudad antes del comienzo de la temporada para poder comprar con tranquilidad ropa nueva, aunque confieso que he abandonado el negro en contra de mi voluntad. Lady Ponsonby también ha venido antes de tiempo... Perdón, quiero decir la vizcondesa viuda de Ponsonby, con Marianne y lord Shields. Nos han invitado a tomar el té esta tarde. He venido porque esperaban la llegada de su marido y hace años que no nos veíamos. Crecimos siendo vecinos, ya sabe, y siempre hemos sido grandes amigos —le explicó con gran dignidad, sin perder la sonrisa, aunque seguía muy pálida.

—Se-sentí mucho que enviudara, la-lady Hazeltine —dijo Flavian—. Debería haberle mandado mis condolencias por escrito.

—Escribir cartas nunca se te ha dado bien, ¿verdad? —replicó la condesa, que le regaló una sonrisa.

—Lady Ponsonby —dijo lady Frome, dirigiéndose a la madre de Flavian—, si nos disculpa, nos iremos para que pueda felicitar en la intimidad a su hijo por las buenas noticias y conocer a su nueva nuera. El té y la conversación han sido de lo más agradables. Lord Ponsonby, le deseo que sea feliz. —Y se marchó con una sonrisa titubeante para Agnes. Su marido ni siquiera la miró. Su hija comentó que esperaba llegar a conocerla mejor pronto.

La puerta se cerró tras ellos, pero la huella de su presencia se mantuvo en la estancia. Allí había algo, pensó Agnes. No le cabía la menor duda de que había algo. «Flavian», había dicho la condesa con una expresión de alegre bienvenida en la cara. «Velma», había replicado él.

Velma.

Habían crecido siendo vecinos. Siendo amigos. Los amigos de la infancia se llamaban unos a otros por su nombre de pila.

Sin embargo, no hubo tiempo para reflexionar sobre el asunto. Su suegra, su cuñada y su cuñado todavía estaban en el salón. Y la noticia de Flavian les había sentado como un jarro de agua fría.

«Siempre has sido un hijo rebelde. Siempre, incluso antes de que muriera tu hermano. E incluso antes de que te fueras a la guerra, que no dejó de ser una irresponsabilidad porque te hirieron, perdiste la cordura y te volviste violento. No deberías haber salido del lugar al que te enviamos. Pero esto... ¡Esto! Esto es la gota que colma el vaso».

«Ese lugar» debía de ser Penderris Hall en Cornualles, la propiedad del duque de Stanbrook.

«Y además con alevosía, ¿no es así?».

La vizcondesa estaba recuperando parte de su aplomo. Se había sentado muy erguida en la silla.

—Entonces te has casado, Flavian —dijo su hermana—. Y mamá tiene razón. Lo has hecho con alevosía, pero no debería extrañarnos viniendo de ti. En fin, tú eres quien debe vivir con las consecuencias. Agnes, por favor, perdónanos. Todo esto nos ha sorprendido muchísimo y hemos olvidado por completo los buenos modales. Pero, por favor, ¿se puede saber dónde os habéis conocido? ¿Y cuánto tiempo hace que os conocéis? ¿Y quién eres exactamente, Agnes? Estoy segurísima de no haberte visto en la vida.

Algo que no era sorprendente, parecía decir su mirada mientras recorría a su nueva cuñada de los pies a la cabeza.

—Nos conocimos en Middlebury Park el otoño pasado —contestó Agnes— y volvimos a coincidir el mes pasado. Nos casamos allí mediante una licencia especial hace cuatro días.

No tuvo ocasión de responder a la última pregunta de su cuñada. Flavian le había soltado la mano y se la había colocado en la parte baja de la espalda.

—Ven a se-sentarte, Agnes —le dijo—. Siéntate junto a la chi-chimenea. Oswald, si eres tan amable, tira del cordón de la campanilla para que nos traigan más té por si Briggs no ha caído en la cuenta. Creía que os quedaríais todos en Candlebury Abbey para la Pascua. Os escribí allí.

—Al castigarnos de forma tan inteligente, Flavian —comentó su madre como si él no hubiera hablado—, también te has castigado a ti mismo, por supuesto. Pero es algo característico en ti. Claro que, tal como ha comentado Marianne, tú eres quien más sufrirá finalmente, tal como sucedió cuando te negaste a vender la comisión después de la muerte de tu hermano. ¡Qué diferente podría haber sido tu vida si hubieras cumplido con tu deber en aquel momento! Agnes, ¿quién eres tú? ¿Quién eras antes de que mi hijo te elevara a la categoría de vizcondesa?

Aquello era peor que la peor de sus pesadillas, pensó Agnes. Pero intentó pasarlo por alto dadas las circunstancias y el impacto que habían sufrido. Sospechaba que la primera reunión no habría sido tan mala si todo se hubiera desarrollado según el plan previsto. Si la familia de Flavian se hubiera quedado en el campo y hubiera leído la carta con unos días de sobra antes de conocerla, y si ella hubiera tenido la oportunidad de escribirle a su suegra antes de llegar a Candlebury Abbey, porque de esa manera todos habrían contado con un poco de tiempo para prepararse y ocultar mejor el espanto de la situación tras una capa de urbanidad.

—Mi apellido familiar es Debbins, milady, y nací en Lancashire —le explicó—. Mi padre es un caballero. Con dieciocho años me casé con William Keeping, un caballero con tierras vecino nuestro, pero enviudé hace tres años. Pasé una temporada en Shropshire con mi hermano, que es clérigo, y luego me mudé al pueblo de Inglebrook, cerca de Middlebury Park en Gloucestershire, para vivir con mi hermana soltera.

—¿Debbins? ¿Keeping? Jamás he oído ninguno de esos apellidos —protestó su suegra, mientras la miraba con evidente irritación.

—Ni mi padre ni mi difunto esposo se movían entre la alta sociedad, señora —repuso Agnes—. No les interesaba Londres ni los balnearios de moda.

Aunque su padre habría ido a Londres el año que Dora cumplió los dieciocho años si su mujer no lo hubiera abandonado para irse con su amante. Claro que ni siquiera entonces se habrían codeado con lo más granado de la sociedad.

—Supongo que no eran caballeros de fortuna. —Los ojos de la vizcondesa viuda la recorrieron como lo habían hecho unos minutos antes los de su hija.

—Nunca he codiciado una fortuna, milady —replicó Agnes.

Los ojos de su suegra se clavaron en los suyos.

—Y, sin embargo, te has casado con mi hijo. Seguramente sabías que te estabas llevando a un gran partido.

—Agnes se ha casado con un lo-loco, mamá, como tú muy bien pupuedes atestiguar, y merece in-incluso una me-medalla de honor —terció Flavian con su voz lánguida, aunque le estaba costando más de la cuenta controlar el tartamudeo—. Soy yo quien ha co-conseguido un gran pa-partido. He encontrado a una mu-mujer di-dispuesta. Siento mu-mucho que no tu-tuvieras la oportunidad de leer mi ca-carta antes de que hayamos aparecido de esta ma-manera, pero no me informaste de que ibas a ve-venir a mi casa de Londres, de la cual Agnes es ahora du-dueña y señora. ¡Ah, por fin nos traen el té!

—Le hemos echado la culpa a Flavian por sorprendernos con tan inesperadas noticias —dijo lord Shields, que miró a Agnes con una sonrisa—, cuando somos nosotros los culpables de haber venido a la ciudad de manera tan impulsiva e incluso de tener invitados para tomar el té el mismo día que esperábamos la llegada de mi cuñado. Agnes, la familia de tu marido te ha ofrecido una triste bienvenida, y te pido mis más sinceras disculpas. Solo me cabe esperar que Flavian no sufriera lo mismo en caso de que se lo presentaras a tu padre sin previo aviso. ¿Te encargas tú de servir el té?

Habían dejado la bandeja delante de la vizcondesa viuda, que ya había alargado un brazo para hacerse con la tetera.

—¡Oh, no! Por favor —contestó Agnes, levantando una mano—. Será un placer que me sirvan.

—Debes de estar muy cansada, Agnes —comentó lady Shields mientras le llevaba una taza de té—. Viajar siempre es una actividad tediosa e incómoda en el mejor de los casos.

Agnes recordó el viaje con un poco de nostalgia. Durante el mismo ya sabía que, en cierto modo, era un puente entre su antigua vida y la nueva, y se había aferrado a él como una especie de tiempo fuera del tiempo. Recordó fugazmente lo que habían hecho en tres ocasiones distintas en el carruaje para aliviar el tedio de un largo viaje. O esa fue la excusa que le dio Flavian.

Había hecho bien en aferrarse a ese puente.

«Lo has hecho con alevosía, pero no debería extrañarnos viniendo de ti. En fin, tú eres quien debe vivir con las consecuencias».

«Al castigarnos de forma tan inteligente, Flavian, también te has castigado a ti mismo, por supuesto. Pero es algo característico en ti. Claro que, tal como ha comentado Marianne, tú eres quien más sufrirá finalmente».

De alguna manera, todo estaba relacionado con la dulce y guapa Velma, la condesa de Hazeltine, que acababa de superar el año de luto por la muerte de su esposo. Y a quien Flavian no le había escrito nunca con regularidad. ¿Había alguna razón por la que debería haberlo hecho?

—Gracias, milady —dijo Agnes tras aceptar la taza de té.

—Por favor, llámame Marianne —replicó lady Shields—. Ahora somos hermanas. ¡Qué extraño me parece! Me han privado de involucrarme en tu boda, aunque quizá haya sido lo mejor, porque Flavian sin duda lo habría catalogado de interferencia. Cuéntanos todo sobre la boda. Todos los detalles. Y tú, Flavian, limítate a beberte el té. Los hombres son completamente incapaces de describir un acontecimiento semejante con más de una frase.

Flavian se había sentado en el otro sillón cercano a la chimenea y la miraba con su acostumbrada expresión somnolienta y burlona. Agnes se preguntó si su madre y su hermana se daban cuenta de que era una máscara que cubría todo tipo de incertidumbres y vulnerabilidades.

Se dispuso a describir la boda y el banquete posterior en Middlebury Park. Y se preguntó qué habían querido decir al afirmar que Flavian se había casado con ella con alevosía.

El problema era, pensó Flavian un rato después, mientras conducía a su esposa a la planta superior, que nunca se había involucrado. Nunca. Y eso que todo le resultó muy obvio cuando todavía era un niño y David heredó el título después de la muerte de su padre, y todo el mundo intentó prepararlo a él para el día que heredase el título, en un futuro no muy lejano. Por supuesto, se hicieron planes para que David se casara, y él siempre albergó la débil esperanza de que engendrase un heredero, pero esa débil esperanza llegó a su fin cuando cumplió los dieciocho años y fue lo bastante mayor para que todos intentasen concertarle un matrimonio. ¡A él!

Se negó rotundamente a involucrarse en el tema.

El dormitorio contiguo al suyo ya estaba preparado, descubrió con alivio cuando entró con Agnes. Nadie había dado la orden, y menos él mismo, aunque debería haberlo hecho, pero casi siempre se podía confiar en que los criados actuarían por iniciativa propia. A través de la puerta abierta del vestidor, situado en el extremo más alejado del dormitorio, vio a una criada deshaciendo el equipaje de su esposa. La muchacha hizo una reverencia y les explicó que se encargaría de atender a la señora hasta que su propia doncella llegase.

—Gracias —replicó Agnes, y Flavian asintió con la cabeza antes de cerrar la puerta.

Acto seguido, se volvió hacia Agnes.

—Lo si-siento —dijo, poniéndole fin al silencio que habían mantenido desde que salieron del salón.

—¡Oh! Y yo también —se apresuró a replicar ella—. Ha sido horrible, y tu madre y tu hermana se han llevado una sorpresa tremenda. Pero tú no has tenido la culpa, Flavian.

La criada había dejado los cepillos de Agnes en el tocador y ella se acercó para reorganizarlos.

—El problema es que nu-nunca he tomado el control —confesó Flavian—. Llevo siendo lord Ponsonby desde hace más de ocho años y nu-nunca he ejercido mi autoridad. De haberlo hecho, no se habrían comportado como lo han hecho. Lo si-siento.

La vio colocar los candelabros del tocador uno en cada extremo, porque al parecer era más de su agrado, pero después los dejó juntos.

—Estuviste enfermo durante varios de esos años —le recordó.

Era un dormitorio bonito, decorado en tonos verdes y cremas, muy diferente de los suntuosos brocados y terciopelos color vino tinto de su propia habitación. Sospechaba que allí era donde más disfrutaría haciéndole el amor.

¡Por el amor de Dios, Velma! Había tenido la impresión de viajar hacia atrás en el tiempo. Como si no hubieran pasado siete años y ella estuviera allí delante de nuevo, acercándose a él en vez de alejarse, sonriendo con alegría en vez de llorando de dolor y desesperación. Y tan hermosa como siempre.

Se frotó la frente con el puño. Lo acechaba un dolor de cabeza.

—¿Quién es Velma? —le preguntó Agnes, como si pudiera leerle el pensamiento. Lo estaba mirando por encima del hombro.

—¿La condesa de Hazeltine? —preguntó él con el ceño fruncido.

—La llamaste Velma al principio —comentó—. Y ella te llamó Flavian.

—Éramos ve-vecinos —le explicó después de soltar un suspiro—. Ella misma te lo dijo. Farthings Hall está a doce kilómetros de Candlebury Abbey. Nuestras familias siempre han estado muy unidas.

Agnes se sentó en la banqueta acolchada del tocador, mirándolo de frente y con las manos entrelazadas en el regazo.

—Velma era la prometida de Da-David —siguió—. Iban a casarse cuando ella cumpliera los dieciocho. Mi hermano es-estaba enamoradito de ella. Pero cuando llegó el momento, se ne-negó a hacerlo. Ya era obvio que tenía ti-tisis y que no mejoraba. Así que se ne-negó, aunque todos insistían en que podía engendrar un heredero e in-incluso un segundo hijo. Pero se negó en ro-rotundo. Y eso le de-destrozó el corazón.

—¡Oh! —exclamó Agnes en voz baja—. ¿Ella lo quería?

—Habría cumplido con su deber —contestó.

—¿Pero no lo amaba?

—No.

—Pobre David —repuso, mirándolo—. ¿Y verlo sufrir te destrozó el corazón a ti?

Flavian se acercó nervioso a la ventana y tamborileó con los dedos sobre el alféizar. La ventana del dormitorio de Agnes, al igual que la suya, estaba orientada hacia la plaza y el cuidadísimo jardín que había en su centro. El dolor de cabeza estaba más cerca. Algo le pasó fugazmente por la mente, sin detenerse, y lo empeoró.

—Le pedí que me comprara una comisión —dijo sin más— y me marché para unirme a mi regimiento.

Parecía una incongruencia. Pero no lo era. Se negó a comprometerse con Velma después de que David la rechazara. Y se vio obligado a escapar. Fue la única manera de salvarse a sí mismo: huyendo.

A esas alturas, ya sentía un dolor palpitante.

—¿Y Velma? —le preguntó ella.

—Se casó con el conde de Hazeltine unos años de-después —contestó—. Murió el año pasado. Ti-tiene una hija, o eso creo. Sin embargo, no hay heredero. Eso de-debe de haber sido una desilusión para ella.

Se preguntó si también lo habría sido para Len. Pero, por supuesto, debía de haberlo sido. ¿Por qué se lo había preguntado siquiera? ¡Maldito fuera ese dichoso dolor de cabeza!

—¿David murió antes de que ella se casara? —quiso saber Agnes.

—Sí. —Estaba de espaldas a ella.

—Seguro que eso te alegró en parte, por él —repuso ella.

—Sí. —No sabía hasta qué punto, pero carecía de la energía y de la voluntad para decírselo.

En ese momento, se percató de que Agnes se había acercado y estaba a su lado. Le pasó un brazo por encima de los hombros y se volvió para pegarla a él. Acto seguido, le apoyó la frente en la coronilla. Todavía no se había cambiado ni se había aseado después de un día de viaje. Ninguno de los dos lo había hecho. Pero aspiró el familiar olor a jabón y la estrechó contra su cuerpo con más fuerza si cabía.

—Estamos delante de la ventana —le recordó ella.

Flavian levantó una mano y tiró de las cortinas para correrlas. Al instante, la besó con frenesí, buscando la seguridad que ella representaba.

—Esta co-conversación debe continuar en esa ca-cama —dijo contra sus labios.

—¿A plena luz del día?

—En el carruaje funcionó muy bien —le recordó.

—La criada —dijo ella, mirando hacia la puerta del vestidor.

—Los criados no entran en una habitación ocupada sin permiso —le aseguró.

No esperó a desnudarla ni a desnudarse a sí mismo. La tiró a la cama, le subió las faldas hasta la cintura y tras desabrocharse los pantalones, se colocó sobre ella, entre sus muslos, y se hundió en ella como si el calor de su cuerpo fuera una tabla de salvación. Adoptó un ritmo frenético mientras la sangre le atronaba los oídos y encontró el éxtasis segundos antes de oírse jadear. Se apartó de ella y se tapó los ojos con un brazo. El dolor de cabeza seguía rondándolo.

—Lo siento mucho —se disculpó.

—¿Por qué? —Agnes se tumbó de costado y le colocó una mano en el torso.

—¿Te he hecho da-daño?

—No —respondió ella—. Flavian, debes perdonarte a ti mismo por estar vivo cuando tu hermano no lo está.

¡Si ella supiera! Sin embargo, se apartó el brazo de la cara volvió la cabeza para mirarla.

—¿El se-sexo ha estado bien? —le preguntó—. ¿Pese a la escasa delicadeza?

—¿La hubo en el carruaje? —replicó Agnes con las mejillas sonrojadas.

Flavian enarcó una ceja.

—Señora, ni se imagina usted la habilidad necesaria para realizar semejantes menesteres en un carruaje —dijo.

—Creo que sí —repuso ella—. ¡Yo estuve presente!

—¡Ah! —exclamó con los ojos entrecerrados y los ojos clavados en sus labios—. Entonces, ¿esa eras tú? —Y se dio la vuelta para besarla de nuevo, más despacio en esa ocasión, con más delicadeza, pensando más en complacerla. Se preguntó cómo se sentiría Velma en ese momento. Cuando lo vio entrar en el salón, lo miró sin ocultar sus sentimientos.

¿Y cómo se sentía él?

Se sentía seguro con la esposa de su elección. El dolor de cabeza había dado media vuelta y se alejaba sin él.

—Agnes —susurró y suspiró, contento.

16

A partir de ese momento, la vida cambió de un modo más radical de lo que Agnes había imaginado.

Durante la cena de aquel primer día, su suegra ya se había recuperado de lo peor de la sorpresa y dominó la conversación. No fue difícil, ya que Marianne y lord Shields regresaron a su propia casa en la ciudad, Flavian decidió mostrar una actitud lánguida y ella parecía incapaz de controlar sus pensamientos lo suficiente como para iniciar una conversación agradable.

Menos mal que la Pascua sería ese año más tarde, comentó la vizcondesa viuda, y que todavía faltaban un par de semanas para que la alta sociedad acudiera a Londres en masa y la temporada social empezase de verdad. Al menos, contarían con esas semanas para conseguirle un buen vestuario. Tras echarle un vistazo a su vestido de noche lavanda, había hecho una mueca.

Había que conseguir que pareciera una vizcondesa, dijo su suegra sin paños calientes. Mandaría llamar a su propia modista para que fuese a la casa al día siguiente y a su peluquera en los posteriores. Así no cabría la posibilidad de que la viera quien no debía verla antes de que estuviera lista para conocer a todo el mundo.

Flavian se tomó la molestia de hablar en ese momento.

—Quienquiera que vea a Agnes y no le guste tal cual es puede irse al cuerno, madre —dijo—. Yo mismo la llevaré a Bond Street mañana. Seguro que allí se encuentran las mejores modistas.

—¿Y debo suponer que tú sabes quiénes son? —preguntó su madre—. ¿Y que también estás al tanto de lo que está de moda, de las nuevas telas y complementos? Por favor, Flavian, debes dejarme estos asuntos a mí. Dudo mucho que quieras que tu vizcondesa vaya hecha un adefesio.

—No creo que eso sea poposible —repuso él mientras se inclinaba hacia un lado para que un criado le rellenase la copa.

—Y ahora te estás haciendo el tonto, Flavian.

Había llegado el momento de intervenir. Agnes empezaba a sentirse como un objeto inanimado por el que se peleaban madre e hijo.

—Me encantaría ir a Bond Street o a cualquier otro lugar donde haya modistas de buena reputación —dijo—. Tal vez pueda ir acompañada por los dos. Desde luego que agradecería tu presencia, Flavian, y estoy segura de que tu madre también. Y sin duda agradeceré su consejo y experiencia, señora.

Flavian apretó los labios y alzó la copa a modo de silencioso brindis. Su madre suspiró.

—Será mejor que me llames «madre», Agnes, dado que soy tu suegra —dijo la mujer—. Pues entonces, mañana por la mañana iremos al establecimiento de Madame Martin. Viste al menos a una duquesa, que yo sepa.

Los ojos de Flavian, o lo poco que se podía ver de ellos tras los párpados, relucieron, pero no replicó. Sin duda, sabía que su madre había hecho una concesión.

—Será un placer, madre —dijo Agnes.

Iba a ser presentada en la corte, siguió la vizcondesa viuda, y en sociedad, dado que era una desconocida. Tendrían que organizar un gran baile en Arnott House a principios de temporada, pero antes la llevaría a visitar a las mejores familias. Y después del baile, tendría que hacer acto de presencia en las fiestas, las veladas, los desayunos y los conciertos más de moda, y también asistir al teatro, a la ópera y a los jardines de Vauxhall. Tendría que pasear a pie y en carruaje por los parques, sobre todo por Hyde Park durante la hora de moda, por la tarde.

—No te interesa que sospechen que estás ocultando a tu vizcondesa porque no está a la altura de su posición —le dijo a Flavian.

Él sopesó esas palabras mientras cruzaba el cuchillo y el tenedor sobre el rosbif asado y levantaba la copa.

—Madre —replicó—, no tengo claro que quiera co-controlar las sospechas de nadie. La gente pu-puede creer lo que se le antoje con mi bendición, incluso algo tan ridículo como eso.

Ella chasqueó la lengua.

—Tu problema, Flavian, es que nunca te ha preocupado nada —dijo ella con sequedad—. No te preocupan ni tus responsabilidades ni el dolor que causas a los demás. Pero ya no sería honorable que siguieras despreocupándote de cualquiera de esas dos cosas. Te has casado de forma impulsiva con Agnes, que es una dama por nacimiento, pero que no tiene el menor vínculo con la alta sociedad ni experiencia alguna a la hora de moverse en el entorno al que ha accedido gracias a su matrimonio. Debes preocuparte, por su bien, aunque no lo hagas por el de Marianne o el mío. O por el tuyo.

Flavian adoptó una expresión burlona mientras volvía a cortar la ternera.

—¡Ah! Pero me preocupo, madre —le aseguró—. Siempre lo he hecho.

—Hemos venido a Londres justo después de la boda, madre —terció Agnes—, para que yo pueda aprender lo que me exigirá mi nueva posición. Entiendo que la ropa nueva solo es un primer paso. Y aunque en un primer momento me alteré al descubrir que usted había venido a la ciudad antes de poder enterarse de nuestro matrimonio y de acostumbrarse a la idea, ahora me alegro de que esté aquí. Porque mi suegra y, espero que también mi cuñada, pueden ayudarme en muchos sentidos, más que Flavian, a encajar en mi nueva vida. Estoy más que dispuesta a hacer todo lo que sea adecuado y necesario.

Esperó que el discurso no sonase servil. Estaba siendo totalmente sincera. Antes de casarse ni siquiera había pensado que, además de ser la mujer de Flavian, también iba a ser una vizcondesa. Aunque, a decir verdad, no se había parado a pensar en nada.

Flavian la miró con un brillo risueño en sus ojos lánguidos. La vizcondesa viuda la miró con detenimiento, aunque tal vez empezaba a mirarla también con un poquito de aprobación.

Y la vida se convirtió en un torbellino, algo tan alejado de su experiencia que bien podrían haberla transportado a otro universo.

Pasó la primera mañana y toda la tarde en el establecimiento de Madame Martin, pronunciado a la francesa, aunque sospechaba que la modista (una mujer menuda, que gesticulaba mucho y hablaba con un marcado acento), había nacido y se había criado a pocos kilómetros de su tienda. Allí le tomaron medidas para una infinidad de prendas adecuadas para todas las actividades habidas y por haber. Y le mostraron un libro tras otro de bocetos, rollos de tela y tantos bordados, botones, lazos y cintas que acabó con la sensación de ser una esponja que se había saturado de agua hacía mucho.

Flavian la acompañó hasta la modista, pero fue su madre quien se quedó todo el tiempo mientras él se marchaba a los diez minutos a un destino desconocido para no regresar hasta más de cinco horas después. ¡Cinco! Y ni siquiera entonces estaban listas para marcharse con él. Fue su madre quien le hizo sugerencias y le dio consejos, y quien acabó saliéndose cada vez más con la suya según pasaban las horas, aunque pronto quedó patente que sus gustos diferían de los de su nuera. Pero ¿cómo podía ella luchar contra la experiencia de una dama que llevaba toda la vida inmersa en el mundo de la alta sociedad y la de una de las modistas más aclamadas de Londres que se jactaba de haber vestido no a una, sino a dos duquesas?

Todo fue abrumador y bastante deprimente, cuando debería haber sido emocionante. O tal vez solo fuera agotador.

Agnes dejó de pensar en el dinero que se estaban gastando en ella, sobre todo cuando, el segundo día, Marianne, su suegra y ella hicieron una ronda por otras tiendas de Bond Street y Oxford Street en busca de bonetes y abanicos, de ridículos y sombrillas, de medias y ropa interior, de perfumes, colonias y sales, de escarpines y botas, y solo Dios sabía qué más, aunque todo parecía ser el mínimo necesario para una dama de alcurnia.

Porque eso era en ese momento, por el simple hecho de que Flavian se había casado con ella. Pero si se había convertido en una dama de alcurnia gracias a su matrimonio, ¿qué era antes de casarse con él? ¿Una dama de baja estofa? ¡Qué humillante si se consideraba de esa forma!

Ese segundo día, después de volver a casa agotada y desanimada, el mayordomo le informó de que las tres candidatas a su puesto como doncella personal esperaban en la salita del ama de llaves para que las entrevistara. Por primera vez en su vida, Agnes comprendió que iba a necesitar una doncella, y pronto descubrió que Pamela, la criada que le habían asignado de forma temporal, no tenía ni las aptitudes ni la ambición para el puesto. Pero ¿debía hablar con las candidatas en ese momento? Seguramente sí, si no quería que alguien eligiera por ella.

—Que vengan a verme de una en una al saloncito matinal, señor Biggs —le dijo mientras le tendía el bonete y los guantes, agradecida de que su suegra se hubiera quedado en casa de Marianne para ver a sus nietos. Ella alegó que estaba demasiado cansada como para acompañarla.

Decidió rechazar a la primera candidata. La mujer iba muy recomendada por lady algo, una amiga de la vizcondesa viuda, pero se dirigía a ella llamándola «señora» con tal condescendencia y superioridad que Agnes se sintió diminuta. Y también rechazó a la segunda, que no dejó de sorber por la nariz como si estuviera resfriada durante toda la entrevista y habló con voz nasal, pero que negó estarlo cuando se lo preguntó e incluso pareció sorprenderse por la pregunta.

La tercera candidata, una muchacha muy delgada y de aspecto desgarbado que había enviado una agencia, le dijo que se llamaba Madeline.

—Aunque Maddy me viene bien, milady, si lo prefiere, porque Madeline parecería un poco pedante para una doncella, ¿no cree? —dijo—. Mi padre nos puso a todos nombres grandiosos. Si no podía haber nada más grandioso en nuestras vidas, decía siempre, que Dios lo tenga en la Gloria, al menos nos quedarían nuestros nombres.

—¡Qué idea tan maravillosa, Madeline! —repuso Agnes.

La muchacha no esperó a que la entrevistara. Se lanzó de lleno a soltar un discurso.

—Dicen que mañana le van a cortar el pelo —dijo. Ese «dicen» se refería al ama de llaves, supuso Agnes—. Ya veo que debe de tenerlo muy largo, milady, y estaría bien que se saneara un poco si hace tiempo que no lo ha hecho. Pero no deje que le corten demasiado. A algunas damas les sienta bien llevar el pelo corto y rizado, pero usted puede aspirar a algo mejor si me permite decírselo aunque no me haya preguntado. Puede parecer elegante y hacer que se vuelvan a mirarla allá donde vaya.

—Y tú puedes peinarlo para que resulte elegante, ¿verdad, Madeline? —le preguntó Agnes, que empezó a relajarse pese al dolor de pies.

—¡Pues claro que puedo, milady! —le aseguró la muchacha—. Aunque no soy tan estirada como esa otra, que se cree lo bastante buena como para vestir a una duquesa. —¡Ah! Finchley, la doncella de su suegra, debía de haberse pasado también por la salita del ama de llaves, pensó Agnes—. Tengo seis hermanas, además de mi madre, y lo que más me gusta del mundo es arreglarles el pelo. Y todas son distintas. Ahí está el secreto, ¿no cree? Arreglar el pelo de alguien para que le siente bien a su cara, a su cuerpo, a su edad y a su tipo de cabello, no solo hacer que se parezca a todas las demás.

—Si te contratara, Madeline —dijo—, tendrías que encargarte de mucho más aparte de arreglarme el pelo.

—Ayer se pasó el día entero en la modista —repuso Madeline— y hoy ha estado en más sitios para comprar los complementos a los vestidos. Nos lo han dicho nada más llegar.

—¡Ay, por Dios! —exclamó ella—. ¿Os han hecho esperar mucho tiempo? Lo siento.

La muchacha se quedó estupefacta un segundo antes de echarse a reír.

—Es usted de las buenas —comentó—. Ya lo veo. Con razón estaban resoplando abajo. Bueno, ella era la que resoplaba y decía que usted viene del campo y que no sabe nada de nada. Ojalá no se haya dejado convencer para llevar muchos volantes y encajes.

Mucho se temía que eso era lo que había hecho, aunque en realidad apenas recordaba a qué había accedido.

—¿Debería evitarlos? —le preguntó—. Madeline, confieso que nunca me he tenido por una persona muy dada a los excesos.

—Y no lo es —convino la muchacha.

—Pero tal parece que a la alta sociedad no le gustan los aburridos.

Madeline se quedó estupefacta de nuevo.

—¿Aburrida? —preguntó—. ¿Usted? Podría dejarlos patitiesos con la ropa y el pelo adecuados, milady. Pero no poniéndose más volantes ni cortándose más el pelo. Debería parecer elegante. Y no me refiero al aspecto de una dama mayor. ¿Cuántos años tiene?

A Agnes le costó mucho no soltar una carcajada.

—Veintiséis —contestó.

—Justo lo que pensaba —dijo Madeline—. Diez años más que yo. Pero no vieja ni mucho menos. Aunque tampoco es una niña, y seguro que están intentando que parezca una de esas jovencitas que vendrán pronto en busca de ricachones para casarse. Si estuviera en mi mano vestirla, milady, le diría qué ponerse y no permitiría que se pusiera lo que no debe. Claro que no debería hablar tan alegremente cuando todos me dicen que he perdido el tiempo al venir aquí y que debería darme con un canto en los dientes si consigo trabajo como fregona. Hablo demasiado, ¿verdad? Me pasa cuando quiero algo con muchas ganas.

—Y quieres vestirme y arreglarme el pelo con muchas ganas —replicó Agnes con una sonrisa.

—Pues sí, milady —convino Madeline, que de repente puso los ojos como platos y parecía ansiosa—. Sobre todo después de verla. Es preciosa. Ah, no guapa, guapa como algunas, pero tiene... potencial. ¿No le encanta esa palabra? La aprendí hace unas semanas y he estado esperando la oportunidad adecuada para usarla.

—Madeline, creo que será mejor que traslades tus cosas aquí mañana y te tomen las medidas para vestir como le corresponde a la doncella personal de la vizcondesa de Ponsonby. Nada de ser fregona. Tengo la sensación de que tu talento se desperdiciaría con el suelo. Daré las órdenes oportunas. Y pasado mañana me acompañarás al establecimiento de Madame Martin en Bond Street. Necesito hacer unos pequeños cambios en las instrucciones que dejé para la ropa que me está confeccionando. No tiene sentido que me hagan los vestidos y los entreguen si no me vas a permitir que me los ponga, ¿verdad?

—¿El puesto es mío? —Madeline parecía temerosa de creer lo que acababa de oír.

—El puesto es tuyo —confirmó Agnes antes de sonreír—. Espero no decepcionarte.

Madeline se puso en pie de un salto y, por un desconcertante segundo, Agnes creyó que la muchacha iba a abrazarla. En cambio, entrelazó los dedos con mucha fuerza, se los llevó al pecho y le hizo una reverencia.

—No se arrepentirá, milady —dijo—. ¡De verdad que no, palabrita! Ya lo verá. La convertiré en la envidia de todo el mundo. ¡Ay! Espere a que se lo cuente a mi madre y a las niñas. No van a creerme.

Al día siguiente, le cortaron las puntas cinco centímetros, lo justo para sanearselas. El señor Johnston, el peluquero al que la llevaron, no se quedó muy contento con ella. Ni tampoco lo hizo su suegra. Sin embargo, Flavian aprobó la decisión y así se lo dijo cuando fue a su dormitorio esa noche y la vio con el pelo suelto.

—Esperaba encontrar un co-cordero trasquilado durante la ce-cena —le dijo él—. En cambio, me he encontrado a una Agnes con una melena resplandeciente y elegante. ¿Es lo que te ha hecho el pe-peluquero?

—Solo me ha cortado las puntas —le explicó—. Madeline me lo ha arreglado. Es mi nueva doncella.

—¿Esa mu-muchachita con el uniforme nuevo que parece tan tieso que podría quedarse de pie sin que lo llevara puesto? —quiso saber él—. ¿La que me ha mi-mirado con el ceño fruncido cuando me crucé con ella delante de tu pu-puerta, como si no me creyera digno de besarte ni la uña de un dedo del pie?

—¡Ay, por Dios! —exclamó—. Parece que le he caído en gracia. Me convenció de que me dejara el pelo largo y de que aspirara a la elegancia en vez de a la belleza juvenil. Parece que tengo «potencial» y que no soy «vieja», aunque tengo diez años más que ella y, por tanto, estoy a un paso de serlo. No debo intentar competir con todas las jovencitas que debutarán en sociedad este año, claro.

—Eso quiere decir que hay que te-temerla pese a las apariencias, ¿verdad? —preguntó él—. Sobre todo un mero esposo. Pondré cara contrita la próxima vez que la vea. A lo mejor deja de mirarme con el ceño fruncido y me permite seguir vi-viniendo a tu dormitorio.

Agnes se echó a reír, y él le metió los dedos entre el pelo y tiró de su nuca para pegarla a él.

—¡Gracias a Dios por Ma-Madeline! —dijo contra su boca—. Espero pagarle un sueldo decente. Me gusta tu pelo la-largo, Agnes. Y ya eres elegante. Mejor que aconsejen a todas esas jo-jovencitas que no intenten co-competir contigo.

—¡Qué absurdo! —Se rio de nuevo.

Y después se dejó llevar por la pasión.

Podía creer en sueños imposibles cuando él le hacía el amor..., y cuando ella se lo hacía a él. Siempre era algo mutuo. ¿Quién iba a decir que una esposa podía hacerle el amor a su marido?

¿Y por qué deberían ser imposibles los sueños solo por ser sueños? ¿Acaso los sueños no se hacían realidad a veces?

Agnes regresó al establecimiento de Madame Martin a la mañana siguiente. Después de tres días de compras frenéticas, su suegra anunció su intención de quedarse en la cama hasta una hora decente de la mañana, tal vez pasado el mediodía, y fue fácil escabullirse de la casa con la única compañía de Madeline, que caminaba como dictaban las buenas maneras (y con bastante orgullo) a su lado. Flavian se había marchado después del desayuno para disfrutar de algunas actividades masculinas entre las que se incluía la visita a varios clubes, un salón de boxeo y otro de esgrima, y Tattersall's.

Se hicieron ajustes (la mayoría menores y alguno que otro mayor) al enorme encargo que Agnes le había dejado a la modista dos días antes. Dos de los diseños, uno de un vestido de baile y otro de uno de paseo, se desecharon por completo y fueron reemplazados por diseños más sencillos y clásicos. Se sacrificaron los volantes sin compasión y se sustituyeron por delicados encajes, bordados y festones. Madame Martin, que había mirado a Madeline de reojo al principio y había sugerido con tacto que tal vez «Su Ilustrísima» debería regresar con la vizcondesa viuda para hablar de los cambios propuestos, acabó mirando a la doncella con algo parecido al respeto.

—Mi cuñada mencionó ayer que debería hacerme una suscripción en la biblioteca de Hookham —dijo Agnes mientras salían de la modista—. He echado un vistazo en la biblioteca de casa, pero los libros allí parecen todos muy antiguos y de temas muy aburridos. Se decantan casi todos por los sermones y los tratados morales.

Sin duda los había comprado un vizconde anterior.

—En fin, milady, de verdad se lo digo —repuso Madeline con cierto disgusto—: ¿por qué molestarse en aprender a leer si no se puede encontrar nada más alegre que sermones? Ya bastante malo es oírlos sentada en unas bancas duras en la iglesia una vez a la semana. ¿Y a que hay vicarios que empiezan a hablar y no paran?

Localizaron la biblioteca sin problemas, y Agnes pagó su suscripción y pasó un rato muy entretenido echándole un vistazo a lo que había en las estanterías. Había libros de poesía, así como novelas y obras de teatro, y el principal problema iba a ser elegir solo uno o dos para llevarse consigo. Aunque podía volver en cualquier momento, por supuesto, para cambiarlos por otros libros. ¡Qué invención más maravillosa eran las bibliotecas de préstamo! Allí había todo un pozo de sabiduría y de entretenimiento.

—¿Lady Ponsonby? —preguntó una voz dulce y clara—. Sí, es usted.

Agnes volvió la cabeza, sorprendida. Nadie la conocía, y ella no conocía a nadie.

¡Ah! Pero claro que conocía a alguien.

—Lady Hazeltine —saludó ella mientras aceptaba la mano enguantada que le ofrecía.

La condesa iba ataviada con un vestido a la última moda, reconoció Agnes, confeccionado con varios tonos claros de azul. Unos lustrosos mechones de pelo rubio le cubrían la frente y le caían por las orejas y el cuello por debajo del coqueto bonete de ala ancha. Sus ojos azules la miraban con una expresión risueña; tenía las mejillas sonrosadas; los dientes eran blancos como perlas, y tenía un pequeño hoyuelo en la barbilla. Era la viva estampa de la belleza y de la calidez.

—Me alegro mucho de que me haya hablado —dijo Agnes—. Estaba absorta en los libros y no la he visto. Lo siento. ¿Cómo está?

—Muy bien, gracias —contestó lady Hazeltine—. Y mucho mejor ahora que la veo. Fue una decepción que no acompañara a Flavian cuando vino de visita ayer.

Agnes se pegó los dos libros que había elegido al pecho y se las apañó para mantener la sonrisa.

—Yo también siento no haber podido ir —le aseguró—. Estaba de compras con mi suegra y con lady Shields por tercer día consecutivo. No tenía ni idea de que necesitaba tantas cosas, pero las dos me han insistido en que solo es el principio.

Los ojos de la condesa la recorrieron de arriba abajo, con una expresión jocosa.

—Hace poco que he dejado el luto —repuso ella—. Sé muy bien lo que es sentirse mal vestida.

Flavian había visitado a la condesa el día anterior, y seguramente también a sir Winston y a lady Frome, sin ella. Y no se lo había mencionado por la noche cuando le preguntó cómo había pasado el día.

—Siento su pérdida —dijo—, aunque haya pasado más de un año. Sé que el dolor no cesa aunque se abandone el luto.

—Gracias. —La sonrisa de lady Hazeltine estaba teñida de melancolía—. Pero no tiene que sentirlo. Hazeltine y yo vivimos prácticamente separados durante los dos últimos años de nuestro matrimonio. Nos casamos con una rapidez impulsiva, a fin de consolarnos de nuestro mutuo dolor, y vivimos para arrepentirnos. Debería haber esperado más hasta saber qué pasaría con... En fin, con mi primer y único amor. Pero, por desgracia, no lo hice, y ahora ya es demasiado tarde.

Agnes empezaba a sentirse incomodísima. ¿Cómo se respondía a semejantes confidencias por parte de una desconocida?

—Lo siento muchísimo —dijo—. ¿Eso quiere decir que lo amaba mucho? Me refiero al vizconde de Ponsonby.

La condesa abrió los ojos azules de par en par, y de repente pareció quedarse de piedra. Le colocó a Agnes una mano en un brazo.

—¡Ah! ¿Eso quiere decir que se lo ha contado? —le preguntó ella—. ¡Qué perverso y qué cruel por su parte! Pero la impulsividad rara vez conlleva una felicidad duradera, como bien podría haberle dicho yo por experiencia personal si él hubiera esperado para preguntarme. Sobre todo cuando a uno no le queda más remedio que vivir con las consecuencias. Pero tal vez no serán tan espantosas en este caso en concreto como en el mío. Tal vez... En fin, ojalá que todo salga bien. Lo deseo de todo corazón.

Volvió a ponerle una mano a Agnes en el brazo y le dio un apretón mientras esbozaba una sonrisa cálida, melancólica y compasiva.

Agnes no estaba segura de haber comprendido lo que le estaba diciendo. Sin embargo, tenía la extraña sensación de que lady Hazeltine estaba eligiendo las palabras con sumo cuidado.

—Le dije a mi madre que me pasaría por aquí un instante —siguió mientras bajaba el brazo— en busca de la última novela de Minerva Press. ¿Las lee? Juro que me he hecho adicta, por más tontas que sean. Mi madre me estará esperando en el carruaje, y los cocheros de los otros vehículos se enfadarán mucho si sigue bloqueando media calle mucho más tiempo. Ojalá nos veamos pronto de nuevo, lady Ponsonby. Vamos a ser vecinas y... amigas, espero.

—Sí. —Agnes apretó los libros con más fuerza—. Sí, yo también lo espero.

Observó a la condesa abrirse paso hasta la parte delantera de la biblioteca y detenerse un momento delante del mostrador para enseñar su libro. Madeline seguía de pie, esperando con paciencia junto a la puerta y mirando a su alrededor con interés.

¿Qué acababa de suceder?

«¡Ah! ¿Eso quiere decir que se lo ha contado? ¡Qué perverso y qué cruel por su parte!».

¿Qué le había dicho antes de eso? Frunció el ceño mientras intentaba recordar.

«Debería haber esperado más hasta saber qué pasaría con… En fin, con mi primer y único amor. Pero, por desgracia, no lo hice, y ahora ya es demasiado tarde».

Había supuesto que la condesa se refería al hermano mayor de Flavian, con quien estuvo comprometida. Pero no tenía sentido que esperase hasta saber qué pasaría con él. Ya estaba muerto cuando se casó con el conde. El hermano mayor de Flavian fue el vizconde de Hazeltine. Pero también lo era Flavian en ese momento. Él había heredado el título antes de que los condes de Hazeltine se casaran.

«Debería haber esperado más hasta saber qué pasaría con… En fin, con mi primer y único amor».

«Y ahora ya es demasiado tarde».

Y Flavian había ido a visitar a la condesa el día anterior sin decirle a ella una sola palabra.

No había nada extraño en su visita a los Frome, por supuesto, ni a su hija, ¿verdad? Al fin y al cabo, eran vecinos en el campo, y tal vez él se sintió en la necesidad de disculparse de algún modo por su incómodo encuentro en Arnott House unos días antes.

Aunque ¿sin ella?

¿Y sin decírselo siquiera?

«Pero la impulsividad rara vez conlleva una felicidad duradera, como bien podría haberle dicho yo por experiencia personal si él hubiera esperado para preguntarme. Sobre todo cuando a uno no le queda más remedio que vivir con las consecuencias».

¿La impulsividad de quién? ¿Y a qué se refería con «impulsividad»? ¿Qué consecuencias?

—Disculpe, señora —dijo un caballero con bastante educación, pero con un tono impaciente en la voz.

—¡Oh! —exclamó ella, que se dio cuenta de que llevaba demasiado tiempo delante de una estantería en concreto—. Lo siento.

Y se dirigió al mostrador, sin apenas recordar qué libros había elegido.

17

Flavian fue a casa de sir Winston Frome en Portman Place la tarde anterior. Al fin y al cabo, los Frome eran sus vecinos en Sussex, y si su intención era la de pasar temporadas en su casa solariega en el futuro, como sin duda debería hacer una vez casado, sería inevitable que se los cruzara en las reuniones sociales. De manera que lo mejor era eliminar la incomodidad provocada por su último encuentro.

Si acaso se podía eliminar.

Y si Velma iba a vivir con sus padres de nuevo, tal como parecía, también tendría que verla en más ocasiones, tanto en el campo como en Londres. No podría evitarla para siempre. La casa solariega de Len estaba en Northumberland, y allí fue donde la pareja estableció su residencia, en el norte de Inglaterra, después de casarse, de manera que había pocas probabilidades de volver a cruzarse con ellos.

Una pena que Len hubiera muerto.

¡Por el amor de Dios, era una verdadera pena que Len hubiera muerto!

Se conocieron de niños en Eton. Se pusieron un ojo morado el uno al otro cuando se liaron a puñetazos el primer día. De resultas, ambos acabaron recibiendo los azotes de una vara en el trasero y desde entonces habían sido amigos casi inseparables. Len incluso había pasado casi todas las vacaciones escolares en Candlebury Park, ya que Northumberland estaba demasiado lejos para realizar visitas cortas. Compraron su comisión en el ejército al mismo tiempo y para el mismo regimiento.

Len dejó la vida militar seis meses antes de que a él lo hirieran y lo mandaran a casa, cuando murió su tío y heredó el título, algo que Flavian no hizo cuando heredó el suyo. Al echar la vista atrás, la diferencia en sus reacciones ante las nuevas responsabilidades que sus títulos conllevaban tal vez fuera el primer indicio del abismo que acabó separándolos.

Ya nunca más volverían a verse, nunca aclararían las cosas, nunca... En fin, no tenía sentido regodearse en eso. Estaban bien separados por la muerte, al menos de momento, y no había más que hablar.

De modo que fue a ver a los Frome, muy consciente de que tal vez su verdadero propósito al hacerlo tan pronto y al ir solo era ver a Velma de nuevo, intentar desenmarañar su mente, intentar dejar atrás el exceso de equipaje con el que cargaba.

Porque cada vez que su mente rozaba siquiera dicho equipaje, le rondaba un dolor de cabeza. Además de esa sensación de pánico que nunca terminaba de entender.

Tampoco terminaba de entender qué había que desenmarañar. Ella había roto su compromiso y se había casado con Len, y en ese momento, cuando Velma volvía a estar libre, él se había casado. Estaba a salvo de cualquier renovado esfuerzo casamentero de sus dos familias. Y lo habrían intentado de nuevo. ¿Por qué si no Velma y sus padres estaban esperando su llegada en Arnott House unos días antes? Como si el matrimonio entre su prometida y su mejor amigo no fuera más que un irritante retraso en sus propias nupcias.

Aún no sabía con exactitud lo que sintió al entrar en su propio salón y verla acercarse a él, con una expresión cálida en la cara. Claro que lo que él sintiera no importaba. Estaba casado con Agnes. Pero ¿y si se hubiera casado con ella, tal como lo acusaron su madre y su hermana, para castigar a Velma? Y para castigarse a sí mismo. ¿En qué clase de canalla lo convertiría eso para Agnes?

Necesitaba encontrar respuestas. De modo que fue de visita... Solo.

Cuando lo condujeron al salón, descubrió una reunión de damas: lady Frome y Velma; dos hermanas, la señora Kress y la señorita Hawkins, y una niña ataviada con su mejor vestido para que la vieran las visitas. Era diminuta, rubia y bonita, y se parecía muchísimo a Velma a esa edad, y también a Len, algo inquietante.

Las otras dos visitas se marcharon casi de inmediato, y a la niña le ordenaron que saludara a lord Ponsonby con una reverencia antes de que su niñera se la llevara. Después, sir Winston en persona entró en la estancia y lo saludó con un gélido gesto de la cabeza.

De repente, se produjo una pausa en la conversación, que había versado sobre la niña durante varios minutos.

—Lo si-siento —dijo Flavian, dirigiéndose a Velma—. Lo de Len, quiquiero decir. De-debería haber escrito. Estuvo mal por mi pa-parte no hacerlo.

¿De verdad había dicho eso hacía unos días?

Ella lo miró con una sonrisa mientras se le llenaban los ojos de lágrimas.

—Sus últimos pensamientos fueron casi todos para ti, Flavian —le aseguró ella—. Que sepas que nunca se perdonó. Parecía lo adecuado en aquel momento. Los dos creíamos que era algo que te gustaría que hiciéramos, y mis padres e incluso tu madre estuvieron de acuerdo. No pensábamos que... En fin, tu médico no albergaba esperanzas sobre tu recuperación. Pero Leonard se sintió fatal desde que nos casamos hasta que exhaló su último aliento. Creía que te había traicionado. Nos consolamos el uno al otro, pero cuando nos enteramos de que te estabas recuperando después de todo... En fin, fue horrible, para nosotros, claro. Y maravilloso para ti. Leonard se alegró mucho por ti. Los dos lo hicimos. Pero... habíamos cometido un trágico error.

Se había olvidado de lo dulce y clara que era su voz. Le envolvía los sentidos, como siempre había hecho.

Len nunca le había escrito. Tal vez le resultaba tan difícil escribir como a él cuando su amigo murió. Se preguntó hasta qué punto Leonard había tenido la culpa de ese matrimonio, y su mente parpadeó, con esa irritante costumbre que tenía de vez en cuando, y se apagó de nuevo. Sintió una punzada de dolor sobre una ceja.

—No debes alterarte, Velma —dijo lady Frome al ver que su hija se llevaba un pañuelo con borde de encaje a los ojos y se enjugaba las lágrimas.

—El ferviente deseo de Leonard en su lecho de muerte, Flavian —siguió Velma mientras bajaba el pañuelo—, fue que me perdonaras, y que tú y yo...

Se mordió el labio.

—No hay na-nada que pe-perdonar —aseguró él.

—¡Ah! —suspiró ella—. Pero es evidente que sí, porque de lo contrario no me habrías castigado con tanta crueldad. Y que sepas que es cruel, y quizá no solo para mí. Pobre lady Ponsonby. Supongo que ella no lo sabe, ¿verdad? ¿Quién es?

—Es la hija del señor De-Debbins, de Lancashire —contestó— y la viuda del señor Keeping, del mismo condado. Y es mi esposa.

—Sí. —Velma sonrió de nuevo y se guardó el pañuelo—. Le deseo lo mejor, Flavian. Y a ti. Tal vez debería sentir rencor, pero eso sería injusto por mi parte. En una ocasión, te hice mucho daño, aunque jamás fue mi intención.

Sir Winston estaba de pie delante de la ventana, mirando hacia el exterior, con las manos entrelazadas a la espalda y una postura muy rígida.

—Y yo espero que sea feliz en el futuro, lord Ponsonby —dijo lady Frome—, ahora que ya está recuperado y ha sentado cabeza.

A Flavian siempre le había caído bien. Era una mujer agradable y cariñosa con quien sir Winston se había casado, o eso se rumoreaba, porque la fortuna de su padre lo había rescatado del considerable bochorno económico que constantemente le provocaba su amor por las mesas de juego.

—Gracias, señora —repuso.

Sir Winston se dio media vuelta y lo miró fijamente, pero no dijo nada. Él no perdonaba con tanta facilidad el desplante hacia su familia y su hija, parecía indicar su expresión.

Flavian se despidió, sin saber si su visita había mejorado o empeorado las cosas. Pero había ido mejor de lo que él se temía. Aunque Velma casi había admitido sin tapujos que estaba decepcionada, se había comportado con dignidad y cierta generosidad hacia Agnes. Tal vez pudiera haber paz entre Candlebury Park y Farthings Hall.

Lo que debería hacer en ese momento, pensó, era volver a casa con la esperanza de que Agnes hubiera regresado de sus compras y contárselo todo. Sacárselo de dentro y convencerla de una vez por todas de que se había casado con ella porque deseaba hacerlo. Aunque conociendo a su madre y a Marianne seguramente todavía no había vuelto, y no soportaba la idea de estar en casa, paseando de un lado para otro, mientras esperaba su regreso.

Así que se dirigió al club White's para matar un par de horas en agradable compañía masculina.

Cuando por fin llegó a casa, a tiempo para vestirse para la cena, había cambiado de opinión. Contárselo todo a Agnes sin duda sería una equivocación. ¿Cómo iba a convencerla de que la apresurada proposición matrimonial y su impulsivo viaje a Londres para conseguir una licencia especial no tenían nada que ver con la necesidad de castigar a Velma? Ni siquiera él sabía el motivo.

Lo último que quería en el mundo era hacerle daño a Agnes.

Lo último.

Al final no le contó nada de lo que había hecho esa tarde, ni siquiera que había ido a ver a sus vecinos, los Frome.

Cuando Agnes volvió por fin a casa de la biblioteca, habían entregado dos de las prendas que le encargaron a Madame Martin. Se trataba de dos vestidos de noche, que ya estaban confeccionados y solo necesitaban unos pequeños ajustes. Por suerte, también estaban a la altura de los estándares de Madeline.

Agnes ya estaba preparada para enfrentarse al mundo, declaró su suegra, aunque fuera de forma tímida. Flavian las acompañaría al teatro esa misma noche después de la cena. No asistirían las personas que realmente importaban, por supuesto, ya que la alta sociedad todavía no había vuelto a la ciudad en masa, pero sería un principio. Y tal vez un principio inteligente. Agnes se aclimataría poco a poco al ambiente en vez de verse abrumada en su baile de presentación.

Sin embargo, lo que Agnes preferiría hacer era meterse en la cama con las cortinas corridas. Pero dado que era imposible, una salida parecía preferible a pasar la noche con la única compañía de su marido y su suegra.

No conseguía sacarse de la cabeza la preciosa cara de lady Hazeltine, ni su dulce y melodiosa voz mientras le decía que debería haber esperado a su único y verdadero amor.

No habló mucho durante la cena, y dejó que Flavian y su suegra cargaran con el peso de la conversación. Tampoco habló mucho en el carruaje ni en el teatro. Por suerte, había una obra que ver..., algo que hizo con gran atención, aunque habría sido incapaz de explicar el argumento cuando terminó. Durante el intermedio, hubo personas a las que conocer, saludar y conversar: Marianne y lord Shields, así como algunos conocidos de la vizcondesa viuda y de Flavian.

Era una pena que tuviese la mente tan ocupada, pensó en varios momentos a lo largo de la velada. Debería sentirse abrumada por su primera visita al teatro, por el esplendor de lo que la rodeaba y por la excelente actuación, y también por el placer de llevar un bonito vestido de noche nuevo que le sentaba muy bien y de saber que su peinado era elegante y favorecedor.

Fue una de las peores noches que podía recordar.

Esperó a Flavian una vez terminada la velada, de pie junto a la ventana de su dormitorio, con la mirada clavada en la plaza. Todavía había luces en varias casas. Un carruaje se detuvo delante de la casa contigua. Alcanzó a oír el rumor lejano de voces y de risas.

Y después las voces dejaron de oírse y el carruaje se marchó, la mayoría de las luces se apagaron, y ella se dio cuenta de que llevaba de pie mucho tiempo. Se estremeció y se percató de que el aire era frío. No se había puesto una bata encima del camisón.

Fue al vestidor en busca de una. Miró la cama al volver. ¿Estaría Flavian dormido en su propio dormitorio? ¿Iban a pasar su primera noche separados después de la boda? ¿Había pasado solo una semana?

¿Se había acostado siquiera? No lo había oído.

Tomó la vela que seguía encendida en su tocador y regresó a la planta baja. No estaba en el salón. Lo encontró en la biblioteca, iluminada solo por el fuego que crepitaba en la chimenea.

Él alzó la mirada cuando entró y esbozó esa sonrisa con los párpados entornados.

—¿La Bella Durmiente so-sonámbula? —le preguntó.

Soltó el candelabro en la repisa de la chimenea y clavó la mirada en el fuego unos segundos. No se había dado cuenta del frío que tenía.

—Háblame de la condesa de Hazeltine —dijo.

—¡Ah! —exclamó él en voz baja—. Me pre-preguntaba si se trataba de eso.

Se dio media vuelta para mirarlo. Estaba repantingado en el sillón, sin la corbata y con el cuello de la camisa abierto. Parecía haberse pasado las manos por ese pelo dorado más de la cuenta. Había una copa vacía en la mesa, aunque no parecía borracho.

—Me he encontrado con ella en la biblioteca de Hookham esta tarde —dijo.

—¡Ah!

—Fuiste a visitarla ayer.

—A ella, a sir Winston y a lady Frome.

Esperó a que dijera algo más, pero se quedó callado.

—Su matrimonio fue desdichado —añadió Agnes—. Me dijo que debería haber esperado hasta saber lo que pasaría con su único y verdadero amor... Palabras textuales. Creía que se refería a tu hermano. Creía que tal vez lo había amado después de todo.

—¡Ah! —repitió él.

—¿Eso es lo único que vas a decir? —le preguntó.

Él tomó una honda bocanada de aire, lo contuvo un buen rato y después lo soltó con un suspiro.

—Estaba haciendo de las su-suyas —dijo él—. Me preguntaba si lo haría.

Agnes se cerró la bata con más fuerza y se sentó en un sillón algo retirado del de Flavian. A la parpadeante luz de la vela y del fuego casi apagado, tenía un aire demoníaco. Había apoyado la cabeza en el respaldo.

—Crecimos juntos —siguió—. Cuando los dos teníamos quince años, nos enamoramos de los pi-pies a la ca-cabeza el uno del otro. Yo había vuelto a casa del internado por vacaciones. Nos consideramos personajes trá-trágicos, claro, porque siempre se había dicho que sería la esposa de Da-David y seguía siendo así. Mi hermano tenía diecinueve años por aquel entonces y estaba enamorado de ella sin remedio. Y digo «sin remedio» porque estaba muy delgado y era un po-poco más pequeño de lo normal y en absoluto robusto, mientras que ella era pre-preciosa. Claro que ella sabía cuál era su deber y yo quería a mi hermano. Ve-Velma y yo renunciamos el uno al otro, pensando que nuestro amor era épico. Después de eso, intentamos mantener las distancias. Pero David lo adivinó. Cuando ella cumplió los dieciocho y por fin llegó el momento de que se co-comprometieran de manera oficial, él nos sorprendió a todos ne-negándose. La dejó libre. Eso le rompió el corazón. —Tenía los ojos cerrados, fruncía el ceño y se frotaba sin cesar la frente con el puño, como para borrar los recuerdos.

Agnes lo miró fijamente, mientras el corazón se le petrificaba. Aunque la piedra no dolía de forma insoportable, ¿verdad?

—Después de aquello, todos que-querían que me casara con ella —continuó—, porque era evidente que más pronto que tarde yo sería Ponsonby. De hecho, estaban todos felicísimos. Ni si-siquiera intentaron que David cambiara de idea. Y ni si-siquiera esperaron a que mu-muriese. Yo también tenía dieciocho años. Era lo bastante mayor para estar, si no casado, al menos comprometido. Me negué a hacerlo. No po-podía. Le pe-pedí a David que me comprara una comisión en el ejército y me fui a la guerra. Supongo que me creía un ejemplo de honorabilidad. —En ese momento, abrió los ojos y la miró. Soltó una débil carcajada y volvió a cerrarlos al ver que ella no replicaba—. Cada vez que mi madre me escribía, era para decirme que David se estaba de-debilitando —siguió—. Al final, cuando quedó claro que se estaba mu-muriendo, pedí permiso y vo-volví a casa para verlo. Pasé casi todo el tiempo que estuve en Candlebury Abbey con él. La idea era quedarme en casa hasta que muriera. Eso lo re-recuerdo. Velma estaba en Londres..., era durante la temporada social. Y después volvió a casa. Creo que lo hizo por David. Pero la vi de nuevo y...

Flavian frunció el ceño y se frotó la frente una vez más. Después usó el mismo puño para golpear el brazo del sillón una y otra vez hasta que se detuvo y extendió la mano sobre él, con la palma hacia abajo.

—No lo recuerdo. ¡No lo recuerdo, maldición! Agnes, ¡por Dios!, lo siento. Pero es que no lo recuerdo. David se estaba mu-muriendo, y yo creía que me iba a morir también, pero, de repente, volvía a estar enamorado de Velma e iban a anunciar nuestro compromiso, y planearon un gran baile de celebración en Londres para la víspera de mi vuelta a la pe-península ibérica. Mi madre y mi hermana estaban en el séptimo cielo. Al igual que los Frome. Creo... Sí, creo que que-querían hacerlo antes de que David muriera, para que el periodo de luto no lo retrasara. Supongo que yo también lo quería. No iba a se-separarme de David, pero acabé en Londres bailando en mi baile de co-compromiso, y regresé a la península ibérica al día siguiente. La no-noche que zarpó mi barco, David mu-murió.

Agnes se había cubierto la boca con una mano. Allí debía de haber algo más, ¡seguro que lo había! No tenía sentido alguno. Pero él no recordaba. Había bajado para acusarlo, para sonsacarle la sórdida verdad. Y desde luego que era sórdida si había sucedido como él lo recordaba.

—Ni siquiera volví a Inglaterra después de enterarme —siguió—. Me quedé donde estaba. No volví a casa hasta que me tra-trajeron. Estaba co-consciente, pero no podía hablar ni comprender del to-todo lo que sucedía a mi alrededor ni lo que la ge-gente decía. Ni siquiera po-podía pensar con cla-claridad. Era pe-peligroso. Vi-Violento. George vino, consiguió hacerse entender y me llevó a Co-Cornualles, donde encontró un bu-buen tra-tratamiento para mí. Pero ju-justo antes de irme, Velma vino a de-decirme que al día siguiente se publicaría el anuncio de la ruptura de nu-nuestro compromiso y que en unos días se pu-publicaría el anuncio de su co-compromiso con Hazeltine. Mi me-mejor amigo de-desde el colegio. Dijo que estaba destrozada, que los dos lo estaban, pero que se coconsolarían el uno al otro y que si-siempre me querrían.

¡Oh!

—Entendí lo que di-dijo —continuó—, pero no po-podía hablar. Ni siquiera ta-tartamudeando. Solo salían galimatías de mi boca cuando lo intentaba. Estaba de-desesperado por impedírselo. Después de que ella se fu-fuera, destrocé el salón. Estaba de-desesperado por hablar con LeLen, pero no vivino.

—Tu mejor amigo —repitió Agnes.

—Se ca-casaron —dijo él—. ¿Te dijo que fueron infelices?

—Dijo que prácticamente vivieron separados los dos últimos años de su vida —contestó ella.

Su boca adoptó un rictus burlón y soltó una carcajada carente de humor.

—Debería estar regodeándome —dijo en voz baja—. Pero pobre Len.

—¿Sabías que había vuelto con sus padres? —quiso saber Agnes.

—Mi hermana me escribió mientras estaba en Middlebury Park —respondió— y después mi madre. Les faltó tiempo para ir a Farthings Hall.

—¿Las dos familias esperaban revivir el antiguo plan de que os casarais? —preguntó ella.

—Pues sí —contestó Flavian—. To-todos ellos.

—Supongo que lady Hazeltine también. De modo que te casaste conmigo.

Por un instante, la cabeza empezó a darle vueltas, pero Agnes se desentendió del impulso de desmayarse sin más y así evitar la verdad. Debía de enfrentarse a ella tarde o temprano.

Flavian no se apresuró a negarlo... ni a confirmarlo. Volvió la cabeza hacia ella y la miró con los párpados entornados, aunque no con su habitual máscara burlona e indolente.

—Me casé contigo —dijo él al fin— porque que-quería hacerlo.

Agnes le devolvió la mirada un instante y después soltó una débil carcajada.

—¡Qué declaración más reconfortante! —repuso—. Porque tú querías. Te casaste conmigo, Flavian, para vengarte de lady Hazeltine y de vuestras familias, que no le impidieron que se casara con tu mejor amigo. Y tu elección de una desconocida vulgar y anodina fue un golpe de inspiración. Ahora me doy cuenta. Nadie pasaría por alto el detalle. Mucho menos yo.

—No eres vulgar ni anodina ni una desconocida, Agnes —replicó él.

—Tienes razón. —Se puso en pie y se envolvió mejor con la bata—. No lo soy, salvo a ojos de tu madre, de tu hermana, de la mujer a la que quieres y de su familia, y eso es lo único que importa, ¿no?

—Agnes... —dijo él, pero levantó una mano para silenciarlo.

—No voy a cargarte con toda la culpa —siguió—. Una parte también es mía. Casarme contigo fue una locura absoluta. Ni siquiera te conocía, ni tú a mí. Pero sabía que era una locura y me casé contigo de todas formas. Permití que la pasión me abrumara. Te deseaba, y por fin me convencí de que el deseo era suficiente. Y después, una vez casados, me convencí de que lo que sucedía entre nosotros era suficiente, cuando en realidad solo era gratificación física, separada de la mente o de la razón. No he sido mejor que una..., una cortesana.

—Las cortesanas no sienten pasión, Agnes —le aseguró él—. Están demasiado ocupadas instigándola. Su subsistencia de-depende de ello.

—En ese caso, no soy mejor que mi madre —masculló.

Se volvió de nuevo hacia las ascuas de la chimenea, para no tener que mirarlo a la cara.

—A diferencia de ella, todavía no me has dejado por otro —le recordó él.

—La pasión es destructora —dijo—. Es el culmen del egoísmo. Lo mata todo menos a sí misma. Mi madre me abandonó cuando yo era muy pequeña. Peor aún, abandonó a Dora y la dejó con todas sus esperanzas y sus sueños destrozados para siempre. Dora tenía diecisiete años, era bonita, alegre y estaba deseosa de comenzar su vida; ansiaba el cortejo, el matrimonio y la maternidad. En cambio, se quedó conmigo. Fue una lección magistral para una niña pequeña..., o debería haberlo sido. Hay que evitar la pasión a toda costa. Elegí mi primer matrimonio con cabeza. Pero al primer atisbo de pasión en mi vida contigo, me aferré a ella sin pensar en nada ni en nadie más. Porque te deseaba de la manera más vulgar. Y por eso no te culpo. Solo te culpo por tu falsedad.

—Agnes... —dijo él.

—Me vuelvo a Inglebrook —lo interrumpió—. A ti no te supondrá cambio alguno. De todas maneras, estás atado a mí de por vida, y con eso bastará para alimentar tu venganza. No puedes casarte con ella a menos que yo muera. Me vuelvo con Dora. Nunca debería haberla dejado. Se merecía algo mejor por mi parte.

—Agnes...

—¡No! —Se dio media vuelta de repente para mirarlo—. No, no me vas a convencer de que no lo haga. Cuando lo pienses, si alguna vez te paras a pensar, por supuesto, descubrirás que te alegras de haberme apartado de tu vida. Ya he cumplido mi propósito, así que me voy. Mañana. Y no tienes que preocuparte. Me iré en el coche de postas. Tengo dinero propio suficiente para pagar un billete.

De repente, la máscara regresó a su cara: párpados entornados, mirada indolente y sonrisa torcida.

—Agnes, eres una mu-mujer apasionada lo quieras o no. Y estás ca-casada conmigo lo quieras o no.

—La pasión se puede y se debe controlar. Y cuando vuelva a casa, puedo olvidar que estamos casados.

Él enarcó una ceja burlona, y a ella la abrumaron las ganas de hacerse un ovillo delante de la chimenea y llorar hasta desfallecer. O acercarse a él y cruzarle la cara con fuerza.

Se había casado con ella para vengarse de la mujer que le había hecho un daño indescriptible.

Aunque ¿qué pasaba con la mujer que lo amaba?

¿Qué pasaba con ella?

18

Flavian se percató de que alguien había dormido en la cama de su esposa o, al menos, alguien se había acostado en ella. Sin embargo, salvo por los dos candelabros con las velas consumidas, el resto de los objetos que adornaban el tocador la última vez que estuvo en su dormitorio había desaparecido. No había nada en la habitación.

Habría temido que ya se hubiera marchado de no haber oído los sollozos ahogados que procedían de la puerta entreabierta del vestidor.

Él no se había acostado. Había pasado la noche en la biblioteca, repantingado en el sillón donde ella lo encontró poco después de medianoche. Tampoco había dormido. No se levantó para reavivar el fuego de la chimenea ni para ponerse la chaqueta, aunque era consciente de que la estancia estaba helada. No se levantó para rellenarse la copa. La experiencia le había demostrado que la borrachera solo aumentaba su melancolía, no la aligeraba ni la aniquilaba. Nunca había tenido mucho éxito con el alcohol. Envidiaba a los borrachos alegres.

Sabía que tenía la camisa arrugadísima, que llevaba el pelo alborotado a más no poder, que necesitaba con desesperación afeitarse, que sin duda tenía los ojos enrojecidos y que probablemente no desprendiera un olor muy agradable. No pensaba tomarse la molestia de asearse ni cambiarse de ropa. Además, cuando por fin estuviera presentable, ella ya se habría ido.

Todavía era muy temprano, aunque Agnes se habría puesto en movimiento al rayar el alba, supuso.

Su vida no podría estar más patas arriba de haberlo intentado.

Se dirigió a la puerta del vestidor y apoyó un hombro en el marco antes de abrirla un poco más. La vio vestida para viajar. Todas sus bolsas, menos una, estaban cerradas y listas. La última estaba lista para cerrarla. Aunque no era ella quien sollozaba, descubrió. Era la doncella delgaducha.

—Madeline —dijo cuando ella alzó la mirada y lo vio—. ¿Te importa de-dejarnos, por favor?

Seguramente acababan de despedirla, ya que no se requerían más sus servicios, pobrecilla.

—No está bien, no está bien —repuso ella, que lo fulminó con una mirada lacrimógena, cargada de reproche.

—Madeline —la interrumpió Agnes, con voz débil, pero firme para que no explicase con detalle qué era lo que no estaba bien—, déjanos, por favor. Hablaré contigo antes de marcharme.

La muchacha pasó a su lado, sin dejar de fulminarlo con los ojos enrojecidos, que no ayudaban a mejorar su aspecto.

Agnes metió el cepillo en la bolsa que estaba abierta y la cerró. Se enderezó y lo miró, con la cara muy blanca y serena, y una expresión vacía en los ojos.

—¿Te das cuenta de que ayer fue nuestro pri-primer aniversario? ¿Que hicimos una semana?

—Ojalá pudiera retroceder en el tiempo para borrar esa semana y tomar un camino totalmente distinto —repuso ella—. Pero no es posible. Solo se puede avanzar.

—¿No es eso lo que intentas hacer, retroceder? —le preguntó—. Tanto en el tiempo como en el espacio.

Ella pareció sopesar la respuesta.

—No —le aseguró—. Hace poco albergaba la débil esperanza de casarme de nuevo algún día y tal vez tener uno o dos hijos, y de encontrar complacencia en ese matrimonio tal como sucedió con el anterior. Ahora esa esperanza ha desaparecido para siempre. Salvo por eso, mi vida volverá a ser como lo fue hasta que tomé esa decisión tan desastrosa e impulsiva. Estaré con Dora. Creo que mi presencia le brinda tanto consuelo como a mí la suya.

—Creo que la en-entristecerás —dijo.

Agnes se echó a reír, aunque el sonido carecía por completo de buen humor.

—Siempre dijo que no se fiaba de esa ceja izquierda tuya —comentó—. Supongo que no se sorprenderá mucho al saber que tenía razón.

—Cre-Creo que le caigo bien —repuso.

Ella lo miró de arriba abajo y se rio de nuevo. En ese momento, deseó haberse abotonado al menos la camisa hasta el cuello. Debía de tener un aspecto tan lamentable como su estado de ánimo, además de sórdido.

—No te va-vayas —le suplicó.

Ella enarcó las cejas, las dos.

—Solo ha pasado una se-semana, Agnes —siguió—. Dado que estamos ca-casados y nada puede cambiarlo, ¿no de-deberíamos al me-menos da-darle una oportunidad al ma-matrimonio?

De repente, recordó aquella ocasión en la que Ben dijo que deseaba con frecuencia poder soltar los bastones y alejarse de ellos sin pensar... y sin tambalearse ni caerse. Él deseaba poder abrir la boca y decir lo que pensaba sin tropezarse ni atascarse con las palabras, sobre todo cuando estaba muy alterado.

—Pero nunca ha sido un matrimonio, ¿verdad? —repuso ella—. Salvo por el hecho, claro está, de que hubo una ceremonia que nos unió de por vida y el detalle de la consumación. Sin embargo, eso no conforma un matrimonio salvo a ojos de la ley. Te casaste conmigo para hacerle daño a lady Hazeltine y a vuestras familias, tal como ellos te hicieron daño a ti. Y yo me casé contigo porque... En fin, porque te deseaba con lujuria. Ahora ya has consumado tu venganza y yo he saciado mi lujuria, así que es hora de que vuelva a casa. No vas a intentar detenerme, ¿verdad? No vas a intentar imponer tu autoridad y ordenarme que me quede, ¿no? —preguntó, alzando la barbilla y apretando los dientes.

—Qui-quiero estar ca-casado contigo —dijo él—. No pu-puedo explicar el motivo y no voy a so-soltar razones que reconocerías como mementiras. Pero no fue por venganza, Agnes. O al menos... esa palabra nunca se me pasó por la cabeza. Quequería estar a sasalvo. Ni siquiera sé lo que qui-quiero decir con eso, pero lo sentí cuando dijiste que sí, que te ca-casarías conmigo, y también lo sentí cuando nos ca-casamos y salimos de la iglesia. Me sentí a sa-salvo. Puede que no pa-parezca muy halagador, pero es la verdad. Y eras tú con quien que-quería casarme, no con cualquier mujer. Y no solo había lujuria por tu parte. No te habrías ca-casado solo para acostarte conmigo. Te re-rebajas cuando dices eso. Me querías a mí, no solo mi cuerpo. Me querías a mí, Agnes.

—Ni siquiera sé quién eres —repuso ella.

—Pero sa-sabías que yo era alguien —insistió—. Alguien a quien que-querías conocer. Alguien con quien querías pasar la vi-vida para conocerlo. No solo fue lujuria.

—Pues peor me lo pones —replicó ella—. No había nadie que mereciera la pena conocer en ese cuerpo tan bonito, ¿verdad?

Dio un respingo al oírla y tragó saliva.

—No te vayas —repitió—. Pu-puede que te arrepientas. Y yo sé que lo haría.

—Se arrepentiría tu orgullo —dijo ella.

—Seguramente —admitió—. Y también el resto de mi persona.

Ella lo miró, con expresión pétrea y los ojos apagados.

—Espera otra se-semana —le rogó—. Dame ese tiempo al menos. Quédate si-siete días más y después te lle-llevaré a Candlebury Park si to-todavía quieres dejarme. Podemos decir que nos vamos para pasar la Pascua allí y tú puedes que-quedarte después, y todo aquel que di-diga que deberías ser presentada en sociedad como mi vi-vizcondesa se puede ir al cuerno. Puedes hacer que tu hermana se va-vaya a vivir contigo si lo deseas y ella también. Encontrará alumnos de música si los quiquiere, y tú encontrarás flores silvestres para pi-pintar hasta que te aburras. Pero antes da-dame una semana.

Agnes no se había movido todavía y siguió sin hacerlo.

—O si insistes en ma-marcharte hoy —siguió—, de-deja que te lleve a Candlebury Park. No me que-quedaré si no quieres. Nunca pisaré la propiedad a menos que me invites. ¿Agnes?

—¿Todavía la quieres? —le preguntó.

Soltó un sonoro suspiro al oírla, echó la cabeza hacia atrás para apoyarla en el marco de la puerta, cruzó los brazos por delante del pecho y alzó la mirada.

—Lo más gra-gracioso —dijo—, y creo que debe de ser gracioso porque no tiene el menor sentido, lo más gracioso es que no estoy seguro de haberlo hecho alguna vez. En fin, quiero ser sincero contigo porque creo que es la única oportunidad que tengo. Debo de haberla amado, ¿no? Pero no pu-puedo recordar cómo fue ni lo que sentía. Y cuando la vi de nuevo el día que llegamos aquí, no sa-sabía si la amaba o la odiaba. Seguía sin saberlo cuando fui a verla ayer. Temía amarla. Pero no quería. No quiero. Qui-quiero... Quiero estar casado contigo. Quiero estar a salvo contigo. Y no podría parecer más egoísta de intentarlo, ¿verdad? Quiero, quiero, quiero... Me gu-gustaría intentar hacerte fe-feliz, Agnes. Creo que sería bueno hacer fe-feliz a alguien. Creo que sería la mejor sensación del mundo. Sobre todo si ese alguien fueras tú. No te vayas. Dame una oportunidad. Danos una oportunidad.

Se produjo un largo silencio mientras él cerraba los ojos y esperaba su decisión. No iba a imponer su autoridad sobre ella, aunque podría hacerlo como marido suyo que era, suponía. Si insistía en marcharse, la dejaría ir. Incluso en coche de postas si era lo que ella elegía.

Y, ¡por el amor de Dios!, ni siquiera podía asegurarle que no seguía amando a Velma... o que lo hubiera hecho alguna vez. ¿Por qué demonios lo había soltado el médico de Penderris Hall para que se moviera libre por el mundo? Era un lunático con todas las letras.

—Que alguien te abandone por otra persona a la que quiere más que a ti provoca un dolor terrible —dijo Agnes—. Un dolor, un vacío y la determinación de no volver a darle ese poder a otra persona.

Flavian se quedó desconcertado un segundo antes de darse cuenta de que estaba hablando de su madre, que había abandonado a sus hijos para estar con su amante.

—El matrimonio con William me aportó paz y tranquilidad —siguió ella.

—Yo no soy William.

Agnes lo miró de nuevo, todavía con la misma expresión vacía en los ojos, hasta que de repente aparecieron unas arruguitas a su alrededor y se echó a reír con lo que parecía genuino buen humor.

—Desde luego que no, ya te lo digo yo —replicó.

—Quédate —insistió—. Puedes decidir dejarme más adelante, Agnes, y no te de-detendré, pero nunca te abandonaré. Nunca. Te lo juro.

No era el abandono literal lo que ella temía, claro, eso lo sabía, sino el abandono emocional: que amase a Velma y no a ella. ¡Por el amor de Dios, nunca había pensado en Agnes con el amor en mente! El amor, el amor romántico, se entendía, siempre le revolvía un poco el estómago, aunque no entendía el motivo. Hugo amaba a lady Trentham, y no había nada nauseabundo en lo que a todas luces sentían el uno por el otro. Lo mismo podía decirse de Vincent y de su esposa, y de Ben y la suya. ¿Por qué no podía ser igual para él?

Agnes lo estaba mirando fijamente, sin atisbo de la sonrisa que había esbozado antes.

—Una semana —dijo a la postre.

Flavian apoyó de nuevo la cabeza en el marco de la puerta y cerró los ojos un instante.

—Gracias —susurró.

—Ve y duerme un poco, Flavian —le ordenó—. Estás agotado.

—No hay na-nada como que la mu-mujer con la que te casaste hace una semana di-diga que te va a de-dejar para mantenerte despierto —alegó.

—En fin, pues no va a dejarte —dijo ella—. Al menos, no durante una semana más. Pero si me quedo, Flavian, tengo que hacerles una visita a lady Hazeltine y a lady Frome, a ser posible esta tarde si por casualidad están en casa.

Frunció el ceño al oírla.

—¿Dejarás que mi ma-madre te acompañe? ¿O que va-vaya yo?

—Ninguno de los dos —contestó ella.

Mantuvo el ceño fruncido mientras por su mente pasaba una imagen de Daniel entrando en la guarida de los leones. Aunque era una imagen muy extraña para aplicar a la casa de los Frome.

—Me llevaré a Madeline en aras del decoro —dijo Agnes—, dado que no estamos en el campo. De todas formas, ¿será de muy mala educación ir prácticamente sola?

—Mucho —contestó.

—Ojalá estén en casa —siguió ella— y ojalá estén solos. Hace falta hablar claro.

Se había casado con una mujer valiente, se percató, aunque siempre pareciera serena y recatada. Sin duda esa visita sería dificilísima para ella.

—Ve y duerme un poco —le ordenó.

—Sí, señora. —Apartó el hombro del marco de la puerta y entró de nuevo en el dormitorio de Agnes de camino al suyo propio.

Una vez allí, tiró del cordón de la campanilla para llamar a su ayuda de cámara.

Mientras Agnes se dirigía hacia Portman Place y buscaba el número de casa correcto, con una Madeline feliz caminando a su lado en silencio, deseaba con fervor que las damas estuvieran en casa y sin la molestia de otras visitas. Al mismo tiempo, y de forma irracional, deseaba con fervor que no estuvieran.

El mayordomo no sabía si las señoras se encontraban en casa, de modo que fue a comprobarlo. En circunstancias normales, a Agnes le habría hecho gracia que el mayordomo de una casa asegurara desconocer quién se encontraba en ella y quién no, pero en esa ocasión se limitó a cruzar los dedos de ambas manos y a pedir un deseo contradictorio: «Que estén en casa. Que no estén».

—Podría haberla invitado a sentarse mientras esperaba —comentó Madeline—. Yo digo que es un maleducado, por más refinado que quiera ser.

Agnes no replicó.

Las señoras estaban en casa, aunque Agnes se percató nada más entrar en el salón de que estaban vestidas para salir. Sin duda la curiosidad las había llevado a aceptar su visita cuando el mayordomo las informó de su llegada.

Las dos iban vestidas a la última moda y con gran elegancia. A lo largo de la mañana, ella había recibido más ropa procedente del establecimiento de Madame Martin, y Madeline le había preparado uno de los vestidos de paseo cuando se enteró de que iba a hacer una visita esa tarde. Sin embargo, su doncella no discutió cuando Agnes le dijo que prefería ser ella misma. Se limitó a mirarla con expresión astuta, asintió con un gesto brusco de la cabeza y sacó algo viejo, que de todas formas habían cepillado y planchado, de modo que parecía tener dos años menos de los que tenía en realidad.

—Lady Ponsonby, ¡qué alegría! —dijo lady Frome con una sonrisa mientras le indicaba con una mano que tomara asiento—. Pero ¿su suegra no la acompaña?

La condesa de Hazeltine, mientras tanto, había cruzado la estancia con paso vivo, una sonrisa cálida en los labios y las manos extendidas.

—¡Qué amable de su parte al venir! —dijo—. Ayer le dije a mi madre, después de encontrármela a usted en la biblioteca de Hookham, que ojalá nos hiciéramos buenas amigas además de vecinas. ¿Verdad, mamá? Y aquí está al día siguiente. Pero ¿sin Flavian?

Agnes solo le tendió la mano derecha, y la condesa se la estrechó antes de que las tres se sentaran.

—He venido sola por decisión propia —alegó.

Ambas mujeres la miraron expectantes.

—Deseaba dejar claro que lamento el bochorno que le ha causado mi inesperada aparición en la ciudad como esposa de Flavian —dijo Agnes, dirigiéndose a lady Frome—. Nunca fue mi intención hacerle daño a nadie.

La mujer parecía abochornada de todas formas.

—Desde luego que no nos lo esperábamos —convino—. Como tampoco se lo esperaban lady Ponsonby y Marianne. Acortamos la visita porque nuestra presencia en el salón habría sido una intromisión en lo que, a todas luces, era un asunto familiar. Espero no haberla ofendido con nuestra precipitada marcha. Lo último que deseo es que haya resentimiento entre nuestras familias. Somos vecinos, ya sabe. Aunque claro que lo sabe. Nuestras familias siempre han estado muy bien avenidas.

Fue una respuesta cortés y, de forma instintiva, a Agnes le cayó bien la mujer. Por un instante, se vio tentada de sonreír y cambiar de tema, y de quedarse un rato decente antes de despedirse. Quizá sería mejor no decir nada más. Pero descartó la idea con resistencia. Había ido para hablar claro, y si no lo hacía en ese momento, nunca lo haría; y algo, una herida mutua, se enquistaría bajo la superficie de las futuras relaciones entre ellos.

Ya se habían reprimido bastantes cosas en su propia familia, de manera que se negaba a permitir que sucediera lo mismo en su matrimonio.

—Espero que nuestras familias mantengan las buenas relaciones que han mantenido hasta ahora, señora —dijo—. Aunque antes debemos hablar de algo que promete ser bochornoso. Creo que debió de ser muy triste para todos, y para usted en particular, lady Hazeltine, que el difunto lord Ponsonby, me refiero a David, decidiera que estaba demasiado enfermo para continuar con los planes de matrimonio que ambas familias alentaban. Quiero decir que debió de ser muy triste para usted cuando la liberó del compromiso tácito.

La condesa se puso muy blanca.

—Siempre le tuve muchísimo cariño —le aseguró— y anhelaba casarme con él y ofrecerle un poco de felicidad, aunque estaba más que claro que no viviría demasiado. Pero se comportó como un tonto noble y no me permitió hacerlo. Le supliqué y lloré, pero sin resultado alguno. Se negaba a aceptarme. Insistió en que debía ser libre para casarme con alguien que tuviera la vida por delante, alguien a quien yo amara. Aunque a él lo amaba.

Parecía bastante sincera.

—Era un joven de lo más cariñoso y dulce —terció lady Frome—. Estoy segura de que quería a Velma muchísimo, pero una vez que decidió que sería egoísta atarla a un moribundo, fue imposible hacerlo cambiar de opinión.

—Debió de parecerle un doble castigo —siguió Agnes, dirigiéndose en esa ocasión a la condesa— que Flavian fuera herido de tanta gravedad en la península ibérica cuando usted le traspasó su amor y tras celebrar su compromiso con él con tanta pompa.

Lady Hazeltine se mordió el labio con expresión afligida.

—Se lo ha contado... —dijo—. Aunque supongo que era inevitable que alguien lo hiciese tarde o temprano. Estábamos enamorados, lady Ponsonby. No lo negaré por mucho que Flavian lo haga. Le diré más: le tenía muchísimo cariño a David y deseaba de todo corazón casarme con él y hacerlo feliz, pero era Flavian a quien amaba. De la misma manera que él me adoraba. Nos amamos sin esperanza alguna durante años antes de que David nos liberase. Sí, y lo hizo porque sabía que nos amábamos y él, a su vez, nos quería a los dos. Era el hombre más bueno del mundo.

—Cariño —dijo lady Frome, que parecía querer reprenderla—, no es...

—No, mamá —la interrumpió su hija con las mejillas arreboladas y echando chispas por los ojos—, ella debería saber la verdad, dado que ha sido quien ha sacado el tema. Yo no habría dicho una sola palabra de no ser así. Flavian estaba fuera de sí cuando lo trajeron a casa, lady Ponsonby. No reconocía nada ni a nadie. Y era violento. Era poco más que un animal salvaje. Su médico nos informó a todos de que nunca mejoraría, de que tarde o temprano habría que internarlo en un manicomio, donde solo podría hacerse daño a sí mismo. ¿Qué podía hacer yo? Era peor que si hubiera muerto. Y Leonard también estaba muy alterado. Era su mejor amigo y no dejaba de culparse por haber vendido la comisión unos meses antes de que hirieran a Flavian y haberlo dejado solo..., como si hubiera podido evitar el desastre de haberse quedado. Estaba desconsolado. Los dos lo estábamos. Y nos unimos para darnos consuelo. Nos casamos. Pero nunca lo quise, ni él a mí. De hecho, creo que llegamos a odiarnos.

—Velma, cariño —dijo su madre—, no debes decir esas cosas. No a lady Ponsonby. No es agradable.

—Tal vez habríamos sacado adelante nuestro matrimonio si Flavian no hubiera empezado a recuperarse —siguió lady Hazeltine, como si su madre no hubiera hablado—. Pero Leonard nunca se perdonó y yo... En fin, yo debería haber esperado más.

Agnes sintió que se le revolvía un poco el estómago. Tal vez se había equivocado el día anterior en la biblioteca. En aquel momento, creyó ver una actitud calculadora, incluso cierto rencor, en las palabras de la condesa.

—Y ahora, justo cuando podría haber tendido puentes —continuó lady Hazeltine—, se me trata como si hubiera sido infiel y desalmada hace tantos años. Y me he convertido en el objetivo de una cruel venganza. ¿Estaba justificado, lady Ponsonby?

No, pensó Agnes. ¡Ah! No, no se había equivocado.

—Cariño —insistió lady Frome, visiblemente alterada—, lady Ponsonby no tiene la culpa de nada.

—Su amargura es comprensible, lady Hazeltine —repuso Agnes—. Sin embargo, a estas alturas, no servirá de nada. Flavian y usted se quisieron hace años, pero las personas cambian. Él ha cambiado, y estoy segura de que usted también y de que se recuperará de su decepción e incluso dará las gracias por no seguir atada al pasado. Flavian se casó conmigo la semana pasada porque deseaba hacerlo, y yo me casé con él por el mismo motivo. Es un hecho consumado.

—Es evidente que nunca ha amado —repuso la condesa con una sonrisa triste y dulce—. El verdadero amor nunca muere, lady Ponsonby, ni se recupera de la «decepción». No le afecta el paso del tiempo.

Agnes suspiró.

—Le deseo lo mejor —dijo—. Le deseo de todo corazón que sea feliz en el futuro. Y deseo que haya paz y que la relación entre nuestras familias sea amistosa. Pero nadie me hará sentir que mi marido se casó conmigo solo para castigar a un antiguo amor. No toleraré que me consideren la otra mujer en una trágica historia de amor. Se ha casado conmigo, lady Hazeltine. Y lo más importante si cabe, al menos en lo que a mí respecta, es que yo me he casado con él, y yo importo. También soy una persona. —Se puso en pie mientras hablaba y tomó el ridículo para marcharse. No tenía las piernas demasiado firmes, pero al menos no le había temblado la voz.

Madre e hija también se levantaron.

—Espero que sea feliz, lady Ponsonby, se lo aseguro —dijo lady Frome con aparente sinceridad—. Y le agradezco que haya venido. Ha sido muy valiente al hacerlo, y sola además. Será un placer tenerla de vecina.

—Yo también lo espero —dijo la condesa—. Aunque no sé si la esperanza bastará para sustentar su caso, lady Ponsonby.

Agnes asintió con la cabeza y se despidió.

Al principio, caminó con paso vivo de vuelta a casa, con Madeline pegada a los talones, pero al cabo de unos minutos se tranquilizó y aminoró el paso hasta andar con un poco más de decoro. No estaba segura de que la visita hubiera conseguido otra cosa que no fuera alterarla muchísimo, pero no se arrepentía de haber ido. Detestaba las situaciones que se creaban porque la gente se negaba a hablar para arreglar los problemas. Al menos, si iba a haber malicia y enemistad entre la condesa de Hazeltine y ella (y sospechaba que así sería), lo mejor era haber sacado a la luz su existencia y el motivo.

Después de que su madre se fuera, no se habló del tema. Nada. Jamás. De un día para otro, una niña de cinco años perdió para siempre a su preciosa, alegre y sonriente madre, y jamás volvió a verla. Nunca le dieron una explicación. Había recabado la poca información que tenía a través de retazos de conversaciones que había oído a lo largo de los años, ninguna dirigida a ella directamente.

De modo que el dolor, la sensación de abandono, se había enquistado. Quizá lo habría hecho de todas formas, pero el dolor habría sido distinto. O eso era lo que siempre había creído. Tal vez no. Tal vez el dolor no era más que dolor.

A esas alturas, debería estar en un coche de postas, de camino a casa, a Dora, según lo planeado. Después de una única semana de matrimonio. ¡Qué humillante habría sido! En cambio, había accedido a quedarse una semana más y, tal vez, después marcharse a Candlebury Park en vez de irse a Inglebrook.

Una semana más. Para recomponer su matrimonio. O para ponerle fin con una separación de por vida. Sin embargo, la sensación de derrota que conllevaba esa última idea la enfureció de repente.

¡Oh, ardía en deseos de maldecir con lo peor que se le ocurriera! ¡Maldita fuera su estampa si renunciaba a su matrimonio después de dos semanas solo porque Flavian amó en otra época a una mujer hermosa que había elegido el rencor a la estoica dignidad cuando él se casó con ella! ¡Maldita fuera su estampa mil veces!

¡Eso!

Flavian quería darle una oportunidad a su matrimonio.

Pues que así fuera. Porque ella también quería. Más que una oportunidad. Iba a convertir lo que tenían en un matrimonio real. Que se prepararan todos.

19

Flavian no durmió, ni siquiera lo intentó. Tenía una semana. Siete días. No estaba dispuesto a desperdiciar ni siquiera una hora de esos días en dormir para tener mejor cara. Claro que el problema era que no sabía qué hacer para convencer a Agnes de que se quedara con él, salvo hacerle el amor día y noche. Al menos, en eso era bueno. O, mejor dicho, los dos eran buenos en eso.

Sin embargo, no creía que el sexo bastara para convencerla de quedarse. Y ni siquiera estaba seguro de que fuera a permitirle ir a su cama en los próximos siete días, ni en sus correspondientes noches. Además, el buen sexo podría convencerla de no quedarse. Agnes tenía la alarmante creencia de que debía erradicar la pasión de su vida si quería ejercer un mínimo de control sobre ella. Todo por culpa de su madre.

Le ordenó a su ayuda de cámara que le preparase un baño. Después de asearse, de ponerse ropa limpia y de afeitarse se sintió un poco mejor. Y, además, tuvo tiempo para reflexionar. No se le había ocurrido ninguna solución a corto plazo, que era lo que necesitaba en realidad, pero al menos podría hacer algo. Regresó a la biblioteca, se sentó a la mesa y escribió dos cartas, aunque no era su actividad favorita en ningún momento. Sin embargo, eran necesarias y debería haberlas escrito hacía mucho. No podía presentarse en persona ante su suegro, ya que para ello tendría que abandonar Londres y malgastar su preciada semana. Lo mismo podía decirse de su cuñado. Escribirles a ambos era una cortesía, aunque su verdadero propósito era hacerles unas preguntas que esperaba que al menos uno de ellos contestara con más sinceridad que la que le habían demostrado a Agnes a lo largo de su vida.

Después de haber escrito las cartas de forma más o menos satisfactoria, y de sellarlas, franquearlas y dejarlas al cuidado de su mayordomo, Flavian se marchó al club White's, en parte porque no se le ocurría otro sitio al que ir, dado que Agnes tenía otros planes para ese día y él no formaba parte de ellos. Pero también fue al club en parte con la esperanza de encontrar a alguien a quien hacerle unas cuantas preguntas discretas. A lo mejor sí había algo que podía hacer.

Varios caballeros lo saludaron al llegar. Podría haberse unido a un grupo amigable durante el resto del día y gran parte de la noche de querer hacerlo, aunque al menos la mitad de la alta sociedad esperaba todavía a que la Pascua pasara para ir a Londres. Sin embargo, casi todos los presentes ese día eran de su misma edad, de modo que no le servían de nada. Y a los pocos que había entrados en años no los conocía lo suficiente, se percató al sentarse en la sala de lectura y dedicarles un mínimo de atención a los periódicos.

Al cabo de un rato, llegaron dos de sus tíos y uno de sus primos y lo saludaron con buen humor, dándole palmadas en la espalda y estrechándole la mano mientras hablaban y reían. No fue una sorpresa que se ganaran los ceños fruncidos de los ocupantes de la sala, que estaban leyendo el periódico en silencio hasta ese momento.

Su tío Quentin y su tío James acababan de llegar a la ciudad, según entendió, con las tías y los primos de cuya existencia eran responsables. Uno de dichos primos, Desmond, el primogénito y heredero de su tío James, sonrió de oreja a oreja al ver a alguien más o menos de su edad. Dos de sus primas, hijas una de uno y la otra del otro, acababan de cumplir los dieciocho años y estaban preparadas para entrar en el mercado matrimonial, así que existía la necesidad de marcharse a la capital con bastante antelación para comprar media ciudad y parte de la otra media, algo absolutamente necesario según sus tías y que los dejaría con una mano delante y otra detrás durante medio siglo según sus tíos.

Flavian llevó a sus parientes a la cafetería, donde podían hablar sin que los lectores de periódicos los mirasen con el ceño fruncido.

Se acababan de enterar de su matrimonio y ambos afirmaron estar encantados de que por fin demostrase un poco de sentido común, aunque se rumoreaba que se había casado con una desconocida, un asunto que se podía remediar enseguida, por supuesto, al hacer que fuera conocida sin más dilación; una tarea que, sin duda, sus tías estarían encantadas de llevar a cabo. Sus tíos se morían de la curiosidad. ¿Quién era la afortunada, eh? ¿Eh? ¿O el afortunado era el novio?

James y Quentin, sus tíos, eran gemelos. Hablaban en tándem, de manera que uno comenzaba una frase y el otro la terminaba, y no quedaba más remedio que mover la cabeza de forma rítmica para mirar a uno y a otro.

Su última tanda de preguntas concluyó con unas sonoras risotadas.

Flavian se relajó, complacido tras ver de nuevo a varios miembros de su familia. Les explicó que Agnes era una viuda que vivía con su hermana soltera en el pueblo colindante con Middlebury Park, donde acababa de pasar tres semanas en compañía de varios amigos. Tuvo el cuidado de añadir que la había conocido seis meses antes, de modo que su cortejo y su matrimonio no parecieran tan fulminantes como sin duda pensaba la gente.

—Esto... Una cosa, Flave —dijo Desmond—. Puede que se presente un problemilla para lady Ponsonby. Supongo que ya te has enterado...

—¿Eh? —dijo el tío James.

—¿De qué hablas, Des? —preguntó el tío Quentin.

Flavian se limitó a mirarlo con gesto interrogante.

—Anoche se celebró una pequeña fiesta en casa de lady Merton —explicó Desmond—. Bidulph y Griffin me obligaron a acompañarlos. La verdad, fue un soberano aburrimiento. Pero tu boda parecía haber causado sensación, y un poco de sorpresa en algunos justo cuando la condesa de Hazeltine ha vuelto a la ciudad. Ella también asistió a la fiesta, aunque todos trataron de disimular los cotilleos para que no los oyera. Está tan guapa como siempre, por cierto. ¿La has visto, Flave?

—¿Cuál es ese pro-problemilla? —quiso saber Flavian.

—Parece que la madre de lady Ponsonby no es trigo limpio —contestó Desmond—. Huyó con un amante, ¿sabes?, y su marido, creo que un tal Debbins o algo así, se divorció de ella. Mejor que tengas cuidado, Flave, si es cierto, incluso si no lo es, ya que estamos. Ya es bastante extraño que tu esposa sea una desconocida, pero si también se considera que no es del todo respetable…

No terminó la frase, tal vez porque vio la expresión de su primo.

¿Quién lo sabía?, se preguntó Flavian mientras se devanaba los sesos. ¿¡Quién lo sabía!? Le habían contado a su madre quién era, y también a Marianne y a Oswald. Habían mencionado a su padre y a su difunto marido. Pero no habían hablado del antiguo escándalo. Él no se lo había contado a nadie y estaba seguro de que Agnes tampoco lo había hecho. A ninguna otra persona le habían dicho siquiera quién era su padre.

Salvo a los Frome. Y a Velma.

Fue como si oyera otra vez la voz de Velma mientras le preguntaba quién era Agnes, y la respuesta que él le dio.

«Es la hija del señor Debbins, de Lancashire».

El principal objetivo de haber ido al club ese día de pronto le parecía muy urgente. Y, de repente, se dio cuenta de que sus tíos tenían la edad necesaria para ayudarlo con respuestas. Los dos pasaban tanto tiempo en Londres o en alguno de los balnearios de moda como en sus casas solariegas, y siempre eran una mina de información, de noticias y de chismes. Y lo que sus tíos no supieran seguro que sus tías sílo sabían.

—Si alguien de-desea saber si mi mu-mujer es respetable —repuso—, pu-puede dirigirme a mí la pre-pregunta.

Desmond retrocedió con las manos en alto y las palmas hacia fuera.

—Solo te he dicho lo que se susurraba anoche, Flave —se defendió—. No era mucho, pero ya sabes que los chismes pueden avivar las llamas de las ascuas más apagadas.

Y Velma había estado en la fiesta de la noche anterior.

—¿Alguno recuerda el divorcio? —les preguntó a sus tíos—. Un tal Debbins de Lancashire. Hace unos veinte años.

—Divorcio —repitió el tío James—. ¿Te refieres a uno con intervención del Parlamento? Un poco drástico eso por parte de tu suegro, Flavian. Supongo que le costaría una fortuna y que lo destrozarían en público. Y sería desagradable para sus hijos también. ¿Y ella era tu suegra? ¡Menuda suerte la tuya, muchacho! No me acuerdo. ¿Y tú, Quent?

Su tío Quentin había apoyado un codo en la mesa y tamborileaba con los dedos sobre los dientes.

—Recuerdo que el viejo Sainsley se divorció de su mujer por adulterio cuando todos sabían que era una acusación falsa —contestó—. Ella empezaba a hacer aspavientos por las tres amantes de su marido y todos los bastardos que estaba manteniendo. Eso debió de ser..., mmm, hace unos diez o quince años. ¿Te acuerdas, James?

—¿Hace tanto? —preguntó el aludido—. Sí, supongo que sí. Recuerdo...

Desmond y Flavian se miraron con expresiones sufridas. Era imposible meterles prisa a esos dos.

—Havell —soltó su tío Quentin de repente mientras daba una palmada sobre la mesa con tanta fuerza que zarandeó la taza de su tío James, de manera que el café se derramó en el platillo—. Sir Everard Havell, ese al que todos llamaban «guapetón» por su sonrisa. Tenía unos dientes blanquísimos y perfectos.

—Lo recuerdo —dijo su tío James—. Las damas se desmayaban con una sola sonrisa suya.

—Lo obligaron a irse al campo cuando se quedó sin blanca —continuó su tío Quentin—. Se fue a casa de un viejo tío o algo así que tal vez le dejara su fortuna o tal vez no. Supongo que fue para engatusarlo. Y estaba en Lancashire. Estoy seguro. En su momento, pensé: pobrecillo, tener que estar encerrado en algún lugar de Lancashire, no podía ser en otro sitio más dejado de la mano de Dios.

—No se le podía envidiar, no —convino su tío James.

—Se fugó con la esposa de alguien, y su marido se divorció de ella, y Havell acabó sin un penique. —Su tío Quentin lo miró con expresión triunfal por encima de la mesa—. Eso es. Debe de serlo. No recuerdo el nombre del marido, pero pasó hace unos veinte años y fue en Lancashire. Sería demasiada coincidencia que hubiera dos fugas y dos divorcios parecidos.

—Pero, Flavian, ¿lady Ponsonby no lo sabe? —le preguntó Desmond.

—Ha decidido no hablar del tema —contestó él mientras se echaba hacia atrás en el asiento—. Ni siquiera sabe el nombre del hombre con quien se fugó su madre.

—Pues no va a poder esconder la cabeza en la arena mucho más tiempo, ¿no crees? —Desmond había fruncido el ceño—. Las cotillas no van a tardar mucho en descubrir los detalles, Flave. Si el tío Quent se acuerda, más personas lo harán también. Podría acarrearle problemas a lady Ponsonby. Y a ti.

—Somos una familia bastante extensa, bien lo sabe Dios —repuso su tío James—. Y tu familia materna es casi igual de extensa.

—Y las familias se mantienen unidas —concluyó su tío Quentin.

—Que el Señor nos ayude —susurró Desmond.

—¿Qué pasó después del divorcio? —quiso saber Flavian.

—¿Eh? —preguntó el tío James.

—Havell hizo lo correcto y se casó con la dama —contestó su tío Quentin—. Al parecer, era una belleza, aunque ya estaba talludita; de hecho, era mayor que él si no me falla la memoria. Aunque la alta sociedad les dio la espalda por completo.

—¿Alguno de los dos sigue vivo? —preguntó Flavian—. ¿Y sabéis dónde vivían o viven ahora?

Su tío Quentin volvió a darse unos golpecitos en los dientes con los dedos mientras su tío James se frotaba la barbilla con una mano.

—¡Que me aspen si lo sé! —contestó el último—. ¿Y tú, Quent?

El aludido negó con la cabeza.

—Pero puedes preguntarle a Jenkins —le sugirió—. Peter Jenkins. Tiene algún parentesco con Havell, primo tercero o cuarto o algo así. Puede que él lo sepa.

—Segundo —dijo el tío James—. Primo segundo.

Dio la casualidad de que Peter Jenkins estaba cenando en White's con unos amigos. Flavian tuvo que esperar hora y media para hablar con él a solas.

Agnes estaba agotada. Aunque la noche no había sido ajetreada. De hecho, había sido bastante agradable. Se había puesto uno de los vestidos de noche menos vistosos y había cenado con Flavian y su madre para después pasar al salón con ellos. Mientras ella bordaba y su suegra sacaba el bastidor, Flavian les leyó parte de *La historia de las aventuras de Joseph Andrews*, del señor Fielding, una versión humorística de *Pamela*, de Samuel Richardson, que Agnes había leído unos años antes y que no le había gustado demasiado.

Leía bien y sin apenas tartamudear. Cuando por fin cerró el libro y lo dejó en la mesa que tenía al lado, apoyó la cara en una mano y la observó trabajar con una expresión que bien podría ser de contento, de cariño o de mero cansancio. Al fin y al cabo, Flavian no había dormido en toda la noche, y ella dudaba mucho que lo hubiera hecho esa mañana.

La noche siguiente estaban invitados a una fiesta improvisada con familia y amigos. Flavian le había explicado que varios parientes habían llegado a la ciudad y estaban ansiosos por conocerla. La palabra «fiesta» que aparecía en la invitación de Marianne la inquietaba un poco, pero la vizcondesa viuda le recordó que todavía había muy pocas personas en la ciudad a esas alturas de año. Fuera como fuese, si iba a quedarse con Flavian, y pensaba hacerlo, debía conocer a la alta sociedad más pronto que tarde.

Le pediría consejo a Madeline para elegir el vestido de noche más apropiado.

En ese momento, ya en su dormitorio, llevaba un camisón nuevo. No era tan atrevido ni tan revelador como otros que podría haber elegido. Le tapaba los hombros y la parte superior de los brazos y todo el escote salvo una pudorosa parte de los pechos; y pese al delgado lino, no se transparentaba. Aunque sí tendía a ceñirse un poco, según Madeline, que era lo que se suponía que debía hacer para resaltar su preciosa figura.

No estaba muy segura de que alguien más que su cuñada la viera con el camisón. Cuando accedió esa mañana a concederle otra semana a su matrimonio, no hablaron de la naturaleza de este durante dicha semana. No sabía si Flavian iría a su dormitorio, y tampoco sabía si ella iría a buscarlo como la noche anterior... Si él no aparecía, claro.

No debería desear que apareciera. Se había enfadado mucho con él. Y no se trataba de un enfado de los que solucionaría con una buena discusión, sino de los que no se arreglaban. Un enfado causado por la sensación de que la habían usado con crueldad y de que la mera lujuria la había convertido en víctima voluntaria. El hecho de que estuviera enamorada de él era irrelevante. En realidad, ese hecho solo servía para reafirmar su decisión de ejercer cierto control sobre su vida, de actuar con la cabeza en vez de con el corazón... o con los anhelos de su cuerpo.

Sin embargo, había pensado mucho a lo largo del día. Y había recordado mucho.

Estaba sentada en el borde de la cama cuando él apareció. Llamó a la puerta, esperó un momento (ella no le habló) y entró. Se quedó de pie con la bata puesta, que llevaba bien cerrada a la cintura, guapísimo con el pelo rubio un poco alborotado. Sintió que el deseo le endurecía los pezones y rezó para que a la tenue luz de la vela él no pudiera ver la prueba a través del camisón.

—¿Vas a tirarme una pa-pantufla a la cabeza? —preguntó él.

—Seguramente fallaría y me sentiría tonta —contestó.

Flavian cruzó los brazos por delante del pecho y ladeó un poco la cabeza.

—¿Eso quiere decir que esto va a ser un matrimonio de verdad durante los próximos siete días? —quiso saber él.

—¡Ah! No vas a librarte tan fácilmente —contestó—. Va a ser un matrimonio para siempre, Flavian. Te casaste conmigo. Da igual por qué lo hicieras. Te casaste conmigo y vas a cumplir con ese compromiso, ya lo creo que sí. No te permitiré que lo rehúyas. Y yo me casé contigo. Da igual por qué lo hiciera. Para bien o para mal, estamos casados. Las personas se casan por un sinfín de motivos. Eso no importa. Lo que importa es lo que hacen con su matrimonio. Y nosotros vamos a hacer que sea un buen matrimonio. Los dos.

¡Por el amor de Dios! ¿De dónde había salido todo eso? El corazón le latía tan fuerte que casi le había atronado los oídos.

Él no se movió ni cambió de postura. Pero entornó los párpados y esbozó una sonrisilla, mientras la observaba con detenimiento.

—Sí, señora —dijo en voz baja... y echó a andar hacia ella.

Hicieron el amor, con titubeos, dulzura, languidez y, finalmente, con una urgencia febril. Cuando terminaron, ella se quedó tumbada de espaldas en la cama, sin su precioso camisón nuevo, con Flavian sobre ella. Ambos estaban ardiendo, sudorosos y relajados. Ella seguía con las piernas separadas a ambos lados del cuerpo de Flavian, que aún no se había retirado de su interior. Lo oía respirar de forma serena y rítmica. Ella también estaba casi dormida. Pronto se despertaría y se apartaría de ella con una disculpa en voz baja, pero no le importaba la leve incomodidad que suponía su peso. No le importaría que durmiera sobre ella toda la noche.

Algunas cosas eran imposibles de contener una vez que se les permitía comenzar, pensó. La pasión entre ellas. Se casó con él básicamente porque lo deseaba. Pero disfrutar de él en la noche de bodas no había saciado su apetito más que de forma temporal. Todo lo contrario, de hecho. Lo deseaba cada vez más.

Estaba casadísima con él; una idea muy extraña.

Sin embargo, no se podía culpar a la pasión de lo que las personas hacían con sus vidas, pensó. De haber conocido a Flavian mientras seguía casada con William, no habría cedido a la atracción que sentía por él. Sabía que no lo habría hecho. Otra idea extrañísima, sobre todo cuando estaba a punto de quedarse dormida, saciada por la pasión.

—Mmm —murmuró Flavian contra su oreja, haciéndole cosquillas con el aliento—. No soy un edredón de plumas precisamente, ¿verdad? Lo si-siento.

Salió de ella y la puso de costado, pasándole un brazo por debajo para pegarla de la cabeza a los pies a él. ¡Qué gloriosa creación era el cuerpo masculino!, pensó mientras se relajaba contra él y se quedaba dormido. Al menos, ese cuerpo masculino en concreto.

Flavian se despertó con un dolor de cabeza abrumador y la aterradora necesidad de destrozar lo que tenía a su alrededor. Se levantó de la cama, buscó la bata a tientas por el suelo, se la ciñó a la cintura y se acercó a trompicones a la ventana. Descorrió las cortinas y se agarró al marco de la ventana, extendiendo los brazos a ambos lados de la cabeza, antes de apoyar la frente en el cristal.

Clavó la mirada en la oscuridad que envolvía el exterior y contó las respiraciones. Apretó con más fuerza el marco. No se atrevía a soltarlo todavía. Bien podría liarse a puñetazos si lo hacía. Tenía la sensación de que alguien estaba tocando el tambor dentro de su cabeza, aunque el dolor remitía poco a poco.

¿Qué demonios...?

Recordó que se avecinaban problemas.

Y que había estado muy contento cuando se durmió. Agnes decidió quedarse con él, esforzarse por sacar adelante su matrimonio. Habían hecho el amor y él era feliz.

Aunque se avecinaban problemas.

Provocados por Velma; algo de lo que estaba casi seguro. Sus pesquisas al final la habían ayudado a encontrar oro. Sin embargo, parecía muy impropio de ella cuando era todo dulzura y resplandor.

El tambor volvió a golpearle la cabeza por dentro.

—¿Flavian? —La voz estaba justo a su espalda—. ¿Qué pasa?

La había despertado. Pero, ¿cómo no iba a hacerlo? Apretó de nuevo el marco de la ventana y cerró los ojos.

—No podía dormir —contestó—. Vu-vuelve a la cama. Voy enseguida.

Sintió su mano en la espalda, entre los omóplatos, justo por debajo del cuello. Se tensó un instante. Y después una puerta se abrió en su mente y supo qué lo había despertado. Los recuerdos lo asaltaron en tropel; todo un conjunto de recuerdos que desde hacía años se habían mantenido tan enterrados que ni siquiera se había dado cuenta de que faltaba algo.

—¡Dios! —exclamó.

—¿Qué pasa? —repitió Agnes—. ¿Qué te ha despertado para provocarte tal pánico? Dímelo, soy tu mujer.

—Ella maquinó y mintió —contestó—, y le partió el corazón.

Se produjo un breve silencio.

—¿Lady Hazeltine? —preguntó ella.

—Velma, sí —contestó—. To-todo empezó cuando cumplimos quince años.

Bajó los brazos y se apartó de la ventana. Agnes llevaba puesto otra vez el camisón, uno nuevo, muy bonito y diáfano. La habitación estaba helada. Echó a andar hacia el vestidor de su mujer y encontró un chal de lana en la casi completa oscuridad. Regresó al dormitorio, la envolvió con él y la condujo de vuelta a la cama. La sentó en el borde del colchón antes de sentarse a su lado y tomarla de la mano. Con la otra mano, se frotó la frente tras cerrar el puño.

—Perdí buena parte de la memoria —alegó—. Pero re-regresaba y me despertaba antes de borrarse de nuevo. Eso es lo que solía pa-pasar cuando estaba en Penderris Hall. Aunque ya es extraño que me pase. Siempre he supuesto que lo había recordado todo.

—¿Has recuperado algunos recuerdos? —le preguntó ella, que volvió un poco el cuerpo para poder tomarle la mano con las dos suyas.

Sí, allí estaban. A su alcance. No iban a desaparecer de nuevo.

—Len... Leonard Burton, mi amigo del colegio que después se convertiría en el conde de Hazeltine, no vino a casa aquel verano, como hacía siempre —dijo—. Tenía que volver a Northumberland para un evento familiar. No recuerdo de qué se trataba. Marianne acababa de ser presentada en sociedad y estaba en una fiesta campestre con nuestra ma-madre. David se quedaba en la casa o muy cerca casi todo el tiempo. No tenía fuerzas para mucho más. De modo que yo deambulaba por la propiedad solo: montaba a caballo, nadaba, pescaba y hacía lo que me apetecía. Era fácil co-contentarme. Siempre me gustó estar en casa.

—¿Y fuiste de visita a Farthings Hall? —quiso saber ella.

—No lo creo —contestó—. Al menos, no para ver a Velma si es lo que preguntas. Nunca fu-fuimos amigos, salvo tal vez de muy pequeños. Era una niña.

Se miró con el ceño fruncido los pies descalzos, que tenía plantados en el suelo.

—Pero ella sí vino a Candlebury Park —dijo—. Para ver a David, aseguraba siempre. Iban a comprometerse de manera oficial cuando ella cumpliera los dieciocho años y a ca-casarse cuando tuviera diecinueve. Eso es lo que planearon ambas familias cuando ella todavía estaba en la cu-cuna. Nadie lo puso en tela de juicio jamás. No debería ir a la propiedad. David y yo estábamos solos, salvo por los criados, y nunca venía acompañada por un criado o una doncella. Además, conocía infinidad de rutas. Tenía una habilidad increíble para cruzarse conmigo de camino a la casa.

—¿Era solo coincidencia? —le preguntó Agnes.

—Eso creía yo —respondió—. Ella siempre se so-sorprendía mucho de verme y se disculpaba muchísimo por molestarme. Pero siempre se quedaba para pasear conmigo o para quedarse un rato sentada. A veces, pasaba tanto tiempo conmigo que nunca llegaba a la casa para ver a David. Y cuando lo hacía, mi hermano mandaba llamar de inmediato a una cri-criada para que estuviera presente con ellos y luego a un criado para que la acompañase de vuelta a Farthings Hall. Me decía que le gustaba David, incluso que lo que-quería, que anhelaba ser lo ba-bastante mayor para ca-casarse con él y así poder cuidarlo.

Recordaba lo molesto que se sintió las primeras veces que ella lo encontró y no se limitó a continuar camino para dejarlo solo. Pero él tenía quince años, ¡por el amor de Dios! No había necesitado mucho tiempo para...

—Y después empecé a tocarla —siguió— y a besarla, aunque ella después lloraba y me decía que no debíamos repetirlo jamás. Por Da-David. Luego, una tarde, hubo mucho más que besos. Muchísimo más, aunque no... llegamos hasta el final. Y hasta ahí llegó todo. Ella lloró y me dijo que me quería. Yo le dije que también la quería, pero que se había terminado, que no debíamos volver a encontrarnos de esa manera. Y lo di-dije en serio. No podía hacerle algo así a mi hermano. Sabía que él la adoraba. Cre-creo que estuve una semana sin salir de la casa, y después me fui a casa de otro compañero de colegio que me había estado fastidiando para que lo visitara. Eso significaba de-dejar a David solo, pero me costaba mucho mirarlo a la cara de todas formas.

—¿Y acabas de recordar todo esto? —le preguntó Agnes.

Flavian frunció el ceño. Velma había ido a Candlebury Park aquel verano porque Marianne estaba fuera con su madre, David estaba prácticamente encerrado en la casa y Len se encontraba en Northumberland. Había ido para verlo a él. David suscitaría muy poca atracción para una muchacha de quince años, sobre todo cuando contaba con un hermano más robusto, y cuando sin duda dicho hermano se convertiría en el vizconde de Ponsonby de Candlebury Park en un futuro no muy lejano.

Sin embargo, ¿se la podía culpar por ser tan astuta?

—No —contestó—. Eso lo recordaba, y los supuestos encuentros fortuitos de los siguientes tres años, y la te-tentación. Era una muchacha preciosa y yo era un muchacho fo-fogoso. Pero la fecha de su co-compromiso se acercaba, y Da-David era feliz, aunque una vez me confesó que tal vez fu-fuera egoísta por su parte obligarla a cumplir una promesa entre nuestros padres hecha hacía tantos años. Claro que ella siempre le demostraba mucho ca-cariño cuando estaban juntos.

—¿Qué has recordado ahora, Flavian? —insistió ella.

Tragó saliva una vez y otra más. Se dio cuenta de que ella se había llevado el dorso de su mano a la mejilla.

—Cuando Velma cumplió los dieciocho y empezaron a hacer planes para la fiesta de compromiso y para enviar el anuncio a los periódicos de Londres, de repente David se negó a casarse con ella. Dijo que sería injusto cuando él no se encontraba lo ba-bastante bien para darle la vida que ella se merecía. Quería dejarla libre para que encontrase a otro. Deseaba que fuera a Londres para la temporada social y consiguiera un matrimonio bri-brillante. Ella se quedó desconsolada y él, con el corazón partido. Y todo esto también lo recordaba ya.

Agnes le besó el dorso de la mano.

—Nuestras familias cambiaron de plan de inmediato —dijo—. Daba casi la sensación de que había si-sido un alivio para ellos, como si les co-complaciera muchísimo más la idea de que Velma se casara conmigo. Y luego Da-David habló conmigo en pri-privado. —Se estremeció y se puso en pie para acercarse de nuevo a la ventana. Metió las manos en los bolsillos de la bata—. Me preguntó si era ve-verdad —siguió—. Y me preguntó si la que-quería. Y me di-dijo que tenía su bendición de cualquier forma y que no dejaría de quererme. Aunque añadió a modo de bro-broma que si tuviera fuerzas, me de-desafiaría a un duelo con pistolas al amanecer. —Abrió y cerró las manos dentro de los bolsillos. Agnes se mantuvo en silencio—. Velma se lo había contado... y lo obligó a jurar que guardaría el secreto. Le había contado que nos que-queríamos con lo-locura desde hacía tres años y que éramos ama-amantes, y que yo le había asegurado que se-seguiríamos siéndolo después de que se casara con David, pero que ella decidió que no podía co-continuar con la mentira. Le su-suplicó que la liberase para poder ca-casarse con el hombre al que amaba.

Oyó que Agnes tomaba una honda bocanada de aire.

—¿La creyó? —le preguntó.

—Era dulce y no tenía maldad —respondió—. O eso creíamos los dos. Y tal vez su motivo era comprensible. Estaba más o menos obligada a contraer un ma-matrimonio sin que nadie le hubiera pedido opinión. Pero lo que hizo fue... cruel. David la habría liberado si se lo hubiera pedido sin más.

Ella le rodeó la cintura con los brazos desde atrás y le apoyó una mejilla en la espalda.

—¿Se lo explicaste? —le preguntó.

—Cla-claro —contestó—. Se lo conté todo, tal como te lo he contado a ti. Le co-conté que no que-quería casarme con ella. Y él me dijo que no me quedaría más remedio, habida cuenta de la determinación de nuestras familias por celebrar el enlace. Y, sin duda, ella se aseguraría de salirse con la su-suya. Le su-supliqué que me comprase una comisión en el ejército, y accedió aunque yo era su heredero y no debería exponerme al peligro de ser soldado. Lo peor era que marcharme a la guerra durante un periodo indefinido hacía que fuera muy poco pro-probable que volviéramos a vernos.

—¿Eso quiere decir que no la amabas? —quiso saber Agnes.

—¡Tenía dieciocho años! —protestó—. Casi no había extendido las alas.

—¿Te amaba ella?

—No puedo contestar en su nombre —contestó—. Pero siempre ha sido ambiciosa. Hablaba sin ta-tapujos de que se convertiría en vizcondesa y la mitad del mundo tendría que inclinarse ante ella y obedecer su voluntad. Su padre es baronet, pero no cuenta con una gran fortuna. Pu-puede que no le hubiera ido tan bien en el mercado matrimonial. Aunque, al final, se casó con un conde.

—¿Tu amigo?

—Len —dijo—. Hazeltine. Sí.

Sin embargo, debió de enamorarse de ella, pensó, cuando estaba de permiso en casa el año que David murió, ¿verdad? Abandonó a su hermano en su lecho de muerte para irse a Londres a toda prisa y disfrutar del fastuoso baile de compromiso que los Frome celebraron en su casa. A menos que...

Se asustó al darse cuenta de que podría haber muchos más agujeros en su memoria, huecos que ni siquiera sospechaba. Y empezaba a hacerse preguntas sobre esas semanas de permiso. Era muy consciente de que no recordaba los motivos de su comportamiento.

Se volvió hacia Agnes y la estrechó entre sus brazos antes de apoyarle la cara en la coronilla.

—Lo siento —se disculpó—. Se-seguro que lo último que le apetece a una flamante novia es escuchar en mitad de la noche la historia de su marido con otra mujer.

—Parte de la historia —lo corrigió ella en voz baja. Agnes echó la cabeza hacia atrás y lo miró a la cara, con la suya apenas iluminada por la luz que entraba por la ventana—. Porque no es toda la historia, ¿verdad? No lo recuerdas al completo.

El corazón le dio un vuelco al oírla.

—El problema es que no siempre soy consciente de que no puedo recordar —respondió— o de que me faltan recuerdos. A lo mejor sigue habiendo un sinfín de agujeros en mi mente. Estoy fatal, Agnes. Te has casado con un hombre que está fatal.

—Todos lo estamos —replicó ella con una sonrisa que Flavian distinguió por el brillo de sus dientes en la oscuridad y también captó el tono risueño en su voz—. Creo que forma parte del ser humano.

—Pero no muchos vamos dando tumbos por ahí con la cabeza como uno de esos que-quesos que tienen unos agujeros enormes —repuso él—. Te has casado con un hombre que tiene un queso por cabeza.

Agnes se reía a carcajadas a esas alturas. Y, por sorprendente que pareciera, él también.

—¡Menuda aventura! —dijo ella.

—Lo será para ti. —Agachó la cabeza y le acarició la nariz con la suya. Por un instante, pensó en avisarla de lo que se había comentado en la fiesta de lady Merton dos noches antes. Pero ya habían tenido bastante drama por el momento—. Tienes la nariz fría.

—Y el corazón caliente —replicó ella.

—Lo siento —dijo—. Lo siento mucho.

—Pues yo no —le aseguró ella—. Vuelve a la cama, y vamos a arroparnos con las mantas. Hace frío.

—Tengo una oferta mejor que arroparnos con las ma-mantas —repuso.

—Fanfarrón.

—Si no puedo ca-calentarte mejor que unas mantas —dijo—, tendré que buscarme una ratonera y esconderme en ella lo que me que-queda de vida.

—Pues caliéntame —dijo ella, y su voz fue una dulce caricia.

—Sí, señora.

Flavian sintió una felicidad casi delirante, como si le hubieran quitado un gran peso de encima. ¡Qué alivio saber que no había querido a Velma!

Al menos...

Sin embargo, de momento estaba a salvo e incluso feliz con su esposa.

20

Una de las tías de Flavian y dos de sus primas fueron de visita durante la mañana para conocer a Agnes, de cuya existencia se habían enterado a última hora del día anterior, poco después de llegar a la ciudad. Al final, acabaron llevándola a dar un paseo por Green Park con su madre. Se trataba de la hermana menor de su madre, la tía DeDe (un diminutivo de Dorinda si a Flavian no le fallaba la memoria), y sus primas Doris y Clementine, su tercera y cuarta hijas. ¿O eran la cuarta y la quinta? ¡Maldición, debería saberlo! En cualquier caso, Clemmie era la benjamina, una de las primas a punto de ser presentada en sociedad. Era una muchacha risueña, descubrió Flavian durante los pocos minutos que pasó en su compañía, aunque la mayoría de las muchachas de su edad lo eran.

Se preguntó si Agnes habría sido igual a esa edad, pero apostaría toda su fortuna a que no fue así. Se casó con su William cuando tenía dieciocho años, y sospechaba que no había existido nunca un hombre más aburrido y menos romántico. Claro que él no lo había conocido y Agnes no solía hablar del tema, pero no hacía falta mucho para llegar a esa conclusión.

Si no se equivocaba, Agnes se casó con Keeping porque el nuevo matrimonio de su padre la hizo sentir como una extraña en su propia casa. Se casó con él para sentirse a salvo. Algo extraño porque esa era la razón por la que él, Flavian, se había casado con ella.

Se detuvo frente a la puerta principal de Arnott House después de dejar a las damas en el carruaje abierto, las cinco sentadas muy juntas, y las despidió con una mano. Reflexionó un momento antes de volver a entrar.

Era bueno tener una familia, aunque a veces parecía estar conformada por centenares de personas, las más ruidosas y locuaces de la alta sociedad, tanto por parte de su padre como por parte de su madre. Sí, la familia podía ser algo estupendo, porque en su caso, siempre habían estado unidos. Todos se apoyaban los unos a los otros, aunque a veces hubiera disputas entre algunos, sobre todo entre hermanos.

Seguramente, todos los miembros de la familia que estuvieran en ese momento en Londres habrían recibido una invitación para la fiesta de Marianne de esa noche. Y todos asistirían. Además de la familia, no sabía a quién más habían invitado. Y tampoco sabía si el rumor que circuló sobre su esposa en la fiesta de lady Merton se había avivado, aunque apostaría a que sí. De todos modos, esa noche estaría preparado por si oía algún comentario.

Todavía no había decidido si debía advertir a Agnes, porque eso la pondría más nerviosa de lo que iba a estar, teniendo en cuenta que esa sería su primera fiesta de la alta sociedad.

Se dio media vuelta y regresó a casa.

Reapareció al cabo de un rato, ataviado de la forma apropiada, después de que un lacayo le llevara el tílburi con los caballos hasta la puerta. Negó con la cabeza después de subirse al asiento y tomar las riendas en las manos, y el lacayo, un poco sorprendido, se abstuvo de subirse a la parte trasera. Flavian prefería no tener testigos entre sus propios criados de la visita que estaba a punto de hacer. Los criados, incluso los más leales, siempre chismorreaban más de la cuenta.

Puso rumbo a Kensington, siguiendo unas vagas indicaciones hacia una casa que Peter Jenkins había oído que era casi invisible, ya que se alzaba entre una arboleda bastante espesa, aunque nunca la había visto por sí mismo. Jenkins tampoco sabía si la casa estaba ocupada o vacía. Ni siquiera recordaba la última vez que habló con su pariente. Havell podría estar en Kensington o en Tombuctú que él supiera, y tampoco le importaba, según insinuó su tono de voz.

Flavian encontró la casa. O, más bien, encontró la densa arboleda y enfiló un camino lleno de baches hasta que la descubrió, más grande y en mejores condiciones de lo que esperaba, rodeada por un jardín pequeño, bien cuidado y colorido. De la chimenea se elevaba una fina voluta de humo. Al menos, había alguien dentro.

Un mayordomo entrado en años, con una chaqueta tan vieja que la tela brillaba, abrió la puerta después de que él llamara. Pareció sorprenderse mucho al descubrir que no era un simple viajero que se había perdido en el bosque y necesitaba indicaciones para encontrar el camino de regreso a la civilización. Lo acompañó hasta un salón que estaba limpio y ordenado, aunque parecía un tanto destartalado, y se marchó para comprobar si los señores estaban en casa. Flavian se percató de que le crujía el tacón de la bota derecha al andar.

La pareja apareció unos minutos después, tan sorprendidos como su mayordomo, como si no tuvieran costumbre de recibir visitas inesperadas, o tal vez como si no recibieran visita alguna.

Sir Everard Havell era un hombre alto con entradas en el pelo, que aún conservaba parte de su tono castaño entre el predominante gris. Era orondo de cuerpo y rubicundo de cara, un rasgo que delataba tal vez un excesivo amor por la botella. Sus claros ojos azules tenían un aspecto lacrimógeno. Saltaba a la vista que en otra época fue apuesto, pero que no se había cuidado.

Flavian no distinguió el más mínimo parecido con Agnes.

El tiempo había sido un poco más amable con lady Havell, aunque al parecer era mayor que su marido. Seguía conservando una bonita figura a pesar de rondar los sesenta años y un pelo denso, que a esas alturas era de un gris ceniza. Era guapa, aunque tenía el rostro arrugado. Sus ojos oscuros tenían un brillo animado. Flavian supuso que se alegraba de tener una visita, aunque evidentemente también sentía curiosidad.

Tampoco distinguió en ella ningún parecido con Agnes. Sí le recordó un poco a la señorita Debbins.

—Buenos días. ¿El vizconde de Ponsonby? —lo saludó Havell tras consultar la tarjeta que Flavian le había entregado al mayordomo.

Él inclinó la cabeza.

—Tengo el pla-placer de ser el yerno de lady Havell —dijo.

La mujer abrió los ojos de par en par y se tapó la boca con los dedos de ambas manos.

—Me casé con la señora Keeping hace poco más de una semana —siguió—. Con la señora Agnes Keeping.

—¿Con Agnes? —preguntó ella con un hilo de voz—. ¿Se casó con uno de los hermanos Keeping? Espero que no fuera William. Era un muchacho carente de atractivo y demasiado mayor para ella.

—Con el señor William Keeping, sí —respondió Flavian.

—¿Pero murió? —siguió lady Havell—. ¿Y ahora se ha casado con usted? ¿Un vizconde? ¡Oh, qué bien lo ha hecho!

—Rosamond —dijo sir Everard—, será mejor que te sientes.

Ella lo obedeció y su marido le hizo a Flavian un gesto para que se sentara en otro sillón.

Entonces, ¿no estaba al tanto de lo que le había sucedido a su familia después de que se marchara?

—¿Y Dora? —quiso saber—. ¿Acabó casándose con un buen partido después de todo?

—Sigue soltera, señora —contestó Flavian.

La mujer cerró los ojos un instante.

—¡Oh, pobre Dora! —se lamentó—. Tenía muchas ganas de casarse y de ser madre, como nos pasa a todas a los diecisiete años. Supongo que se sintió obligada a quedarse en casa con Agnes. O quizá nadie estuvo dispuesto a aceptarla después de que Walter decidiera divorciarse de mí. Ese hombre tiene la culpa de muchas cosas.

Esa era una visión extraña sobre los acontecimientos del pasado. Sin embargo, quizá fuera comprensible. Siempre era más fácil culpar a otra persona que asumir las culpas uno mismo.

Havell había servido dos copas de vino. Le entregó una a Flavian y bebió un sorbo de la otra. Flavian dejó la copa en la mesita que había junto a su sillón.

—¿Y Oliver? —le preguntó lady Havell.

—Es clérigo en Shropshire, señora —contestó—. Está casado y tiene tres hijos.

La vio morderse el labio inferior.

—¿Por qué ha venido, lord Ponsonby? —quiso saber la mujer.

Flavian se acomodó en el sillón y miró la copa de vino sin levantarla.

—A Agnes no le explicaron nada, señora —respondió—. Tenía cinco años, e imagino que su-supusieron que se le olvidaría si no se lo recordaban constantemente. Sigue sin saber qué susucedió en realidad. No quiere saber nada. No quiere saber quién es usted ni dónde está, ni siquiera si si-sigue viva. Pero su re-repentina y completa desaparición es lo que ha moldeado su existencia. Y desde entonces se ha limitado a mantenerse en los ma-márgenes de la vida, temerosa de dejarse arrastrar por los sentimientos, no por el temor de que la lastimen de nuevo, creo, sino para no sentirse te-tentada de hacerle a alguien lo que usted le hizo a ella.

—Lo que yo le hice —repitió lady Havell en voz baja—. En fin, a ella y a mí misma, lord Ponsonby, porque bien sabe Dios que me enamoré de Everard aquel verano y pasé demasiado tiempo en su compañía. No tenía por qué haberme ensimismado hasta semejante punto cuando estaba casada y tenía tres hijos. —Miró un instante a su marido y esbozó una sonrisa torcida—. ¡Pobre Everard! —dijo—. ¡Por el amor de Dios! Se vio obligado a llevarme con él cuando Walter me denunció públicamente durante un baile en el salón de reuniones del pueblo y anunció su intención de divorciarse de mí. Huimos aquella misma noche, y solo más tarde se me ocurrió que Walter había estado bebiendo mucho durante la velada, y todo el mundo sabía que le resultaba imposible emborracharse sin dar el espectáculo. Podría haberlo encarado, y nuestros vecinos habrían fingido que la desagradable escena no había sucedido. Pero me dio la impresión de que me estaba obligando a actuar y después fui yo quien lo obligó a él. El pobre Everard quedó atrapado en el medio.

—Nunca me he arrepentido de ese hecho, Rosamond —terció el aludido con elegancia.

Ella le sonrió. Fue un gesto triste y cariñoso, pensó Flavian.

—La verdad, me desagradaba mucho Walter —confesó lady Havell—. Pero quería a mis niñas, y también a Oliver. Debería haber vuelto por ellos. Aunque fuera unos días después. Todo el mundo habría hecho la vista gorda. Y Walter no habría cumplido su amenaza, no estando sobrio. Sin embargo, después de unos días, no me atreví a dejar a Everard. Elegí mi felicidad personal sobre mis hijos, lord Ponsonby. Entiendo perfectamente que Agnes no quiera tener nada que ver conmigo. Esta visita quedará entre nosotros, ¿verdad?

—No necesariamente, señora —respondió—. Lo más probable es que se lo diga. Agnes debería saberlo. Lo que ella haga con la información es cosa suya. —Porque necesitaba saber, por encima de todo lo demás, que era la hija de Debbins. No cabía duda de que lo era—. Además —añadió—, alguien ha estado hurgando en la vida de mi esposa, en busca de algún trapo sucio que poder echarle en cara. Alguien está al tanto del divorcio.

—¡Ah! —exclamó la mujer.

Havell no dijo nada.

Flavian se puso en pie, y Havell hizo lo propio.

—Gracias por recibirme —dijo Flavian, que cruzó la estancia y tomó la mano de lady Havell en la suya. Tras un breve titubeo, se la llevó a los labios—. Adiós, se-señora.

—Adiós, lord Ponsonby —replicó ella con un brillo sospechoso en los ojos.

Havell lo acompañó hasta la puerta.

—La vida nunca es sencilla, Ponsonby —dijo de pie en la puerta, mientras observaba a Flavian subir al asiento del tílburi y hacerse con las riendas—. Las decisiones que tomamos en un abrir y cerrar de ojos, a menudo inesperadas e impulsivas, pueden afectar el resto de nuestras vidas de una manera drástica e irreversible.

No podía decirse que fuera una reflexión estremecedora por su originalidad. Sin embargo, era cierto, pensó Flavian. Solo había que fijarse en lo que le había pasado a él de un tiempo a esa parte.

—He venido para cerciorarme —alegó—. Porque la certeza es meme-jor que la in-incertidumbre. No he venido para juzgarlos. Que tenga un buen día, Havell.

—Ella las adoraba —repuso el aludido—, por si le sirve de consuelo a lady Ponsonby cuando le hable de esta visita. A las dos, a la mayor y a la pequeña. Las adoraba.

Aunque no lo bastante como para sacrificar su propia felicidad por el bien de ambas, pensó Flavian mientras conducía el tílburi de regreso al mundo, como si durante la última hora hubiera salido de él de alguna manera. Pero ¿quién era él para juzgar? Una madre no debía abandonar a sus hijos. Esa parecía una verdad fundamental. Una mujer, tras convertirse en la propiedad de un hombre, no debía buscar su propia libertad ni su felicidad si dicho hombre no la ayudaba a obtener ambas cosas. Sin embargo, era injusto, abusivo. Debbins, al parecer, había humillado públicamente a su esposa y la había amenazado con cosas peores. ¿Cómo habría sido su vida si lo hubiera desafiado y se hubiera quedado y renunciado al único hombre que parecía ofrecerle un mínimo de felicidad? ¿Cómo habría sido la vida de Dora Debbins si su madre se hubiera quedado? ¿Y la de Agnes? Había algo muy claro: él no la habría conocido si su madre se hubiera quedado con su marido tantos años antes.

¡Qué cosa más azarosa era la vida!

Y, en ese momento, se le presentaba el problema de qué hacer con lo que había descubierto. ¿Se lo decía a Agnes, cuando ella le había dicho claramente que no quería saberlo? ¿Se lo ocultaba? La segunda opción lo habría tentado de no existir el riesgo de que alguien más descubriese los detalles y se los arrojara a Agnes a la cara sin previo aviso en un entorno público.

De todos modos, pensó mientras se acercaba a casa, si algo le había enseñado esa semana su matrimonio, era que la franqueza y la verdad entre los cónyuges eran necesarias para que la vida en común tuviese la oportunidad de proporcionarles un mínimo de felicidad.

De manera que debía contárselo, aunque solo fuera el hecho de que había encontrado a su madre y de que había ido a verla.

Sin embargo, no le apetecía hacerlo.

De repente, deseó que lady Darleigh no le hubiera pedido el otoño anterior que le hiciese el favor de bailar con su amiga en el baile de la cosecha, para que no acabara convertida en la fea del baile. Deseó no haberla invitado a bailar el vals posterior a la cena sin ningún tipo de coacción y, por tanto, no haber sufrido el efecto de su encanto. Deseó que Vincent hubiera esperado unos seis meses antes de demostrarle al mundo lo fértil que era, para que la reunión del Club de los Supervivientes de ese año se hubiera celebrado en Penderris Hall, como de costumbre.

Y, ya que estaba, bien podía llevar esa línea de pensamiento a su conclusión lógica y absurda. Deseó que no lo hubieran herido en la guerra. Deseó no haber nacido. Deseó que sus padres no...

En fin.

Agnes se había puesto uno de sus nuevos vestidos de noche; uno de seda de color rosa oscuro con encaje blanco. Había tenido dudas al respecto hasta que Madeline asintió con la cabeza, si bien le ordenó a Madame Martin que descartara los grandes lazos de seda rosa que en un principio iban a recoger el encaje de la falda para crear una serie de ondas muy marcadas y que los reemplazara por diminutos capullos de rosa y un efecto más discreto. Aunque el escote le parecía demasiado revelador, la doncella se rio de sus recelos.

—Eso no es revelador, milady —le aseguró—. Espere a ver algunos...

Madeline acababa de peinarla con un recogido muy elegante cuando Flavian apareció en la puerta del vestidor. Iba vestido de blanco y negro, como en el baile de la cosecha del otoño anterior, y con un chaleco plateado. Se detuvo en la puerta y se llevó el monóculo al ojo para observarla con lentitud.

—Encantadora, me siento obligado a decir. —Tras lo cual, se apartó el monóculo del ojo.

Madeline sonrió, hizo una reverencia y salió de la estancia.

Agnes se puso en pie y se volvió para mirarlo con una sonrisa. Le parecía un poco exagerado que ambos fueran vestidos con semejante magnificencia y formalidad para asistir a lo que sería poco más que una reunión familiar en la casa de lord Shields, aunque esperaba la velada con cierto placer y un poco de nerviosismo. La hermana de su suegra, que le había dicho que la llamara tía DeDe, y sus hijas la habían tratado ese día con amabilidad, después de una media hora inicial un tanto reservada. El resto de la familia de Flavian habría tenido tiempo de enterarse de su matrimonio y de recuperarse de cualquier sorpresa y desaprobación por lo repentino que había sido. Serían educados, como mínimo.

Flavian había estado bastante callado durante la cena de la que habían participado hacía un par de horas. En ese momento le parecía un poco serio, aunque le había dicho que estaba encantadora.

Por su parte, ella se sentía mucho más alegre que el día anterior a esa misma hora. Flavian no había amado a lady Hazeltine, no antes de marcharse a la península ibérica, en cualquier caso, y sospechaba que había otros recuerdos perdidos en torno a las semanas de permiso que se tomó para la fecha de la muerte de su hermano y la celebración de su baile de su compromiso, aunque no sucedieran en ese orden concreto. Desconocía qué había sucedido, aparte de los hechos crudos e indiscutibles, pero esperaba averiguarlo. Por el bien de Flavian, esperaba averiguarlo.

Él apoyó el hombro en el marco de la puerta y cruzó los brazos por delante del pecho.

—Esta mañana a primera hora he hecho una visita —dijo. Hubo una pausa bastante larga, durante la cual ella enarcó las ceja—. A tu madre.

En ese momento, Agnes deseó no haberse puesto en pie. Tanteó con una mano a su espalda para agarrarse al borde del tocador.

—A mi madre —repitió, con los ojos clavados en los de Flavian.

—La verdad es que fue muy fácil en-encontrarla —le aseguró—. Los divorcios no son habituales y siempre provocan cierto escándalo, de manera que la gente los recuerda. Sin embargo, no esperaba descubrir su paradero tan fácilmente. Vive no muy le-lejos de aquí.

Agnes retrocedió un paso hasta que sintió la banqueta del tocador contra las piernas. Se dejó caer sin más.

—Has ido a ver a mi madre —dijo—. La has buscado en contra de mi expreso deseo.

—Sí. —La estaba mirando con los ojos entrecerrados.

—¿Cómo te atreves? —le preguntó—. ¡Cómo te atreves! ¡Sabes muy bien que para mí lleva muerta veinte años! ¡Sabes que no quiero saber nada de ella! Jamás. No quiero saber su nombre ni su paradero ni sus circunstancias. ¡No quiero saber nada! ¿¡Cómo te atreves a preguntar por ella y averiguar quién es y dónde vive!? ¿¡Cómo te atreves a ir a verla!? —Se alarmó al darse cuenta de que había levantado la voz y le estaba gritando. Si no tenía cuidado, atraería la atención de su suegra y de los criados. Se puso en pie y corrió hacia él—. ¿¡Cómo te atreves!? —masculló en voz más baja, acercando la cara a la de Flavian, que no se movió aunque se había acercado demasiado—. ¿No te parece que si hubiera querido saber más sobre ella o si hubiera quedo localizarla en algún momento durante todos estos años podría haberlo hecho? ¿No te parece que Dora podría haberla localizado de haber querido? Lo que mi madre le hizo a mi hermana fue diez veces peor que lo que me hizo a mí. ¡Le destrozó la vida! Y a nuestro padre debe de haberle causado un dolor y una vergüenza insoportables. Debió de lastimar muchísimo a Oliver. ¿Crees que no podríamos haberla localizado de haber querido? ¿Alguno de nosotros? No hemos querido hacerlo. ¡Yo no he querido hacerlo! ¡No quiero! Nos abandonó, Flavian. ¡Por un amante! La odio. ¡La odio! ¿Me oyes? Pero no me gusta odiar a nadie. Prefiero no recordarla en absoluto, no pensar en ella, no sentir curiosidad por ella. Jamás te perdonaré por haberla buscado y por ir a verla. —Hablaba entre jadeos, intentando no alzar de nuevo la voz. Cuando acabó de hablar, lo miró.

—Lo siento —se disculpó él.

—¿Cómo has podido hacerlo? —Pasó a su lado y entró en el dormitorio. Se detuvo a los pies de la cama y se agarró al poste.

—Los recuerdos bloqueados, los recuerdos re-reprimidos, los recuerdos que ni siquiera sabemos que debemos tener, dañan nuestras vidas, Agnes —repuso—. Y nuestras relaciones.

—Entonces, todo esto se trata de ti, ¿no? —le preguntó, girando la cabeza para mirarlo.

Flavian se había dado media vuelta, aunque seguía en la puerta del vestidor, mirándola con aire pensativo.

—Creo que, más bien, se trata de nosotros —contestó.

—¿De nosotros?

—Tú misma has di-dicho en más de una ocasión que no nos conocíamos —le recordó— y que, si íbamos a ca-casarnos, necesitábamos hacerlo. Nos casamos de todos modos, pe-pero tenías razón. Necesitamos conocernos.

—¿Y eso te da derecho a husmear en mi pasado y buscar a mi madre? —replicó ella.

—Y ne-necesitamos conocernos a nosotros mismos —añadió Flavian.

—Yo me conozco muy bien —le aseguró ella.

Flavian no dijo nada, pero meneó la cabeza.

Las palabras que había pronunciado se repitieron en la cabeza de Agnes y la sobrecogieron. Lo que conocía de su propio pasado, y por tanto de sí misma, estaba empañado por un recuerdo incierto. Aunque eso no era lo mismo que un recuerdo que se elegía suprimir de forma deliberada por un buen motivo, ¿verdad?

—Te ayudaré a recordar si puedo —le aseguró—. Y trabajaremos en nuestro matrimonio. Estoy decidida a que lo hagamos.

—Estás decidida —repitió él—. A ayudarme a re-recordar. Para que yo mejore y nuestro matrimonio funcione. Tú serás quien ofrezca ayuda, y yo quien la reciba toda. Porque tú no necesitas nada. Porque lo único que has necesitado siempre es co-controlar tu mundo sin aspavientos. Cediste un instante al ma-maravilloso caos de la vida al casarte conmigo en contra de tu instinto, pero ahora puedes co-controlar tu matrimonio ayudándome a recordar, si acaso hay algo más que recordar.

Agnes se volvió de repente para sentarse en el borde de la cama, aunque mantuvo una mano en el poste de la cama.

—¿Por eso fuiste? —le preguntó con un hilo de voz—. ¿Para hacer algo por mí?

—Pensé que tal vez ne-necesitabas saber —alegó—. Aunque lo que descubriera no fuese tan jugoso como lo que esperabas. Aunque los hechos no cambiaran nada. Aunque nunca qui-quisieras verla con tus propios ojos. Pero pensé que necesitabas saber. Para que tu mente deje de tocar la herida que lleva infectada en tu interior desde que eras pequeña.

—¿Eso es lo que me ha sucedido? —le preguntó.

Flavian se encogió de hombros.

—Pensé que al menos podía hacer eso por ti.

Ella lo miró fijamente, y sus miradas se encontraron.

—Sin embargo, cu-cuando fui a verla —dijo—, lo hice también por otra razón más urgente.

Agnes siguió mirándolo.

—Las peticiones de divorcio al Parlamento son lo bastante insólitas y públicas como pa-para que la gente las recuerde —siguió—. Cualquiera que desee saber más sobre un tal De-Debbins de Lancashire y haga algunas preguntas seguramente acabe descubriendo que, en una ocasión, presentó una demanda de divorcio al Parlamento y se le co-concedió.

Agnes abrió los ojos de par en par.

—No sé a cuántas pe-personas le has mencionado el nombre de tu padre —añadió—. Por mi pa-parte, yo lo mencioné la tarde que visité a los Frome y a Velma. Lo si-siento. No se me ocurrió que...

Agnes se puso de pie de un salto.

—La identidad de mi padre no es ningún secreto —dijo—. No me avergüenzo de él.

—Si la búsqueda de información fue ma-maliciosa —replicó Flavian—, se descubrirán más detalles. A mí me resultó muy fácil descubrirlos, bien lo sabe Dios. Pueden circular rumores, Agnes.

Comprendió que había sido obra de lady Hazeltine. Y que sus motivos serían maliciosos, ¡por supuesto! No le cabía la menor duda.

—¿Esta noche? —le preguntó.

—Es poco probable —contestó él—. Aunque el hecho de que tu padre se divorciara de tu madre será una fuente de chismorreos incluso entre mi familia. Lo siento, pero tenía que advertirte. Si prefieres no ir esta noche a la fiesta y quedarte en casa...

—¿Quedarme en casa? —Agnes lo fulminó con la mirada—. ¿Te refieres a acobardarme en casa? Jamás. Y corremos el peligro de llegar tarde, que según tengo entendido está de moda en la ciudad. Sin embargo, yo no soy de Londres ni de la alta sociedad. Prefiero demostrarles a mis anfitriones la cortesía de llegar a tiempo cuando se me espera, o incluso llegar temprano. ¿Dónde están mi chal y mi bolso? —Pasó junto a Flavian para entrar de nuevo en el vestidor, pero él la agarró del brazo. Le sorprendió ver que sonreía.

—Así me gusta —dijo en voz baja—. Esa es mi Agnes. —Y la besó en los labios con entusiasmo y con la boca abierta antes de soltarla.

—¿Quién es ella? —preguntó impetuosamente mientras recogía sus cosas—. Por si necesito esa información esta noche. ¿Y dónde vive?

—Lady Havell —contestó—. Es la esposa de sir Everard Havell. Viven en Kensington. Y él no es tu padre.

Se sintió un poco mareada. Lady Havell. Sir Everard Havell. Eran desconocidos para ella. Y deseaba que pudieran seguir siéndolo. Kensington estaba muy cerca.

Asintió con la cabeza y lo miró.

—Gracias —dijo—. Gracias, Flavian.

Le ofreció el brazo, y ella lo tomó.

«Él no es tu padre».

Flavian no habría añadido eso si no estuviera seguro.

«Él no es tu padre».

21

Flavian siempre había encontrado gracioso que cualquier fiesta de la alta sociedad descrita de antemano como «pequeña» e «íntima», aun cuando se celebrara antes del comienzo de la temporada social propiamente dicha, estuviera tan concurrida como para llenar varias estancias. Si ni siquiera había espacio, se consideraba un éxito absoluto y era el sueño de cualquier anfitriona.

La pequeña velada nocturna de Marianne parecía ser precisamente eso cuando llegó con su esposa y con su madre, porque, por supuesto, llegaron temprano pese al retraso que había causado su confesión en el vestidor de Agnes. Sospechaba, con cierta sorna, que estaba destinado a hacerse famoso por llegar siempre temprano a cualquier reunión social. Prefería no pensarlo siquiera.

Sin embargo, el salón de su hermana no tardó mucho en llenarse, y los invitados invadieron la sala de música contigua. Los jugadores de cartas presentes no tardaron en descubrir la estancia situada al otro lado del pasillo, donde se habían dispuesto una serie de mesas para su disfrute, y lo mismo ocurrió con la sala de los refrigerios adyacente.

Claro que cualquier casa, salvo quizá una mansión gigantesca, podría llenarse de manera bastante respetable solo con los miembros de su familia. Y aunque no todos habían llegado a la ciudad, había suficientes, ¡por el amor de Dios! Y todos querían darle un apretón de manos, sin importar que lo hubieran visto unos días antes y ya se hubieran saludado. También quisieron besar a Agnes en la mejilla y decirle las cosas apropiadas para la ocasión, y en el caso de algunos de los primos más jóvenes, otras cosas inapropiadas solo para los oídos de Flavian, acompañadas por un coro de carcajadas escandalosas que provocaron las miradas ceñudas de sus tías y el movimiento de abanico de sus primas, que sospechaban que se estaban perdiendo algo interesante.

Había otros invitados que no eran de la familia, por supuesto. Marianne se encargó de presentar a Agnes, que parecía lo bastante guapa y elegante para ser duquesa, pensó él con considerable orgullo, aunque la noche debía de ser una dura prueba para ella. Y aquello solo era el comienzo.

Quizá, pensó al cabo de un rato, su advertencia había sido innecesaria. Aunque se hubiera corrido la voz sobre el divorcio de su padre, nadie parecía inclinado a comentarlo ni a evitar a la hija del divorciado.

Mientras lo pensaba, oyó que anunciaban a sir Winston, a lady Frome y a la condesa de Hazeltine. Él se encontraba a medio camino entre el salón y la sala de música, hablando con un grupo de familiares y otros conocidos. Agnes estaba al otro lado del salón con Marianne, que en ese momento se apartó para apresurarse hacia la puerta, con la mano derecha extendida y una sonrisa de bienvenida en los labios.

Claro que los habían invitado. Al fin y al cabo, ni siquiera eran simples conocidos. Eran vecinos.

¿Eran imaginaciones suyas o las conversaciones se habían detenido un instante mientras la gente miraba a los recién llegados y, después, a Agnes y a él?, se preguntó. No obstante, fue algo momentáneo, y los Frome y Velma se adentraron en el salón para mezclarse con los otros invitados.

Sin embargo, no había sido fruto de su imaginación. La señora Dressler le puso una mano enguantada en un brazo.

—Supongo que su madre se ha llevado una decepción, lord Ponsonby —le dijo—, al ver que se casaba usted antes de reencontrarse esta primavera con lady Hazeltine. Fue muy triste que su compromiso con ella se rompiera hace tantos años. Hacían una pareja preciosa. ¿No es así, Hester?

La aludida, cuyo nombre completo Flavian no podía recordar en ese momento, parecía un poco avergonzada.

—Pues sí, Beryl —respondió—, pero lady Ponsonby es encantadora, milord.

Su madre, junto con su hermana y su cuñado, y también los Frome y Velma, habían pasado unos días en Londres antes de que él llegara con Agnes, recordó. Se preguntó, bastante tarde, si durante esos días habían ocultado sus planes de emparejarlo o si, por el contrario, habían confesado sus esperanzas a algunos conocidos.

Apostaría por lo último.

Velma buscó su mirada desde el otro lado de la estancia, esbozó una cálida sonrisa y levantó una mano a modo de saludo. Sin embargo, no se acercó a él. Se mezcló con los grupos a su alrededor, tan preciosa y serena como siempre.

Flavian se olvidó de ella e hizo lo que se debía hacer en esas fiestas. Fue de grupo en grupo, hablando, escuchando y riendo. No le quitó la vista de encima a Agnes en ningún momento, pero no parecía necesitar su apoyo. Cada vez que miraba en su dirección, la descubría ocupada, sonriendo amablemente con las mejillas sonrojadas.

«¡Que me aspen!», pensó en un momento de la noche, como si acabara de tener una epifanía. ¡Se alegraba de haberse casado con ella! No se casaría con ninguna otra mujer. Por ningún motivo. Obviamente, la deseaba. Pero ese pensamiento, en mitad de una fiesta y rodeados por casi una treintena de sus familiares era indigno de él. Sus sentimientos por ella trascendían lo sexual. Sentía cariño por ella. Empezaba a comprender a Hugo, a Ben y a Vincent, y lo que debían de sentir por sus esposas.

Aunque no se iba a celebrar una cena formal, la sala de refrigerios estaba cargada de delicias tanto saladas como dulces, e incluso se habían dispuesto algunas mesas a las que los invitados podían sentarse mientras comían, si así lo deseaban.

Flavian estaba sentado a una de ellas, dando buena cuenta de las tartaletas de langosta, mientras la señorita Moffatt los entretenía con un breve recital de piano en la sala de música. Lo acompañaban sus primas, Doris y Ginny, y el joven lord Catlin, que parecía considerarse el pretendiente de la última, aunque Ginny no lo alentaba en lo más mínimo. Estaba relajado y disfrutando del momento.

Sí, la advertencia había sido innecesaria, pero se alegraba de haberla hecho, se alegraba de habérselo contado a Agnes. El asunto estaba zanjado, y esa noche haría las paces con ellas.

Fue en ese momento cuando su primo Desmond se acercó para unirse a ellos durante unos minutos. Sin embargo, en vez de sentarse, le dio un tironcito a Flavian de una manga y lo miró con expresión elocuente mientras hacía un gesto con la cabeza. Tras apurar lo que le quedaba de la tartaleta, él se disculpó y se puso en pie.

—¿Qué pasa, Des? —preguntó una vez fuera del alcance del oído de los demás.

—Flave, estoy segurísimo de que ni mi padre ni el tío Quent le han dicho una sola palabra a nadie —contestó su primo—. Jenkins tampoco lo habrá hecho. Y yo te aseguro que no lo he comentado.

—¿Sobre el di-divorcio? —preguntó Flavian.

—Sobre lady Havell —respondió Desmond, mientras le daba un apretón en un hombro.

—¡Vaya! —exclamó Flavian—. En fin. Era mucho esperar que los chismosos se contentaran con la mitad de la historia, ¿verdad? Estaba destinado a salir a la luz.

—Acabo de oír la palabra «puta» —confesó su primo—. En el contexto de «la hija de esa puta». Lo siento, Flave. No había ninguna dama cerca, por supuesto, aunque ellas también están empezando a hablar. He pensado que debías saberlo.

—Por supuesto. —Flavian se enderezó los puños de la chaqueta, se pasó una mano por la corbata, agarró el monóculo y entró en el salón para echar un vistazo a su alrededor con mirada lánguida y una mueca en los labios, una expresión que sabía que mantenía a la gente a raya.

Al instante, fue evidente que el ambiente de la fiesta había cambiado, y no por el repentino y momentáneo silencio que causó su aparición. Sus familiares, casi todos ellos, incluidos hombres y mujeres, sonreían más alegremente y charlaban de forma más animada de lo que era necesario. Marianne se esforzaba por parecer una anfitriona atentísima aun cuando la fiesta ya estaba muy avanzada. Su cuñado tenía los labios un tanto apretados. Su madre estaba sentada en un rincón, con su tía DeDe, que le estaba dando unas palmaditas en una mano. Velma se encontraba en un lateral de la estancia, abanicándose la cara con una expresión dulce y abatida. Agnes estaba en medio del salón con un vacío a su alrededor, salvo por una dama tocada con unas altas plumas. Lady March, si mal no recordaba, a quien había conocido en Middlebury Park en otoño.

Flavian captó toda la escena en un abrir y cerrar de ojos, así como el hecho de que la estancia seguramente estaba más llena que antes, pese al pequeño espacio vacío del centro. ¿Se habrían vaciado por completo la sala de música y la sala de juegos? No, alguien seguía tocando el piano.

Avanzó sin prisa hacia el centro de la estancia, y los invitados le abrieron un camino como por arte de magia.

—¡Ah, sí, lady March! —decía Agnes, y a él le pareció que había alzado la voz de forma deliberaba para que pudieran oírla más personas además de la aludida—. Lleva usted razón en una cosa. Lady Havell es mi madre, aunque sir Everard Havell no es mi padre. Mi padre es el señor Walter Debbins de Lancashire. ¿No lo sabía? Creía que era algo conocido por todos. Mi madre y él se divorciaron hace veinte años, cuando se dieron cuenta de que estaban bastante descontentos el uno con el otro. No muchas parejas casadas tienen ese tipo de valor, ¿verdad? —Estaba sonriendo, aunque no era un gesto forzado. El rubor de sus mejillas era más intenso, pero no exagerado. Parecía enfrentarse con total serenidad al escándalo y a un posible ostracismo incluso antes de que comenzara la temporada social propiamente dicha.

—No me diga —replicó lady March débilmente—. Me pregunto si mi sobrina, la vizcondesa de Darleigh de Middlebury Park, sabe exactamente quién es usted, lady Ponsonby. Tengo entendido que se hizo amiga suya cuando era simplemente la señora Keeping.

—Y yo me hice su amiga cuando el título y la posición social eran nuevos para ella, —repuso Agnes, cuya sonrisa se suavizó—, después de que su propia familia la repudiara, aunque fuese de forma temporal. Mi padre se volvió a casar felizmente con mi madrastra hace nueve años, al igual que lo hizo mi madre con sir Everard hace dieciocho o diecinueve años. Desde entonces, han vivido juntos en Kensington, apartados del mundo. A veces, bien está lo que bien acaba, ¿no le parece? —concluyó mirándolo con una cálida sonrisa mientras él se acercaba con el monóculo en el ojo, contemplando las plumas de lady March.

Eran de una altura extraordinaria. Debía de encargarlas expresamente de ese tamaño, aunque sabría Dios cómo se las arreglaba para entrar con ellas en un carruaje. ¿Habría agujereado su esposo el techo? Bajó el monóculo, esbozó una lánguida sonrisa y tomó una de las manos de su esposa para llevársela a los labios.

—Fui a visitarlos esta misma tarde —dijo con un suspiro—. A mi suegra y su marido, quiero decir. ¿Los conoce usted, señora?

Lady March pareció encogerse un poco ante la embestida de su mirada más lánguida, aunque sus plumas, hechas de una pasta más dura, se mantuvieron rígidas y firmes. Su pregunta no le dejó alternativa.

—No he tenido el placer, lord Ponsonby —dijo, con la voz casi temblándole por la indignación.

—¡Vaya, qué lástima! —repuso él—. Son una pareja encantadora.

La dama acababa de llevarse un chasco, como todos aquellos que compartían su deseo de demostrar desdén, de avergonzar a la flamante lady Ponsonby, de empequeñecerla, tal vez para asegurarse de que la alta sociedad le daba la espalda, tal como hizo con su madre, solo porque era la hija de esa mujer.

¿Y también porque se había atrevido a interponerse entre él y Velma, la condesa de Hazeltine?

Miró hacia donde estaba Velma cuando entró en el salón. Seguía en el mismo sitio, abanicándose despacio la cara con una dulce sonrisa. Sus ojos se encontraron y Flavian inclinó la cabeza para hacerle saber que estaba al tanto de todo.

Esa mujer le mintió a su hermano de la manera más cruel, porque había decidido casarse con *él* en vez de hacerlo con David, con la intención de ostentar el título de vizcondesa de Ponsonby más tiempo que unos cuantos meses o unos cuantos años hasta que la tisis lo matara. Le había mentido a su hermano cuando podría haberle explicado, sin más, que deseaba ser libre y después esperar hasta su muerte para perseguirlo a él.

Y Velma casi siempre conseguía lo que quería. Por fin lo recordaba con claridad. Había sido bendecida con unos padres que la adoraban y que eran incapaces de negarle nada.

¡Qué extraño que ese recuerdo hubiera estado enterrado hasta la noche anterior!

—¿Has comido, amor mío? —le preguntó a Agnes mientras le ofrecía el brazo para se lo tomara.

—Pues no —contestó ella—. He estado demasiado ocupada conociendo a toda tu familia y a tus amistades, Flavian. Pero tengo hambre.

La condujo hacia la sala de refrigerios, aunque daba la impresión de que la mitad de sus tíos y de sus tías presentes, por no mencionar una cuarta parte de sus primos, querían hablar con ellos, tocarlos o compartir unas risas. Para demostrar que la familia había cerrado filas en torno a ellos, en otras palabras.

Supuso que no habría escándalo. Habladurías, sí, durante una temporada. La mayor parte de la alta sociedad sería obsequiada, en cuanto llegara a la ciudad al cabo de un mes, con la historia del linaje de la nueva vizcondesa de Ponsonby, y durante una semana más o menos no se hablaría de otra cosa en los salones y los clubes, hasta que otros acontecimientos más recientes y salaces llamaran su atención.

Agnes se había rescatado a sí misma.

—No podría comer nada aunque mi vida dependiera de ello —confesó mientras él la acompañaba a una mesa.

—En ese caso, te traeré un té o una limonada —se ofreció— y brindaré por tu brillantez, Agnes.

—Mujer precavida vale por dos —replicó ella—. No sabía lo cierto que era ese refrán hasta esta noche. Y debo agradecértelo. —Lo miró con gesto elocuente cuando regresó con dos vasos—. ¿Amor mío? —dijo mientras enarcaba las cejas.

Flavian se quedó desconcertado un instante. Pero la había llamado así en el salón, ¿verdad?

—Me pareció lo correcto en ese momento —alegó, mientras levantaba su vaso para brindar por ella y miraba a los dos primos que se acercaban a ellos—, amor mío.

No volvieron a hablar en privado esa noche. Tampoco hicieron el amor. Cuando Flavian se acercó a su cama, era muy tarde y ella ya estaba acostada. Lo vio apagar la solitaria vela antes de que se acostara a su lado, la arropara bien y la rodeara con los brazos, pegándola a su cuerpo. Tras suspirar contra su cabeza, se quedó dormido.

Eso era lo que más necesitaba, comprendió. Que la abrazara así. Necesitaba su calor.

Temía pensar en lo que habría pasado esa noche si él no la hubiera advertido, si no hubiera averiguado la identidad y el paradero de su madre por sí mismo y hubiera ido a Kensington a visitarla.

De todas formas...

En fin, de todas formas estaba exhausta. Demasiado para dormir. Como si no hubiera sido suficiente conocer a tantos miembros de su familia por una noche, algunos serios y pomposos, otros cordiales y simpáticos, muy educados y dispuestos a darle una oportunidad. Por supuesto, ya no había mucho que pudieran hacer al respecto, además de desairar y ofender a Flavian, que era, al fin y al cabo, el cabeza de familia, al menos por la parte de su padre. Y como si tampoco hubiera sido suficiente conocer lo que parecía una marea interminable de desconocidos que no formaban parte de la familia. ¿Cómo podían afirmar todos que Londres estaba todavía vacío? ¿Cómo sería después de que pasara la Pascua?

Por si eso no fuera suficiente, también había tenido que ver la llegada de la condesa de Hazeltine con sus padres y ser testigo de la facilidad con la que se movía por el salón, mezclándose con los invitados de Marianne, tan guapa y con aspecto un tanto frágil. Porque como no podía ser de otra manera, todos los presentes recordarían que una vez estuvo comprometida con Flavian, que era tan guapo como ella. Y estaba segura de que todos sabían que tanto Velma como sus padres, además de la madre y la hermana de Flavian, esperaban que el noviazgo y el compromiso se renovaran ese año. Todos los mirarían para ver cómo reaccionaban el uno al otro, y cómo reaccionaba la nueva esposa. Y si ella lo sabía.

Todo eso había sido más que suficiente para una sola noche, pero después se percató del cambio que se produjo en el ambiente a su alrededor, como si una mano invisible le subiera por la espalda en dirección al cuello. Así era como empezaban los rumores que precedían a un escándalo en la alta sociedad. Y supo que contaba tan solo con escasos minutos antes de llegar a ese punto, primero porque se percató del extraño vacío que creció a su alrededor, aunque el salón parecía más abarrotado que antes, y después porque lady March se plantó frente a ella.

—¡Ah, lady Ponsonby! —la saludó con un retintín malicioso—. En la vida me he sorprendido tanto como hace unos minutos. Tengo entendido que es la hija de sir Everard y lady Havell.

Curiosamente, una vez que todo salió a la luz, la invadió la tranquilidad. La mano invisible que sentía en la espalda desapareció, se desvaneció como el fantasma que era. Y volvió a darse cuenta, al instante, de lo mucho que le debía a Flavian, aunque esa misma noche se hubiera enfadado con él.

Se acurrucó contra él en ese momento y sintió que el sueño se apoderaba de ella después de todo. Parte de ella anhelaba volver a su vida pacífica con Dora en la casita de Inglebrook. Pero esa ya no era su vida. Su vida era la que estaba viviendo. Se había casado con Flavian.

Si le dieran la oportunidad, ¿volvería a hacerlo? ¿O desharía todo lo que había sucedido?

Se durmió antes de responder a sus propias preguntas.

Cuando se despertó por la mañana, Flavian ya se había levantado, y se percató de que se le debían de haber pegado las sábanas, algo inusual en ella. Vio que le habían dejado una taza de chocolate en el cofrecillo que había junto a su cama, pero ya tenía una capa grisácea en la superficie, por lo que supuso que estaría frío. Se sintió un poco triste mientras se vestía, aunque era una mañana clara y soleada. Sin duda, Flavian ya se habría marchado cuando ella bajara a desayunar, y sabría Dios cuándo volvería a verlo. ¿Qué haría ella con el día que tenía por delante? ¿Habría planeado algo su suegra? ¿O le aconsejaría quedarse en casa con la esperanza de que cualquier escándalo que se hubiera estado fraguando la noche anterior desapareciera antes de que ella volviese a salir?

¿Cómo sería la vida después de la Pascua?

Sin embargo, Flavian no había salido. Estaba sentado a la mesa del desayuno, leyendo el periódico mientras su madre leía una carta que debía de haber llegado en el correo matutino. Flavian bajó el periódico para darle los buenos días y le hizo un gesto con la cabeza para que ocupase su lugar en la mesa.

—Tienes ca-cartas —anunció—. Varias.

Se abalanzó sobre ellas con lo que sospechaba que era un entusiasmo indigno mientras él la miraba. No había recibido ninguna desde que llegaron a Londres y cayó en la cuenta de lo aislada que se había sentido. En ese momento, de repente, había recibido tres, y reconocía la letra de todas. Apartó la de Sophia y la de Dora para leerlas tranquilamente después de haber leído la de su padre.

La carta era típica de él: breve y seca. Se alegraba de saber de su matrimonio con un caballero con título y confiaba en que su nuevo esposo también tuviera los medios para mantenerla con comodidad. Su salud era buena, y su madrastra disfrutaba de su acostumbrada salud de hierro, tal como le complacería saber, aunque por desgracia no se podía decir lo mismo ni de su hermana ni de su madre, que se habían constipado a principios de la primavera y todavía seguían pachuchas, si bien ya comían mejor que hacía una semana, de manera que albergaba la cautelosa esperanza de que al cabo de otro mes se hubieran recuperado por completo. Con cariño de su padre, blablablá.

«Con cariño». ¿Había sido cariñoso alguna vez? Bueno, al menos nunca había sido desagradable o cruel, como lo eran muchos padres.

—¿Tu pa-padre, supongo? —preguntó Flavian—. Está franqueada en Lancashire. ¿Debo esperar que aparezca en la puerta, armado con un látigo?

—¡Oh! No lo creo, Flavian —contestó su madre, que alzó la mirada de su propia carta—. Espero que hasta los caballeros de Lancashire sepan ser educados.

—Su único deseo es que seas capaz de mantenerme —comentó Agnes y vio que los ojos de Flavian se reían de ella mientras ladeaba un poco la cabeza para mirarla con más curiosidad.

—¿No lo desaprueba? —le preguntó—. ¿No desearía haber asistido a la bo-boda?

—No. —Meneó la cabeza y rompió el sello de la carta de Sophia.

—Ayer oí a alguien decir —comentó Flavian antes de que ella empezara a leer— que acabaremos pagando muy caro este precioso clima primaveral del que estamos disfrutando. Siempre hay una persona al menos que hace el mismo comentario. Pero por si acaso tiene razón, ¿te apetece que aprovechemos al máximo el sol antes de que llegue el castigo? ¿Damos un paseo por Hyde Park?

—¿Hoy? ¿Esta mañana? —Agnes le dedicó toda su atención—. ¿Por Rotten Row? ¿Para ver a los demás y lucirnos nosotros?

Flavian enarcó una ceja.

—Tus nuevos vestidos son muy bonitos —alegó—, y entiendo tu deseo de lucirlos. Pe-pero esperaba ser más egoísta y tenerte para mí solo. Hay otros senderos menos concurridos para pasear.

Le dio un vuelco el corazón.

—Nada me gustaría más —le aseguró.

Flavian cerró el periódico y se puso en pie.

—¿Media hora es suficiente para leer las cartas y prepararte? —le preguntó.

—¡Flavian! —protestó su madre—. Agnes necesitará al menos una hora para arreglarse.

Agnes sonrió. Podría haber estado lista en diez minutos.

—¿Lo dejamos en tres cuartos de hora? —sugirió ella.

Una hora más tarde, paseaban por una zona de Hyde Park que parecía más el campo que un parque de una de las metrópolis más grandes del mundo. El sendero era accidentado; la arboleda, frondosa y verde a su alrededor; y los claros cubiertos de hierba que se atisbaban entre los troncos, con más maleza que la que se veía en otros lugares. Lo mejor de todo era que no había nadie más a la vista y solo les llegaban los ocasionales sonidos de voces y caballos que, en todo caso, enfatizaban su casi total aislamiento.

Agnes aspiró el olor de la naturaleza y sintió una oleada de satisfacción. Ojalá todos los días pudieran ser así, deseó.

—¿Echas de menos el campo, Agnes? —le preguntó Flavian.

—¡Ay, sí! —se apresuró a contestar—. Soy tonta, ¿verdad? Muchas personas darían cualquier cosa por estar en Londres como estoy yo, estarían deseando que empezara la temporada social, felices por tener un vestidor lleno de ropa nueva y por la perspectiva de bailes, fiestas y conciertos en los que lucirla.

Ambos habían dejado de caminar al llegar a lo alto de una pequeña elevación del sendero y echaron la cabeza hacia atrás para mirar el cielo azul a través de las ramas de un roble particularmente grande y vetusto. Flavian giró sobre sí mismo hasta dar una vuelta completa.

—¿Estás bien? —le preguntó—. ¿Después de lo de anoche?

—Sí. —Agnes soltó una breve carcajada—. ¿Crees que eso es a lo que se llama «bautismo de fuego»? Pero ¿quién ha hurgado con tanta diligencia para encontrar mis vergüenzas? ¿Y por qué?

—Velma —contestó él—. Porque las co-cosas no han salido como ella esperaba.

Lo había sospechado o, más bien, lo sabía. Pero ¿qué ganaba la condesa? Al fin y al cabo, Flavian no se iba a divorciar de ella solo porque se hubiera conocido la identidad de su madre.

«Porque las cosas no han salido como ella esperaba», acababa de decir él. ¿Solo por eso? ¿Por despecho sin más?

Tomó una honda bocanada de aire que después soltó despacio.

—Cuéntame lo que sabes sobre ella —dijo—. Sobre lady Havell, me refiero. Sobre mi madre.

Ambos habían dejado de mirar al cielo. Se apartaron del sendero para internarse en la completa privacidad que ofrecían los vetustos árboles, y Agnes se detuvo para apoyar la espalda en el tronco de un roble, mientras Flavian se colocaba delante de ella, con una mano contra el tronco, junto a su cabeza.

—Supongo que han sufrido el ostracismo social desde que se casaron —dijo—. Creo que se quieren, pero que no son especialmente felices.

—¿De verdad es imposible que sea mi padre? —le preguntó ella.

Flavian asintió con la cabeza.

—Estoy tan seguro de eso como de que ella le fue fiel a tu padre hasta después de abandonarlo. Para entonces tú ya tenías cinco años.

Agnes cerró los ojos y levantó una mano enguantada para colocarla contra su torso. En ese momento, escucharon a un grupo de personas que se acercaban por el sendero, hablando y riendo hasta que alguien debió de verlos. Se produjo un silencio tímido mientras pasaban cerca del lugar donde se encontraban y luego oyeron algunas risillas mal disimuladas una vez que el grupo se alejó.

—Esperemos que no nos hayan re-reconocido, Agnes —dijo Flavian con un suspiro—. No hay nada más dañino para la reputación de un hombre que ser descubierto en pleno abrazo clandestino con su propropia esposa.

—¡Qué lástima que hayan malinterpretado lo que han visto —repuso ella!

—Y eso —dijo él— es todavía peor.

Dio un paso al frente para pegarse más a ella y presionarla contra el tronco, tras lo cual la besó con los labios separados. Agnes se rio, sorprendida y encantada, cuando él levantó la cabeza un momento después y la miró con los párpados entornados. Al cabo de un instante, le echó los brazos al cuello al sentir que la rodeaba con los suyos, y el siguiente beso fue mucho más largo y apasionado.

—Mmm —murmuró Flavian.

—Mmm —convino ella.

Él retrocedió un paso y unió las manos a la espalda.

—Tu madre reconoce que tienes todo el derecho a odiarla —siguió—. Admite que os abandonó a ti y a tu hermana, y ta-también a tu hermano, cuando podría haberse quedado. Según me explicó, se ma-marchó después de que su padre la denunciara públicamente durante un baile en el salón de reuniones del pueblo y dijera delante de todo aquel que quisiera escucharlo que se divorciaría de ella por adulterio. Reconoce haber co-coqueteado con demasiada imprudencia con Havell, pero asegura que no hubo nada más hasta que se fue de casa. Podría haber regresado. Al parecer, tu pa-padre había bebido demasiado, y todo podría haberse arreglado si ella hubiera vuelto a casa unos días después. Pe-pero no lo hizo.

Agnes cerró los ojos de nuevo, y se produjo un largo silencio, durante el cual Flavian se quedó inmóvil, sin tocarla. Todo era muy creíble. Su padre no acostumbraba a beber en exceso. De hecho, era muy extraño que lo hiciera. Pero cuando llegaba a ese punto, era capaz de decir y de hacer lo más ridículo y vergonzoso. Todos lo sabían. Todos hacían la vista gorda y olvidaban esos lapsus.

Su madre, al parecer, había actuado por el repentino impulso de no regresar a casa cuando podría haberlo hecho y había elegido quedarse con el hombre que después se convertiría en su amante y, más tarde, en su esposo. Una decisión repentina e impulsiva. Podría haber decidido lo contrario con la misma facilidad. Del mismo modo que ella podría haberle dicho que no a Flavian la noche que regresó de Londres con una licencia especial.

El curso de la vida de una persona, y de las personas vinculadas a la misma, podía cambiar para siempre con la fuerza de esas decisiones tan abruptas y desconsideradas.

—¿Le dijiste que yo iría a verla? —quiso saber.

—No —contestó él.

—Quizá algún día vaya —dijo—. Pero todavía no. Tal vez nunca lo haga. Pero tienes razón. Es bueno saberlo. Y saber que Dora y Oliver son mis hermanos de verdad. Gracias por ir a verla y por rescatarme de la sorpresa y de la vergüenza anoche. Gracias. —Abrió los ojos y lo miró con una sonrisa.

A lo lejos, se oían más personas que se acercaban por el sendero.

—¿Seguimos? —sugirió Flavian, que le ofreció el brazo.

Agnes lo aceptó, y caminaron en silencio hasta que pasaron junto a una pareja mayor, con la que intercambiaron sonrisas y asentimientos de cabeza. La temperatura estaba subiendo.

—¿Te gustaría ir a Candlebury Abbey, Agnes? —le preguntó Flavian.

—¿Ahora? —repuso ella, sorprendida—. Pero está la temporada social, mi presentación ante la corte, el baile para presentarme a la alta sociedad. Y todo lo demás.

—Si quieres todo eso —replicó él—, nos quedaremos. Pero todo puede esperar si lo elegimos, si tú lo deseas. Todo puede esperar un mes o dos, o un año o diez. O pa-para siempre. ¿Vamos a Candlebury Abbey? ¿Nos vamos a ca-casa?

Agnes dejó de caminar otra vez y lo detuvo. Desde ese lugar alcanzaba a ver la Serpentina. No tardarían en acercarse a las demás personas que paseaban por la orilla del lago.

—Pero llevas años evitando Candlebury Abbey —le recordó—. ¿Estás seguro de que quieres ir ahora? ¿Lo estás haciendo por mí?

—Por nosotros —respondió él.

Agnes buscó sus ojos y sintió que un anhelo crecía en su interior. «¿Nos vamos a casa?», había dicho Flavian. Allí habría recuerdos para él. Recuerdos conscientes y dolorosos de los últimos días de su hermano. Sospechaba que también habría recuerdos enterrados. Como también sospechaba que ese era el motivo de su reticencia a regresar. Pero le estaba diciendo que quería ir. Por ella y por su matrimonio.

Lo miró mientras esbozaba una lenta sonrisa.

—Pues entonces vámonos a casa —dijo.

22

«Amor mío», la había llamado durante la fiesta de Marianne, a oídos de todos los invitados presentes. «Amor mío», la llamó poco después en la sala de refrigerios, para aliviar los nervios de la última media hora más o menos.

«Amor mío», pensó en ese momento, sentado al lado de Agnes en el carruaje y contemplando su perfil mientras se acercaban a la cima de la colina de Candlebury Abbey, después de haber atravesado la verja de la propiedad hacía ya un rato. Quería ver su expresión cuando apareciera la casa. Casi siempre dejaba sin aliento, aun cuando se llevara toda la vida familiarizado con ella.

«Amor mío». ¡Qué tonto sonaba cuando pronunciaba esas palabras en el silencio de sus propios pensamientos! ¿Las pronunciaría alguna vez en voz alta para que ella supiera que las decía en serio? ¿Las decía en serio? Le tenía un poco de miedo al amor. El amor era doloroso.

Se percató de que miraba a Agnes para perderse ese primer vistazo a Candlebury Abbey. En el fondo, no quería estar donde estaba, acercándose cada vez más a la casa. Sin embargo, ni todo el dinero del mundo lo convencería de marcharse a otro lugar. ¿Habría alguien sobre la faz de la Tierra más confundido que él?

Agnes estaba compuesta, elegante y preciosa a su lado, ataviada con un vestido de viaje azul oscuro, diseñado por unas manos expertas para que se ciñera a su figura en los lugares adecuados y cayese en suaves pliegues en otros. El ala del bonete de paja adornado con diminutos acianos era lo bastante pequeña como para que pudiera verle la cara. Había cruzado las manos enguantadas sobre el regazo mientras contemplaba el prado semiagreste que se extendía al otro lado de la ventanilla, con todas las flores silvestres que lo salpicaban, y él sabía que se imaginaba paseando entre ellas con un caballete debajo del brazo y una bolsa con sus útiles de pintura en la otra mano.

Cuando el carruaje llegó a la cima de la colina, la vio volver por completo la cabeza hacia la ventanilla para contemplar la hondonada que se extendía a sus pies. En ese momento, apretó las manos que seguían sobre su regazo, puso los ojos como platos y abrió la boca.

—Flavian —dijo—. ¡Es preciosa!

Volvió la cabeza para sonreírle y extendió una mano a fin de darle un apretón en una de las suyas. Cualquier duda que pudiera albergar hasta ese momento desapareció. La amaba. Era tan tonto que no podía contentarse con la seguridad. Había tenido que acabar enamorándose de ella.

—Sí que lo es, ¿verdad? —replicó y, al asomarse por encima de su hombro, sintió que se le caía el alma a los pies.

Allí estaba.

La casa se alzaba en el extremo opuesto de la hondonada. Era una mansión de piedra gris con forma de herradura que parecía casi blanca cuando el sol se reflejaba en ella en cierto ángulo a última hora de la tarde. En un lateral y unidos a ella, se encontraban los restos de la antigua abadía, un conjunto de ruinas cubiertas de musgo apenas reconocibles, aunque el claustro seguía casi intacto y se podía usar. Se conservaban perfectamente las galerías, las columnas y el jardín central, que su abuela había convertido en un cenador cuajado de rosas.

Era la única zona cultivada por la mano del hombre de toda la propiedad, además de los huertos de la parte posterior. El resto eran prados ondulados salpicados de árboles, pequeñas arboledas, senderos de grava y caminos para montar a caballo, todo según el estilo de Capability Brown, aunque no fue él quien lo diseñó. La hondonada en sí se diseñó para que pareciese un lugar aislado, rural y bucólico, y Flavian siempre había pensado que el resultado era admirable. Al otro lado de la hondonada, a la izquierda de la casa, había un río, un lago natural muy profundo y una cascada. Y una ermita de piedra construida hacía siglos como tal. No fue necesario construir templetes y ruinas de adorno en Candlebury Abbey.

—Es muy di-distinto de Middlebury Park —señaló.

De hecho, la propiedad de Vincent era bastante anticuada, con sus jardines topiarios perfectamente podados y los parterres del jardín formal que daban paso a la mansión. Sin embargo, era un lugar grandioso y muy bonito.

—Sí. —Agnes miró de nuevo por la ventanilla, pero no retiró la mano que cubría la suya—. ¡Me encanta lo que veo!

Y sintió ganas de llorar. Estaba en casa. En su hogar. Aunque ese último pensamiento solo sirvió para recordarle su habitual inflexibilidad a la hora de pensar en ella como la casa de David, si bien había tenido claro desde que era relativamente pequeño que sería suya antes de convertirse en adulto. No obstante, su hermano la había adorado con toda la pasión de su alma.

—Seguramente nos estén esperando todos los cricriados en formación —dijo Flavian.

Después de decidir que irían a Candlebury Abbey, se demoraron dos días más en Londres porque se sintió en la obligación de avisar a los criados de su llegada. Además, su tía Sadie había organizado un té al que Agnes había prometido asistir. También estaban esperando que entregasen el resto de su ropa, y unas botas de montar nuevas de Hoby's que debían de estar listas en un par de días. Y Agnes quería visitar a su primo, que vivía en Londres, o más bien al primo del difunto William Keeping, Dennis Fitzharris. Él fue quien publicó los cuentos para niños de Vincent y lady Darleigh, de manera que Flavian la acompañó con gusto y se divirtió mucho.

Su madre no se había mostrado tan molesta como él esperaba cuando la informó de su decisión de ir a Candlebury Abbey. Quizá sería mejor, dijo, que pasaran la Pascua lejos de la ciudad e incluso que siguieran en el campo unas semanas más. Para entonces, la nueva lady

Ponsonby y su historia ya no serían novedad, y como mucho suscitaría el interés suficiente para que todos aceptaran la invitación al baile de Arnott House con la intención de conocerla. Flavian le había hecho creer que regresarían al cabo de un mes más o menos. ¿Y quién sabía? A lo mejor lo hacían.

Al menos, no había sugerido acompañarlos.

—¿Será una experiencia formidable? —preguntó Agnes, refiriéndose a los criados que seguramente los esperaban en formación.

—Recuerda que estarán ansiosos por vernos —contestó—. A los dos. No me han visto desde que heredé el título. Y ahora regreso con una flamante vi-vizcondesa. Me atrevería a decir que este será un día de alegre ce-celebración para ellos.

—¿Y para nosotros también? —replicó ella, que volvió la cara para mirarlo.

Flavian levantó la mano que ella había cubierto con la suya y le besó el dorso.

—Lo entiendo —dijo Agnes al instante, aunque Flavian no había hablado.

Estaba seguro de que lo entendía.

Magwitch, el mayordomo, y la señora Hoffer, el ama de llaves, los esperaban el uno al lado del otro frente a la puerta principal, cuyas dos hojas estaban abiertas. En el interior, Flavian alcanzó a ver una hilera de delantales blancos almidonados a un lado y, al otro, una hilera de uves blancas (que supuso que eran lo que se veía de las camisas con las chaquetas abrochadas). Los criados habían formado dos filas para recibirlos.

Estaba en casa. Como vizconde de Ponsonby.

David se había ido, ya formaba parte de la historia familiar.

La casa y la propiedad le parecieron preciosas. De hecho, Agnes pensaba que Candlebury Abbey debía de ser uno de los lugares más hermosos del mundo. Sería feliz si pudiera pasarse la vida sin salir de allí.

Flavian y ella pasaron tres días juntos, recorriendo los terrenos de la mano. Sí, de la mano. Ella no hizo ningún comentario al respecto cuando él se la tomó por primera vez mientras caminaban y entrelazó sus dedos. De hecho, casi contuvo la respiración. Parecía mucho más... tierno que si paseaban tomados del brazo. Pero no fue algo momentáneo. Esa parecía ser su forma favorita de caminar con ella cuando estaban solos.

La propiedad era más grande de lo que había pensado al principio. Se extendía al otro lado de la hondonada en la que se emplazaba la casa. Todo el conjunto (las extensiones de césped, los prados, las colinas salpicadas de árboles, los senderos y los caminos para montar a caballo) había sido diseñado para parecer natural, sin forzarlo a que resultara pintoresco. El lago y la cascada también eran naturales, y la ermita de piedra que había a un lado de esta última en algún momento estuvo habitada por monjes para quienes la abadía era un lugar demasiado concurrido y bullicioso.

—Siempre me gustó pe-pensar —dijo Flavian— que dejaron pa-parte de la paz que debieron de encontrar mientras meditaban aquí.

Agnes entendía lo que quiso decir, ya que tenía la impresión de que ellos también habían encontrado la paz juntos en Candlebury Abbey durante esos días. O casi. Porque Flavian se sumía en unas reflexiones que rayaban en la melancolía y a las que ella no podía acompañarlo. Algo comprensible, por supuesto, y que se esperaba de antemano.

Le había enseñado la casa y las ruinas de la antigua abadía. Sin embargo, evitó enseñarle una serie de aposentos frente a cuya puerta pasó fingiendo no darse cuenta de que ella se había detenido a la espera de que abriera. Flavian siguió andando, y ella tuvo que apretar el paso para alcanzarlo.

Tuvieron algunas visitas, entre ellas el párroco de la iglesia del pueblo. Pero aunque se despidió diciendo que esperaba verlos en la misa del domingo, Flavian replicó de forma vaga, algo que Agnes interpretó como una rotunda negativa.

—¿No iremos a la iglesia el domingo? —le preguntó una vez que el hombre se fue.

—No —contestó con sequedad—. Ve tú si quieres.

Agnes lo miró y lo comprendió al instante. Las tumbas familiares debían de estar en el cementerio. La tumba de su hermano. Los aposentos en los que no habían entrado mientras exploraban el resto de la casa debían de ser los de David.

La pérdida de padres, hermanos, cónyuges e incluso hijos era algo que experimentaba demasiada gente. La muerte de los seres queridos era un hecho demasiado común. Casi siempre era triste, doloroso, algo de lo que resultaba difícil recuperarse, sobre todo cuando el fallecido era joven. Pero no era extraño. Ella había perdido a un marido. El hermano de Flavian llevaba muerto ocho o nueve años. Pero él nunca lo había dejado ir. Había vuelto a casa desde la península ibérica porque David se estaba muriendo, pero se había marchado antes de su último aliento. Flavian ya iba de camino para reunirse con su regimiento cuando David murió y no regresó hasta que lo hirieron.

Esos detalles no estaban entre sus recuerdos perdidos. Sabía que él se sentía avergonzado y que sufría por ello.

—No iré a la iglesia sin ti —le aseguró—. ¿Hay alguna manera de llegar a la parte superior de la cascada?

—Es un poco complicado —contestó—. Cuando éramos pequeños, teníamos allí un refugio que defendíamos de troles, piratas y vikingos.

—Puedo subir por donde sea —le aseguró.

—¿Ahora?

—¿Se te ocurre un momento mejor? —le preguntó ella a su vez.

Y allá que fueron, tomados de la mano otra vez, y Agnes casi podía imaginar que él era feliz, y estaba relajado y en paz.

Compartían dormitorio, el que había sido suyo de niño, y ni siquiera se habían planteado mantener habitaciones separadas. Una pequeña estancia adyacente se había transformado en su vestidor. Dormían juntos todas las noches, siempre tocándose, abrazados. Y hacían el amor, a menudo varias veces durante la noche.

La vida parecía idílica.

Hasta que una noche se despertó y se descubrió sola en la cama. Aguzó el oído, pero no lo oyó en el vestidor. Su bata ya no estaba en el suelo junto a la cama. Se puso el camisón y fue en busca de un chal a su propio vestidor. Después, encendió una vela.

Miró en el salón, en el saloncito matinal, en el gabinete. Incluso miró en el comedor. Pero no había ni rastro de él. Cuando miró por la ventana del salón, se dio cuenta de que no lo vería aunque estuviese allí fuera. Debía de haberse nublado. Todo estaba oscuro como la boca de un lobo.

Y luego se le ocurrió otro lugar donde buscarlo.

Se hizo con la vela, volvió arriba y echó a andar hacia la puerta que nunca había visto abierta. No había luz debajo. Quizá estuviera equivocada. Pero una parte de sí misma sabía que no lo estaba.

Apoyó una mano en el pomo de la puerta durante un buen rato antes de girarlo despacio y sin hacer ruido. Después, empujó un poco para abrirla.

La habitación estaba a oscuras. Pero la vela que llevaba, aun sosteniéndola al otro lado del vano, ofrecía la suficiente luz para que pudiera ver una cama vacía en mitad de la habitación, con una figura inmóvil sentada en una silla que había al lado y una mano apoyada en la colcha.

Flavian debía de haber visto la luz, aunque no hubiera oído abrirse la puerta. Sin embargo, no se volvió.

Agnes entró y dejó la vela sobre la pequeña consola situada junto a la puerta.

Regresar a casa le había parecido maravilloso. Como siempre. Aunque le gustaba el internado y se lo pasaba bien en él, siempre anhelaba las vacaciones, y cada vez que Len lo invitaba a acompañarlo a Northumberland durante las largas vacaciones de verano, siempre encontraba una excusa para no ir. Ese era el lugar al que pertenecía, al que siempre había querido pertenecer.

Su amor por Candlebury Abbey también había sido su dolor. ¿Por qué el amor y el dolor siempre iban de la mano? ¿Por la eterna atracción de los opuestos? Porque la única manera de que Candlebury

Abbey le perteneciera para el resto de su vida era a través de la muerte de David sin que dejara descendencia masculina. Y aunque siempre había sabido que eso sucedería, jamás lo deseó. Su amor por el hogar había hecho que se sintiera culpable, porque parecía llevar implícito que debía molestarle la presencia de su hermano como obstáculo en el camino de su felicidad. No era así.

«Nunca fue así —le estaba diciendo a su hermano cuando se despertó sobresaltado—. Nunca fue así, David».

Por suerte, no estaba hablando en voz alta. Pero se descubrió totalmente desvelado y nervioso. Y otra vez se sentía culpable. No había ido a ver a su hermano. Un pensamiento absurdo, por supuesto. Pero había estado evitando a David desde su regreso, evitando sus aposentos, evitando el cementerio, evitando toda mención o pensamiento sobre él.

¿Por qué nunca le había sucedido lo mismo con su padre, a pesar de haberlo querido tanto?

Estaba claro que no se volvería a dormir, pese al calorcito que irradiaba el cuerpo de Agnes, acurrucada a su lado, y al cansancio que sentía. Pensó por un momento en despertarla y hacerle el amor. Sin embargo, percibía una extraña oscuridad en la cabeza. No era exactamente melancolía. Ni un dolor de cabeza. Solo... oscuridad.

Se levantó de la cama, tanteó por el suelo hasta dar con la bata, se la puso y salió en silencio de la habitación. Era una noche muy oscura, pero no encendió ninguna vela. Conocía el camino sin necesidad de luz. Entró en el dormitorio de David y se abrió paso a tientas hasta la ventana. Descorrió las cortinas, aunque en el exterior no había mucha luz que pudiera entrar. Sin embargo, alcanzó a distinguir la forma de la cama y de una silla contra una pared. Acercó la silla a un lado de la cama y se sentó en ella. Después, colocó una mano sobre la colcha.

Allí era donde siempre se sentaba cuando su hermano estaba demasiado enfermo para levantarse. Allí fue donde se sentó durante muchas horas, tanto de día como de noche, durante las últimas semanas. Y siempre colocaba la mano sobre la cama para que David pudiese tocarlo cuando quisiera y para poder tocarlo él.

¿Por qué siempre habían estado más unidos que otros hermanos que conocía? Siempre fueron tan distintos como el día y la noche. Quizá por eso. El equilibrio de los opuestos de nuevo.

El equilibrio ya no estaba allí.

La cama estaba vacía.

¿Qué esperaba? ¿Que hubiera algún fantasma o espíritu? ¿Que hubiera algún rastro de su hermano en ese lugar? ¿Consuelo? ¿Absolución?

«¿Por qué te dejé morir solo?».

Sabía por qué. Porque se enamoró perdidamente y quería celebrar su compromiso antes de regresar a la península ibérica.

«Pero ¿por qué volví?».

Sabía que David se estaba muriendo cuando llegó a casa de permiso. En el fondo, no esperaba regresar con su regimiento, aunque fijó una fecha para hacerlo. Iba a heredar el título y las propiedades, con todas las responsabilidades que conllevaban y que lo retendrían en casa. Y desde luego que su intención no era volver mientras su hermano se estaba muriendo.

«¿Por qué te dejé?».

No oyó la puerta abrirse a su espalda, pero fue consciente de una luz tenue y luego de una luz un poco más brillante, y también de la puerta cerrándose con suavidad. La había despertado. Lo lamentaba. Y al mismo tiempo eso lo alegró. Ya no estaba solo. No tenía que vivir la vida solo.

No se volvió, pero esperó a que ella se acercara, como sabía que haría. En ese momento, percibió su ya conocido olor y sintió que le colocaba una mano con delicadeza en un hombro. Se la cubrió con una de las suyas y echó la cabeza hacia atrás para apoyarla contra su pecho. Cerró los ojos.

—¿Por qué lo dejé solo? —preguntó.

No se le ocurrió ofrecerle la silla ni acercar otra para ella.

—¿Estuviste aquí unas semanas después de volver a casa de permiso? —le preguntó Agnes a su vez.

—Sí —respondió.

—¿Te sentaste con él todo ese tiempo? —quiso saber.

—Sí.

—Te uniste al ejército tres años antes para evitar la trampa de acabar casado con lady Hazeltine, o con Velma Frome, como se llamaría entonces. Sin embargo, después de llevar unas cuantas semanas en casa, durante las cuales pasaste el tiempo aquí sentado con tu hermano, te sentiste tan ansioso por casarte con ella que lo abandonaste y te fuiste a Londres para celebrar tu baile de compromiso y después volviste corriendo a la península ibérica. ¿Cómo es posible, Flavian? ¿Qué más pasó durante esas semanas?

—Salí a pa-pasear y montar a caballo —contestó—. Era agotador de-desde el punto de vista emocional pasarme el día en esta habitación, aunque David estaba muy tra-tranquilo. Se fue apagando sin más, sin que yo pu-pudiera hacer nada. —Atrapó su mano y le dio un suave tirón para atraerla hacia delante y sentarla en su regazo. Acto seguido, le rodeó la cintura con un brazo mientras ella le pasaba uno por el cuello.

¡Por Dios! La amaba. ¡La amaba!

—¿Y te encontraste en algún momento con Velma, como sucedió la vez anterior? —le preguntó Agnes.

De repente, esa gran oscuridad explotó con una luz abrasadora, transformándose en un dolor de cabeza monumental, de manera que jadeó en busca de aire. Apartó a Agnes de su regazo de un empujón y se tambaleó en dirección a la ventana para buscar a tientas el pestillo y levantar la hoja hasta que sintió que entraba aire frío. Apoyó los puños en el alféizar e inclinó la cabeza. Esperó a que desapareciera lo peor del dolor. Todo había salido a la luz. Podía recordarlo...

... Todo.

—Estaban en Londres para la temporada social —dijo—. Pero vinieron a casa. Creo que mi madre debió de escribirle a lady Frome. Velma no acababa de encajar del todo en la alta sociedad, aunque lo había intentado durante unos años. Sir Winston no posee una gran fortuna ni se codea con la flor y nata de la sociedad. De todas formas, Velma podría haber encontrado marido, aunque apuntó demasiado alto. Quería un título, cuanto más grandioso, mejor. Nunca se dijo así de claro, por supuesto, pero no fue difícil entenderlo. Y, de repente, yo volví a casa y David se estaba muriendo y...

Y regresaron. No estaba seguro de que sir Winston y lady Frome lo hicieran por otro motivo que no fuera la preocupación por su vecino. Y tampoco estaba seguro de que su madre le hubiera escrito a lady Frome con otro propósito que no fuera el de informarle de la inminente muerte de su hijo. O, al menos, esperaba que ninguno de ellos hubiera actuado con otros intereses en mente.

Velma iba casi a diario para preguntar por David, aunque jamás subió a la habitación del enfermo. A veces, aparecía acompañada por su padre o por su madre, aunque también lo hacía sola, sin doncella ni mozo de cuadra, y en esas ocasiones su madre le pedía que la acompañara a casa. Cada vez que salía a tomar un poco de aire, ya fuera a pie o a caballo, casi siempre se encontraba con ella, o mejor dicho, ella se encontraba con él. Exactamente igual que en los viejos tiempos. Siempre había lágrimas y compasión y tiernos recuerdos de cuando eran más jóvenes.

Su compasión lo tranquilizaba. Y llegó un punto en el que casi sentía ganas de verla. Ver cómo se apagaba la vida de un ser querido debía de ser una de las experiencias más atroces y miserables que podía soportar una persona. Aunque en la guerra había visto más muertes de las que debería, ninguna de ellas lo había preparado para lo que estaba pasando en aquel momento.

Una tarde, sentados en el pequeño claro de la cascada, mientras contemplaban el lago y escuchaban el borboteo del agua y los trinos de los pájaros, la besó. De forma voluntaria. No podía culparla de haberlo incitado.

Velma le dijo que lo amaba, que lo adoraba y que siempre lo había hecho. Le dijo que sería la mejor vizcondesa que pudiera imaginar. Que debían casarse lo antes posible, con una licencia especial, para que el año de luto por la muerte de David no retrasara sus planes. Que ella estaría a su lado para apoyarlo durante ese año. Y añadió que el negro le sentaba muy bien. Que no debía preocuparse por la posibilidad de que pareciera fea o lo defraudara. ¡Cuánto lo quería!

Acto seguido, le echó los brazos al cuello y lo besó.

Flavian se disculpó con tirantez por su beso, le pidió que lo perdonara y le dijo que en ese momento no podía pensar en otra cosa que no fuera el hecho de que David estaba a las puertas de la muerte, pero seguía vivo, que su hermano lo necesitaba y que él necesitaba a su hermano. Que todo lo demás en su vida estaba en suspenso. En aquel momento, se puso en pie disculpándose de nuevo y le ofreció una mano para ayudarla a levantarse.

Ella se echó a llorar y él se sintió como un monstruo.

A la tarde siguiente, le enviaron un mensaje a la habitación de su hermano diciéndole que bajara al salón, donde se encontró a su madre con la cara blanca como el mármol. Con ella estaban lady Frome, con los ojos llenos de lágrimas, y sir Winston Frome, muy tenso y claramente furioso.

Al parecer, Flavian se había declarado a Velma la tarde anterior antes de mancillar su honor, pero luego le había informado de que el matrimonio debía quedar en suspenso durante un tiempo, dada la incertidumbre que rodeaba la enfermedad de su hermano.

Todo lo cual, afirmó sir Winston, era de lo más inaceptable, por decirlo suavemente. ¿Y si «el alegre comportamiento» del comandante Arnott del día anterior tenía consecuencias? Lady Frome sollozó contra su pañuelo y su madre se estremeció. El honor del comandante Arnott como oficial y caballero exigía que enmendara la situación sin demora.

La muerte de David podría causar dicha demora. Sir Winston no llegó a decirlo abiertamente. Nadie lo dijo, pero estaba muy claro. No le exigió que se casara con su hija mediante licencia especial. Eso debió de parecerle escandaloso, todo lo contrario que a su hija. Pero sí exigió un compromiso público inmediato. No quería secretismo alguno. De hecho...

Habían alquilado una casa en Londres para la temporada social y no habían cancelado el contrato de alquiler al regresar al campo. Debían volver de inmediato, publicar el anuncio del compromiso en todos los periódicos e invitar a la alta sociedad a un fastuoso baile de compromiso, tras el cual correrían las amonestaciones en la iglesia de Saint George en Hanover Square.

Flavian se descubrió incapaz de protestar con vehemencia, tal como le habría gustado hacer, aunque sí negó haber mancillado el honor de Velma. Sin embargo, la había besado y se podía decir que la había comprometido hasta cierto punto. Lady Frome se echó a llorar. Sir Winston estalló y afirmó que prefería creer la versión que le había contado su hija sobre lo sucedido entre ellos. ¿Cómo iba él a llamar mentirosa a Velma delante de sus padres, de sus vecinos y de sus amigos? Sin embargo, la situación era muy parecida a lo que había hecho en el pasado, tres años antes, salvo que en aquella ocasión solo lo acusó a oídos de David, con la intención de que su hermano le pusiera fin al compromiso y cancelara los planes de boda. En esa ocasión, Velma no había dejado nada al azar.

—Y después te fuiste a Londres —siguió Agnes, y él comprendió que le había contado toda la historia—. Y luego regresaste con tu regimiento.

—David no veía una salida honorable para mí —dijo—. Pero cuando le aseguré que volvería sin demora la mañana po-posterior al baile, me hizo pro-prometerle que no re-regresaría. No sabía si iba a tardar un mes en morirse. —Hizo una pausa y tomó una honda bocanada del aire frío del exterior—. Si él no moría, y el año de luto no me sa-salvaba, me vería obligado a casarme y quedaría atrapado de por vida. Me hizo prometerle que regresaría a la península ibérica como estaba previsto. Quizá, me di-dijo, Velma encontrara a otra persona con quien casarse mientras yo estaba lejos. O tal vez sucediera otra cosa que me salvara. Me obligó a prometérselo y me fui. —Tragó saliva para librarse del nudo que sentía en la garganta, pero tras luchar contra las lágrimas, perdió la batalla. Intentó al menos llorar en silencio hasta ser capaz de recuperar el control. Pero en ese momento sintió que Agnes lo abrazaba por la cintura desde atrás y que apoyaba la cara en la espalda. Se dio media vuelta, la estrechó entre sus brazos con fuerza y se echó a llorar contra uno de sus hombros—. Murió solo —dijo entre hipidos—. Mi madre se marchó a la ciudad conmigo. Marianne también. Se quedó solo con su ayuda de cámara y los demás criados. Yo iba en el barco de regreso a Portugal.

Ella lo besó en la parte superior de una oreja.

—Lo siento mucho —se disculpó—. Te he empapado el chal.

—Ya se secará —replicó Agnes—. ¿Te habías olvidado de todo eso cuando te llevaron a casa ya herido?

Flavian levantó la cabeza, con el ceño fruncido.

—Velma había visto a Len varias veces —dijo—, durante las temporadas que pasó aquí conmigo cuando éramos niños. Pero en aquel momento no esperaba heredar el título de conde de su tío. Sin embargo, ya lo había heredado cuando me llevaron a casa. Ella se encaprichó de su tí-título. Creo que en el fondo yo lo sabía, aunque en realidad no fuera consciente de casi nada. Creo que sabía que se empeñaría en co-conseguirlo. Intenté ponerlo sobre aviso. Creo que lo intenté. Y entonces fue cu-cuando ella apareció para decirme que iba a po-ponerle fin a nuestro compromiso para ca-casarse con él. Traté de impedirlo, pero solo co-conseguí destrozar el salón de Arnott House. Yo... Len no fue a verme. Quien sí apareció fue George, que me llevó a Penderris Hall.

Agnes movió la cabeza, de manera que casi le rozó los labios con los suyos.

—Vuelve a la cama —le dijo—. Vamos a dormir.

La había mantenido despierta durante lo que le parecía la mitad de la noche.

—Agnes, ¿me estabas esperando allí? ¿En Middlebury? —le preguntó—. ¿Me has estado esperando? ¿Y yo a ti?

Ella le sonrió, según vio a la parpadeante luz de la vela.

—Te he esperado toda la vida —contestó—. Como tú a mí.

—¿Así es como sucede? —le preguntó.

—Creo que a veces sí —respondió Agnes—, por increíble que parezca. ¿Te das cuenta de que has dejado de tartamudear?

—¡No me di-digas! —enarcó las cejas, sorprendido—. Debes de estar helada, Agnes. Volvamos a la cama.

—Sí —repuso ella.

Miró la cama vacía mientras la conducía hacia la puerta. Estaba vacía. David se había ido. Por fin descansaba. Se habían despedido y David le había sonreído. Ya lo recordaba todo. Su hermano lo había alejado para salvarlo y le había dado su bendición.

«Sé feliz, Flave —le había dicho—. Llora un poco por mí si quieres y luego déjame ir. Estaré en buenas manos».

23

Era la mañana del domingo de Pascua y el sol brillaba en el cielo azul claro. El aire era cálido. Las campanas de la iglesia repicaban, anunciando la buena noticia de la resurrección, y los habitantes del pueblo de Candlebury se habían detenido en el camino del cementerio, para saludarse unos a otros y desearse una feliz Pascua mientras sus hijos correteaban entre las lápidas más cercanas como si fuera un patio de recreo construido especialmente para su diversión.

El párroco se encontraba en la puerta de la iglesia, con la casulla agitada por la ligera brisa y sonriendo afablemente mientras les estrechaba la mano a sus feligreses según salían.

Esa mañana flotaba una enorme emoción en el aire, además de la alegría típica de la Pascua de Resurrección. El vizconde de Ponsonby, el señor Flavian, había vuelto a casa por fin, al parecer en absoluto desmejorado por su larga y terrible experiencia. Al contrario, parecía más guapo que nunca. Y había llevado consigo a su vizcondesa, que no era la tal señorita Frome, que lo había abandonado tantos años antes, pobre hombre, justo cuando más necesitaba a sus seres queridos, para casarse con un conde.

El señor Thompson perdería su apuesta con el señor Radley, aunque esa mañana no parecía especialmente molesto por ello. Había apostado a que, dado que la condesa había enviudado y había vuelto a vivir con sus padres en Farthings Hall, intentaría casarse con el vizconde antes de que acabara el verano.

La nueva vizcondesa no era la belleza deslumbrante que lord Ponsonby podría haber conseguido teniendo en cuenta lo guapo y lo rico que era, por no hablar del título. Sin embargo, todos se alegraron de ese hecho. No la había elegido solo por el aspecto. Claro que no podía decirse que la vizcondesa fuera fea. Era una mujer bien vestida y elegante, sin ser ostentosa, y a su lado cualquiera se sentía simple y desaliñado. Era delgada y de rostro agradable, y esbozaba lo que parecía ser una sonrisa genuina mientras miraba a la gente a los ojos. Eso hizo cuando entró en la iglesia del brazo del vizconde y eso hizo cuando salió. Después, se demoró en el camino con su esposo para intercambiar algunas palabras con los demás.

La mayoría de las conversaciones de los feligreses se centraban en los vizcondes de Ponsonby, por supuesto. El difunto vizconde sufrió de mala salud durante años antes de su muerte, el pobre muchacho, y apenas lo vieron. Y este se había marchado incluso antes de la muerte de su hermano. Pero había regresado y parecía sano, robusto, guapo y... feliz.

Cualquier recién casado debía parecer feliz, por supuesto, aunque no siempre sucedía, sobre todo entre los ricos y los aristócratas, que se casaban por todo tipo de razones, la mayoría de las cuales no tenían nada que ver con el amor o la felicidad.

La recién casada también parecía feliz.

¿De verdad habían prometido celebrar una fiesta al aire libre en algún momento del verano a la que todos estarían invitados? Pues sí, era verdad. Así se lo habían dicho a la señora Turner, la encargada del comité del altar, cuando los visitó dos días antes, y ella así se lo dijo a la señorita Hill en la más estricta confidencialidad y, en fin, todos sabían cómo era la señorita Hill.

Agnes hizo todo lo posible por memorizar algunos nombres, rostros y oficios. Tardaría un poco en recordarlos a todos, les confesó con sinceridad a algunas de las personas que le presentaron. Pidió que por favor le concedieran un margen de tiempo mientras se familiarizaba con el vecindario y con sus habitantes. Todos parecieron encantados de concederle todo el tiempo que necesitara.

Debía de ser el clima, pensó Agnes, lo que hacía que ese escenario pareciera tan idílico y que esa gente fuera tan amable. Nunca se había sentido tan en casa como se sentía allí. Nunca había sentido tanta felicidad. Había hecho lo correcto. Sin duda.

«¿Me has estado esperando? ¿Y yo a ti?», le había preguntado Flavian hacía unas noches.

«Te he esperado toda la vida —había respondido ella—. Como tú a mí».

Y, aunque le parecía una respuesta ridícula por lo exagerada, también parecía verdad. Seguramente fuera verdad.

—Agnes —le dijo en ese momento, mientras inclinaba la cabeza y se acercaba a su oreja para que lo oyese bien por encima del bullicio y del repiqueteo de las campanas—, ¿quieres venir conmigo?

Supo adónde sin necesidad de preguntarle. Y se alegró de que Flavian quisiera ir. Aún le quedaba una cosa más por hacer. De modo que asintió con la cabeza y lo tomó del brazo.

En el cementerio, no había habido un mausoleo para los Arnott, los vizcondes de Ponsonby y sus familias, durante más de dos siglos. Lo que sí había era una zona apartada, bien cuidada y separada del resto por unos setos bajos, perfectamente podados. La tumba más reciente, con su lápida de mármol blanco, se encontraba a solo unos metros de la puerta.

«David Arnott, vizconde de Ponsonby», rezaba, junto con las fechas de su nacimiento y de su muerte, además de un florido epitafio que informaba al mundo de su existencia inocente e indicaba a los ángeles que lo llevaran al cielo, donde lo recibirían con los brazos abiertos. Sobre la lápida se alzaba un ángel de mármol, con las alas extendidas y la trompeta en los labios.

—Quería algo sencillo —alegó Flavian—. ¡Pobre David! Se estremecía entre carcajadas por las tonterías que se ponen en las lápidas. A nuestro abuelo, a quien recordamos como un viejo tirano de mal genio, lo describen como si hubiera sido un santo.

Lo dijo con cariño y con una leve sonrisa en los labios, se percató Agnes, y sin el menor rastro de tartamudeo.

—Un cementerio debería ser un lugar terrorífico —siguió—. Pero este no lo es, ¿verdad? Es un lugar tranquilo. Me alegro de que esté aquí.

Le había apretado la mano con fuerza y, cuando lo miró de nuevo, descubrió que tenía los ojos llenos de lágrimas.

—Lo quería —dijo.

—Por supuesto que sí —repuso ella—. Y él lo sabía. Y también te quería.

Flavian se inclinó para apoyar la palma de la mano sobre la tumba antes de enderezarse.

—Sí —replicó—. Sí. ¿Crees en la otra vida, Agnes?

—Sí —contestó.

—En ese caso, que seas feliz, David —dijo.

Habían ido a la iglesia andando, a pesar de que había una distancia de tres kilómetros. Emprendieron el camino de regreso después de despedirse de algunos vecinos que se quedaron rezagados. Agnes abrió la sombrilla para protegerse la cara del sol.

—Estoy muy contenta de haber venido —dijo—. ¿Regresaremos a la ciudad ahora que la Pascua ha terminado y empieza la temporada social?

—Quizá más tarde —respondió él—. O quizá no. ¿Tenemos que decidirlo ahora?

—No —contestó Agnes.

—Las cartas que recibí ayer de tu padre y de tu hermano fueron muy amables —comentó—. ¿Los invitamos a visitarnos durante el verano? ¿Y también a tu hermana? Quizá podamos celebrar la fiesta al aire libre cuando estén todos aquí.

—Me gustaría —respondió ella—. Y creo que voy a escribirle a mi madre. Es posible que nunca vaya a verla. De hecho, dudo que alguna vez lo haga. Pero creo que voy a escribirle. ¿Crees que debo hacerlo?

—No estás obligada a hacer nada —le aseguró él—. Pero escríbele si eso es lo que deseas hacer. Ella se alegrará. Y creo que tú también lo harás.

Flavian dejó de caminar cuando llegaron a la cima de la colina antes del descenso hacia la hondonada donde se emplazaba la casa. Lo escuchó tomar una larga bocanada de aire que después exhaló con un suspiro.

—Esta no es la felicidad eterna, ¿verdad? —le preguntó.

—No —contestó ella—, pero hay momentos que lo parece.

—¿Como este? —replicó él.

—Sí.

—¿Te he dicho que te quiero? —le preguntó—. ¡Que me aspen, Agnes! Para un hombre son las palabras más difíciles de pronunciar en nuestro idioma. Todavía no te lo había dicho. De haberlo hecho, me habría percatado.

—No —respondió ella con una carcajada—. No me lo habías dicho.

Su corazón había anhelado oír esas dos palabras tan sencillas unidas para formar la frase más hermosa de todas. Siempre y cuando las dijera el hombre adecuado, claro estaba.

Flavian se volvió hacia ella, le quitó la sombrilla y la arrojó sin miramientos a la hierba que crecía junto al camino, tras lo cual le tomó las dos manos y se las llevó al pecho, donde las sostuvo entre las suyas. Esos ojos verdes, abiertos de par en par, la miraron fijamente sin la protección de los párpados entornados.

—Agnes Arnott —dijo—, te qui-qui-qui...

—Te quiero —susurró ella.

—Eso es lo que estoy intentando decir —repuso él.

—No —lo contradijo con una sonrisa—. Me refiero a que te quiero. Yo a ti.

—¿Me quieres, Agnes? —Se llevó sus manos entrelazadas a los labios—. ¿Me quieres de verdad? ¿No es solo por el título y el dinero, y por mi atractivo y encanto irresistibles?

Ella se echó a reír.

—Bueno, y por eso también.

Flavian le sonrió y le pareció el muchacho rubio, apuesto y despreocupado que debió de ser alguna vez.

—Te quiero —dijo por fin.

—Lo sé —le aseguró ella.

La abrazó por la cintura, la levantó en volandas y la hizo girar dos veces, al mismo tiempo que echaba la cabeza hacia atrás y aullaba de felicidad.

Porque era feliz. Como ella.

Agnes le apoyó las manos en los hombros, lo miró a la cara y se rio.